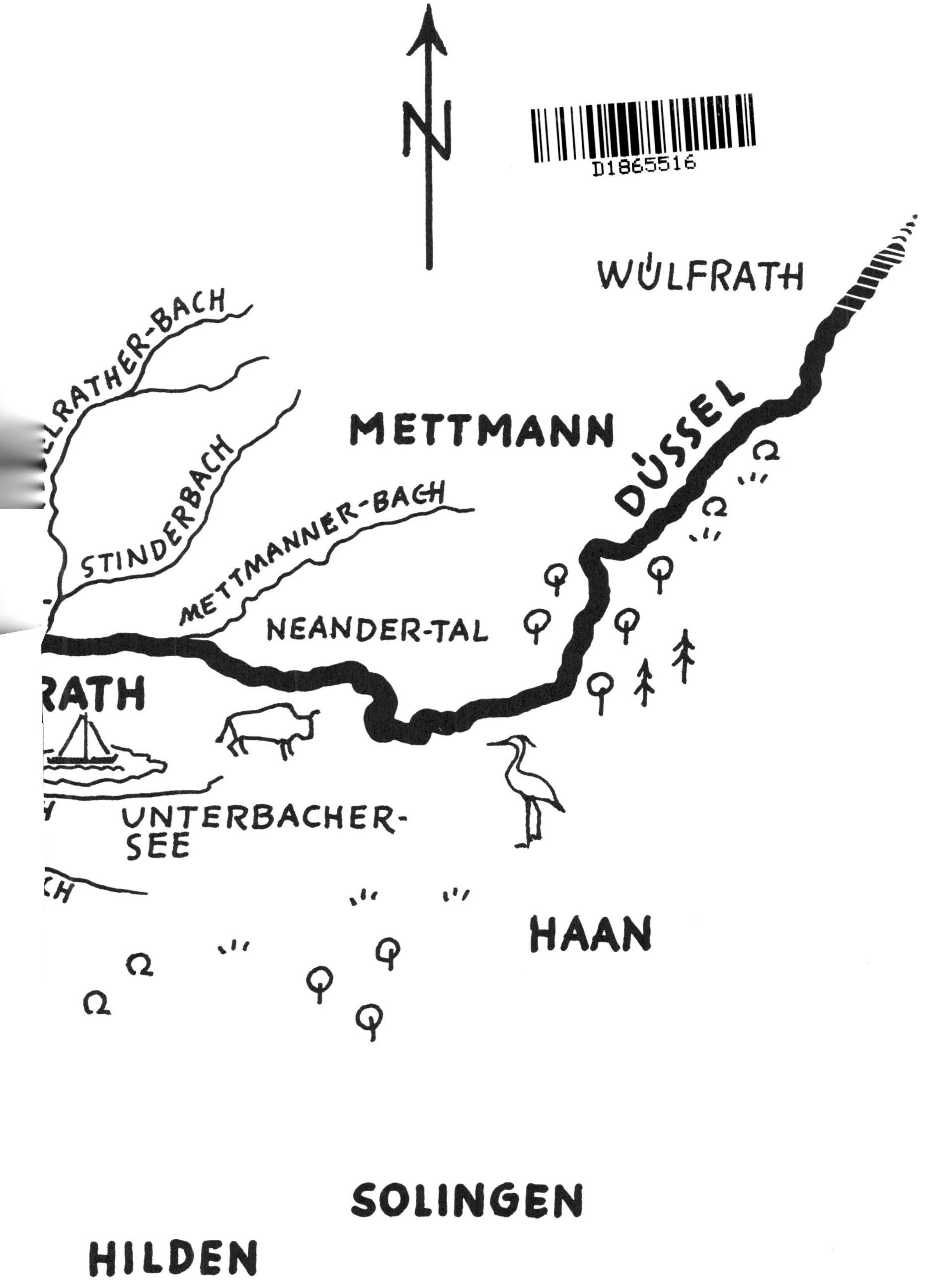
N
WÜLFRATH
METTMANN
DÜSSEL
STINDERBACH
METTMANNER-BACH
NEANDER-TAL
RATH
UNTERBACHER-
SEE
HAAN
SOLINGEN
HILDEN

Die Düssel

Naturfreunde erkunden eine Landschaft

Wir widmen diese Gemeinschaftsarbeit
unseren Freunden

Sepp Meyer 1892 – 1979

Helmut Hoffmann 1929 – 1994

Die Düssel

Naturfreunde erkunden eine Landschaft

Hundert Jahre Naturfreunde 1895 – 1995

Herausgeber
Touristenverein „Die Naturfreunde“
Landesverband Rheinland – Ortsgruppe Düsseldorf
Fachgruppe Natur- und Heimatkunde

Die Erstellung des Buches wurde möglich durch finanzielle Unterstützung seitens der

Nordrhein-Westfalen-Stiftung
Naturschutz, Heimat- und Kulturpflege

des **Umweltausschusses des Rates der Landeshauptstadt Düsseldorf**

der real SB-Warenhaus GmbH & Co. Vertriebs KG, Düsseldorf

der Mitglieder der **Fachgruppe Natur- & Heimatkunde Rheinland**

der Mitglieder der **Ortsgruppe Düsseldorf.**

*

Nachdruckgenehmigungen erhielten wir freundlicherweise vom
Geologischen Landesamt, Krefeld, für die Karten auf den Seiten 69 am 13. 7. 94 / 74 u. 75 am 13. 6. 95 / 114 am 22. 3. 95

von Familie Knübel, Wuppertal, für Zeichnungen auf den Seiten 73 und 219.

Wir danken Herrn Thomas Rath, (ToRa-PC), Düsseldorf, für seine Unterstützung bei der Bearbeitung der Texte am PC.

*

Umschlagbild: Luftbild Corneel Voigt, Essen (mit Genehmigung des Reg.-Präs.).

*

Die Texte erscheinen hinsichtlich ihres Inhaltes unter der Verantwortung der Autoren.

Die Genehmigungen zur Übernahme fremder Abbildungen oder Darstellungen sind genannt. Wir waren bemüht, in allen Fällen die Einwilligung der Inhaber des Urheberrechts einzuholen. Sollte dies in einem Einzelfalle nicht möglich gewesen sein, sind unsere fortbestehenden Pflichten nicht berührt.

Gedruckt wurde auf Bilderdruckpapier, seidenmatt, aus chlorfrei gebleichtem Zellstoff.

Satz und Lithos: S & L Hellinger GmbH, Düsseldorf
Druck: Vereinigte Verlagsanstalten GmbH, Düsseldorf

ISBN 3-00-000265-0

Es war ein weiter Weg …

Es war ein weiter Weg vom „Neanderthaler", der das wilde Tal der Düssel bewohnte, bis zu unserer heutigen, modernen Gesellschaft. Wo einst die Menschen – den Naturgewalten weithin schutzlos ausgeliefert – um ihr Leben kämpften, florieren heute Wirtschaft und Kultur, entstand eine der am dichtesten besiedelten Regionen unseres Landes. Die Menschen verwandelten über Jahrtausende hinweg „Natur"-Landschaft in „Kultur"-Landschaft. Zugleich veränderten sie sich aber auch selbst – sie entfernten sich von der Natur, sie wurden zu „Kultur"-Menschen. Deshalb kann uns Heutigen sehr leicht die Erfahrung abhanden kommen, daß wir selber Teil der Natur sind, daß die Natur unsere Lebensgrundlage und die Quelle aller Kultur ist.

Ein besonderes Anliegen der NRW-Stiftung ist es, Natur, Pflanzen, Tiere, Menschen, Landschaft und Kultur in ihren wechselseitigen Abhängigkeiten und Bezügen zu sehen. Wir wollen damit einen kleinen Beitrag zu einem pfleglicheren Umgang mit dem uns anvertrauten Erbe leisten. Dieses Anliegen ist auch dem Touristenverein „Die Naturfreunde" seit seiner Gründung im Jahre 1895

Programm. Er vermittelt durch seinen Beitrag vielen, vor allem jungen Menschen nicht nur Natur- und Kulturerlebnisse, sondern auch Fachkompetenz, die sich in engagierter Mitarbeit im Natur- und Umweltschutz niederschlägt.

Mit dem vorliegenden Buch legen „Die Naturfreunde“ ein beredtes Zeugnis ab von ihrem Umgang mit der Geschichte, der Umwelt und – ausgehend von der Natur – den lokalen Gegebenheiten der Region, die mit dem Flüßchen „Düssel“ verbunden ist. Aus dem weitgespannten Themenbogen dieser Schrift erschließt sich das unverwechselbare Bild der Landschaft. Dem Leser wird deutlich, daß die Pflege unserer Kulturgüter und die Wiedergewinnung und Erhaltung einer intakten Umwelt zusammengehören, wenn sie auch weiterhin den Menschen Heimat sein sollen.

In den einhundert Jahren ihrer Vereinsgeschichte haben „Die Naturfreunde“ viel dazu beigetragen, daß sich die arbeitenden Menschen in ihrer Freizeit erholen konnten und daß das Bewußtsein vom engen Zusammenhang zwischen Natur und Kultur geweckt und vertieft wurde. Diese wertvolle Arbeit will die Nordrhein-Westfalen-Stiftung Naturschutz, Heimat- und Kulturpflege durch ihren Beitrag zur Herausgabe dieses Buches, dem ich viel Erfolg und eine weite Verbreitung wünsche, würdigen.

Johannes Rau.

Ministerpräsident Dr. h.c. Johannes Rau

Vorsitzender des Stiftungsrates
der Nordrhein-Westfalen-Stiftung
Naturschutz, Heimat- und Kulturpflege

Entlausung Weihnachten 1918

Sepp Meyer 1892 – 1979

Kurt Vogel, Neuß

„War 1914/15 zum zweiten Male in Zürich. Gute Arbeitsstelle in Oerlikon, wie bereits im Jahre 1912. Mitglied bei den JUNGBURSCHEN [Socialdemokratische Jugend]. August 1914 Ausbruch des Weltkrieges. Im socialdemokratischen Verein 'EINTRACHT' und im Volkshaussaal große Versammlungen und heftige Diskussionen über die Ursache des Versagens der maßgeblichen socialdemokratischen Parteien in Europa.

Im Mai 1915 erreichte mich der Gestellungsbefehl. Mich meiner Pflicht zu entziehen, kam nicht in Frage. Musterung in Stockach. Ausbildung bei der Feldartillerie in Hagenau, später bei der Gebirgsartillerie in Fulda. Einsatz zunächst [Sommer 1916] am Hartmannsweilerkopf in den Vogesen, dann ab Winter 1916/17 in Südungarn. Vormarsch über die Karpathen nach Rumänien; langdauernder Stellungskrieg im Bergland. Nach dem Sonderfrieden der Bulgaren Rückzug von der Front. Bei der Deckung desselben geriet unser 2. Zug im Sommer 1918 in serbische Gefangenschaft. Anfang Dezember Flucht. Mühsam und entbehrungsreich durchgeschlagen. ***Am zweiten Weihnachtstage in Passau entlaust.*** *Kam endlich am 9. Januar 1919 in meine Heimat nach Düsseldorf."*

Sepp Meyer würde sich mit Vehemenz gewehrt haben, seinen Lebenslauf, seine persönlichen Dinge so öffentlich auszubreiten. Für uns ist der hier schlußendlich erinnerte Zeitpunkt – pars pro toto die Entlausung – jedoch die Markierung des Beginns eines wichtigen, für die Naturfreundeorganisation im Rheinland eines neuen Abschnittes. Sepp Meyer war der Begründer und drängende „ Antreiber" der naturkundlich-heimatkundlichen Arbeit in unseren Orts-Gruppen, worüber unten nachfolgend noch näher zu berichten sein wird. Ein wichtiger Termin.

Als Sepp Meyer Anfang 1919 aus der Kriegsgefangenschaft zurückkam, war er 'Gefreiter' und Träger des E.K. II; in diesem Zusammenhang will mir eine Parallele nicht mehr aus dem Sinn: Denn es gab da bei Kriegsende 1918 noch einen anderen Gefreiten, ebenfalls Träger des E.K. II; so einsatzbereit, daß für ihn die Gefahr der Kriegsgefangenschaft bestanden hätte, war der wohl nie. Er nannte sich den 'namenlosen' Gefreiten; sein Hauptproblem war aber offenbar eine adäquate Berufsfindung; und was daraus geworden ist, das wissen wir alle. Solche Probleme hatte Sepp Meyer nicht. Im Gegensatz zu dem anderen hatte er eine abgeschlossene Lehre mit Gesellenprüfung und mehrjährige Berufserfahrung im In- und Ausland. Und er liebte seinen Beruf. In die Verlegenheit, beschließen zu müssen, Politiker zu werden, kam er nicht. Er war Buchdrucker mit vierjähriger Lehrzeit, was damals bei qualifizierten Berufen, so auch in den Sparten der ‘schwarzen Kunst’, durchaus üblich war, wie z.B. auch bei Robert Schaller [Xylograph] und bei Paul Kummer [Lithograph / Reprofotograph]; auch die Lehre von Theo Müller wie die meines Vaters, beide Buchdrucker, währte vier Jahre. Für Sepp Meyer dauerte es nach seiner Rückkehr nach Düsseldorf lediglich fünf Tage, bis er eine Arbeitsstelle als Akzidenzsetzer fand.

Der Termin 1918/1919 war der Zeitpunkt des großen Aufbruchs, jedenfalls für die große Mehrheit derer, die bis dahin Bürger zweiter Klasse waren. Das hat man heute vergessen oder nimmt es beim Geschichtsstudium nicht mehr recht wahr. So viele der damaligen politischen und kulturellen Innovationen sind inzwischen ‘selbstverständlich’ geworden, daß anderes gar nicht recht vorstellbar ist. Auch kommt hinzu, daß unversehens erhebliche Bewertungswandlungen platzgegriffen haben; so schreiben doch heute politische Meinungsgruppen nicht selten das auf ihre Fahnen, was in der Vergangenheit erst durch geduldige Bemühungen ihrer früheren Gegner und gegen ihren damaligen Willen zustandekam, wenn nicht ertrotzt werden mußte.

Wenn heute von hochheiliger Demokratie und von Menschenwürde die festliche Sprache ist, darf wohl gebeten werden zu überlegen, wer denn wie lange für ein gleichberechtigendes Wahlrecht und Freiheit in Würde bemüht sein mußte und bemüht war. Und daß schließlich das deutsche Volk der Souverän wurde, ist gewiß nicht ein Verdienst derer, die sich damals als konservativ, deutsch, national oder liberal bezeichneten.

Auch darf um der Geschichtswahrheit willen der Erinnerung wieder zugeführt werden, daß es doch mit seiner Abstimmung vom 19.12.1918 der Arbeiter- und Soldatenrat war, der sich mit sehr großer Mehrheit*) für die parlamentarische Demokratie als den richtigen politischen Weg für unser Deutschland entschieden hat. Dies nämlich war die wichtigste nationale Entscheidung unseres Jahrhunderts. Widerspruch?

Der Termin 1918/1919 war der „Tag“ des Aufbruchs und des Vertrauens in die junge Demokratie, gewiß für die große Mehrheit derer, die bis dahin nur Bürger minderer Klasse sein konnten. Aufbruch: das beinhaltete u.a. die Möglichkeit zum Auffüllen von Bildungsdefiziten. Damals wurden die Volkshochschulen instituiert. Und alle, die ein bißchen Fumm hatten, konnten diese Chance nutzen.

Zu ihnen gehörte Sepp Meyer. Und er besaß mehr als nur ein bißchen Fumm. Er besuchte die Volkshochschule. Und er wurde Mitglied der Düsseldorfer Gruppe der Naturfreundeorganisation. Mitglied der NATURFREUNDE war er allerdings bereits seit 1911; nach seiner Gesellenprüfung ab 1910 auf der Walz, wie es damals noch gute Sitte war, kam er durch die deutschen Gaue, durch Dänemark und Böhmen,

---

*)Reichs-Rätekongreß 16.12.-21.12.1918 in Berlin: Bei der Generalabstimmung sehr große Mehrheit gegen die Instituierung einer Räterepublik [98:344 Stimmen!] sowie starke Mehrheit für eine parlamentarische verfassunggebende Nationalversammlung; unter der Mehrheit auch die Deputierten von Stadt und Reg.-Bezirk Düsseldorf.

durch Österreich und Ungarn, kam wiederholt in die Schweiz. In Graz/Steiermark wurde er 1911 durch seinen dortigen Kollegen Rudolf Schuh in die Naturfreunde-Bewegung eingeführt, wurde und blieb dann später Mitglied in Zürich. So also ab Januar 1919, bald nach der Entlausung, 'selbstverständlich' auch in Düsseldorf.

In der Volkshochschule zu Düsseldorf und Essen belegte er Kurse und Seminare in Geologie, Botanik und Frühgeschichte, zwei Jahre lang intensiv, und trug dies dann in die NATURFREUNDE hinein, kontakthaltend mit seinen Lehrern, die oft auch Exkursionsführer und Seminarleiter für unsere Gruppen wurden. Seit daher datiert Sepp Meyers lang anhaltende Zusammenarbeit mit Stud.-Rat Dr. Rein, mit Stud.-Rat Steinebach, mit Dr. Kahrs [Ruhrlandmuseum Essen], mit Dozenten vom Geologischen Landesamt, mit Naturwissenschaftlichen Gesellschaften sowie mit Museumsdirektoren, wovon eine illustre Namensliste aufgezählt werden könnte.

Motor für die Arbeit in den Bereichen der Landeskunde [Heimatkunde] und der Naturkunde gründete er Anfang 1921 die Düsseldorfer N&H-Fachgruppe und betrieb die Zusammenarbeit aller Fachgruppen im damaligen Gau Rheinland. Pfingsten 1921 wurde die Bildung der Gau-Arbeitsgemeinschaft beschlossen, deren Obmann Sepp Meyer im Jahre 1926 wurde. Und er drängte auf Zusammenarbeit der N&H-Gruppen in der damaligen Reichsgruppe Deutschland. Dabei wurde er Beisitzer im Reichsausschuß der AG für Natur- und Volkskunde [später auch im Rheinland kurzfristig Benennung *'Volkskunde'* statt 'Heimatkunde']. Unter seiner maßgeblichen Mitwirkung entstand die ausformulierte Ziel- und Absichtserklärung „Die Arbeit der Naturfreunde für Natur-Erkenntnis und Menschenbildung", welche schließlich von der im Jahre 1928 in Zürich! tagenden Hauptversammlung der Reichsgruppe Deutschland der NATURFREUNDE beraten und verabschiedet wurde.

Es darf hier kein falsches Bild gezeichnet werden. Meyer war weder Missionar noch gar ein Religionsstifter. Er war auch gewiß nicht der einzige. In Cöln, Bonn und Wuppertal[Barmen-Elberfeld], in Cleve, Haan, und Essen, in Solingen, Viersen und Velbert, in Remscheid und Aachen wie andernorts waren ähnliche Gruppen entstanden. Die Chancen der Aufhebung der bisherigen Bildungsmonopole und das Dargebot der neuen Lernmöglichkeiten wurden auch von anderen mit Freude ergriffen. Wir tun aber sicher niemandem unrecht, wenn gesagt wird, daß Sepp Meyer anhaltend der große aktive Vorantreiber war.

Sepp Meyer: freundlich, positiv, aber kritisch

Arbeitsgemeinschaft für Naturkunde und Naturschutz
im Sauerländischen Gebirgsverein, Bez. Niederberg
Anschrift: Sepp Meyer, Düsseldorf, Binterimstr. 1

Wanderungen 1943

Sonntag, 28. März
Karst- und Höhlenbildungen im Gebiet der Schwelmer Kalkmulde. Erdgeschichtliche Wanderung Oberbarmen - Schwelm. Führung: Robert Schaller, Wuppertal.

Freitag, 23. April, bis Montag, 26. April
Fränkische und römische Baudenkmäler in Trier und Umgebung. Vor- und frühgeschichtliche Wanderungen im Moseltal und in der Südeifel. Besichtigung der Stadt Luxemburg. Führung: Sepp Meyer, Düsseldorf.

Sonntag, 8. Mai
Die Pflanzengesellschaften des Osterholzes. Pflanzenkundliche Wanderung Gruiten - Wuppertal-Vohwinkel. Führung: Karl Kreitz, Wuppertal.

Sonntag, 20. Juni
Teich und Tümpel und ihre Lebensgemeinschaften. Pflanzen- und tierkundliche Wanderung ins Bergische. Führung: Willi Lohbach, Solingen.

Sonntag, 18. Juli
Unsere einheimischen Bienen-, Hummeln- und Wespenarten und ihre Beziehungen zur Blumenwelt. Insekten- und pflanzenkundliche Wanderung durch den Kölner Königsforst. Führung: Schulrat W. Aerts, Köln.

Sonntag, 5. September
Oberkarbon und Diluvium an der Ruhr. Erdgeschichtliche Wanderung Kupferdreh - Werden a.d.Ruhr - Kettwig. Führung: Franz Steinhage, Velbert.

Über Ort und Zeit des Treffens bei den einzelnen Wanderungen werden die Teilnehmer in jedem Falle acht Tage vorher benachrichtigt.

Arbeitsgemeinschaft für Naturkunde und Naturschutz
im Sauerländischen Gebirgsverein, Bez. Niederberg
Anschrift: Sepp Meyer, Düsseldorf, Binterimstr. 1

Wanderungen 1945

Sonntag, 3. Mai
Wallburgen im Wupperwinkel bei Burg a.d.W.. Heimatkundliche Wanderung Schaberg - Burg - Höhscheidt - Ohligs. Führung: Willi Lohbach, Solingen.

Donnerstag, 14. Mai
Singvögel der niederbergischen Landschaft. Vogel-kundliche Wanderung durch das Osterholz und das obere Düsseltal. Führung: Robert Schaller, Wuppertal.

Sonntag, 14. Juni
Pflanzengesellschaften der Hildener Heide. Pflanzen-kundliche Wanderung. Führung: Karl Kreitz, Wuppertal.

Sonntag, 12. Juli
Falterbeobachtungen in Heide, Wald und Wiese. Schmetterlingskundliche Wanderung Hochdahl - Haaner Naturpark - Hilden. Führung: Julius Boin, Wuppertal.

Sonntag, 9. August
Pflanzen und Tiere des Rheinufers. Wanderung Eenrath - Zons. Führung: Ludwig Luckau, Düsseldorf.

Sonntag, 6. September
Das Unterkarbon des Velberter Sattels. Erdgeschichtliche Tagesexkursion. Führung: Franz Steinhage, Velbert.

Sonntag, 4. Oktober
Auf der Fährte des Neanderthaler Urmenschen. Erd- und vorgeschichtliche Wanderung durch das mittlere Düsseltal. Führung: Sepp Meyer, Düsseldorf.

Über Ort und Zeit des Treffens werden die Teilnehmer 8 Tage vorher benachrichtigt, da bei der gegenwärtigen Lage des Eisenbahnverkehrs eine vorherige Festsetzung nicht zweckmäßig ist.

Ein bißchen von einem Missionar muß er doch wohl in sich empfunden haben. Sein Wirken ist nur aus großem inneren Pflichtgefühl heraus zu erklären; und niemand als er selbst hatte ihn [sich] in die Pflicht genommen. Sepp Meyer blieb anhaltend der Motor. Er hat für die Verbreitung naturwissenschaftlicher Kenntnisse in unserem Verband immer wieder aufs neue gearbeitet. Er hat viele Freunde an diese Gebiete herangeführt, dabei gelegentlich auch etwas 'nachgeholfen' und ein wenig geschubst. Aber niemand der „Geschubsten" ist später unfroh darüber gewesen.

Bei seiner Leitungsarbeit war Sepp pingelig, ließ nichts durchgehen, konnte auch etwas harsch sein, wenn ein Thema nicht seriös bearbeitet wurde. Auf eine Frage war stets eine korrekte Antwort zu geben. Diese mochte volkstümlich formuliert sein – denn die Wissenschaft sollte [auch] dem Volke gehören! – aber absolut korrekt. Bitte keine Redensarten! Und keinesfalls durfte/sollte in das Naturreich etwas hineingetragen werden, was in andere Denk- oder Gefühlsbereiche gehört, was in der Natur aber nicht zulässig ist.

Im Jahre 1933 maßten sich diejenigen an, den allein seligmachenden Weg für unser Deutschland zu wissen, die es von Anfang an mehr in den Stiefeln als im Kopfe hatten. Und ärger noch: Als es dann 1945 zum Schwure hätte kommen müssen, wie es einem redlichen Manne wohl angestanden hätte, entzogen sich GRÖFAZ & Co. ihrer Verantwortung auf recht feige und miese Art und Weise.

Arbeitsgemeinschaft für Natur- und Volkskunde
im Touristen-Verein „Die Naturfreunde" Landesverband Rheinland
Anschrift: Sepp Meyer, Düsseldorf-Wersten, Ickerswarder Straße 21

Liebe Wanderfreundin! / Lieber Wanderfreund!

Den wirtschaftlichen Nöten der Zeit und allen zeitgemäßen Widerwärtigkeiten zum Trotz beginnen wir mit dem Neuaufbau unserer Arbeitsgemeinschaft und laden Dich hiermit ein zu der am Sonntag, dem 7. Juli 1946, vormittags 9³⁰ Uhr, stattfindenden

Hauptversammlung im Haaner Naturfreundepark

Tagesordnung: 1. Ziel und Aufgaben der Arbeitsgemeinschaft
2. Beitragsfragen
...ahlen a) des Obmannes c) des Schriftführers
... des Kassenwartes d) des Bücherwartes
...ch und Hildener ...

Nachmittags: Na...
He...
W...

Arbeitsgemeinschaft für Naturkunde und Naturschutz
im Touristen-Verein „Die Naturfreunde" Landesverband Rheinland

Anschrift: Sepp Meyer, Düsseldorf-Wersten, Ickerswarder Straße 21

Sonntag, 4. August 1946

Das Naturschutzgelände Kuhlenbusch (Dolinengebiet) und das Osterholz
ist das Ziel einer naturkundlichen Wanderung Vohwinkel — Düsseltal — Vohwinkel. Treffen: 10 Uhr an der Endhaltestelle der Schwebebahn in Vohwinkel. Führung: Julius Boln (Insektenkunde), Karl Kreib (Pflanzenkunde) und Robert Schaller (Erdgeschichte).

Sonntag, 1. September 1946

In das Moränengebiet des diluvialen Eiszeitgletschers bei Kupferdreh
führt die erdgeschichtliche Wanderung Werden — Fischlaken — Kupferdreh — Heisingen — Werden. Außer diluvialen Ablagerungen (Ruhrterrassen, Moräne, Sandr) lernen wir karbonische Schichten des Grundgebirges kennen. Treffen: 10 Uhr am Bahnhof Werden. Führung: Sepp Meyer, Düsseldorf (Diluvium) und Franz Steinhage, Velbert (Karbon).

Sonntag, 6. Oktober 1946

Die Sammlungen zur Vogelkunde des Niederrheins im Museum Benrath
erfreuen jeden Naturfreund immer wieder durch die lebenskundlich wahren Darstellungen der einzelnen Vogelarten. Nach dem Museumsbesuch Wanderung Schloßpark — Alter Rhein — Garath. Treffen 10 Uhr Benrather Schloß. Führung: Ed. Schuren, Düsseldorf.

[vorangehende Seite]: Programme der Arbeitsgemeinschaft Naturkunde und Naturschutz des SGV, Bezirk Niederberg, aus 1943 und 1945 [Auszug], teilweise infolge der Kriegsumstände sicherlich gänzlich undurchführbar. Beachtenswert: Namensfeststellung und Namensvergleich mit N&H 1945/1946 ff

[oben]: Wiederbeginn der NATURFREUNDE-Tätigkeit nach Kriegsende. In der Anfangszeit wohl noch einige Schwierigkeiten mit der Neufindung des Namens bzw. der Wiederfindung des alten Namens. Positiv sympathisch: Die Identität der 'bei der Stange' gebliebenen aktiven Freunde der N&H-Arbeit

Während der schlimmen Zeit der braunen Verfolgung sind die NATURFREUNDE von anderen Touristen gastlich und vorbehaltlos aufgenommen worden, in unserem Gebiet konkret vom 'Verein Linker Niederrhein' sowie vom 'Sauerländischen Gebirgsverein'. Das muß heute – auch 50 Jahre danach – mit Respekt erinnert werden. Denn man wußte dort doch sehr wohl, woher die neuen Mitglieder kamen und aus welcher Voraussetzung sich im Jahre 1933 ihre Mitgliederzahl erhöhte. Beide Verbände haben aber auch die Kompetenz unserer N&H-Gruppen erkannt und deren Arbeit in ihrer Obhut weiterwirken lassen. Selbst das war damals riskant. Wenn man die oben auszugsweise wiedergegebenen „N&H"-Programme und N&H-Programme aus dem Zeitraum zwischen 1943 und 1946 vergleicht, dann ist die personelle Identität ebenso wie die Identität des Spektrums von Leistung und Angebot offensichtlich. Überraschend nur für Unkundige.

Sepp Meyer: Aufnahme vom 4. 2. 1962, dem Vortag zu seinem 70. Geburtstag, an diesem Tage im Löbbecke-Museum noch voll im aktiven Dienst

Nach dem letzten Weltkrieg konnte Sepp erfüllende Freude empfinden darüber, daß er an das LÖBBECKE-Museum geholt wurde, wo er die Abteilungen für Geologie und Prähistorie betreute. Viele Jahre arbeitete er dort zeitgemeinsam mit Karl Stamm, dieser zuständig für die Abtlg. Entomologie, stets unter den arg erschwerenden Bunker-Voraussetzungen. Sepp Meyer blieb im aktiven Dienst – auch das charakterisiert den Imperativ seines Lebens – bis Ende 1963, bis zu seinem 72.! Lebensjahr, und danach noch viele Jahre als ehrenamtlicher Mitarbeiter.

Knapp zehn Jahre später, im März 1973, verlieh der VEREIN LINKER NIEDERRHEIN an Sepp Meyer im Rahmen eines Festaktes im Naturfreundehaus zu Düsseldorf die *Albert-Steeger-Medaille*. Der Vorsitzende des VLN, Schulrat W. Rempe, hielt dazu eine sehr beachtliche Laudatio, danach Wolfgang Rebske den Festvortrag: „Über den Vulkanismus der Eifel, speciell der zentralen Vulkaneifel". Chor und Orchester der Naturfreunde Remscheid sorgten für einen harmonischen Rahmen. Es ist schade, daß der Text der Laudatio nicht publiziert wurde; denn es lohnte, ihn zu lesen. Und gerade diese mit dem Namen von Albert Steeger verbundene Ehrung wird Sepp „echt" gefreut haben; denn mit Prof. Steeger verband ihn früher eine lang dauernde gute Zusammenarbeit. Steeger hat viele N&H-Exkursionen geführt, bereits lange, bevor ihm die Universität Bonn [1934] das Ehrendoktorat verlieh und er

Gruppe für Natur- und Heimatkunde
Obmann: Sepp Meyer, Düsseldorf, Lorettostr. 2

4. Naturkundl. Wanderung Cleve - Reichswald - Geldern Führer: Sepp Meyer.
7. Vortrag: "Kriechtiere und Lurche". Referent: Otto Rau.
11. Gaugruppenwanderung Bergisch Gladbach - Herrenstrunden. Führung: Hein Hoffmann, Köln.
14. Vortrag: "Vom Bau der Pflanzen". Referent: Hein Hoffmann, Köln.
21. Vortrag: "Höhenzüge des Niederrheins, ihre Entstehung und ihr geologischer Aufbau". Referent: Sepp Meyer.
25. Geologische Wanderung Viersen - Süchtelner Höhen. Führer: Mittelschullehrer A. Steeger, Kempen
28. Vortrag: "Der vorgeschichtliche Mensch". Referent: Heinrich Albers.

Programm der N&H-Gruppe Düsseldorf vom September 1921

Befreiung aus der Unwissenheit

„S e p p M E Y E R, den es heute zu ehren gilt, dürfte in vielen Dingen einem Mann wie DÄNIKEN entgegengesetzt sein. In einem jedoch sind sie gleich: Beide sind sie keine graduierten Wissenschaftler. Und beide kommen aus einfachen Verhältnissen, haben keine schulische Bildung erfahren, die zum Studium führte. Aber dann hört auch schon der Vergleich auf. Ich erwähne hier DÄNIKEN nur, um den krassen Gegensatz zwischen Wissenschaftlern mit und ohne Anführungszeichen deutlich werden zu lassen.

Für Sepp MEYER ist die Wirklichkeit Gegenstand seines Interesses. Signalisiert DÄNIKEN den die Wissenschaft ausbeutenden Geschäftsmann, der die Träume von Menschen benutzt, um 'Geld zu machen', so signalisiert MEYER den Menschen, der Wissenschaft sich unter harten Bedingungen erarbeitet hat, dem aber dann aus dem Wissen um die Unwissenheit der Menschen die Kraft hervorwuchs, primär deshalb wissend zu werden, um das erarbeitete Wissen weiterzugeben.

Die Befreiung aus der Unwissenheit der Menschen ist Sepp MEYERs Triebfeder, nicht die Vertiefung deren irrealer Träume. Irreal und negativ zu bewerten sind Träume, die keine vorwärtsstrebenden Gedanken aufnehmen, sondern ausweichend und ohnmächtig sind. Dagegen ist positiv von Träumen zu sprechen, wenn sie als utopische sozialgebundene Zielvorstellungen Antriebsfeder für einzelne oder für viele Menschen sein können."

W. Rempe
[aus der Laudatio von März 1973]

später [1956] zum „Professor" ernannt wurde. Und gewiß war das Niederrheingebiet nördlich Krefelds mit seinen dortigen glacialen und postglacialen Befunden auch eines von Sepps bevorzugten Exkursionsgebieten.

Sepp Meyers „Lieblingsgebiet" der ersten Wahl war jedoch ohne Zweifel das Niederbergische Land mit dem Anger- und besonders dem Düsseltal/Neanderthal. Hier waren auf engstem Raum die 'rufenden' Arbeitsgebiete beieinander, denen Sepp mit Neigung zugetan war: Geologie, Früh- und Urgeschichte. Dabei war insbesondere von Interesse, daß im Devon die pflanzlichen und tierischen Lebewesen „vom Wasser aufs Land gestiegen waren", so daß hier auch die Beschäftigung mit der Paläobotanik und der Paläozoologie notwendig war. Und das Neanderthal – aber das sind ja nach Athen getragene Eulen! – war seit 1856 bzw. 1859 einfach der „Ort des Ortes".

Wenn man die alten Programme seit 1921 durchsieht, kehren die Exkursionsziele und Seminare mit Themen dieses Bereiches immer wieder. Hier bündelte sich auch regional die Zusammenarbeit mit den Freunden aus Essen/Velbert/Bochum sowie aus Haan, Wuppertal und Solingen. Karl Stamm hat hier wichtige Teile seines 'Prodromus' erarbeitet. Und Franz Steinhage, der „kleine Mann mit dem scharfen Verstand" [vergl. Beitrag SCHILDKAMP, S. 19], mußte lange Geduld aufbringen, seinen Freunden, aber auch den Fachleuten glaubhaft zu machen, daß hier und da die älteren Schichten über! den jüngeren liegen.

Sepp Meyer zog für Fragen der Paläobotanik Dr. Weyland, Elberfeld, heran, in Sachen Paläozoologie die Museumsdirektoren und -Mitarbeiter aus Elberfeld, Wülfrath und Düsseldorf [Löbbecke]; dort war Sepp Meyer bereits langjährig ehrenamtlicher Mitarbeiter. Andererseits waren mehrere Museumsmitarbeiter Naturfreunde-Mitglieder und durch Vorträge in der N&H-Gruppe über den Durchschnitt hinaus sensibilisiert, was sich schließlich in dem Faustkeil-Fund von 1927 niederschlug [vgl. Beiträge STEINEBACH †, S. 119, und MEYER †, S. 47].

Dort im Neanderthal kam es auch wiederholt zu strittigen wie zugleich auch fruchtbaren Diskussionen mit Constantin KOENEN, der andererseits linksrheinisch Exkursionsführer für die Naturfreunde war und in der damaligen Gau-Zeitschrift 'RHEINISCHES LAND' publizierte.

Sepp Meyer hatte und pflegte Kontakte zu den Naturfreunden in Belgien und Frankreich, aber auch zu den wissenschaftlichen Gesellschaften für Früh- und Vorgeschichte. Immer wieder kam eine Karte an, primär schon auffällig durch die fremde Briefmarke, aus einem der „Vororte" der Vorgeschichte, aus Lascaux, aus les Eyzies oder einem anderen Perigord-Ort, wenn nicht aus Malta oder Santander/Altamira mit dem kurzen Text [sinngemäß]: „In diesem Jahr tagen hier die Prähistoriker: Da <u>kann</u> ich nicht fehlen. Herzliche Grüße! Sepp".

Dieses Interesse und diese Arbeit haben fortwährend angehalten, solange die Beine und der Kopf es mitmachten, zuletzt unter Überwindung erheblicher körperlicher Schwierigkeiten des Gehörs und der Fortbewegung, bis zuletzt jedoch in großer Selbstdisziplin. In meinem Archiv ist es schnell ermittelt: Seine letzte Führung datiert vom 3. 4. 1977: „Das Neanderthal und der Neanderthaler". Geschichtlich – heimatkundliche Exkursion. Treffen: 10:00 Uhr Bahnhof Hochdahl. Führung: Sepp Meyer. Im Juni 1979 starb unser Senior, 87 Jahre alt geworden.

So kann also gar kein Zweifel bestehen, daß unsere jetzige Fachgruppe N&H sich bei der Absicht, aus Anlaß des Hundertjahrgeburtstages der NATURFREUNDE ein Thema unserer Heimat möglichst umfassend zu erarbeiten, mit Sicherheit deshalb für die Region 'Düssel' entschieden hat, weil so vielen von uns das große und nie nachlassende Interesse unseres Altmeisters eingeimpft und übertragen wurde. Hier darf man [unter temporärer Außerachtlassung von Orthographie und Grammatik – Sepp hätte das allerdings niemals durchgehen lassen!] in rheinischer Formulierung sagen: „Die Impfe[n] sind angegangen!". Insofern hat dieses Buch letztendlich auch etwas zu tun mit der Entlausung von Weihnachten 1918.

Wenn andernorts die Sprache ist von starken Menschen, die überdurchschnittlich viel vorantrieben und leisteten, dann erfährt man in der Regel, daß der Betreffende seine nie nachlassende Kraft dazu schöpfte aus seinem Glauben und/oder aus dem Born seiner Familie. Diese beiden Schöpf-Stellen waren Sepp Meyer versagt.

Legende für die nächste Seite: Sepp Meyer in Zetel bei dem von ihm initiierten und bis heute noch regelmäßig durchgeführten Herbsttreffen der Ornithologen und Limnologen am Jadebusen [mit Stützpunkt im NFH Zetel]

Sein Glauben blieb auf den Schlachtfeldern des ersten Weltkriegs, von wo er durch das Erlebnis der Waffen- und Kriegs-Segnung durch Geistliche auf der eigenen wie gleichermaßen auf der gegnerischen Seite, katholische Christen wie er auf beiden Seiten, und nun mit des HERRN Segen heftig und offenbar doch gar mit Tötungsabsicht gegeneinander, ohne das bis dahin Geglaubte zurückkehrte. Auch versagte ihm das Schicksal, von wem auch immer geschickt, das Aufwachsen in harmonischer Familienbehütung. Lassen wir ihn darüber selbst berichten:

> *„Als erster Sohn des katholischen Arbeiters Lambert Meyer am 5. Februar 1892 im Düsseldorfer Fabrikvorort Oberbilk geboren. Besuchte von 1898 bis 1906 die Volksschule; beste Fächer: Geographie, Rechnen/Raumlehre und Religion, später Rechtschreiben. Zu Hause streng katholische Erziehung. Sollte den anderen Geschwistern mit gutem Beispiel vorangehen, was mir nicht immer gelang. 1904 starb meine Mutter. Kam mit vier Geschwistern in ein katholisches Waisenhaus. Meßdiener. Von 1906 bis 1910 Buchdruckerlehre in Linnich und Düsseldorf; wurde Schriftsetzer.“*

In meiner Schatulle „Ungelegte Eier“ schlummert noch ein Manuskript über Sepp Meyer und seine Tätigkeiten und Leistungen bei den Naturfreunden, zwölf Seiten, geschrieben 1987, aber nie publiziert. Darin sind festgehalten auch Daten aus seiner zusätzlichen zwanzigjährigen Dienstzeit als Bundesfachgruppenleiter N&H unserer Bundesgruppe Deutschland sowie aus/in anderen Funktionen, zusätzlich aber auch einige charakteristische und ihn charakterisierende ‚Döhnekes‘. Noch unbearbeitet ist eine [vollständige?] Auflistung seiner Exkursionsführungen, seiner Vorträge und seiner Publikationen. Es muß offenbleiben, ob dies jemals bearbeitet werden wird. Den hiesigen Rahmen würde es jedenfalls sprengen. Es soll hier ja auch keine 'Hofberichterstattung' erfolgen. Wir sind kein Devotionalinstitut.

Ganz ohne Zweifel sind wir aber unserem Sepp Meyer auch posthum zu großem Dank verpflichtet. Und wir danken ihm. Herzlich.

Literaturverzeichnis:

BORGER, H. (1981):
„Albert Steeger (1885-1958)“ in: Studien zur Niederrheinischen Landeskunde, Schriftenreihe des Kreises Viersen (vormals Kempen-Krefeld), 32, Viersen

FUHLROTT, J.C. (1859):
„Menschliche Überreste in einer Felsengrotte des Düsselthales“. Ein Beitrag zur Frage über die Existenz fossiler Menschen. Verh. Nat.histor. Verein d. preuß. Rheinl. u.Westph., 16, 131-153, Bonn (auch Reprint 1992 durch Naturhistor. Verein)

KOENEN, C. (1926):
„Das römische Neuß“, Rheinisches Land, 7, Heft 4, 56-58, Köln

MEYER, S. (1971):
„Vom Ich“, kurzgefaßter handschriftlicher Lebenslauf, N&H-Archiv

REICHSLEITUNG NÜRNBERG -Hrsg.- (1928):
„Die Arbeit der Naturfreunde für Natur-Erkenntnis und Menschenbildung“, Denkschrift zu Händen der II. Reichsversammlung (Touristenverein „Die Naturfreunde“) August 1928 (Zürich). Eigenverlag der ehem. Reichsleitung, jetzt im ARÖK-Archiv

REMPE, W (1973):
Vortragsmanuskript „Befreiung aus der Unwissenheit – die Wissenschaft muß auch dem Volk gehören“ – Laudatio aus Anlaß der Verleihung der Albert-Steeger-Medaille an Sepp Meyer

SEELING H. (1984):
„Constantin Koenen (1854-1929). Leben und Werk des Archäologen“, Verlag Förderkreis Wierstraet, Neuß

STAMM, K. (1981):
„Prodromus der Lepidopteren-Fauna der Rheinlande und Westfalens“, Selbstverlag, Solingen

WORTPROTOKOLL (1919)
„Allgemeiner Kongreß der Arbeiter- und Soldatenräte Deutschlands“ (vom 16. bis 21. Dez. 1918 im Preußischen Abgeordnetenhause zu Berlin): Wortprotokoll, stenographische Berichte, Zusammenstellung der erledigten Anträge. Reprint 1972, Verlag Auvermann, Glashütten/Taunus

Fotos: Siebrasse, Bielefeld, 2x; Löbbecke-Museum, Düsseldorf; Repros: N&H-Archiv

Einer von uns – einer für uns

Franz Steinhage 1882 - 1973

Helmut Schildkamp, Velbert

Im Februar 1882 wird in Lügde das erste Kind der Johanna Steinhage, Frau des Maurers August Steinhage, geboren. Lügde ist ein kleiner Ort in der Nähe von Bad Pyrmont, jedoch erheblich älter als die bekanntere Nachbarstadt, angeblich auf Karl den Großen zurückgehend, jedenfalls mit einer beachtlichen romanischen Kilianskirche. Die Eltern nennen ihren Sohn Franz; er wird noch zwölf Brüder und schließlich eine Schwester bekommen. 1886 siedelt die junge wachsende Familie um nach Essen, in den damaligen 'Goldenen Westen', wo von Bergbau und Industrie ständig Leute gebraucht und verschlissen werden. Der Vater war inzwischen selbständiger Maurermeister. Durch seine handwerkliche Qualifikation hatte er so bessere Anfangschancen als die vielen ungelernten Landarbeiter, die aus dem polnischen Osten Preußens in das Ruhrgebiet fluteten.

Franz Steinhage besucht bis zum 14. Lebensjahr die Schule. Danach tritt er bei seinem Vater in die Lehre ein, wie später nachfolgend auch alle seine Brüder. Die Lehrzeit dauert 4 Jahre; der Termin der Gesellenprüfung [1900] fällt zusammen mit dem Beginn des Militärdienstes; der betrug damals drei! Jahre, welche Zeit benötigt wurde, „um aus Zivilisten Menschen zu machen". Gleichzeitig mit dem Beginn des 'aktiven' Dienstes tritt Franz Steinhage in die Socialdemokratische Partei ein; er war sich bereits früh seiner Klasse bewußt. Seinen Militärdienst bis 1903 hatte er bei den Pionieren in Straßburg zu absolvieren.

Zwei Jahre lang mauert er danach in Velbert, wo sein Vater für den Bau einer Jugendstil-Kirche einen großen Auftrag erhalten hat, später bei anderen Firmen. Das Engagement in der Politik wird stärker. Bald gerät er wiederholt in „Schwierigkeiten", auch Inhaftierungen, so z.B. in Zusammenhang mit Streiks. Schließlich erhält er wegen eines Eintrags in seinen Papieren in Velbert keine Arbeitsstelle mehr. Karl wendet sich wieder nach Essen. Im Bergbau unter Tage werden Maurer immer gebraucht Und hier geschieht nun, plötzlich und völlig unerwartet, die für sein Leben entscheidende zukunftsprägende Begegnung mit bisher Unbekanntem:

Sigillaria elegans aus dem Karbon des südlichen Ruhrgebiets, hier bevorzugt im Westfal A.

Oberflächen oft bienenwabenähnlich texturiert durch in der Regel sechsseitige Blatt- oder Rindennarben, mehr breit als hoch, in gereihter Anordnung

Legende zu Seite 21: Abdruck und Versteinerung eines heute nicht mehr rezenten Farnes aus dem Oberkarbon oder Perm des Ruhrgebiets, wahrscheinlich der Gattung Callipteris oder Neuropteris zugehörig. Welch imponierende Herrlichkeit! Einen wachen Menschen kann dies sehr wohl zu weiterem Hinterfragen stimulieren

Auf der Grube 'Richrath' im Hespertal , in tiefster Dunkelheit unter Tage, erleuchtet sich ihm gleichwohl jäh ein sehr helles Licht: Er sieht in den karbonischen und benachbarten Schichten Versteinerungen und Abdrücke vorzeitlicher Pflanzen.

Diese Zeugen der fernen Vergangenheit faszinieren ihn: Sie werden ihn von nun an nie wieder loslassen. Als Fragender kommt er zum Ruhrland-Museum, nimmt an den Exkursionen Dr. Kahrs teil. Die Geologie hat ihn gefangen. Franz sammelt, hinterfragt und forscht, bleibt indes auch weiter dem verbunden, was er politisch für notwendig hält. Er ist aktiver Sportler [Geräteturnen, Marathon]. Und – nicht zu vergessen: 1912 gründet er gemeinsam mit Elisabeth 'seine' Familie Steinhage.

Diese aktive Lebensphase der Arbeit, der Familie, des wissenschaftlichen Lernens und des Sports wird jäh unterbrochen durch den Ausbruch des Weltkrieges. Im August 1914 wird Franz eingezogen, 32 Jahre alt. Er wird bis 1918 seine Pflicht tun, aber mit herben Gedanken gewiß. Denn das war nicht sein Krieg; und das war auch nicht ein Krieg im Interesse der Bürger Deutschlands. Er ist befremdet von der Begeisterung seiner Kameraden. Er weiß, wo er steht. Aus dem Felde weist er seine Frau brieflich an, unter keinen Umständen „Gold für Eisen“ zu geben. Als Angehöriger der Pioniertruppe ist er mit zuständig für die ärgsten Gefahrenleistungen – während des „schnellen Marsches nach Paris“, der nun ein mehr als dreijähriger Grabenkrieg an der Westfront sein wird.

Bei einem Gelbkreuz-Gasangriff der Deutschen [Frühjahr 1918] wird das Gas in die eigenen Linien geweht. Auch Franz ist dabei dem Gelbkreuz ausgesetzt. Ein Eisenbahnzug bringt die Vergifteten nach Baden-Baden. Es ist eine Fahrt des Grauens. Bei jedem Halt laden die Soldaten ihre schon gestorbenen Kameraden aus und wissen nicht, ob sie selbst beim nächsten Halt wohl schon zu den Toten gehören werden. Franz überlebt; aber das Gelbkreuz hat ihn schwer getroffen: Fast fünf Monate ist er erblindet. Alle Zähne fallen aus; er verliert sein Haar. Die späte Genesung bringt das Augenlicht wieder und einen schütteren Haarwuchs.

Dort in Baden-Baden erlebt Franz den Zusammenbruch der Monarchie, erlebt die Feigheit des Monarchen, der als wohlbestallter Pensionär ins Ausland geht und sich seiner Pflicht und Verantwortung entzieht, ein undeutsches Verhalten. Er erlebt die Ausrufung der Republik und kehrt, sobald es nur geht, nach Essen zurück, um wieder in seinem Beruf zu arbeiten, um beim Aufbau mitzuwirken.

Bereits 1919 wird Steinhage Mitglied bei den 'Naturfreunden' in Essen. Mit der Essener Ortsgruppe hat es so eine besondere Bewandtnis, präziser gesagt: mit ihrer Gründung. Innerverbandlich haben Spötter wiederholt gesagt, diese Gruppe sei auf Initiative von Kaiser Wilhelm gegründet worden. Was es nämlich in ganz Deutschland sonst nicht gab, geschah hier: Diese Ortsgruppe wurde mitten während des Krieges gegründet - 1915; und einen nicht unwesentlichen Anteil daran hatten viele Metallfacharbeiter, die seinerzeit von überall her in die Rüstungsindustrie nach Essen 'versetzt' worden waren.

Franz wird Gruppenleiter der N&H-Gruppe Essen; man findet seinen Namen als Vortragenden und als Exkursionsleiter oft in den publizierten Programmen. Er ist auch wieder eifriger Teilnehmer an den Geologie-Lehrgängen der Volkshochschule und des Ruhrlandmuseums. Auf Anraten Dr. Kahrs spezialisiert er sich auf die Beobachtung seines engeren Lebensraumes, also der Region Essen-Velbert bis zur Wupper, welche geologisch vom Oberdevon und Unterkarbon bestimmt wird.

Sein Kenntnis-Umfang war inzwischen wesentlich erweitert, so daß er 1923 zum Korrespondierenden Mitglied der Preußischen Geologischen Landesanstalt berufen wurde. Außerdem war er ehrenamtlich als Präparator am Ruhrlandmuseum tätig. Seine paläontologischen Fundstücke erregten Aufsehen bei der Ausstellung zur Zehnjahrfeier der Essener Naturfreunde wie später auch anläßlich der Arbeiter-Olympiade. Zahlreiche Funde kommen in die Sammlung des Ruhrlandmuseums sowie der Universität Berlin, später auch nach Belgien und England.

Nach dem frühen Tod seiner Frau [1922] vorübergehend derangiert – wer könnte solches nicht verstehen! – ist er danach bald aber wieder überall dabei, wo Naturfreundearbeit, Naturkunde und Sport mit Elan betrieben werden. Er arbeitet mit beim Bau des Naturfreundehauses Tönisheide. In das Jahr 1926 fallen seine Reisen nach Hammerfest und Spitzbergen. Was im Zeitalter des organisierten Massentourismus heute normales „tägliches Brot" ist, das war damals für den 'Maurer Franz vonne Zeche' eine unerhörte Leistung. In diesen Jahren begannen nun auch die Verbindungen zu Wissenschaftlern aus England und Belgien, für die dieser kleine Mann mit dem sicheren Blick und dem scharfen Verstand eine besondere wissenschaftliche Hilfe war.

1933 bricht über Deutschland „die braune Pest" herein. Für Franz Steinhage gibt es keinen anderen Ausdruck. Der Ortsgruppenleiter der NSDAP! in Velbert beschwört ihn, doch den Mund zu halten, sich nicht in Gefahr zu bringen. Im Jahre 1935, nach 13 Jahren Alleinseins, heiratet er wieder. Und 1935 legt er auch in seinem Beruf die Meisterprüfung ab und eröffnet noch im gleichen Jahr in Velbert ein Baugeschäft. Jedoch wechselt er damit nicht die Seite der Barrikade. Nach der „Reichskristallnacht" vom 9. Nov. 1938 fordert er die Parteiführung der NSDAP öffentlich! zur Rechenschaft auf. Er war ja auch in der zurückliegenden Zeit innerhalb der SPD nie den Weg der Angepaßten gegangen; denn als ihm die Sozialdemokraten nach seiner Meinung zuviel taktierten, schloß er sich der USPD an. Kein bequemer Mensch also. Wir „Jüngeren", allerdings nun auch schon dem Rentenalter sehr nahe, kannten Franz indes nur als einen stets freundlichen, hilfsbereiten und herzlichen Kameraden.

Während der Nazi-Zeit ging die Naturfreundearbeit weiter, wenn auch halbverborgen. Zudem tritt Franz 1933 in den Sauerländischen Gebirgsverein -SGV- ein, bei dem ja nicht wenige Naturfreunde während der Verbotszeit Gäste waren und dort eine so honorige Aufnahme fanden, daß es keinen redlichen Grund gab, diese Mitgliedschaft nach der Nazi-Zeit wieder aufzugeben. So auch bei Steinhage.

Brachiopoden , „Armfüßer", hier als Beispiel Cyrtospirifer aus dem Oberdevon, bilden im Tierreich nach dem gegenwärtigen Stand der Taxonomie einen eigenen Stamm. Es sind Zweischaler, jedoch nur scheinbar den Muscheln ähnlich. Ihr innerer Aufbau ist von dem der Muscheln wesentlich unterschiedlich; daher ist auch die Oekologie different. Bis auf wenige Ausnahmen sind Brachiopoden nicht mehr rezent

Mit dem Kriegsende beginnt für Steinhage eine neue Lebensphase. Wir finden ihn unter den Wiedergründern des Jugendherbergswerkes in Velbert. Die weitere Mitarbeit in der Naturfreundeorganisation ist keine Frage; er wird Bezirksleiter der N&H-Gruppen, führt viele Exkursionen und drängt besonders auf die Zusammenarbeit mit den Gruppen des Ruhrgebietes. Energisch wendet er sich gegen die Verquickung von parteipolitischen und Naturfreunde-Aktivitäten. Natürlich ist Franz auch in der wiedergegründeten SPD aktiv mit dabei; Passivität ist ihm eine fremde Welt. Neben seinen bisherigen Funktionen und seiner beharrlich weitergeführten naturkundlichen, besonders der geologischen Arbeit übernimmt er zusätzlich noch im Jahre 1953, 71 Jahre alt, die Aufgabe des Wegewarts im SGV.

In diesen Jahren führt Franz weiterhin viele geologische Wanderungen für die Naturfreunde. Er erklärt – besser: er versucht zu erklären; denn mittlerweile ist er in seinem Bereich ein Wissenschaftler von hohem Grade geworden, daß es nicht selten schwerfällt, seinem Fachwissen zu folgen. Was sich aber immer aufs neue überträgt, ist das liebevolle Interesse an den Erscheinungen der Natur, ist die Weckung des wichtigen Bedürfnisses, fragen zu müssen und gerne wissen zu wollen. Er weiß stets, auf interessante örtliche Befunde und die Zusammenhänge hinzuweisen, mindestens doch beim zweiten Blick 'kapierbar'.

OBERKARBON / OBERKARBON / OBERKARBON / OBERKARBON			
UNTERKARBON	DINANTIUM	Tournaisium	Hangenberg-Schichten und Kalk
OBERDEVON	FAMENNIUM	Wocklum	Etroeungt 150 m Angertal- und Velbert-Schichten 700 m
		Dasberg	
		Hemberg	'Fossley', bunt, 100 m Kalkknollenschiefer [grau]
		Nehden	Gebänderte Schiefer
OBERDEVON	FRASNIUM	Adorf	Matagne-Schiefer Flinzschiefer u. Kalke
MITTELDEVON / MITTELDEVON / MITTELDEVON / MITTELDEVON			
UNTERDEVON / UNTERDEVON / UNTERDEVON / UNTERDEVON			

kni.

Geologische Tafel des Oberdevon – Unterkarbon – Überganges im Bergischen Land, hier insonderheit im Niederbergischen: Velbert- und Angertal-Schichten, darüber das Etrœungt im 'obersten' Oberdevon

Die Schärfe seiner kritischen Beobachtung, seine Ausdauer beim Suchen und das „Nicht-ruhen-lassen" beim kleinsten Widerspruch sind gewiß die Wurzel seines wissenschaftlichen Erfolges. Seine Arbeit hat die Geologie im Raum zwischen Düssel und Emscher neu belebt.

Teile seiner Gesteins- und Fossil-Sammlung sind in mehreren Museen und Universitätssammlungen bewahrt. Auf Steinhages Anregung hin wird eine mehr differenzierende Gliederung des Oberdevon – Unterkarbon – Überganges des Niederbergischen in „Angertal-Schichten" als neue Gruppe eingeführt.

Auch kann über diese erfreuliche und schöne Anerkennung Bericht erstattet werden: Die **Steinhagella steinhagei** als Leitfossil und die **Derbya steinhagei**, zwei Brachiopoden, werden nach ihm benannt.

Ständig ist er unterwegs, untersucht Baugruben und andere Aufschlüsse, oft gemeinsam mit seinem Freund Sepp Meyer. Sehr oft hat er Geologen zu Gast, ausländische wie deutsche, führt sie durch „sein" Revier. Seine Wohnung unterm Dach beherbergt mehr Steine, als viele Museen sie haben. Und stets vergrößert er seine Sammlung noch mit sicherem Blick. Alle Besucher wissen es wohl: Bei ihm daheim wird herzliche Gastfreundschaft gewährt. Dazu schreibt PAPROTH:

„Die Großzügigkeit, mit der Herr STEINHAGE seine eigene, reiche Sammlung ohne weiteres H. PAUL und anderen Bearbeitern überließ, war ein Grundzug seines Wesens. Seine offene Freundlichkeit, Hilfsbereitschaft und Menschenliebe (oder soziales Verantwortungsbewußtsein) haben nicht nur viele Sammler und Geologen erfahren. Die geologische Wissenschaft hat beträchtlich profitiert.

Nach dem Kriege war einer der ersten Geologen, die Herr STEINHAGE wieder in das so vielfältig gegliederte und durch seine häufigen und krassen Fazieswechsel so schwierige Gelände des Velberter Devons und Unterkarbons einführt, der Brite Roland GOLDRING. Dieser hat ihm charakteristisch gedankt „....... for the gift of many specimens from the Etroeungt Beds and for conducting him to many outcrops" [1957].

Seit etwa 1955 war ihm bis zu seinem Tode Eva Paproth für fast 20 Jahre Hilfe und freundschaftlicher Zusammenarbeit herzlich dankbar und verbunden. Als Kenner der manchmal nach den veröffentlichten Beschreibungen nicht leicht zu lokalisierenden, von W. PAECKELMANN und H. PAUL aufgenommenen Schichtfolgen hat er seine selbstlose Hilfe bei unzähligen Gelegenheiten, meist an Wochenenden zur Verfügung gestellt. So liegen nicht nur die damals gemeinsam gesammelten Stücke in der Sammlung des Geologischen Landesamtes in Krefeld, sondern auch sein eigenes, allein gesammeltes Material. Die Zusammenarbeit mit Herrn STEINHAGE wurde durch seinen Witz und seinen Sinn für Komik gewürzt, die sich in manchem Schabernack äußerten. Die Gastfreundschaft der Familie STEINHAGE ist sicher allen, die er je geführt hat, in dankbarer Erinnerung! Herr STEINHAGE war Korrespondierendes Mitglied des Geologischen Landesamtes Nordrhein-Westfalen."

Dem Achtzigjährigen verleiht 1962 Velbert die Ehrenplakette der Stadt, eine nicht häufig vergebene Ehrung. Die Würdigung geschieht durch Bürgermeister Bäumer. Als Ehrengäste anwesend sind Vertreter aller Verbände, in denen Franz mitarbeitet, aber „natürlich" auch Dr. Eva Paproth vom GLA und sein Freund Sepp Meyer für die N&H-Bundesfachgruppe.

Weitere gut zehn Jahre später, 1973, erhält Franz, 91 Jahre alt geworden, Besuch durch den Ministerpräsidenten Heinz Kühn in dessen Eigenschaft als SPD-Spitzenmann. Steinhage ist Mitglied bei den Sozialdemokraten seit 1900, also seit nunmehr 73 Jahren. Peinlich für die Partei: Darauf war sie nicht vorbereitet. Für eine derart lange Zugehörigkeit und Verbundenheit gibt es keine gängigen Auszeichnungen, Nadeln oder vergleichbares „Ehrengehänge". Die Verlegenheit kann nur überbrückt werden durch einen Blumenstrauß und allerdings durch eine Laudatio Kühns, der ja, wie viele von uns wissen, ein Meister des Wortes war.

Es ist schön zu wissen, daß Franz Steinhage, dieser so lebendige und aktive Mann nicht das Martyrium eines langen Siechtums erlitt. In den letzten Wochen seines Lebens nicht mehr gut zu Fuß, hält er sich überwiegend daheim auf. Am 3. Mai 1973 überrascht ihn der Tod während eines Gesprächs mit einem alten Bekannten.

Im Bulletin der Belgischen Gesellschaft für Geologie, Paläontologie und Hydrologie findet sich als Nachruf diese Würdigung:

„Nous tenons à rendre ici un hommage combien mérité à M. Franz STEINHAGE qui déploya un zèle aussi infatigable qu'efficace au service de la Science. M. STEINHAGE est décédé à l' âge de 91 ans, à Velbert, en mai 1973. Grand amateur de paléontologie et surtout de biostratigraphie, il avait centré ses efforts sur le Dinantien des environs de Velbert, où il avait recueilli une imposante collection. D'un caractère généreux, il avait donné ses fossils aux musées d'Essen et surtout de Berlin, où travaillait son ami Henry PAUL. Une grande partie de ses collections fut détruite durant la guerre, particulièrement à Essen. M. STEINHAGE se remit au travail, aidant plusieurs géologues dans leurs études sur la région de Velbert et faisant don de ses nouvelles récoltes au Geologisches Landesamt de Krefeld dont il était devenu Correspondant d'Honneur."

LITERATUR- UND QUELLEN-VERZEICHNIS:

BRAUCKMANN (1986):
Briefl. Mitteilung zur Taxonomie von *Steinhagella steinhagei*

GOLDRING, R. (1957):
„The last toothed Productellinae in Europe", Paläontol. Zeitschr., 31, 207-228, Stuttgart

PAPROTH, E., D. STOPPEL & R. CONIL (1973):
„Revision micropaleontologique des sites Dinantiens de Zippenhaus et de Cromford [Allemagne]", Bull. Soc. belge Géol., 82, 51-139, Bruxelles

PAPROTH, E. (1973):
„Franz Steinhage", Nachr. Dt. Geol. Ges., Jgg. 1973, Heft 7

PAUL, H. (1939):
„Die Etroeungt-Schichten des Bergischen Landes", Jb. Preuß. Geol. L.-Anst. [für 1938], 59, 647-726, Berlin

SCHILDKAMP, H. [1987]:
„Rückschau auf ein volles Leben – 105 Jahre danach", rheinlandinformation III/87 [Mai 1987], Köln

Foto: Bangert. Repros: N&H-Archiv

Geographie des Düsseltales

Erna Nießen und Kurt Nießen, Düsseldorf

Von Düsseldorf sind wir aufgebrochen, den Oberlauf der Düssel zu erkunden, und sitzen nun auf einer Bank am Aprather Teich. Er ist bedeckt mit der Gelben Teichrose. Die Herbstsonne hat schon viele Blätter gefärbt. Das gelbe Laub der Bäume spiegelt sich im Wasser und bildet goldene Reflexe. Drüben am anderen Ufer steht regungslos ein Graureiher. Wartet er auf Fische oder Frösche? Diese Idylle bringt unsere Düssel zustande, die in der Stadt so viele Meter in Rohren oder in Beton fließen muß.

Aber wir wollen uns die Düsselquelle ansehen. Nach längerem Suchen finden wir auf einem Privatgrundstück den Quellstein, den die „Düsseldorfer Jonges" hier gesetzt haben. Aber ach, kein Tropfen sickert aus der Quellfassung. Überhaupt ist das mit der Düsselquelle so eine Sache. In einem Umkreis von 300 m könnten vier Quellen für sich in Anspruch nehmen, die Düsselquelle zu sein. Aber hier in Blomtrath ca. 100 m südlich der Asbrucher Straße (L 355) hat man eben die Düsselquelle per Gedenkstein „amtlich" gemacht. Bei einer kommunalen Neugliederung wurde noch einmal, in bezug auf die Düsselquelle, ein mittleres Erdbeben ausgelöst, als der Blomtrath-Hof zur Stadt Wülfrath kam (früher Neviges bzw. Velbert). Aber zur Beruhigung für alle: Eine der Quellen ist ganz bestimmt auf Wülfrather und die andere(n) sind auf Velberter Gebiet.

Stein der „Düsseldorfer Jonges" in Blomtrath

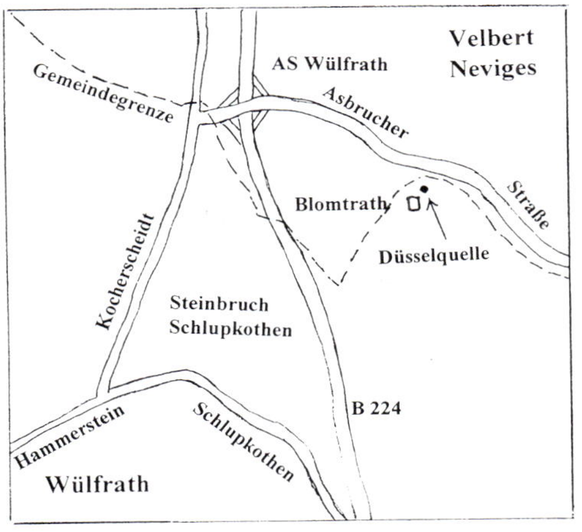

Wie komme ich hin?

Die Höhenlage wird mit 240 m über NN angegeben. Die direkte Umgebung der Quellen bilden die Velberter Schichten (Oberdevon), deren Mächtigkeit hier auf 500 m geschätzt wird. Der Niederschlag fließt oberirdisch ab, da die Schichten wasserundurchlässig sind.

Kurz vor dem Damm der B 224 verschwindet die Düssel zum erstenmal in einem Rohr und taucht dann in dem kleinen Graben, der von Schlupkothen herunterzieht, wieder auf. Im Herbst 1994, nach einem langen und sehr heißen Sommer und drei Wochen Trockenheit im Oktober, ist von dem Bach oder gar dem Fluß nicht mehr übriggeblieben als ein 25 cm breites Rinnsal. Hier käme auch keiner auf den Gedanken, den Namen Düssel oder Tussala bzw. Dusila mit rauschend, tosend oder diesend zu übersetzen (Der wahrscheinlich alt-germanische Stamm des Wortes wird leider nur noch in sehr alten Lexiken – vor 1910 – erklärt). Hier ist die Düssel milchig-weiß, vermutlich weil Niederschlags- und Düsselwasser die Kalke um den Steinbruch Schlupkothen angelöst, hierher transportiert und die Düssel gefärbt haben.

An der Stippelsmühle (von 1774) rostet das oberschlächtige Mühlrad leise vor sich hin. Die Stadt Wülfrath hat kein Geld, dieses Rad zu erneuern. Die jetzigen Besitzer der Mühle haben innen wie außen viel renoviert. Das Erneuern des Rades aber würde ihre Verhältnisse übersteigen. Der Sohleabsturz beträgt an der Stippelsmühle 2 m!

Blick auf den Ort Düssel

Dann windet sich die Düssel bei Koxhof und Rosenland durch kleine Kerbtäler, Wiesen und Weiden. Hainbuche, Schwarzerle, Schwarzer Holunder, Hasel, Eingriffeliger Weißdorn sowie Weiden sind nun die Begleiter bis zum Aprather Teich. Dort angekommen stellen wir fest, daß auch die Aprather Mühle längst ihren Betrieb eingestellt hat; das Rad ist nicht mehr vorhanden.

Von Aprath fließt die Düssel fast 1 km ziemlich gerade und ohne viel Gefälle durch ein breites, flaches Wiesental, auch „Schlüsselblumenwiese“ genannt. Vom Ort Düssel grüßen der Hof Düssel und die Kirche St. Maximinus (16. Jahrhundert). Bis zu einer Stelle, an der die Düssel von einer kleinen Straße als Furt gequert wird, fließt sie am Fuße eines Hanghochwaldes, bestehend aus Buchen,

Stieleichen und Hainbuchen, dahin. Die mächtigen Eichen stocken bis an das Bachbett heran. Inzwischen ist die Düssel breiter geworden. Da und dort werden schöne Mäander ausgebildet und an den Prallhängen gibt es Nistmöglichkeiten für den Eisvogel. Die Strauchschicht an der Gleithangseite ist wegen des Blätterdaches nicht sehr gut ausgebildet.

Der Name „Tillmannsdorf" lockt uns aus dem Düsseltal heraus. Nur wenige hundert Meter in Richtung Dornap, dort, wo die Tillmannsdorfer Straße (L422) in die Dornaper Straße übergeht, liegt linkerhand ein interessantes Naturdenkmal, der „Tillmannsdorfer Sattel".

Eine Tafel gibt Auskunft über die Entstehung:

Das hier sichtbare Gestein wurde zu Beginn der Steinkohlenzeit (Karbon) vor etwa 330 Millionen Jahren zunächst als lockere Masse in einem Meer abgelagert. Im Laufe von Jahrmillionen entstanden hieraus feste Gesteine; der sogenannte Kohlenkalk. Hier in Dornap treten diese Gesteine über dem mitteldevonischen Massenkalk auf, der die Rohstoffgrundlage der hiesigen Kalkindustrie darstellt. Gegen Ende der Karbonzeit – vor etwa 290 Millionen Jahren – wurde das bereits verfestigte Gestein im Zusammenhang mit der Bildung des Rheinischen Schiefergebirges zu einem Sattel aufgefaltet, der heute den Namen „Tillmannsdorfer Sattel" trägt

(Rhein.Westf. Kalkwerke AG)

Nach diesem Abstecher wieder zurück zur Düssel! Bei Oberzurbeck wird das Düsselwasser in Fischteiche abgeleitet. Die Anlage von Fischteichen entlang der Düssel ist ökologisch nicht unproblematisch. Durch Fütterungsrückstände, Koteinträge und Schlämme, die hochgewirbelt werden, büßt jeder Bach durch Eutrophierung an Qualität ein. Bis zur Unterquerung des Bahndammes, nördlich Hahnenfurth bzw. der B 7, durchfließt die Düssel nacheinander Brachwiesen, Weiden, bis zu 2 m eingetiefte Tälchen und Waldstücke. Von Mai bis Juli blühen eine Menge Pflanzen, die hier einen Lebensraum gefunden haben (SCHUMACHER, 1991).

Bei Gut Schöller biegt der Bachlauf nach Süden ab, um bald darauf die alte Richtung (Südwest) wieder einzuschlagen. Weiter geht es an Groß Drinhausen – Pellenbruch – Hermgesberg – Bäusenberg und Düsselersprung vorbei. Mittlerweile ist die Düssel 4 m breit geworden und fließt, abgesehen von einigen Engstellen,

Auf Wanderung im Düsseltal

immer noch behäbig dahin. Die mittlere Fließgeschwindigkeit beträgt ca. 0,5 m/sek. Oberhalb des Hanghochwaldes der Düsseler Mühle liegt die „Grube 7", ein aufgelassener Steinbruch. Über den Artenreichtum der Tier- und Pflanzenwelt dieser ehemaligen Grube berichten WOIKE & WOIKE (1988). Im Sommer '94 war auch das letzte Wasser aus dieser Grube verschwunden. Jetzt, im März 1995, hat das Umpumpen von der Düssel hier herauf dazu geführt, daß jetzt wieder Wasser im untersten Teil der Grube steht. Es reicht bis an den Ablaufstollen heran. Der Zweck dieser technischen Konstruktion ist, daß das Wasser den Grundwasserspiegel hebt und damit die Wasserführung direkt unter der Erdoberfläche verbessert. Ob dieses Einleiten von Wasser sinnvoll ist, muß wachsam beobachtet werden (mündl. Information M. LÜCKE 1995).

Wanderweg an der Düssel

Zurück zur Düssel! Bevor sich die ersten Häuser von Gruiten ankündigen, durchfließt die Düssel eine der vielen Streuobstwiesen in diesem Bereich. Solche Streuobstbestände sind ökologisch sehr wertvoll. Wie SCHUMACHER (1991) berichtet, hat der Besitzer ihn (mündl. 1988) auf das Vorkommen des Wendehalses (Rote-Liste-Art) hingewiesen. Aber auch Wiedehopf, Raubwürger und Neuntöter wurden hier als Durchzieher beobachtet.

In Gruiten bringt die Kleine Düssel eine große Wassermenge zur größeren Schwester. Bei Hochwasser der beiden Bäche wurden in der Vergangenheit hin und wieder die Straßen überschwemmt. Der Bergisch-Rheinische-Wasserverband (vergl. BRAUSCH, S. 95) hat Abhilfe geschaffen. Durch Verlegung des Bettes der Kleinen Düssel ist jetzt die Gefahr vorerst gebannt. Hinter der Kläranlage Gruiten und ihren Abwässern sinkt die Wasserqualität der Düssel erheblich (vergl. HOLLSTEIN, S. 215). Dagegen zeichnen sich die nächsten Bereiche ab Pfaffenhütte – Düsselberg – Flasche bis Bracker Mühle durch eine fast naturnahe Ufersicherung aus. Schwarzerlen befestigen wie keine andere Baumart die Bachufer. Sie sind in der Lage, mit ihren tiefgreifenden Wurzeln auch dauernd durchnäßte Böden zu durchwurzeln.

Im Düsseltal

Grasfrosch

Bei Düsselberg beginnt das Naturschutzgebiet (NSG) Neandertal. Die Düssel schneidet sich in den Massenkalk ein und die Talränder gewinnen an Steilheit. Die Talgestalt entstand im Pleistozän. In der leicht gewellten Landschaft überwiegen Sand- und Lehmlöß. Nach der ersten Enge bei Düsselberg folgen noch zwei weitere Engstellen, nämlich bei Flasche und bei Bracken. Dreimal wird der nördliche Kalkzug (Dornaper Zug) von der Düssel durchschnitten. Ab Bracker Mühle ist die Düssel in eine allgemeine Westrichtung eingeschwenkt. Bei dem mäandrierenden Verlauf kommt es hier und da zu starken Laufveränderungen, so z. B. bei Winkelsmühle bzw. Winkel (Name). Bis zur Stadtgrenze Düsseldorfs behält die Düssel nun ihre Fließrichtung bei.

Die Verebnungsfläche um das Neandertal liegt, mit Ausnahmen der Bacheinschnitte, ca. 130-170 m hoch. Nach und nach sinkt das Niveau in Richtung Westen, das oberhalb des Gerresheimer Naturfreundehauses im Taubenberg 106 m erreicht. Die Sprunghöhe bis zur Niederterrasse beträgt hier über 60 m.

Zurück zum Neandertal! Am rechten Düsselufer liegt der Butterberg, auf dem noch Teile eines Ringwalles zu erkennen sind. Es wird angenommen, daß diese Befestigung von den Franken angelegt worden ist. Leider sind die aufgefundenen Töpferwaren so dürftig, daß eine zeitliche Einordnung nicht vorgenommen werden kann. Direkt gegenüber ist das Neanderthal-Museum beheimatet. Wie es heute (1995) aussieht, ist die Zeit des alten Museums abgelaufen (vergl.WENIGER, S. 125).

Ein paar hundert Meter auf der Landstraße L 357 bringen uns zum Rabenstein. Hier ist eine Gedenktafel zu Ehren J.C.Fuhlrotts angebracht. Fuhlrott hatte die 1856 hier gefundenen Knochen als die eines eiszeitlichen Menschen erkannt. Zu dieser Überzeugung gehörte damals neben Fachwissen auch außergewöhnlicher Mut (vergl. MEYER, S. 47 und KAISER, S. 55). Dadurch, daß der Autohandel von der Original-Fundstelle hinter dem Rabenstein endlich verschwunden ist und seinen Platz geräumt hat, kann nun auch eine geschickte Anbindung des ursprünglichen Fundortes an das „Neue Neanderthal-Museum“ erfolgen. Auf der südlichen Talseite sind die ehemaligen Steinbrüche aufgelassen, während auf der anderen Seite die Einfahrt zu den Mannesmann Kalkwerken abzweigt.

Am Parkplatz „Kalkofen“ lohnt es sich einmal anzuhalten, um sich den alten Kalkofen anzusehen (über die Brücke). Die Datierung reicht ins 18. Jahrhundert. Auf der anderen Straßenseite stehen bankige Korallenkalke mit kaum erkennbaren „Rippelmarken“ an.

Düsselaue

Jetzt bekommt die Düssel etwas mehr Platz und fließt durch Wiesen und später durch ein Rohr (unter ER-WE-PA) auf Erkrath zu. Der Zufluß des Mettmanner Baches hat bei der Neanderhöhle (Whs) der Düssel zwar mehr Wasser zugeführt, sie aber auch verschmutzt. Ab Sportplatz Erkrath weitet sich das Tal. Weiden, Felder und Waldinseln werden durchflossen und mancher Hof hat hier ein ehrwürdiges Alter. Die Düsselaue ist ein bewahrenswertes Refugium für die Vogelwelt (vergl. MICHELS, S. 135).

Bei der Dammer Mühle beginnt das Stadtgebiet von Düsseldorf. Mit einem ‘naturnahen’ Bachlauf ist es, wie auch schon im Bebauungsgebiet Erkrath, schlagartig zu

Ende. Die Industrie beginnt; und deshalb muß so manche Verbauung, Verrohrung, Begradigung und Betonierung des Flußbettes in Kauf genommen werden.

Am Höher Hof teilt sich die Düssel in einen südlichen und einen nördlichen Arm. Die Düssel, die der Stadt den Namen geschenkt hat, wird von ihrer Stadt stark „vergewaltigt".

Spaltwerk am Höher Hof

Obwohl die Düssel im Stadtgebiet begradigt, verrohrt und an vielen Stellen ganz verschwunden ist, gibt es doch noch manche idyllischen Orte, an denen auch der Düsseldorfer Bürger Erholung finden kann.

Für diejenigen, die es immer ganz genau wissen wollen, sei hier der Verlauf der Düssel im Stadtgebiet beschrieben:

Südlicher Arm:

Reichenbacher Weg, östlich des Kamper Weges – zwischen Vennhauser Allee und Vohwinkelstraße – unterquert die Heidelberger Straße – vom südlichen Zubringer abgedrängt (hier Abzweigung des Brücker oder Broicher Baches mit Mündung in den Rhein an der Himmelgeister Landstraße) – Nixenstraße – Scheidlingsmühle (vergl. MÖHKER, S. 177) – Südpark – Feuerbachstraße – Karolingerstraße – Benzenbergstraße – (hier verschwindet die Düssel in einem Rohr) – unter dem Friedensplätzchen – speist den Kaiserteich – den Schwanenspiegel und den Spee'schen Graben – Post- und Schulstraße und mündet südlich der Pegeluhr in den Rhein.

Nördlicher Arm:

Unter Gerresheimer Glashütte – Zweibrückenstraße – Altenbergstraße – Heinrichstraße – Eisstadion – Kühlwetterstraße – Buscher Mühle – Bülowstraße – Euler Straße – Prinz-Georg-Straße – Pempelforter Straße – Louise-Dumont-Straße – Goltsteinstraße – Landskrone – Grabbeplatz – Josef-Wimmer-Gasse – Mündung in den Rhein am Schloßturm. An der Heinrichstraße zweigt der Kittelbach ab, Grashofstraße – er fließt unter dem Großmarkt her – längs der Syltstraße – Unterquerung der Unterrather Straße – weiter in leicht nordwestlicher Richtung – unter dem Kieshecker Weg – Unterquerung des Düsseldorfer Flughafens beim Frachtterminal 3 – südlich der Kiesteiche – unter Niederrheinstraße – Mündung in den Rhein an der Rheinfähre Kaiserswerth-Langst.

Literaturverzeichnis:

Krämer, K.E. (1968):	Durchs Düsseltal nach Düsseldorf, Duisburg, Mercator-Verlag
Landeshauptstadt Düsseldorf (1988):	Die Düssel – Geschichte und Geschichten
Landschaftsverband Rheinland (1974):	Tag der Rheinischen Landschaft, Tagungsberichte, Seite 104-107
Schumacher, Georg Thomas (1991):	Untersuchung zum ökologischen Zustand der Düssel, Dipl.-Arbeit, Geogr. Institut der Universität Köln
Woike, S. und Woike, M. (1988):	Das Neandertal, Rhein. Landschaften, Heft. 32

Geologische Karte NRW

1:100.000 (1980)	Blatt C 4706	Düsseldorf-Essen
1:25.000 (1928)	Blatt 2720	Elberfeld
1:25.000 (1932)	Blatt 2719	Mettmann

Topographische Karte

1:25.000 (1968)	Blatt L4708	Elberfeld
1:25.000 (1965)	Blatt L4706	Düsseldorf

Landeshauptstadt Düsseldorf (1992):	Stadtbiotopkartierung 1:20.000
Landeshauptstadt Düsseldorf (1988):	Gewässergütekarte 1:25.000 Kanal- & Wasserbauamt-Abt. Wasserbau

Fotos: Günter Grajetzky, Christian Karg, Erna Nießen
Skizze: Kurt Nießen

Geologie des Düsseltales

Manfred Schürmann, Düsseldorf

Wer sich mit der Naturgeschichte oder der wirtschaftlichen Entwicklung des Niederbergischen Landes beschäftigt, sieht sich sehr schnell vor die Frage nach dem geologischen Aufbau des Untergrundes gestellt. Normalerweise ist der Blick in tiefere Erdschichten durch auflagernde Ackererde oder Waldböden verwehrt. Im Bereich der menschlichen Siedlungen sind weite Gebiete durch Überbauung ihrer natürlichen Bodenbeschaffenheit beraubt. Dort aber, wo Wasserläufe im Talbereich die bedeckende Erde weggeräumt und ihr Bachbett in die Landschaft eingetieft haben, können wir einen Blick in den geologischen Untergrund werfen. Hinzu kommen noch von Menschen geschaffene Veränderungen in der Landschaft wie Straßen- und Wegeböschungen, Steinbrüche sowie Sand- oder Kiesgruben.

Um das Buch der Geschichte der Erde lesen zu können, um also die Entstehung von Kalkfelsen und die Herkunft der Kies- und Sandschichten zu verstehen, sind einige Vorbemerkungen erforderlich. Die Entwicklung der Erde wird, um sie übersichtlich darzustellen, üblicherweise in zunächst vier Großepochen eingeteilt:

Erdneuzeit	*Känozoikum*
Erdmittelalter	*Mesozoikum*
Erdaltertum	*Paläozoikum*
Erdurzeit	*Archaikum*

Die einzelnen Epochen werden noch in weitere geologische Abschnitte unterteilt, nämlich in 'Systeme' [früher: 'Formationen'], diese dann noch weiter untergliedert in 'Serien' und 'Stufen'. Auf die Geologische Zeittafel [Seite 46] wird verwiesen.

Die Düssel, ein kleines Flüßchen, das zwischen Neviges und Aprath entspringt, hat auf ihrem Lauf Gesteinsschichten sehr unterschiedlicher Entstehung angeschnitten und durchschnitten. So wurden auch der tiefere Untergrund freigelegt und festere Gesteinspartien herausmodelliert. In der Landschaft fallen diese als bizarre Felspartien auf.

Britische Geologen schufen die Grundlage

Die Gesteinsschichten, die den Untergrund des Bergischen Landes aufbauen, stammen aus dem Erdaltertum. Der Geologe benutzt nur ungern absolute Zahlen für die Altersangabe. Statt dessen spricht er von geologischen Systemen [Formationen].

Die zeitlichen Abschnitte, die uns in diesem Zusammenhang interessieren, sind Devon und Karbon. In der Grafschaft Devonshire in Südengland wurden diese Gesteinsschichten im vergangenen Jahrhundert zuerst erforscht. Britische Geologen prägten für diesen zeitlichen Abschnitt der Erdgeschichte den Begriff 'Devon'. Das auf das Devon folgende System [Formation], das Karbon, ist bekannt als die Epoche, in der in Europa vorwiegend Steinkohlen entstanden. Aus dem englischen Ausdruck *'carbon'* für Kohle wurde also der Name für dieses System [bzw. der Formationsname]. Das Interesse der britischen Geologen war in der Frühzeit der industriellen Epoche geprägt von dem Aufspüren von Lagerstätten. Die Grundlage der englischen Eisen- und Stahlindustrie bildeten neben Eisenerzen Kalk und Kohle. Kalk fand sich im Devon und Steinkohle im Karbon.

Der Nordkontinent

Länder und Kontinente hatten im Erdaltertum noch nicht ihre heutige Gestalt. Die gewaltigen Kontinentalmassen drifteten, wie auch heute noch, gleichsam wie schwimmende Inseln auf der Magmaoberfläche der Erde. Schwachstellen bildeten sich hierbei, an denen die Kontinentalschollen sich voneinander trennten. Hier konnte das Magma als vulkanisches Gestein an die Oberfläche dringen. Diese geschilderten Vorgänge sind nicht abgeschlossen; sondern die Erdoberfläche verändert sich noch laufend: Ereignisse im Werdegang der Erde, die sehr langsam, für uns fast unmerkbar, in Millionen Jahren vor sich gehen.

400 Millionen Jahre in der Erdgeschichte zurück, in das Zeitalter des Devons! Im Norden des heutigen Europas lag damals eine weitausgedehnte Landmasse: der 'Nordkontinent'. Die Küstensäume wiesen schon pflanzlichen Bewuchs auf. Die Evolution hatte den Pflanzen, aus dem Meere kommend, den Weg auf das Festland geebnet. Es waren Bärlappgewächse und Farne. In den Küstenzonen fanden Riesen-Krebse, Gigantostraken, ihren Lebensraum. Wirbeltiere eroberten erst etliche Jahrmillionen später die Kontinente. Das Leben spielte sich noch hauptsächlich im Wasser ab.

Korallenriffe im Niederbergischen

Im Erdaltertum, während der Devonzeit, waren weite Gebiete des Rheinischen Schiefergebirges, bzw. des späteren Bergischen Landes, vom Meer bedeckt. In einem von den Geologen besonders bezeichneten Abschnitt der Erdgeschichte, dem Mitteldevon, befand sich im Bereich des Bergischen Landes ein Meer mit tropischem Charakter. Vielen Tieren bot das Meer Lebensraum und Nahrung und ermöglichte die Entwicklung mächtiger Korallenriffe. In einer Entfernung bis zu 10 km waren diese als Barriereriffe der Küste des erwähnten Nordkontinents vorgelagert. Dieses Korallenriff, in Windungen der Küste folgend, zog sich weit in das Sauerland hinein.

Riffkorallen benötigen zu ihrem guten Gedeihen eine mittlere Wassertemperatur von 25°-30° C. Außerdem leben sie mit Grünalgen in einer Symbiose, einer Lebensgemeinschaft von beiderseitigem Nutzen. Mit zunehmender Wassertiefe nimmt bekanntlich das Licht ab, so daß ab 35 Metern Meerestiefe die Grünalgen nicht mehr existieren können. Korallen lieben ein gut durchlüftetes, klares Wasser, das mit reichlich Plankton versehen ist. Neben Korallen finden wir auch andere, kalkschalentragende Meeresbewohner wie Schnecken, Muscheln und Brachiopoden. Brachiopoden sind Zweischaler, ähnlich den Muscheln, in ihren Weichteilen aber gänzlich anders aufgebaut. Sie bilden einen besonderen Stamm des Tierreiches; indes sind sie bis auf wenige Arten heute ausgestorben.

[rechts]: Stockkorallen-Kolonie von *Phillipsastraea [Smithia] hennahi* [Ausschnitt] aus dem Flinzschiefer des Neandertals. Foto: Wilhelm SCHÜRMANN [1927]

[unten]: Brachiopode *Stringocephalus burtini* [sog. 'Eulenkopf'], von Wilh. SCHÜRMANN 1947 in Ermangelung anderen Materials auf Packpapier! gezeichnet. Vorlage [in der Größenrelation = 4/3 zum Original] zum hiesigen Druck auf 7/10 verkleinert, somit jetzige Wiedergabe ca. 1/1 originalentsprechend

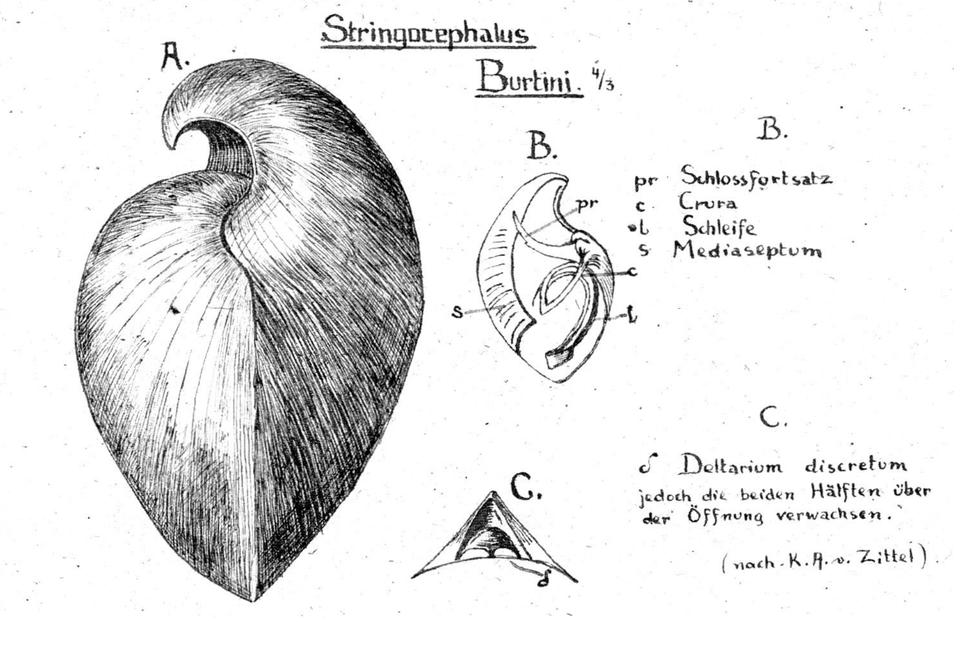

Aus den kalkigen Überbleibseln ehemaliger Meerestiere, seien es nun die Korallenskelette oder Schalenreste, vermischt mit Korallensand, den von der Brandung des Meeres zerschlagenen Überresten der Riffbewohner, wurde im Laufe von Millionen Jahren ein festes Gestein, Kalkstein. Die Düssel hat auf ihrem Lauf verschiedentlich dieses versteinerte Korallenriff angeschnitten. Im Neandertal hat sich die Düssel auf einer Länge von rund 500 Metern ihren Weg quer durch das Barriereriff gebahnt. Die Formenwelt der Korallen, deren Überreste wir in den Kalksteinen entdecken können, ist sehr vielseitig. Neben Einzelkorallen treten hier vermehrt Stockkorallen, meist in Form stengelästiger Verzweigungen auf. Korallen sind Polypentiere, deren Tentakeln eine Öffnung, den sogenannten „Mund“ umgeben, der in das Schlundrohr führt, welches im Magensack endet. Hier findet die Verdauung des eingefangenen Planktons statt.

Das Interessante ist, daß die Hauptmasse des Korallenkalkes aber nicht von Korallen, sondern von Stromatoporen gebildet wird. Stromatoporen sind aber keine Korallen, auch wenn ihre kalkigen Stockgebilde den Korallen ähnlich erscheinen; vielmehr stellen die Stromatoporen eine eigene Ordnung innerhalb einer den Korallen verwandten Klasse im zoologischen System dar. Sie sind in ihren Weichteilen gegenüber den Korallen einfacher konstruiert. So verfügen sie über kein Schlundrohr; außerdem leben sie nicht in Symbiose mit Grünalgen. Stromatoporen können somit auch noch in Meeresteilen leben, die durch Einschwemmungen vom Festland eine Wassertrübung aufweisen.

Von Plattenkalken und Flinzschiefer

Küsten, Korallenbänke, Stillwasserbereiche: All dies ist nicht in einer starren Abgrenzung zu sehen, sondern in fließenden Grenzen. Das Devonmeer befand sich in einem großen Senkungsgebiet, einer Synklinale. Dieser Meerestrog wurde im Laufe der Jahrmillionen durch Sedimente verfüllt. Begleitet wurde dieser Vorgang durch Meeresvorstöße, denen wieder Meeresrückzüge folgten.

Im Bereich des Mettmanner Bachtales finden sich Kalkschichten, die anders sind als unsere massigen Kalke im Neandertal. Es sind plattige Kalke, vermutlich in einem früheren Lagunenbereich zur Ablagerung gekommen. Von der Brandung zerschlagenes Korallenmaterial wurde hier als feiner Korallensand sedimentiert. Am Ausgang des Neandertales, kurz vor Erkrath, steht Flinzschiefer an, ein toniges schwach sandiges Ablagerungsprodukt. Vereinzelt finden sich in dem Flinzschiefer, der zu den Flanken hin mit dem Korallenkalk verzahnt ist, Korallenstöcke, ein Beweis für die Gleichaltrigkeit beider Ablagerungen. Der Geologe hat für die unterschiedlichen petrographischen Bildungen, die zur gleichen Zeit erfolgten, den Begriff „Fazies“ geprägt.

Wattenmeer im Neandertal

Hier ist nicht die Rede von den Überresten einer vergangenen Tierwelt, sondern von Spuren, die das Meerwasser als bewegtes Element hinterlassen hat, Wellenrippeln, hervorgerufen durch die kreisende Bewegung der Wasserteilchen zwischen Wellenberg und -tal. Befand sich die Welle im Tal, so wurde etwas von dem sandig-tonigen Untergrund mitgerissen. Hatte die Welle ihren höchsten Punkt erreicht, kam es zum Absatz, zur Sedimentation. So entstanden, vereinfacht dargestellt, die Wellenrippeln.

Die Abstände von 11 cm zwischen den einzelnen Rippeln deuten auf kleine Wellenbewegungen hin; und der Wasserstand war auch sehr niedrig. Vermutlich war es eine geschützte Bucht, in der die Gezeitenströme für einen wechselnden Wasserstand sorgten und somit periodisch die Rippeln trockenlegten. Dadurch erreichten sie eine gewisse Festigkeit und konnten von neuen Sedimentmassen zugedeckt werden, ohne ihre Strukturen zu verlieren.

Die grauen Flinzschiefer, die in einigen Steinbrüchen gut aufgeschlossen sind, müssen wir uns als ein ehemaliges Schlammwatt vorstellen. Schalenreste von Brachiopoden, die sich vereinzelt im Flinzschiefer finden, haben wahrscheinlich die Gezeitenströme, der Wechsel von Ebbe und Flut, in dem weiten grauen Watt hinterlassen. Der Lebensraum der Brachiopoden war nicht das Watt, sondern das Riff. Hier hatten sie, mit einem Stielchen festgewachsen an dem Kalkriff, eine günstige Position, um mit den feinen Flimmerhärchen ihrer Armgerüste Plankton herauszufiltern aus dem durch die Wellen ständig erneuerten Angebot.

Delta und Vulkan

Der gesamte Meeresbereich vor dem Nordkontinent war sehr vielgestaltig. Neben dem großen Barriereriff gab es noch kleinere inselförmige Ansammlungen von Korallen. In der ewig fließenden Bewegung des Meeres wiegten sich die Rasen von Crinoiden, auf schlanken Stielen, die Kronen mit den Tentakeln nach Nahrung suchend. Mündete ein Fluß in das Meer, war der Riffzug unterbrochen. Ein Strom ergoß breitgefächert zwischen Stindermühle und Homberg seine Fluten in das Meer, Sand und Geröll vom Festland mitreißend. Steinbrüche im Schwarzbachtal zeigen Konglomerate, Sandsteine und sandig-tonige Schiefer mit Pflanzenresten, eingeschwemmt vom Festland. Die devonischen Kalklagen von Hofermühle weisen als Besonderheit Tuffe auf, die unter dem Mikroskop ihre Herkunft durch Anwesenheit von vulkanischem Glas offenbaren.

Kohlenkalk und Kulm

In dem auf das Devon folgenden System, dem Karbon, vollzieht sich ein starker Wandel. Im Unterkarbon haben wir noch kalkige Ablagerungen, die wir als Kohlenkalk bezeichnen, und den Kulm, ein tonig-sandiges Schiefergestein, als altersgleiche Fazies. Im Unterkarbon ist eine Verlagerung des Meeresgebietes zu beobachten. Kulm steht bei Aprath unweit der Düsselquelle an. Einen guten Aufschluß im Kohlenkalk stellt der in der Nähe liegende 'Tillmannsdorfer Sattel' dar. Zu größerer Ausbildung des Kohlenkalks kam es in der Velberter und in der Ratinger Umgebung. Hier ist das bekannteste Vorkommen der „Blaue See“, ein ehemaliger Steinbruch, der später mit Grundwasser vollgelaufen ist.

Die variscische Gebirgsbildung

Die Gesteinsschichten des Erdaltertums im Bergischen Land, aus dem Devon und Karbon, liegen heute in der Landschaft nicht mehr waagerecht, wie sie einst auf dem Meeresgrund abgelagert wurden. Im Verlauf der sogenannten variscischen Gebirgsbildung, deren Beginn wir an die Wende Unterkarbon / Oberkarbon setzen können, wurden die Schichten gefaltet, zum Teil hochgestellt und gegeneinander verschoben. Benannt wurde dieses Faltengebirge nach den Variskern, einem Volksstamm, der bei Hof im Norden Bayerns beheimatet war. Die deutschen Mittelgebirge bilden den Rest dieses ehemals weitgespannten Gebirgszuges.

Entlang dieser Gebirgskette zogen sich Küstenmoore hin, Ausgang der späteren Steinkohlenbildung, die wir von Westfalen bis nach Südengland verfolgen können. Dort, wo kontinentale Schollen bei ihren Driftbewegungen aneinanderstoßen, kommt es zu Kompressionen. Diese Gesteinsschichten werden gefaltet. Typische Faltengebirge, allerdings aus der Erdneuzeit, sind Alpen und Pyrenäen.

Gesteinsfalte an der K 18 bei Nobbenhof, Dokument der variscischen Gebirgsbildung

Nordseewellen über dem Bergischen Land

Viele Millionen Jahre, das ganze Erdmittelalter hindurch, war unsere engere Heimat Festland. So lag die Küstenlinie in der Kreidezeit bei Essen-Mülheim. In der Tertiär- und Braunkohlenzeit stieß die Nordsee verschiedentlich weit in die Niederrheinische Bucht vor, um sich dann wieder in Etappen zurückzuziehen. Im Oberoligozän unternahm das Meer den weitesten Vorstoß nach Süden. Gewaltige Sandmassen kamen zur Ablagerung, wobei die Bergischen Randhöhen den ungefähren Küstenverlauf darstellten.

Der Meeressand hatte eine graugrüne Färbung, die von dem Mineral Glaukonit, einer Eisen-Aluminium-Kieselsäure-Verbindung, herrührte. Zusammen mit dem Sand kamen Schnecken und Muscheln zur Ablagerung. Durch einsickerndes Oberflächenwasser verwitterte der Glaukonit, der mit dem schlickigen Meeressand abgelagert worden war und nun in Ton und Eisenoxid zerfiel. Der ehemals grüne Meeressand bekam durch das Eisenoxid ein rostiges Aussehen und durch den Tongehalt seine Plastizität. Letzteres war eine Eigenschaft, welche die Sandvorkommen als Formsand für Gießereizwecke brauchbar machte. Dieser Formsand wurde in früheren Jahrzehnten bei Erkrath und bei Gerresheim abgebaut. Die im Sand eingebetteten Kalkschalen von Muscheln und Schnecken wurden durch die Sickerwässer aufgelöst, jedoch die Abdrücke und Steinkerne durch die entstandenen Eisenoxide, die sogenannten Limonite, verfestigt.

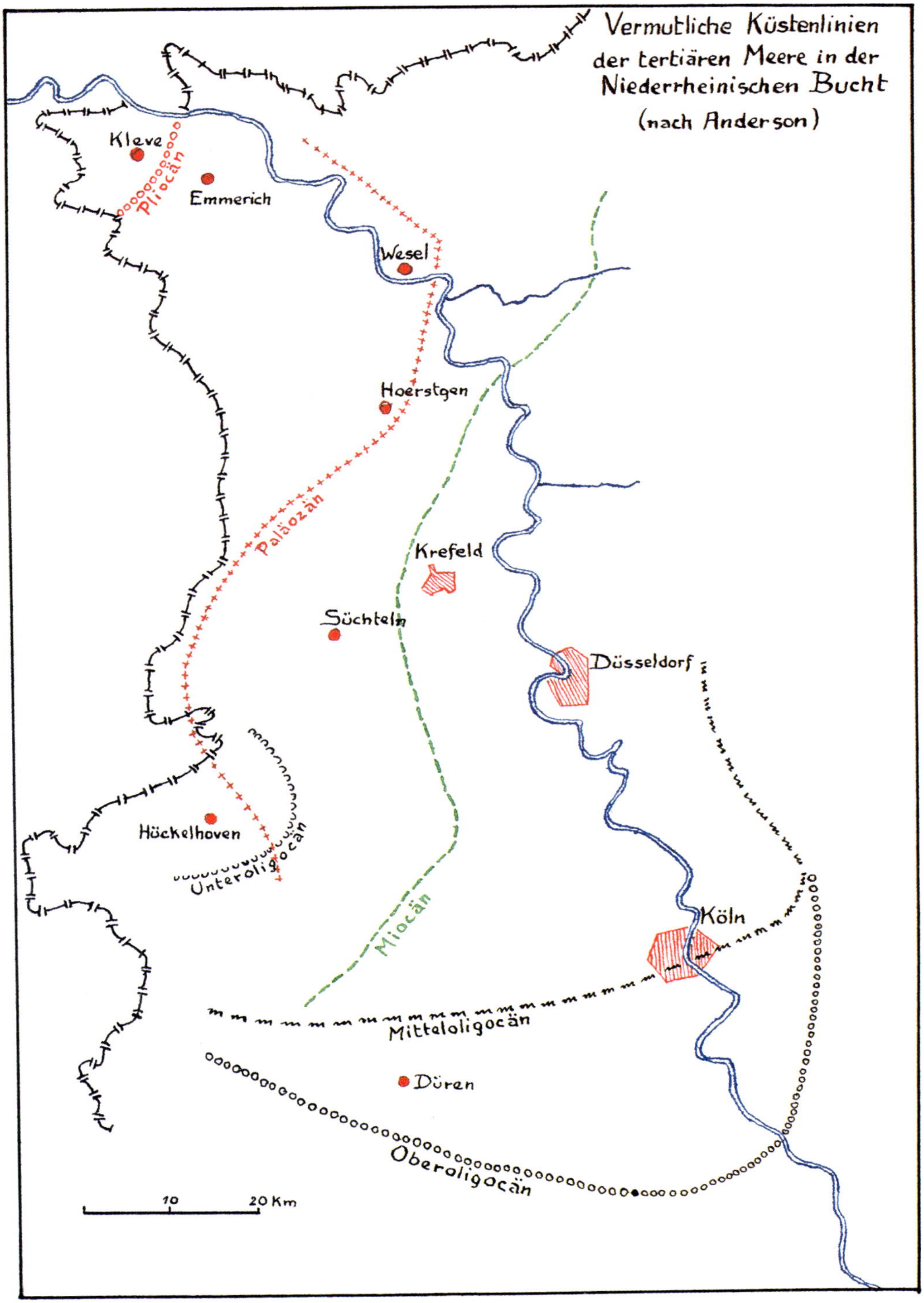

Küstenlinien der Meere in der Niederrheinischen Bucht während des Tertiär

Ökokatastrophe vor 25 Millionen Jahren

Auf das Oligozän folgte das Miozän. Während dieser geologischen Periode vollzog sich die eigentliche Braunkohlenbildung in der Niederrheinischen Bucht. Das Meer erreichte nicht mehr die Bergischen Randhöhen. Die ehemaligen Meeresablagerungen des Oligozän-Meeres bildeten jetzt die Landoberfläche Das Klima im Miozän war warm. Die Durchschnittstemperatur lag bei 18° C. Starke Niederschläge schafften ein feuchtwarmes Klima. In diesem verwitterten bevorzugt bestimmte Mineralien, die als kleine Körnchen in den Meeressanden vorhanden waren. Vor allem waren dies Feldspäte. Bei der Verwitterung der Feldspäte wurde Kieselsäure freigesetzt. Diese wiederum verfestigte einzeln Quarzkörnchen des Sandes zu einem festen Gestein, zum Quarzit. Es entstand über ausgedehnte Flächen eine Verfestigung der Bodenoberfläche, ein Krustenboden, mit einer Dicke von 30 cm und erheblich mehr. Jeglicher Pflanzenwuchs erstarrte auf dem Krustenboden: eine Ökokatastrophe vor Millionen von Jahren.

So findet man in den Quarziten noch die Abdrücke von Baumwurzeln. Das mikroskopische Bild zeigt einzelne Quarzkörnchen, eingebettet in einem Zement von Kieselgel. Dies führte dann auch zu der Bezeichnung 'Zementquarzit'. Dieser sich weit erstreckende Krustenboden fiel später der Verwitterung anheim. So finden wir heute in der Landschaft nur noch isolierte, freiliegende Einzelblöcke. Fälschlicherweise werden diese mit der Inlandvereisung, über die nachfolgend zu berichten sein wird, in Verbindung gebracht und als 'Findlinge' bezeichnet.

Der Rhein floß über die Bergischen Höhen

Am Ende der Tertiärzeit, im Pliozän, bildeten sich Flußsysteme, die zum Teil noch heute Bestand haben. Es waren breit angelegte Täler, indes noch nicht so stark in den festen Gesteinsuntergrund eingetieft. Die Kiese, vermischt mit grobem Sand, die auf den Höhen des Neandertales, aber auch von Erkrath und Gerresheim liegen, sind Flußablagerungen. Es sind Zeugen, daß der Rhein an der Wende vom Tertiär zum Quartär über die Bergischen Randhöhen pendelte. Im Tertiär entstand ein Grabensystem, das dem Rhein seinen Lauf vorlegte. Während des Quartärs räumte dieser sein Bett aus, verlegte aber noch oft seinen Lauf.

Die Gletscher erreichen Düsseldorf

Das Quartär zeichnete sich durch extreme Klima-Veränderungen aus. Die periodisch einsetzenden Kaltzeiten führten dazu, daß die Niederschläge als Schnee fielen und eine mächtige Inlandeismasse aufbauten. Nicht nur die Gletscher, die von Skandinavien kommend sich nach Süden ausdehnten, bedeckten große Landflächen, sondern auch die Alpenregionen und der Schwarzwald waren vergletschert. Drei große Eisvorstöße kann man verzeichnen.

Den weitesten Vorstoß unternahm das Inlandeis während der Saale-Eiszeit. Ratingen und der Norden von Düsseldorf waren vom Gletschereis bedeckt. Der Gletscher schob langsam einen Gesteinsschuttwall, die Moräne, vor sich her. Diese Endmoräne bildete dann schließlich ein natürliches Hindernis und hemmte die weitere Ausbreitung des Gletschers.

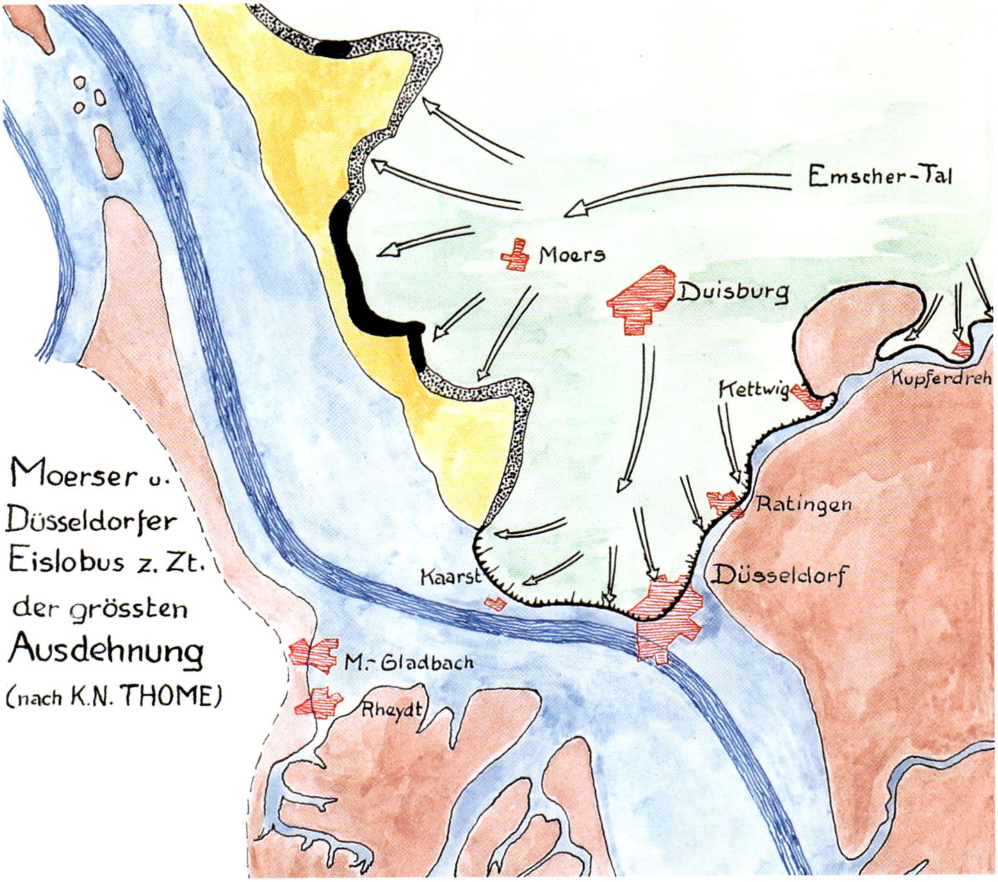

„Düsseldorfer Lobus" [vgl. Text]: Weiteste Ausdehnung der Inlandeismassen während der Saale-Eiszeit. Der Rhein wurde hierdurch nach Westen abgedrängt und „benutzte" das heutige Niers-Bett

Als allerdings der Moränenwall mit dem Rheinstrom in Berührung kam, wurde er von der Flußströmung wegtransportiert. Seines natürlichen Hindernisses beraubt konnte sich die Gletscherzunge, der **Düsseldorfer Lobus**, bis in die Gegend von Kaarst vorschieben. Der Rhein wurde hierbei aus seinem Bett weit nach Westen abgedrängt.

Zwischen den Kaltzeiten herrschten Perioden mit gemäßigtem Klima. Stetige starke Winde aus gleicher Richtung bliesen in diesen Zeiten den feinen Staub aus den Moränenschottern und lagerten ihn als 'Löß' an den entsprechenden Stellen ab. Diese Lößböden bilden noch heute eine wichtige Grundlage für die Entstehung einer blühenden Landwirtschaft im Niederbergischen Land.

Zeichnungen: Wilhelm Schürmann und Verfasser - Foto: Erna Nießen

Erdgeschichtliche Zeittafel

Ära	System/Formation	Gliederung	Beginn vor ca. Millionen Jahren
Känozoikum -Erdneuzeit-	Quartär	Holozän	0,01
		Pleistozän	2
	Tertiär	Pliozän	7
		Miozän	26
		Oligozän	36
		Eozän	54
		Paläozän	65
Mesozoikum -Erdmittelalter-	Kreide	Oberkreide	100
		Unterkreide	135
	Jura	Malm	
		Dogger	
		Lias	200
	Trias	Keuper	
		Muschelkalk	
		Buntsandstein	245
Paläozoikum -Erdaltertum-	Perm	Zechstein	
		Rotliegendes	280
	Karbon	Oberkarbon	320
		Unterkarbon	350
	Devon	Oberdevon	
		Mitteldevon	
		Unterdevon	400
	Silur		440
	Ordovizium		500
	Kambrium		570
Proterozoikum -Erdfrühzeit-			2.700
Archaikum -Erdurzeit-			4.600

Tabelle nach Manfred Schürmann und Kurt Niessen

Neandertal und Neanderthaler**)

Sepp Meyer †

Bei ihrem Lauf von der Quelle bei Blomtrath durch das Variskische Rumpfgebirge schuf die Düssel durch ihre Fluß-Erosion in den weichen Schieferschichten breite Talauen und im harten Massenkalk enge Schluchten. Die letzte Klamm, zwischen der Einmündung des Mettmanner Baches und Erkrath, hieß früher 'Gesteins'. In den hohen Kalkfelsen befanden sich folgende Höhlen: rechtsseitig Engelskammer, Wolfsgrube, Neander- und Löwenhöhle, linksseitig Teufelskammer, Feldhofer Grotten und Pferdestall. Außer der in der Talsohle gelegenen Löwenhöhle lagen alle anderen in beträchtlicher Höhe über dem Düsselbett.

Dieses weltentrückte, romantische Fleckchen Erde wurde bereits zu allen Zeiten von Naturfreunden gerne aufgesucht. 1835 veröffentlichte der Erkrather Oberamtsarzt Dr. Johann Heinrich BONGARD einen kleinen Führer „Wanderung zur Neandershöhle, eine topographische Skizze der Gegend um Erkrath an der Düssel".

Auch Joachim NEANDER, der von 1674–1679 in Düsseldorf tätige Rektor der Reformierten Lateinschule, wanderte gern zum 'Gesteins', um in der Stille der Natur seine geistlichen Lieder zu dichten. Als Aufenthaltsort bevorzugte er die später nach ihm benannte Neanderhöhle. Schließlich übertrug man den Namen Neander auf das Düsseltal von der Einmündung des Mettmannbaches bis Erkrath. Heute erstreckt sich das 1921 geschaffene, etwa 3000 Morgen große 'Naturschutzgebiet Neandertal' von der Winkelsmühle bis Erkrath, und zwar mit Einbeziehung des unteren Mettmannbachtales, abwärts der Hellenbrucher Mühle.

Vom Jahre 1840 ab wurde die schöne Klamm mit ihren Höhlen von der Steinbruchindustrie vernichtet. Beim Abbau der kleinen Höhle der Feldhofer Grotten im August 1856 kamen Reste eines menschlichen Skeletts zum Vorschein, die schließlich den Namen des Neandertales weltbekannt machten. In der Annahme, es handele sich um Höhlenbärenreste, ließ der anwesende technische Leiter F. W. BECKERSHOFF die achtlos hinabgeworfenen Knochen sammeln. Der Steinbruchbesitzer F. W. PIEPER übergab sie dem als guten Heimatforscher bekannten Elberfelder Gymnasiallehrer Dr. Johann Carl FUHLROTT. Dieser Gelehrte

**) Der hier vorgelegte Text ist ein überarbeiteter Exkursionsbegleitskript vom 'Tag der Rhein. Landschaft', Mai 1974 [Leichlingen], erstpubliziert in: 'Beitr. z. Landesentwickl.', LVR, Bd. 33, S. 104, Rheinland-Verlag.

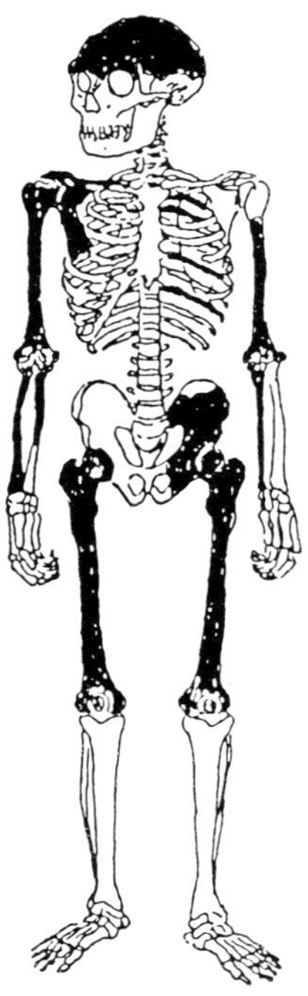

Die gefundenen Neanderthaler - Knochen sind schwarz dargestellt

erkannte sofort, daß dies Reste eines menschlichen Skeletts waren. Es bestand aus folgenden Teilen: Schädeldecke, beide Oberschenkelbeine, rechter Oberarmknochen mit zugehöriger Speiche, linker Oberarmknochen -mit abgebrochenem Kopfe-, linkes Ellenbogenbein, Bruchstück vom rechten Schulterblatt, rechtes Schlüsselbein, fünf Rippenbruchstücke und die fast vollständige linke Beckenhälfte. Das massive Schädeldach mit den recht mächtigen Überaugenwülsten und seiner fliehenden Stirn wich sehr von einer rezenten Kalotte ab.

Mit seinem Freunde, dem Elberfelder Arzt Dr. KUHN, untersuchte FUHLROTT die menschlichen Überreste sehr eingehend und kam schließlich zu der Überzeugung, daß sie *„durch die Eigenthümlichkeit ihres osteologischen Charakters und die localen Bedingungen ihres Vorkommens zu der Ansicht verleiten können, dass sie aus der vorhistorischen Zeit, wahrscheinlich aus der Diluvialperiode stammen und daher einem urtypischen Individuum unseres Geschlechts einstens angehört haben"*. Auch der Bonner Anthropologe Prof. Dr. H. SCHAAFFHAUSEN bekannte sich nach einer gründlichen Untersuchung der Menschenreste zur Auffassung von FUHLROTT, daß der Neanderthaler einer sehr alten, bisher nicht bekannten Menschenart angehöre, hielt aber seine Herkunft aus dem Diluvium als wissenschaftlich nicht bewiesen.

In der Gelehrtenwelt herrschte damals noch die von dem französischen Paläontologen George CUVIER aufgestellte Katastrophen-Theorie. Diese besagte, daß am Ende jeden Erdzeitalters die gesamten Lebewesen durch gewaltige Überflutungen vernichtet und zu Beginn einer neuen Formation andere Tierarten erschaffen wurden. Von CUVIER stammt auch der Satz: „Es gibt keinen fossilen Menschen!". Daher fand FUHLROTT bei seinem im Jahre 1857 in der Versammlung des Naturhistorischen Vereins der preußischen Rheinlande und Westphalens gehaltenen Vortrag über seine Funde bei den Zuhörern kaum Verständnis für die Annahme, daß es sich um fossile Reste eines diluvialen Menschen handele.

Schriftlich legte FUHLROTT seine Gedanken in einer Abhandlung im 16. Jahrgang der 'Verhandlungen' des oben genannten Vereins nieder [Bonn 1859]: *„Menschliche Ueberreste aus einer Felsengrotte des Düsselthals. Ein Beitrag zur Frage über die Existenz fossiler Menschen"*. Typisch für die Geisteshaltung der damaligen Zeit ist die Nachschrift der Redaktion: *„Wir haben den vorstehenden*

Aufsatz des geehrten Herrn Verfassers unverkürzt wiedergegeben, können aber nicht umhin, zu bemerken, daß wir die vorgetragene Ansicht nicht theilen können". 1865 erschien bei Falk & Vollmar seine Schrift „Der fossile Mensch aus dem Neanderthal und sein Verhältnis zum Alter des Menschengeschlechtes".

Von der wissenschaftlichen Auseinandersetzung nur einige Angaben: Den Neanderthaler hielten der Bonner Geheimrat MAYER für einen mongolischen Kosaken, Prof. WAGNER, Göttingen, für einen alten Holländer, WALLACE [England] für einen Wilden, Dr. BRUNNER, Paris, für einen Kelten. Stärker als die deutschen waren englische Forscher an dem Neanderthaler Fund interessiert. Gemeinsam mit FUHLROTT besuchte der berühmte Geologe Charles LYELL die Fundstätte und nahm einen Abguß des Schädels mit nach England. Auch bei dem Anatom HUXLEY fand FUHLROTT Unterstützung. 1864 gab der Geologe William KING dieser alten Menschenart den wissenschaftlichen Namen „*Homo neanderthalensis*".

In einer Sitzung der Berliner Gesellschaft für Anthropologie im Jahre 1872 erklärte der berühmte Arzt und Pathologe Rudolf VIRCHOW

> *„Das fragliche Individuum hat in seiner Kindheit an einem geringen Grad von Rachitis gelitten, hat dann eine längere Periode kräftiger Tätigkeit und wahrscheinlicher Gesundheit durchlebt, welche nur durch mehrere schwere Schädelverletzungen, die aber glücklich abliefen, unterbrochen wurde, bis sich später Arthritis deformans (verbildende Altersgicht) mit anderen, dem hohen Alter angehörigen Veränderungen einstellte, insbesondere der linke Arm ganz steif wurde; trotzdem aber hat der Mann ein hohes Greisenalter erlebt. Es sind dies Umstände, die auf einen sicheren Familien- und Stammesverband schließen lassen, ja, die vielleicht auf Seßhaftigkeit hindeuten. Denn schwerlich dürfte in einem bloßen Nomaden- oder Jägervolk eine so vielgeprüfte Persönlichkeit bis zum hohen Greisenalter sich zu erhalten vermögen".*

Bei der Autoritätsgläubigkeit der damaligen Gesellschaft in Deutschland schlief das Interesse für die Urgeschichte ein.

Bei Ausgrabungen des Vorraumes der Höhle Betche-aux-Rotches im Tal der Orneau bei Spy [Belgien] im Jahre 1886 durch die belgischen Forscher LOHEST und DE PUYDT kamen Skelette [2 Erwachsene, 1 Kind], die alle Merkmale des Neanderthalers zeigten, zum Vorschein, vergesellschaftet mit Knochen eiszeitlicher Säugetiere und Steinwerkzeugen der altsteinzeitlichen Moustérien-Kultur. Somit war nun das pleistozäne Alter des Neanderthalers wissenschaftlich einwandfrei festgestellt und das Gerede über Mißbildungen gegenstandslos. Nach einer gründlichen Untersuchung mit neuen Meßmethoden wies im Jahre 1901 der Straßburger Anatom Gustav SCHWALBE in seiner umfangreichen Arbeit 'Der Neanderthalerschädel' auf die Irrtümer Virchows hin.

In dem höhlenreichen Gebiet der Dordogne wurden von 1908 ab bis zum Ausbruch des ersten Weltkrieges eine Anzahl Neanderthaler ausgegraben, die teilweise, wie der Jüngling von Le Moustier, sehr gut erhalten waren.

Für die meisten war der Neanderthaler '*der Urmensch*', ein zottiges Wesen mit einem Faustkeil in der Hand. So wurde er auch bisher abgebildet. Selbst für Wissenschaftler stellte er den Seitenzweig der Menschheit dar, der in der Würmeiszeit ausstarb. Schuld daran war vor allem die Rekonstruktion des „Alten Mannes von La-Chapelle-aux-Saints" durch den Paläontologen Marcellin BOULE vom Französischen Nationalmuseum für Naturgeschichte. Er ordnete die Knochen so an, daß der Neanderthaler große Ähnlichkeit mit einem Affen aufwies. Da er [nach BOULE] die Beine nicht ganz strecken konnte, ging er mit gebeugten Knien. BOULE billigte diesem Geschöpf wenig Intelligenz zu und äußerte sich recht geringschätzig über „*das tierische Erscheinungsbild dieses muskulösen und ungeschlachten Körpers*".

Da ein solches Lebewesen dem harten Daseinskampf in der eiszeitlichen Taiga und Tundra nicht standgehalten hätte, kamen in den letzten Jahrzehnten, als man sich auch mit der Ökologie des Neanderthalers beschäftigte, immer mehr Zweifel auf an der Richtigkeit der Rekonstruktion durch BOULE. Bei einer nochmaligen Untersuchung durch die Anatomen A. J. CAVE und William STRAUS im Jahre 1957 entdeckten sie, daß dieser alte Neanderthaler unter einer Arthritis gelitten hatte, die zu einer Verformung der Wirbel und des Kiefers führte, und stellten weitere unerklärliche Irrtümer in der BOULE-Konstruktion fest.

Der von 100.000 bis 35.000 in Afrika, Asien und Europa lebende Neanderthaler war ein besserer Werkzeughersteller als sein Vorgänger *Homo erectus*. Die neue Scheiben-Kern-Methode ermöglichte relativ mühelos, eine größere Anzahl von Waffen und Werkzeugen herzustellen im Gegensatz zur bisherigen Kernsteintechnik. Ein führender Experte auf diesem Gebiet, der Prähistoriker Francois BORDES, verzeichnet mehr als 60 verschiedene Typen von Schneid-, Schab-, Bohr- und Meißel-Werkzeugen. Diese Artefakte gehören zur altsteinzeitlichen Kulturstufe Moustèrien, benannt nach dem Ort Moustier in der Dordogne.

Der Neanderthaler bestattete seine Toten und gab ihnen Werkzeuge und Nahrungsmittel mit: ein Zeichen für religiöse Vorstellungen. Von 1951 bis 1960 grub der amerikanische Archäologe R. S. SELECKI in der Höhle Shanidar im nördlichen Irak: 8,5 m Kulturschichten bargen neun Neanderthaler-Skelette. Beim ersten männlichen stellte man fest, daß dieser Mensch von Kindheit an ein Krüppel war mit unterentwickelter Schulterpartie und amputiertem rechten Arm. Ein von der Höhlendecke abgestürzter Gesteinsbrocken hatte dann seinem Leben ein Ende gesetzt. Seine Horde aber hatte ihn miternährt: Beweis für ein bereits entwickeltes humanes Sozialverhalten. Bei dem Neanderthaler Nr. 4 ergab eine Pollenanalyse, daß seine Angehörigen ihn mit wilden, am Berghang gepflückten Blumen bestattet hatten.

So wandelte sich in den letzten Jahren das Bild vom wilden Tiermenschen zu einem humanen Wesen. Dem trug auch die Wissenschaft Rechnung. Der jetzige lateinische Name lautet '*Homo sapiens neanderthalensis*'.

SCHOBBENHAUS' Faustkeil- und Cleaver-Funde [Quarzit] vom Okt. 1927 [Maßstab etwa 1 : 2]

Der Faustkeilfund vom Jahre 1927

Beim Abräumen hangender Löß- und Kiesschichten über der südlichen in Abbau befindlichen Kalksteinwand im Neandertal wurden im Herbst 1927 Reste eiszeitlicher Säugetiere im Karrenfeld des devonischen Massenkalks gefunden. Betriebsleiter HERRING benachrichtigte die zuständigen Stellen. Da die meist mürben Tierreste beim Herausnehmen aus der Fundschicht leicht zerbrechen, bekamen Konservator Horst SIELOFF und Präparator Karl SCHOBBENHAUS [Löbbecke-Museum, Düsseldorf] den Auftrag, die Funde fachgemäß zu bergen.

Durch viele Vorträge in der Natur- und Heimatkundegruppe des Touristenvereins „Die Naturfreunde" über die altsteinzeitlichen Kulturstufen kannte Wanderfreund SCHOBBENHAUS die Werkzeugformen des Paläolithikums. Am 12. Okt. 1927 kommt ihm ein verschlammter Stein 'sehr verdächtig' vor. Er wäscht ihn ab und hält einen prächtigen, aus einheimischem Quarzit hergestellten ungewöhnlich großen Faustkeil in seiner Hand**!** Der Faustkeil hat eine Länge von 19,2 cm, eine Breite von 9,3 cm und ist 6,0 cm dick: *ein aufregender Fund!*

Über die Funde, über Zeitstellung und mögliche Beziehungen zum Neanderthaler erschienen in den 'Düsseldorfer Nachrichten' und im 'Düsseldorfer Stadtanzeiger' mehr oder minder phantasievolle Artikel.

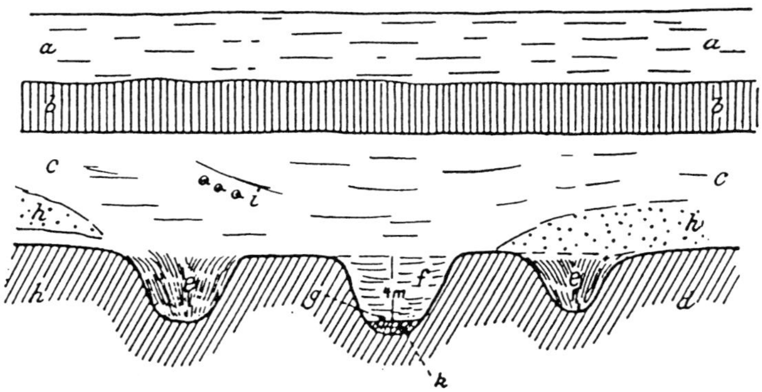

Profil im Neandertal, oberhalb der ehemaligen Feldhofer Grotten (nach Angaben von Stud.-Rat STEINEBACH-Düsseldorf und eigenen Beobachtungen).

a) Etwa 2,50 m kalkfreier, rotbrauner Lehm; b) 1,80–2 m reiner, kalkhaltiger Löß; c) etwa 5,30 m kalkfreier Schwemmlößlehm, teilweise mit eingeschwemmten Löß-Schnecken (i); d) Massenkalk; e) Dolinen; f) Bachriß; g) Fundstelle der Artefakte; h) eingeschwemmter oberoligocäner Sand; k) Bachschotter.

Skizze aus der Publikation LÖSCHER

Auf Anregung der miteinander befreundeten Düsseldorfer Rolf HEYNEN, Sepp MEYER [ehrenamtliche Mitarbeiter des Stadthistorischen bzw. des Löbbecke-Museums] und Stud.-Rat Karl STEINEBACH nahmen am 20. Nov. 1927 drei, schon als Eiszeitforscher bekannte Diluvialgeologen der Geologischen Gesellschaft in Essen, Studiendirektor Dr. Wilhelm LÖSCHER, Studienrat Dr. Karl STEINMANN und Dr. Eduard WILDSCHREY, Duisburg, eine wissenschaftliche Untersuchung dieser Fundstelle und ihrer Deckschichten vor.

Das Ergebnis veröffentlichte LÖSCHER in einer Abhandlung „*Das geologische Alter der neuen, paläolithischen Funde im Neandertal*" im Centralblatt für Mineralogie, Geologie und Paläontologie, Jgg. 1928, Abt. B, Seite 438ff.

Der örtliche Befund und Sachverhalt an der Fundstelle wird in der Arbeit [vgl. auch obige Skizze aus der Originalarbeit] so dokumentiert: Das Profil zeigt mehrere horizontal übereinander liegende Schichten, nämlich von oben nach unten

a) etwa 2,50 m kalkfreier, rotbrauner Lehm,
b) 1,80–2 m reiner kalkhaltiger Löß,
c) etwa 5,30 m kalkfreier Schwemmlößlehm, teilweise mit Lößschnecken,
d) darunter der anstehende Massenkalk mit Karrenfeld, Dolinenbildung und einem Bachriß, darin die Fundstelle.

In dem genannten Bachbett, dessen Schotter aus abgerolltem Gangquarz, Sand und kleinen Schieferstücken bestand, wurden Backenzähne vom kaltzeitlichen Mammutelefanten [vgl. Anm.], vom wollhaarigen Nashorn und vom Höhlenbären sowie eine Geweihstange mit Schädelrest vom Ren gefunden, ebenso auch der Faustkeil und der Kratzer [in der neueren Literatur als Cleaver bezeichnet].

Einige geologisch interessierte Mitglieder der schon erwähnten Naturkundegruppe besuchten im Frühjahr 1928 öfter das Neandertal und entdeckten dabei in den Deckschichten der nördlichen Kalksteinwand ebenfalls einen Bachriß von der Größe der heutigen Düssel. Dies weist die Fundstelle als ein altes Düsselbett aus; es lag bei etwa + 112 m, während heute die Düssel in 78 m über NN fließt.

An irgendeiner Stelle im Tale der Düssel lebte damals eine Jägerhorde des *Homo erectus*; denn Faustkeil und 'Cleaver' waren einer wesentlich älteren Zeit als der des Neanderthalers zuzuordnen [LÖSCHER]. Der Faustkeil war zu seiner Zeit das Universalwerkzeug des *Homo erectus*. Der Wohnplatz kann nicht allzuweit von der Fundstelle entfernt gewesen sein; denn beide Werkzeuge zeigten keinerlei Abrollspuren, waren also nicht durch einen [den] Flußlauf hierher transportiert worden. Es besteht die große Wahrscheinlichkeit, daß die eingangs genannten Tierreste und die Werkzeuge vom selben Lagerplatz abgeschwemmt wurden.

Der in einem Zeitraum von 1 Million Jahren über Afrika, Asien und Europa verbreitete Frühmensch *Homo erectus* jagte schon einige hunderttausend Jahre vor dem Neanderthaler im Tale der Düssel.

Anmerkung zu 'Mammutelefant'
'Mammouth' = Steppen-Elephant / Elefant = Wald-Elephant

Die Quelle SCHMITZ 1992 [Lit.-verz.] berichtet über das Ergebnis einer Nachuntersuchung der hangenden Lößschichten im Bereich der Fundstelle von 1927 mit Bestätigung der stratigraphischen Fundstellensituation, wie von MEYER beschrieben; Bestätigung auch des vorneanderthalerzeitlichen Alters des Faustkeils -schöne Abbildung!-, der wie auch die weiteren Steingeräte in das Acheuléen gestellt wird.

– – – – – – – – –

Die Überarbeitung des Textes und die Änderungen gegenüber dem Text von 1974 sowie die Einfügung von drei Abbildungen, der Quellen- und Literaturangaben mit der Anmerkung wurde besorgt von Kurt Vogel.

Literatur- und Quellen-Angaben:

BONGARD, J. H. [1835]:
„Wanderung zur Neandershöhle, eine topographische Skizze der Gegend um Erkrath an der Düssel“

FUHLROTT, J. C. [1859]:
„Menschliche Überreste aus einer Felsengrotte des Düsselthales“. Ein Beitrag zur Frage über die Existenz fossiler Menschen. Verh. naturhistor. Ver. d. preuß. Rheinl. u. Westph., 16, 131-153, Bonn

KING, W. [1864]:
„The reputed fossil man of the Neanderthal“, The Quart. J. Science, 1, 88-96, London, und zwar unter Bezugnahme auf sein ‘paper’ vom Vorjahr [1863] anläßlich des Kongresses der ‘British Association for the advancement of science“ zu Newcastle-on-Tyne

LÖSCHER, W. [1928]:
„Das geologische Alter der neuen paläolithischen Funde im Neanderthal“, Centralbl. f. Min., Geol. u. Pal., Jgg. 1928, Abt. B [Geologie & Paläontologie], S. 438ff, Stuttgart

DE PUYDT, M. & M. LOHEST [1887]:
„L'Homme contemporain di mammouth à Spy“, Namur

SCHMITZ, R. W. [1992]:
„Untersuchungen in der Nachbarschaft des Neandertalers – das Lößprofil von Hochdahl“, Archäologie im Rheinland 1991, S. 19ff, Rheinland-Verlag, Köln

SCHWALBE, G. [1901]:
„Der Neanderthalerschädel“, Bonner Jahrbücher, 106, S. 1-72, Bonn

Der Skandal

Gert Kaiser, Düsseldorf

Nicht sieben, nur drei Städte streiten sich darum, die Heimat des Neanderthalers zu sein. Vor allem das heilige Köln hat den Düsseldorfern immer schon geneidet, daß der vielleicht prominenteste Mitteleuropäer ausgerechnet an der Düssel gefunden wurde. Und so hat der damalige Kölner Oberbürgermeister Konrad Adenauer kurzerhand entschieden: „Der Neanderthaler, dat is 'ne kölsche Jong, der sich nach Düsseldorf verlaufen hat und dort auch prompt erschlagen wurde".

Der lachende Dritte in diesem Streit ist Bonn. Im dortigen Museum des Landschaftsverbandes sind jetzt die berühmten Knochen, nachdem sie im Jahre 1877 vom Rheinischen Provincialmuseum Bonn für eintausend Goldmark auf einer Auktion ersteigert worden waren.

Längst weiß man, daß der Neanderthaler nicht nur hier, sondern auch in West- und Osteuropa, in der Alten Welt und in Mittelasien lebte. Aber seinen Namen hat er eben nach diesem kleinen Tal in der Nähe Düsseldorfs – und er hat dieses Tal berühmt gemacht.

Als er entdeckt wurde, war er ein Skandal. Er brachte ein Jahrtausende altes Weltbild ins Wanken und schließlich gar zum Einsturz.

Hätte die Heilige Inquisition im vorigen Jahrhundert noch etwas zu sagen gehabt, so hätte man den Elberfelder Lehrer Dr. Johann Carl Fuhlrott auf einem Düsseldorfer oder eher Kölner Scheiterhaufen brennen sehen, nachdem er im Jahre 1859 das Ungeheuerliche behauptet hatte: daß nämlich die Skelettreste aus dem Neanderthal „aus der vorhistorischen Zeit, wahrscheinlich aus der Diluvialperiode stammen und daher einem urtypischen Individuum unseres Geschlechts einstens angehört haben".

Das schien zu bestätigen, was das gottlos-neugierige 19. Jahrhundert ahnte und unbedingt wissen wollte, um zugleich darüber tief zu erschrecken: der Mensch und der Affe könnten womöglich aus einer Linie stammen.

Man verbrennt Fuhlrott nicht, aber man ächtet ihn wissenschaftlich. Der große Anatom, Prähistoriker (und Politiker) Rudolf Virchow wendet seine ganze Autorität dafür auf: nicht eine frühe, ausgestorbene Menschenform sei das, sondern die Überreste eines rachitischen, sechzigjährigen Mannes – so gibt er Fuhlrott dem öffentlichen Gelächter preis.

Doch der berühmte Gelehrte irrt, und der Elberfelder Schullehrer behält recht. Fuhlrott freilich erlebt seine wissenschaftliche Rehabilitation nicht mehr. Erst neun Jahre nach seinem Tod, im Jahre 1886, entdeckt man in der Höhle von Spy in Belgien ganz ähnliche Überreste, und schließlich kann man die Augen vor der grausamen Einsicht nicht mehr verschließen: daß nämlich auch der Mensch – wie Darwin es dann formuliert – durch eine Evolution gegangen ist, in der nur das Zweckmäßige überlebt und zur Grundlage weiterer Entwicklung wird.

Wir machen uns kaum eine Vorstellung, welch ein Sprengsatz damit in die Luft geht.

Für den Menschen damals heißt das nicht mehr und nicht weniger als: es gibt keinen Schöpfergott, die biblische Schöpfungsgeschichte ist ein Märchen.

Denn die Existenz ursprünglicher Menschenformen scheint ja den Gedanken von der Evolution alles Lebendigen zu bestätigen, ein Gedanke, der in der Luft liegt – und der das genaue Gegenteil der beiden biblischen Schöpfungsberichte ist, in denen – ob man sie nun wörtlich nimmt oder nicht – alle Lebewesen, der Mensch eingeschlossen, von Anfang fertig in ihrer heutigen Gestalt waren.

Daß die fossilen Reste aus dem Neanderthal so berühmt werden, hängt weniger mit ihrer wissenschaftlichen Bedeutung zusammen als vielmehr mit dem Zeitpunkt ihres Fundes. Zwar erscheint das die Welt verändernde Werk des Charles Darwin erst drei Jahre danach, also 1859, aber die Zeit ist reif, genauer: ist durchdrungen von der angstvollen Ahnung, daß es mit dem „Woher?“ des Menschen eine andere Bewandtnis habe als die Heilige Schrift uns lehrt – durchdrungen von der Ahnung und sie gleich verdrängend.

Die Sorge der Menschen nährt sich aus einer anderen Tiefenschicht des menschlichen Bewußtseins als etwa der Sarkasmus, den rund hundert Jahre früher ein Georg Christoph Lichtenberg in seinen „Sudelbüchern“ (1768) formulierte: „Der Mensch kommt unter allen Tieren der Welt dem Affen am nächsten“ – das ist ein Hieb gegen das anthropozentrische Weltbild und will als ironische Bosheit genossen werden. Das greift nicht an das Selbstverständnis des Menschen, greift nicht an seine Würde, wie sie das 19. Jahrhundert versteht.

Lächeln wir nicht über die Menschen des 19. Jahrhunderts. Gewiß – jedermann akzeptiert heute die Tatsache der Evolution, also den Prozeß der Menschwerdung aus dem Tier heraus. Das Beweismaterial ist erdrückend.

Und auch kein Geistlicher würde noch bezweifeln, daß die Evolution des Lebens vom Einzeller über Vielzeller, Fische, Reptilien, bis zum Säugetier und schließlich hin zum Menschen ein Faktum ist. Und doch: wen fröstelt nicht, wenn er neben dieser Tatsache auch die Erklärung akzeptieren muß, die die Naturwissenschaft dafür bietet: daß die biologische Entwicklung aus dem Tier heraus ein Prozeß ist, der allein nach Zufallsregeln erfolgt, die weder Sinn noch Ziel haben. Der Mensch ist demnach eine Laune der Natur – mehr nicht.

Der letzte große Versuch, dieses Wissen um die Evolution und die Offenbarung der Heiligen Schrift miteinander zu versöhnen, das Werk des Teilhard de Chardin, scheint gescheitert. Er läßt vom Schöpfungsbericht der Bibel nun gar nichts mehr übrig. Er will stattdessen gerade die Evolution als das eigentliche göttliche Wunder, den göttlichen Plan begreifen. Die Wissenschaft, sofern sie sich dazu äußert, bleibt kühl. Die Kirche ihrerseits wirft ihm Irrtümer vor.

So wäre also kein Sinn im Auftauchen der menschlichen Gattung auf diesem Planeten?

Das ist ersichtlich nicht nur eine abgelegte Frage des 19. Jahrhunderts – die Frage ist bohrend und bleibt aktuell. Aus dem „Woher?" des Menschen ist indessen und fürs erste keine Antwort zu gewinnen, die uns aufatmen ließe, keine Antwort auf die Frage nach dem Sinn der menschlichen Existenz.

Gewiß, wir sind nicht mehr so angstvoll-hysterisch wie die Menschen des 19. Jahrhunderts – aber unser Preis dafür ist hoch: die Kluft zwischen Glauben und Wissen ist breiter geworden und häufig ist beides schon auseinandergefallen. Gewiß auch, da gibt es das schöne Wort von Max Planck: „Für die Religion steht Gott am Anfang, für die Naturwissenschaften steht er am Ende".

Das ist gut gesagt, und wir alle wollen hoffen, daß es kein leeres Trostwort ist.

Aus: KAISER, G. (1992): Neanderthal – Eine kulturelle Herausforderung.

Die Düssel

Nicht weit von einer Wasserscheide, so zwischen Rhein und Ruhr,
da läuft aus einer Quelle ein kleines Rinnsal nur.
Doch dieses kleine Bächlein, bei Blomtrath es entspringt,
gibt einer Stadt den Namen, wo es zum Rhein hin rinnt.

Ich rede von der Düssel, die hier zu Tale springt;
wozu von allen Seiten manch anderes Rinnsal dringt.
Beim Dorfe Oberdüssel, wer hätte das gedacht,
da sind die vielen Bäche gemeinsam schon ein Bach.

Am weiteren Lauf der Düssel manch altes Dörfchen liegt,
so Aprath, Düssel, Schöller, auch Gruiten man hier sieht.
Und jedes dieser Dörfer Geschichten uns erzählt,
sei es Aprath mit dem Schlosse; die Kirche, die in Düssel steht;
und Schöller mit Gut Heresbach aus den Annalen weht.

Am alten Quall in Gruiten lacht uns Geschichte an,
was man auch von der Düssel im weiteren Lauf behaupten kann.
Doch hier in ihrem schönsten Teil, da klaut man ihr den Namen,
man nennt es hier Neandertal, was manches läßt erahnen.

Hätten unsere Romantiker dieses Tal nicht umbenannt,
dann wäre der Neandertaler als Düsseltaler weltbekannt.
Doch dieses wär nicht angenehm, das muß ich hier bekennen,
dann würde man uns Düsseldorfer jetzt Neandertaler nennen.

Die Düssel der Romantiker man heut vergeblich sucht,
sie rauschte zu Neanders Zeiten durch eine wilde Schlucht.
Tussila, die Tosende, so wurde sie einst genannt;
man hat das Tosen ihr genommen, hat Kalk aus dem *Gesteins* gebrannt.

Nach Erkrath hat die Düssel die Ebene dann erreicht,
man merkt es, weil die Düssel nur noch ganz langsam schleicht.
In Düsseldorf hat man sie noch in viele Arme aufgelöst,
so daß im ganzen weiten Stadtgebiet man auf Düsselwasser stößt.

In guten alten Zeiten hat die Düssel auch geschafft,
glatt 22 Mühlen trieb sie mit Wasserkraft.
Da tat sie ihre Arbeit ganz ohne Rauch und Schmutz
und diente so in alter Zeit schon für den Umweltschutz.

Die Düssel ist zwar nur ein Bach, wie es viele andre gibt,
sie zu erkunden, sie zu kennen, bringt, daß man die Landschaft liebt.
Gemeinsam dieses Tal erforschen, sollte Sinn dieser Arbeit sein,
vom Sprudeln vieler Quellen bis zur Mündung in den Rhein.

r.r.

Kleiner Abriß zur Besiedlungsgeschichte des Düsseltals

Günter Grajetzky, Velbert

Daß die Täler im Verlauf der Düssel schon in der Frühgeschichte unseres Landes besiedelt oder von Menschen durchstreift wurden, ist seit dem Fund des „Neanderthalers" allseits bekannt. Ja – es erscheint nicht einmal ausgeschlossen, daß bereits Menschen früherer (älterer) Kulturen hierzulande ansässig waren. Der Faustkeil von 1927 (s.u.) ist jedenfalls ein wahrscheinlich starkes Argument für diese Annahme.

Einen guten Einblick in diese Siedlungsgeschichte gibt uns BANNIZA (1986). Seine für den Bereich Haan beschriebenen „Urgeschichtlichen Fundplätze" und die dortige Gesamtdarstellung haben ohne Zweifel Gültigkeit für den gesamten Bereich des „Düssel-Landes". BANNIZA's Gliederung und Zeitstellung befinden sich im großen und ganzen auch in Übereinstimmung mit jener von BOSINSKI (1981, 1983, 1993 u.a.) wie auch von REBSKE (1988), weshalb wir ihr bei unserer kurzen Darstellung zur Ur- und Frühgeschichte folgen wollen.

? bis ca. 10.000 v. Chr. (Altsteinzeit)
Die Altsteinzeit ist charakterisiert durch die Kalt-/Eiszeiten des Pleistozäns. Frühe Zeugnisse menschlicher Vergangenheit im Rheinland datieren aus der Saale-Kaltzeit (vor ca. 230.000 – 140.000 Jahren) und der letzten, der Weichsel-Kaltzeit (vor ca. 90.000-10.000 Jahren).

Als Nachweis der ältestbekannten menschlichen Besiedlung im gesamten Rheinland gelten die Fundstücke aus dem Neandertal von 1927, gefunden unterhalb von Gut Feldhof (Hochdahl) im Bereich der Düssel-Südseite. Dort wurden gefunden

- 1 Faustkeil aus Quarzit
- 1 Spalter, Quarzit mit retuschierter Schneide
- 2 Absplisse mit Schlagbuckel

zusammen mit Knochen von Mammut, Ren, Wollnashorn und Höhlenbär.

Die Fundstelle befand sich auf der Oberfläche des anstehenden Massenkalks, jedoch unter einer 10 – 12 m mächtigen Lößdecke. Dies läßt die Vermutung zu, daß die Stücke vor der Saale-Kaltzeit dorthin gelangten.

Wie aus der älteren Naturfreunde-Literatur hervorgeht, wiesen die Fundstücke keine Abrollspuren auf. Sie waren also nicht durch Flußwasser dorthin geschwemmt worden (vergl. MEYER, S. 47, und STEINEBACH, S. 119).

Die wahrscheinliche Lebenszeit des Neanderthalers aus der Feldhofer Grotte wird heute auf ca. 60.000 – 50.000 v.Chr. datiert. (Die Zeit des Neanderthalers umfaßt nach BOSINSKI im engeren Sinne die Spanne zwischen ca. 120.000 – 40.000 Jahren, und im weiteren Sinne die Periode von ca. 300.000 – 40.000 Jahren v.Chr.).

Im Jahre 1958 wurden in Erkrath, Grube Zingraf, zwei Faustkeile gefunden. Sie bestanden aus örtlich vorkommendem, altpleistozänem Quarzit (sog. Zementquarzit). Nach bisherigen Überlegungen werden sie in die Zeit des Neanderthalers gestellt. Die Fundposition war jedoch unter einer Schicht von weichsel-zeitlichem Löß. Aus diesem Grund muß man die Altersdatierung sicherlich auf vor 50.000 Jahren vornehmen.

Natur- und Heimatkunde-Gruppe in der Grube Zingraf (1960)

In Unten-Klophausen (bei Haan) fand man Klingen aus weiß-patiniertem Feuerstein. Dieser Fund wird den Umständen nach auf ca. 10.000/9.000 v. Chr. datiert.

ca. 10.000 bis 4.500 v. Chr. (Mittelsteinzeit)

Nach dem Ende der Eiszeit (Kaltzeit) lebten die Menschen wie ihre Vorfahren als Jäger, Fischer und Früchtesammler, jedoch unter anderen Umweltbedingungen. Das Land wandelte sich aus einem nahezu sterilen Gletschervorland im Zuge der Sukzession zur Tundra, dann zu Birken- und Kiefernwald bis zum Eichenmischwald.

Auf einem Acker bei Vogelsang zwischen Scheidebach (Mahnertbach) und Hühnerbach konnte BANNIZA etwa 10.000 Geräte, Werkzeuge und Werkstoffabfälle aus Feuerstein, Quarzit und Kieselschiefer aufsammeln. Nach Art der Werkzeuge und wegen der Kombination der Materialien war dieser Siedlungsplatz als mittelsteinzeitlich festzustellen, er wird auf ca. 7.000 v.Chr. datiert.

ca. 4.500 bis 1.800 v. Chr. (Jungsteinzeit)

Die Jungsteinzeit bildet den Übergang zu Ackerbau und Viehzucht. Die lebensmittelerzeugende Wirtschaftsweise und die Bildung von Vorräten ermöglichten ein Zusammenwohnen größerer Gemeinschaften. Tongefäße wurden geschaffen; diese geben heute den Kulturen den Namen.

Zahlreiche Klingen- und Beilbruchstücke, an steilen Talrändern und den Wohnplätzen der Mittelsteinzeit gefunden, weisen auf eine Werktätigkeit in den Siedlungs- und Rodungsplätzen hin. Der Feuerstein (Flint) der jungsteinzeitlichen Fundstücke stammt aus Rijckholt/Niederlande, vom Lousberg/Aachen, Rullen/Lüttich und Obourg/Mons in Südwestbelgien. Diese Herkünfte sind Indizien für gute Handelsbeziehungen sowie für ein bereits vorhandenes vorgeschichtliches Wegenetz.

ca. 1.800 bis 750 v. Chr. (Bronzezeit)

Die Werkzeug- und Gerätschaftskulturen der Schnurkeramiker (Streitaxtleute) und der Trichterbecherleute zeigen den Wandel hin auf den Übergang in die erste Metallzeit an. Eindringlinge aus dem Süden und Südosten brachten Dolch, Pfeil und Bogen mit, später auch die Axt. Die Kupferverarbeitung wurde verbessert und verfeinert, Kupfer selbst wurde wohl überwiegend aus dem Süden importiert. Die „Angebotspalette“ der Landwirtschaft wurde um die Schafzucht erweitert.

Eine steinerne Streitaxt, 1884 am Evangelischen Friedhof in Haan entdeckt, weist eine Gußnahtimitation auf; dies zeigt, daß die damals in Südeuropa bereits gebräuchlichen Bronze-Äxte auch hier bekannt waren. Der bisher einzige Bronzefund stammt aus der Nähe des Evangelischen Friedhofs in Haan, etwa 200 m

Bohrer, Schaber (von links) und Abschläge vom Lousberg. (Originale 9 + 10 cm bzw. 4,5 cm lg.)

Sammlung: Sepp Meyer

Hacke, Gratbeil (von links) und Abschläge vom Lousberg. (Originale je 11 cm bzw. 4,5 cm lang)

Sammlung: Sepp Meyer

vom Fundort der Streitaxt entfernt. Hier wurde in 1 m Tiefe im Tonboden ein gallisches Bronzeschwert entdeckt. Die noch wohlerhaltenen Nietlöcher weisen mit großer Bestimmtheit darauf hin, daß der Griff eine Verschalung aus Holz, Horn oder Knochen hatte. Das Schwert ist 47 cm lang.

ca. 750 v. Chr. bis um Christi Geburt (Eisenzeit)
Neben der Bronze kam jetzt mehr und mehr das Eisen in Gebrauch, in der Anfangszeit bevorzugt für Waffen – warum sollte es damals anders gewesen sein als heute? – und Werkzeuge. Die Kenntnis der Eisenverarbeitung brachte einen von südöstlichen Zivilisationen kommenden Kultureinfluß mit, der einen Wandel in Brauchtum, Lebensstil, sowie Geräte- und Gefäßformen bewirkte.

Man benutzte das Pferd zum Reiten und die Lanze als wichtigste Waffe. Wagen wurden gebaut. Die verbesserten Handelsbeziehungen bewirkten gewiß auch einen Bevölkerungszuzug, für den die vielen Gräber entlang des Mauspfades am Westrand des Bergischen Landes sprechen (Weg von Siegburg über Hilden und Haus Morp nach Duisburg zum Hellweg).

In Hilden sind bisher insgesamt 15 Stellen als jungsteinzeitliche Fundplätze bekannt sowie 20 hallstattzeitliche Gräber mit Tonurnen und Grabbeigaben. In Unterbach und Erkrath fand man Jungsteinzeitgeräte und ein bronzezeitliches Lappenbeil sowie die hallstattzeitliche Bronzegußform eines Tüllenbeils.

Ähnlich lassen sich in Gerresheim Fundstellen jungsteinzeitlicher Beile sowie von Gräbern aus der Hallstattzeit nachweisen, deren Plätze indes aus verständlichen Gründen nicht publiziert werden sollen.

ca. um Christi Geburt bis 5. Jahrhundert (Römische Kaiserzeit)
Nach der Varus-Schlacht 9 n. Chr. am Kalkrieser Berg bei Bramsche (also nicht, wie lange angenommen, im Teutoburger Wald) wurden rechtsrheinisch wohl alle römischen Stützpunkte und Wohnsitze aufgegeben. Es fehlen entsprechende Funde. Seit dem späten 4. Jahrhundert gab es ständig Auseinandersetzungen zwischen den Franken und den Römern, in deren Verlauf gerade das Grenzgebiet zum Rhein verwüstet wurde und daher allenfalls nur kurzfristig besiedelt war.

Im Bereich der Düssel wurden keine germanischen Siedlungen aus der Kaiserzeit registriert. Allerdings wurde eine germanische Siedlung in Düsseldorf-Stockum ausgegraben.

6. bis 10. Jahrhundert (Frühes Mittelalter)
Die beginnende Christianisierung brachte dann auch die Errichtung von Kirchen in den Siedlungen mit sich. In der Nähe der Kirchen entstanden Gräberfelder, heute würde man Friedhöfe sagen. Aber natürlich haben die *Rheinländer* und die *Düsselländer* wie alle übrigen Völker auch vor der Christianisierung schon ihre Toten würdig, wenn auch nach der jeweiligen Zeitsitte, bestattet, auch bereits unter Pflege kultischer Vorstellungen, indem man den Toten Waffen, Schmuck, Lebensmittel und Gerätschaften mitgab zum Wohlergehen auf dem weiteren

Zeittafel zur Ur- und Frühgeschichte

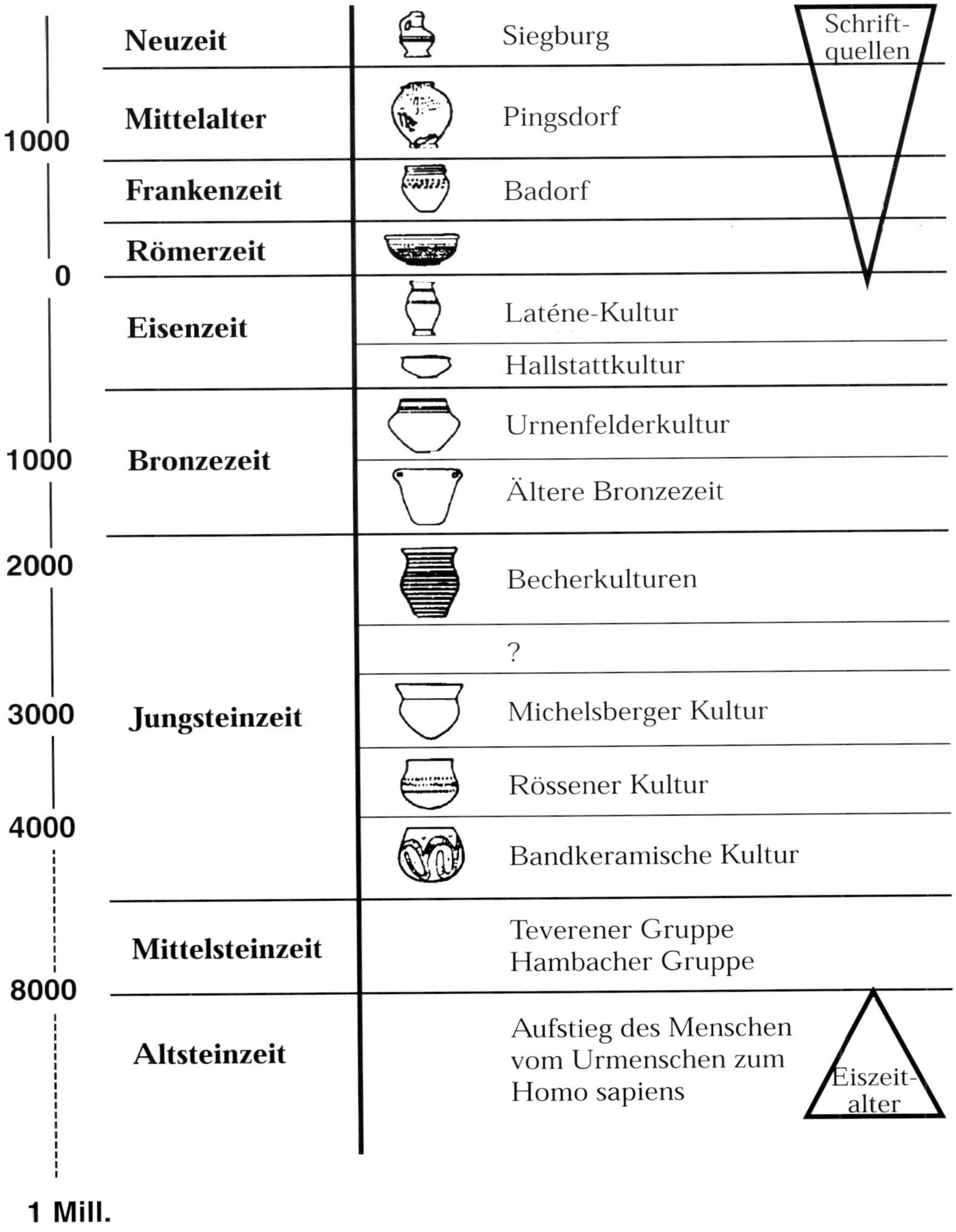

„Lebens"weg. Solche Belege sind im unmittelbaren Umgebungsbereich der Düssel indes sehr selten, auch ein Indiz für den geringen Grad der Besiedlungsdichte. Das linksrheinische Gebiet war ohne Zweifel stärker besiedelt (Gellep).

Siedlungen entstehen nicht zufällig, sondern sind vielmehr an zweckmäßige örtliche Voraussetzungen gebunden. So kann es kein Wunder sein, daß frühgeschichtliche Siedlungsplätze erneut besiedelt wurden an Stellen, die eine Anbindung an urzeitliche Fernwege haben oder hatten. Die Menschen des Mittelalters siedelten in denselben Bereichen und bearbeiteten ebenso dieselben Böden wie ihre urgeschichtlichen Vorfahren. Der Grund ist einleuchtend. Von der Jungsteinzeit bis zum Beginn des Industriezeitalters blieben die Zwänge und Bedürfnisse immer gleich: Geeignete Bauplätze – ertragreiche Böden – Holz für Hausbau und Herdfeuer – wegsames Gelände und nahegelegenes Wasser für Menschen und Tiere.

Tabelle: Führungsblatt für Museen in Nordrhein-Westfalen (abgeändert)

LITERATURVERZEICHNIS:

BANNIZA, H. (1986):
URGESCHICHTLICHE FUNDPLÄTZE IN HAAN (RHEINLAND), HAAN, SELBSTVERLAG

BOSINSKI, G. (1981):
EISZEITLICHE KUNST IN DEUTSCHLAND UND DER SCHWEIZ (FÜHRER ZU EINER AUSSTELLUNG), RHEINLAND-VERLAG, KÖLN

BOSINSKI, G. (1983):
EISZEITJÄGER AM MITTELRHEIN, ARCHÄOLOGIE DES EISZEITALTERS AM MITTELRHEIN, KOBLENZ, LANDESAMT F. DENKMALPFLEGE RHEINLAND-PFALZ

BOSINSKI, G. (1993):
DER NEANDERTALER UND SEINE ZEIT, ARCHÄOLOGIE IM RUHRGEBIET, 1.JGG., S.25-48, EDITION ARCHEA, GELSENKIRCHEN

HOFFMANN,H. (1993):
EIFGENBURG-ERCBURG-ALTE BURG, AUSFÜHRLICHE EXKURSIONSBERICHTE, ALS MANUSKRIPT GEDRUCKT, N&H-ARCHIV, DÜSSELDORF

LITSCH, J. (1925):
BESIEDLUNG DER HAANER HEIDE ZUR STEINZEIT IN: RHEINISCHES LAND (DIE NATURFREUNDE), 6, S. 181, EIGENVERLAG GAU RHEINLAND DES TVDN, KÖLN

REBSKE, C. (1988):
BESIEDLUNGSGESCHICHTE IN: LAACHERSEEHAUS-WANDERFÜHRER FÜR DIE LAACHER VULKANEIFEL, EIGENVERLAG NATURFREUNDE LANDESVERBAND RHEINLAND, KÖLN

VEIL, S. (1978):
ALT- UND MITTELSTEINZEITLICHE FUNDPLÄTZE DES RHEINLANDES, AUS DER REIHE: KUNST UND ALTERTUM AM RHEIN, FÜHRER DES RLM, BONN, NR. 81, RHEINLAND-VERLAG, KÖLN

Fotos: Erna Nießen

Menschen des Bergischen Landes

Aus der Entstehungsgeschichte

Helmut Hoffmann †

Kurz, nachdem der Herr der Erde den Bergischen Menschen geschaffen hatte, stellte er fest, daß dieser zur Vermehrung neigte; daher schuf er ihm eine Menschin. Beide waren aus hartem Gestein geschlagen; denn Lehm gab es nicht, woraus er andernorts die Menschen formte. Ernähren mußten sie sich von Beeren und Äpfeln, die auf Bäumen der Erkenntnis wuchsen. Kappes und Tabak lernten sie selbst anzubauen, wodurch sie Bauer und Bäuerin wurden. In den Jahren, in denen die Ernten gut ausfielen, es also viele Kohlköpfe gab, hatten sie es schwer, alles heimzuschaffen. Sie wünschten sich deshalb eine Hilfe für den Transport. Gott, der oberste Herr, schuf ihnen daher eine Kaa. Er nannte sie 'Schuffkaa'. Die Erschaffung solcher Dinge konnte der oberste Herr sich aus Zeitgründen jetzt erlauben, da der Mensch [beiderlei Geschlechts] es bereits gelernt hatte, für seinen Nachwuchs selbst zu sorgen. Gott wandte sich nunmehr der Formung der übrigen Welt zu. Im Bergischen Land ließ er Berge wachsen, in die er Täler senkte. Über ihm ließ er viel Wasser ab, welches die jetzt schon häufig vorkommenden

Menschen benutzten, damit Gewerbe zu treiben. Denn Wasser ist die Grundlage, über Räder Gerätschaften anzutreiben oder zu bewegen; so konnte man leichter eine Foche unterhalten, womit man Eisen, welches man gefunden hatte, besser glühentig halten konnte, um es umzuformen zu Löffeln und Metzen, zu Sensen und später zu Schwertern und Dolchen. Damit konnte man nun Menschen, die woanders her kamen und drohten, das schöne Geschäft kaputtzumachen, kurz halten. Das beobachtete der oberste Herr mit Mißtrauen. Er erließ einen Erlaß in zehn Geboten. Eines davon war: „Du sollst nicht töten!“. An anderer Stelle schrieb er in das Buch: „Du sollst deinen Nächsten lieben wie dich selbst!“. Dieses fanden die Bergischen nicht gut, weil sie für ihre Schwerter ja auch Anwendungsgebiete brauchten. Darum riefen sie Gott an: Er aber meldete sich nicht. So schlugen sie denn weiter mit ihren Hämmern in ihren Hämmern auf glühentiges Eisen, das sie auf den Amboß legten, um daraus Werkzeug und Schwerter zu machen, womit sie Eindringlinge einen Kopf kürzer machten. Ab und zu fiel auch mal ein Kopf von ihnen selbst ab, weil die anderen auch Schwerter hatten, die sie ihnen ja für Geld verhökert hatten. Bis zum Anfang dieses Jahrhunderts hatte fast jeder einen Hammer oder einen kleinen Kotten. Als die Kotten an den Bächen in den Tälern schließlich mehr und mehr verfielen, zog man auf die Berge. Dort machte man nun alles mit Dampf, was man vorher in den Tälern mit Wassers Hilfe gemacht hatte, was ich aber nicht verstehe. Es muß auch umständlicher sein denn Dampf wird ja erst aus Wasser gemacht. Das mag nun der Herrgott verstehen; er muß es schließlich auch ausbaden. Er hätte es, denke ich mir jedenfalls, vielleicht doch wirklich besser bei der Schaffung der ersten Menschen belassen; dann bräuchten wir keine Schwerter; und wir hätten wohl auch noch ein Paradies mit einem Apfelbaum.

Müßte die Düssel eigentlich 'Wupper' heißen?

Eine gegenstandslose, aber nicht unbegründete Betrachtung

Hugo Hartfeld, Kamp-Lintfort

Bisweilen stellt man sich vor, welchen Verlauf unsere Geschichte genommen hätte, wenn ein bestimmtes Ereignis in anderer Form eingetreten wäre und welche Folgen sich daraus ergeben hätten. Man weiß genau, daß ein solches Nachdenken unrealistisch ist, und doch kann ein solches Ausspinnen schon einmal ganz reizvoll sein.

Im Prinzip gilt das auch in der Geologie, der Lehre von der Geschichte der Erde, und, in enger Beziehung dazu, für die Geomorphologie, die Lehre von der Oberflächengestaltung unseres Planeten. Jedoch gewinnt man in diesem Bezug gelegentlich Annahmen, zu denen konkrete Beobachtungen und nicht nur reine Gedankenspiele führen.

So drängen sich bei der Betrachtung von Landschaftsformen, bei der Beschäftigung mit kartographischen Aufnahmen, die sie abbilden, und beim Studium der geologischen Verhältnisse Vermutungen auf, für die man gute Gründe anführen kann. Es läßt sich plausibel machen – auch wenn kein absolut gültiger Beweis möglich ist –, daß z.B. das Oberflächenrelief bestimmter Landschaften und das sie durchziehende Gewässernetz bei ein wenig anders verlaufenen Entwicklungen deutlich vom bestehenden abweichen müßten.

Dementsprechend läßt sich einiges über den heutigen und einen möglichen Verlauf der Düssel sagen.

Dieses Gewässer war zwar bedeutsam genug, um schon früh dem ursprünglich dörflichen Siedlungskern den Namen zu geben, aus dem eine der bekanntesten deutschen Großstädte hervorgegangen ist. Die Düssel ist aber zu unscheinbar, um auf den regulären Karten der verbreiteten Schul- und Handatlanten einen Platz zu finden, wie er der Sieg oder der Ruhr eingeräumt wird. Wäre aber, so kann man annehmen, die erdgeschichtliche Entwicklung an einigen Stellen ein wenig anders abgelaufen, so könnte heute ein zumindest mit den beiden genannten gleichrangiger Fluß sich bei der Landeshauptstadt mit dem Rheinstrom vereinigen.

Sehen wir uns die erwähnten und andere respektable Nebenflüsse unseres Hauptgewässers auf den gebräuchlichen Atlaskarten an, soweit es unsere rheinische Heimat betrifft! In der generellen Richtung ihres Verlaufes erkennt man eine Übereinstimmung. Sie entspricht dem Streichen der vor rund 300 Mill. Jahren angelegten Sättel und Mulden eines Faltengebirges, dem man den Namen Variszische Alpen gab. Diese Westsüdwest-Nordnordost-Richtung wird von dem im Bereich des Rheinischen Schiefergebirges fließenden Bächen und Flüssen in manchen Fällen oft als Hauptlinie eingehalten, aber nicht überall bzw. von allen durchlaufen.

Verwitterung und Abtragung schufen in mehr als 200 Mill. Jahren aus einem ursprünglichen Hochgebirge ein flachwelliges Hügelland, in dem die Wasserläufe zunächst nur ein geringes Gefälle bis zur Mündung in ein Meer aufwiesen. Seit dem Zurückweichen dieses Meeres der Tertiärzeit aus der in den Gebirgssockel eingebrochenen Kölner Bucht bzw. der absinkenden Niederrheinischen Tiefebene entwickelten sich Grundzüge unseres jetzigen Gewässernetzes im Bereich des Schiefergebirges, wobei der sich bildende Rheinstrom seine sammelnde Rolle erhielt. Allmählich vergrößerte sich das Gefälle der Gewässer bei diesem Vorgang. Hebungsvorgänge im Rheinischen Schiefergebirge wirkten sich noch mit dazu aus. Bestimmte Fließrichtungen wurden fixiert. Beim Eintiefen der Flußläufe in den Gebirgssockel wurden ursprünglich beim trägen Fließen in flachem Gelände angelegte Schleifen randlich ausgearbeitet. Dieses Erscheinungsbild tritt uns besonders bei Mosel und Lahn entgegen, bei denen allerdings die Streichrichtung des Gebirgsbaues im allgemeinen beibehalten ist. Im einzelnen weicht jedoch die Richtung der jeweiligen Flußabschnitte innerhalb der in den Untergrund eingeschnittenen und durch das Abtragen der Prallhänge oft weit ausholenden Flußschleifen stark davon ab.

Die Düsseldorfer haben es nicht weit bis zu einem solchen Talabschnitt. Der als Neandertal bekannte Abschnitt des Düssellaufes stellt ein markantes Beispiel dar. Oberhalb von Gruiten ändern sich die Verhältnisse. Dorthin gelangt die Düssel aus einem nordöstlich-südwestlich gerichteten Talabschnitt, der dann hier in den stark eingetieften, aber im wesentlichen konsequent gerichteten Talbereich übergeht. Dabei wird dieser aber östlich im Tal eines recht bescheidenen Nebenbaches schon vorgezeichnet. Auf der Topographischen Karte TK 25 ist dieser nur mühsam auszumachen. Man entdeckt aber ein oberstes Teilstück auf dem Wuppertaler Stadtplan. Dort findet man die Bezeichnung Bolthauser Bach. Auf der Gewässerkarte des Landes Nordrhein-Westfalen von 1953 sucht man ihn vergebens. Sein Ursprung liegt auf der westlichen Flanke eines Sattels, der die Höhe eines Passes ausfüllt. Diese Passage benutzen die Eisenbahnstrecke Düsseldorf-Wuppertal und die Bundesstraße 228 in Richtung Osten und erreichen alsbald das Tal der Wupper bei Vohwinkel. Dieser Fluß knickt dort, nachdem er bis dahin konsequent d.h. in Richtung des oben genannten Streichens, geflossen ist, auffallend scharf nach Süden, genauer nach Südsüdost, ab. Nun ist es angebracht, die hinreichend detaillierte geologische Karte heranzuziehen. In der unmittelbaren Verlängerung des die Stadt Wuppertal durchziehenden Flußlaufes ist zunächst die Ablagerung von jungtertiärem Sand kartiert, der etwa halb so alt wie der von Gerresheim ist und eine R i n n e ausfüllt. In deren Verlängerung wird dann Sand und Gesteinsschutt noch geringeren Alters angezeigt. Noch weiter westlich taucht dann das schon genannte Bächlein auf, das schließlich von der oberen Düssel aufgenommen und fortgesetzt wird. Man darf annehmen, daß ihm ein wasserreicherer Zufluß seine frühere Bedeutung genommen hat.

Schon zuvor muß seine Vitalität eine arge Einschränkung erfahren haben. Das überraschende Abknicken des Wupperlaufes bei Vohwinkel fordert eine Deutung heraus, die mehr gelten dürfte als eine Hypothese. So kann ein Bach, der zunächst nur ein wenig nördlich von dem heutigen Ort Burg entstand, seine Quelle bei starker Schüttung nach und nach mit rückschreitender Erosion so weit nach Norden verlegt haben, bis er eine ursprüngliche „Düsselwupper" oder „Wupperdüssel" erreicht, angezapft und schließlich ihres ganzen Wassers beraubt hat. Lokale Hebungen im Bereich des heutigen Sattels könnten dies unterstützt haben, so daß ein ursprünglich wasserführender Talabschnitt trocken fiel. Und nur ein noch bescheidenes Wasseraufkommen ließ ein schwaches Rinnsal in der alten Richtung nach Westen fließen.

Geologische Übersicht [Ergänzter Ausschnitt aus : Deutsche Geologische Gesellschaft, 145. Hauptversammlung; Exkursionsführer, A2, Abb. 1, Seite 18; Krefeld 1993]

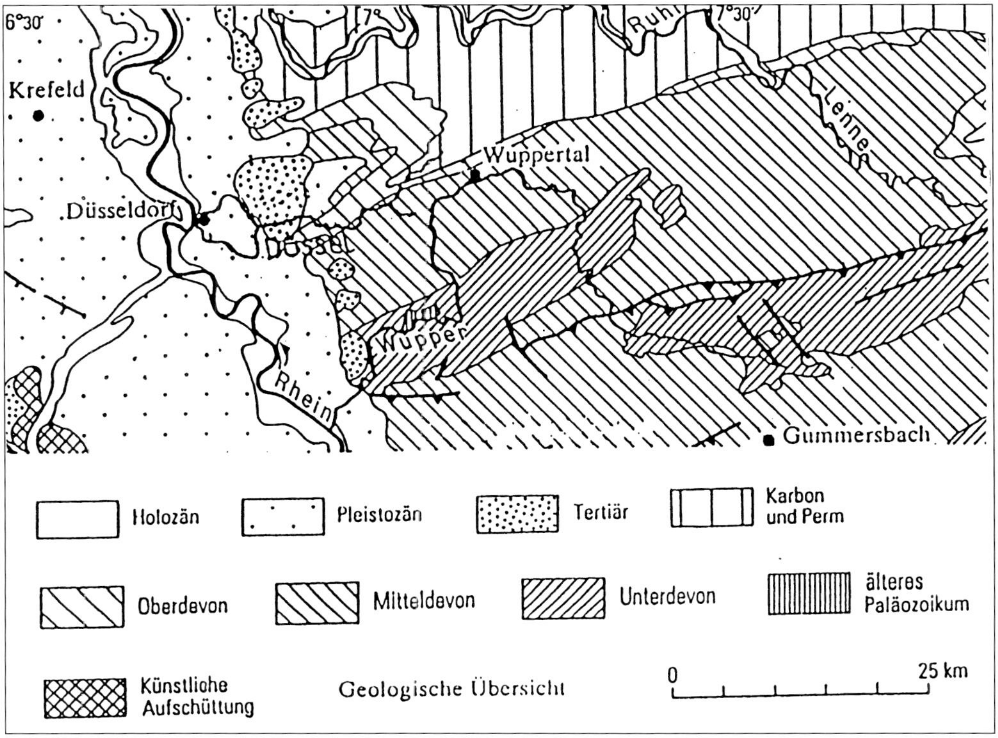

Der Zeitraum der großen Wasserableitung kann durch passende Schotterfunde, nämlich Material aus dem Wupperbereich oberhalb der Knickstelle, auf bestimmten Terrassenniveaus im verlassenen Talbereich ermittelt werden. Auch kann die Gestalt des Talquerschnittes Hinweise geben. Es ist allerdings zu berücksichtigen, daß der Rhein in der älteren Eiszeit vor mehr oder weniger als 500 000 Jahren östlich um einiges über den Rand des Bergischen Landes hinausgriff und Hinterlassenschaften einer Urdüssel dort zerstört haben könnte, falls es sie gab.

Der heutige Wupperlauf weist im übrigen noch manche andere Eigentümlichkeiten auf, über die hier nichts geschrieben werden kann. Nur eine Anmerkung kann ich mir nicht verkneifen. Das konsequent verlaufende Talstück, in das die Wupper bei Oberbarmen eintritt, zeichnet sich schon weiter im Osten ab. Es wird von Schwelm her von einem auch nicht imposanten Bach durchflossen, der als Schwelmer Bach oder Schwalme bezeichnet ist. Ihm dürfte es ähnlich gegangen sein wie dem Bolthauser Bach.

Die Besonderheiten der oberen Düssel und die des Neandertals verdienen eine Würdigung, die auf diesen Seiten nicht den gebührenden Platz finden können. Es bleibt aber noch einiges auszuführen über den unauffälligsten Teil unseres Flusses, seinen Unterlauf.

Sobald die Düssel den Rand des Bergischen Landes hinter sich läßt, ist von ihrer formenden Kraft kaum noch etwas zu bemerken. Vom Eintritt in die Rheinebene an ist der Fluß oder das, was man zu ihm rechnet, oft dem Blick der Öffentlichkeit entzogen. Von seinem Verlauf ab Gerresheim können uns aber die eigene Wahrnehmung und eifriges Kartenstudium dennoch ein brauchbares, wenn auch nicht ganz einfaches Bild verschaffen.

Es fällt auf, daß der Fluß beim Verlassen des Berglandes nicht auf Rheinaufschüttungen des Mittelterrassenabschnittes der „Eiszeit", oder, wie es die Wissenschaft sagt, des Pleistozäns, trifft. Nun ist bekannt, daß damals, vor rund 200 000 Jahren, das Inlandeis am weitesten nach Südwesten vorstieß und so in der Saale-Kaltzeit den Ablagerungsvorgang beeinflussen konnte. Gerade bei Düsseldorf wurde der Rhein durch eine Ausbuchtung des Gletschereisrandes zeitweilig nach Westen abgedrängt. Der vom Eis aus älteren Schottern und mitgeführtem Gestein zusammengeschobene Stauchmoränenwall wurde hier schon bald wieder abgetragen, und der Rhein fand schließlich in sein altes Revier zurück. Vorher hatte der „Ersatzrhein" sich im Tal der heutigen Niers bewegt, so daß man nordische Geschiebe an Stellen findet, die das Gletschereis nie erreicht hat. In seinem alten Revier bestrich der Rhein als „Verwilderter Fluß" mit wesentlich stärkerer Wasserführung als heute ein Areal, das immer noch eine Vielzahl zeitweilig durchflossener und wieder verlassener Arme innerhalb der damals aufgeschotterten Niederterrasse erkennen läßt. Mit dem Ende des Pleistozäns zog sich der Fluß in den Bereich der heutigen Flußaue zurück, lange Zeit immer noch in der Lage, seinen Verlauf bei starken Hochwässern zu verändern, bis ihn der Mensch weitestgehend in sein heutiges Bett zwängte. Die Flußrinnen in der

Niederterrasse verlandeten zum Teil. Es entstanden Sümpfe und Moore, die durch Ortsnamen mit Broich und Venn gekennzeichnet sind. Zum Teil bildeten sich in den Rinnen kurze Bäche neu aus; andere wieder wurden von Rheinzuflüssen durchzogen, die aus dem Bergischen Land kamen. Da die seichten und eigentlich zu bequemen Betten manchmal kein klar ausgeprägtes Gefälle zeigten, konnte sich schon einmal ein Bach in zwei Arme teilen, die in eine frühere Flußschleife in entgegengesetzten Richtungen hineinflossen. Eine solche Aufteilung oder Bifurkation bildet die Düssel nicht weit vom Düsseldorfer Naturfreundehaus entfernt aus. Jeder Ast wird mit dem gleichen Namen bezeichnet; und jeder nimmt auf dem Weg zum Rhein noch Zuflüsse auf und gibt noch Wasser an anders benannte Bachläufe ab.

Folgt man den beiden Düsseln so, wie sie als solche auf stadtamtlichen Plänen bezeichnet sind, dann vereinigen sie sich beinahe wieder, bevor nun jede von ihnen den Rhein erreicht. Man könnte behaupten, daß ein wesentlicher Teil von Düsseldorf eine Art von Insellage habe.

Jedenfalls stehen die weithin bekannten Parks und Anlagen der Stadt, die zu ihrem besonderen Reiz vieles beitragen, mit den beiden Teilbächen in Zusammenhang. Auch erleichterten sicherlich die verfügbaren Wasserläufe die Anlage der früheren Stadtbefestigung und die ihres Hafens. Zweifellos bedürfte es aber einer umfangreicheren Arbeit, um naturnah gebliebene und regulierte oder sogar künstlich angelegte Abschnitte der Wasserläufe mit hinreichender Genauigkeit auseinanderzuhalten. Man darf jedenfalls feststellen, daß das Zusammenwirken des namensgebenden Flüßchens und des Rheinstromes aus den Ablagerungen der Niederterrasse den Platz für die Gründung einer frühmittelalterlichen Siedlung herausarbeitete. Dieser Komplex erhebt sich merklich [6 - 7 m] über die Flußaue und blieb so prinzipiell vor den meisten Hochwässern bewahrt, wenn auch der Prallhang an der Außenseite des Rheinknies schon früh gegen Abtragung geschützt werden mußte.

Nähme man wirklich an, daß die Talgeschichte der Düssel anders verlaufen wäre und ihr eine stärkere Wasserführung beschert hätte, so würde Düsseldorfs heutige Bedeutung davon kaum beeinflußt werden. Die West-Ost-Passage ins Bergische Land wäre gewiß um einiges besser – vielleicht auf Kosten eines nie in seiner jetzigen Gestalt entstandenen Neandertals. Aber die geringe geomorphologische Vorarbeit einer angenommenen Urdüssel hat schon ausgereicht, um die Trasse für den Bau der ersten deutschen Eisenbahnstrecke, die ein bleibender Teil des späteren Gesamtnetzes wurde, günstig anlegen zu lassen. Dies war für die industrielle Entwicklung sicherlich bedeutungsvoller als heutige Transrapid-Phantasien.

Literatur- und Quellen-Hinweise:

Hesemann, J. [1975]:
„Geologie Nordrhein-Westfalens“, Verlag Schöningh, Paderborn [hier S. 255 ff]

Schnell, K. [1955]:
Gewässerkundliche Karten von Nordrhein-Westfalen [Maßstab 1:300 000], Düsseldorf

Weidenhaupt, H. -Hrsg.- [1988]:
„Düsseldorf, Geschichte von den Ursprüngen bis ins 20. Jahrhundert“, Verlag Patmos-Schwann, Düsseldorf [Bd. 1, hier insbes. S. 21-25 und 47-78]

Topographische Karte
1:25 000 - TK 25 - [Landesvermessungsamt]:

Blatt 4706 Düsseldorf	Nachdruck	XII/47 d. Ausg. v. 1938
Blatt 4707 Mettmann	Nachdruck	Pz.A.K.St.528 d. Ausg. v. 1941
Blatt 4708 Elberfeld [Wuppertal W.]	Nachdruck	II/48 d. Ausg. v. 1942

„Der Niederrhein“ [1971]:
28. Jgg., Juli 1971, Heft 3, S. 106, Abb. [a]

Geologische Karte

von Nordrhein-Westfalen 1:100 000	[Geologisches Landesamt]
Blatt C 4706 Düsseldorf-Essen	Krefeld 1980, mit Erläuterungen [Beiheft], insbes. S. 50/51
Blatt C 5106 Köln	Krefeld 1986, mit Erläuterungen [Beiheft]

Geolog. Übersicht
(Ergänzter Ausschnitt aus: Deutsche Geolog. Gesellschaft, 145. Hauptversammlung: Exkursionsführer, A 2, Abb. 1, S. 18; Krefeld 1993)

Stadtkarte Düsseldorf [1973]:
Amtliche Stadtkarte Düsseldorf, Maßstab 1:20 000, Ausgabe 1973

Stadtplan Düsseldorf [1967]:
Stadtplan von Düsseldorf [ohne Maßstab], von VII/1967

Stadtplan Wuppertal [o.J.]:
Stadtplan von Wuppertal, Maßstab 1:20 000, Verlag Hupka & Co., Bad Soden [o.J.]

Geologie und Talgestalt der Düssel

Martin Lücke, Wuppertal

Das mittlere Tal der Düssel wurde schon von unseren Vorfahren als etwas Besonderes empfunden. Es war deshalb seit Jahrhunderten ein beliebtes Wander- und Ausflugsziel. So erhielt sein mittlerer Abschnitt den Namen 'Neandertal', weil der Düsseldorfer Kirchenmann J. NEANDER sich mit Vorliebe dorthin zurückzog, wenn er Ruhe brauchte. Die früheren Menschen sprachen vom 'Gesteins' und meinten damit den besonders felsenreichen Mittelabschnitt des Düsseltales.

Düssellauf und Gestein des Untergrundes

Der geologische Werdegang des Niederbergischen ist von Manfred Schürmann beschrieben worden [vgl. Beitrag SCHÜRMANN, S. 37]. Der Oberlauf der Düssel ist bis oberhalb Gruitens etwa südwestlich, ab dort etwa westlich orientiert. Nach dem Eintritt in die Rheinebene bei Gerresheim spaltet sich der Fluß auf und strebt in mehreren Armen dem Rheinlauf zu. Im Unterlauf hat er dabei sein wechselndes Bett in erdgeschichtlich jungen Schottern des Niederrheingebietes angelegt.

Übersichtsskizze [nach KNÜBEL] des Talverlaufs der Düssel, ihrer wichtigsten Zuflüsse und ihrer Aufgliederung nach dem Erreichen der Niederrheinebene. Die Grenzen der üblich gewordenen Einteilung in Ober-, Mittel- und Unterlauf werden durch die Ortspositionen von Gruiten und Gerresheim markiert

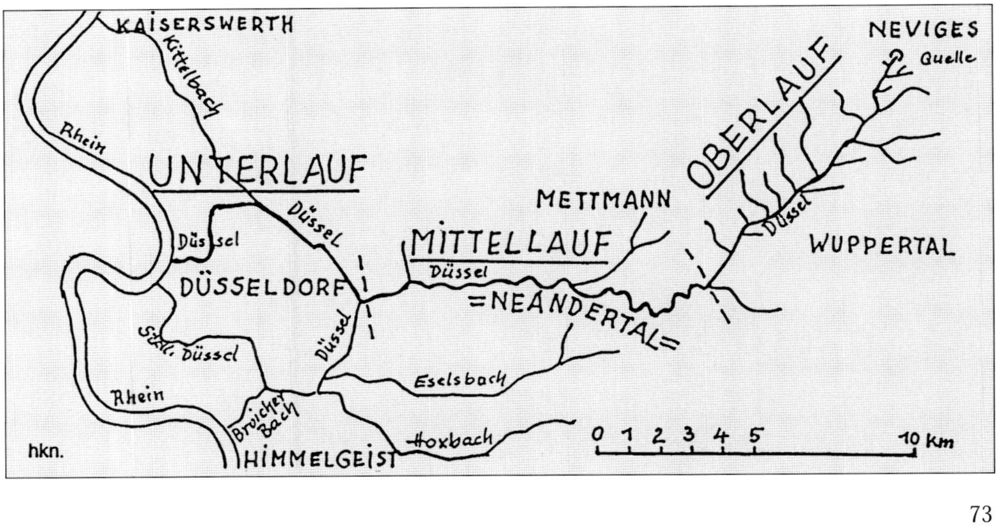

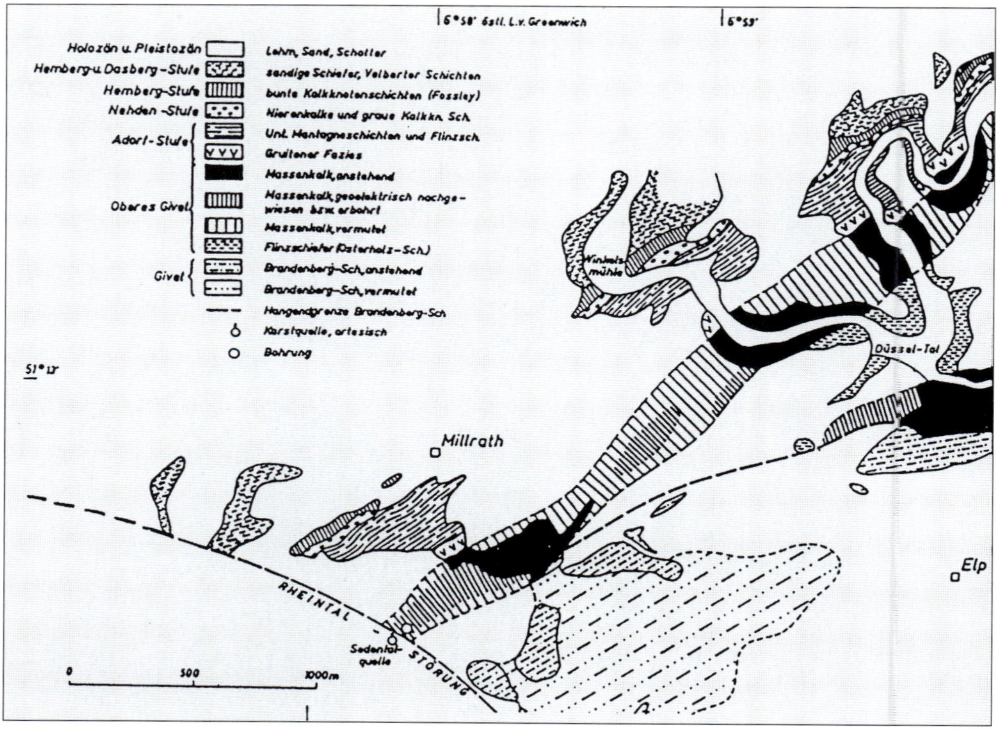

Geologischer Rahmen an Ober- und Mittellauf der Düssel [verändert nach KARRENBERG 1965]

Anders sieht es dagegen im Oberlauf aus. Von der Quelle bei Blomtrath fließen die Düsselquellbäche zunächst durch eintönige Tonsteine der Velberter Schichten des Oberdevons. Bei Düssel durchschneidet der Bach Ton-, Sand- und Kalksteine des Unterkarbons der Herzkamper Mulde. Hier liegt auch der berühmte Tillmannsdorfer Sattel in einer Spezialfalte des Kohlenkalkes. Bei Hahnenfurth und Schöller werden wieder oberdevonische Ton- und Mergelsteine durchflossen.

Ab Gruiten tritt der mit der Kleinen Düssel vereinte Bach in den Schwelmer Kalk des Massenkalkzuges von Dornap-Gruiten ein. Hier beginnt im Bereich der härteren Kalksteine und der sie begleitenden weicheren Mergelsteine [Flinzschiefer] ein mäanderreiches Talstück mit kulissenartigen Kalkfelsen und gelegentlichen Weitungen. Dieses fast bis nach Erkrath reichende Engtal ist das „Gesteins" unserer Vorfahren.

Pegel der Düssel beim Zusammenfluß mit der Kleinen Düssel. Dieser Bereich war bis vor kurzem wiederholt Hochwässern ausgesetzt

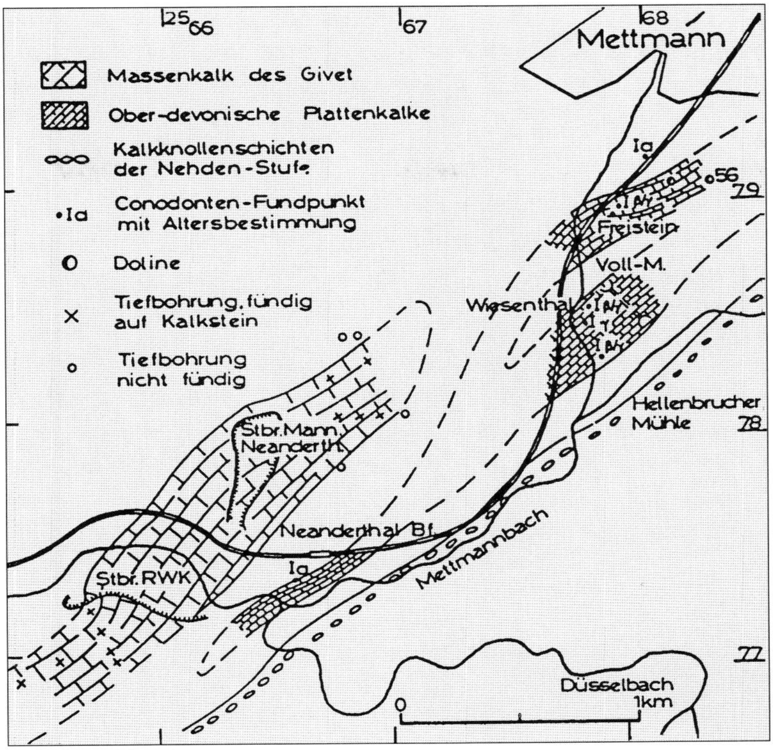

Verbreitung oberdevonischer Kalke zwischen Mettmann und Neandertal [n. KARRENBERG 1965]

Von Winkels bis Neandertal werden noch einmal oberdevonische Tonsteine durchflossen; und danach tritt das Flüßchen in den Bereich einer weiteren Kalkzone, der von Hochdahl nach Mettmann, ein. Hier ist noch ein letzter Kalkabbaubetrieb direkt am Düsseltal zu finden.

Die Talentstehung seit dem Tertiär

Gegen Ende der Kreidezeit war das Süderbergland, also Sauerland und Bergisches Land, ein nur sanft gewelltes, flaches Hügelland. Man kann einen Eindruck vom Aussehen dieses Landes bekommen, wenn man auf einer Anhöhe im Niederbergischen steht und sich alle Täler wegdenkt. Mit dem Tertiär [vgl. Erdgeschichtliche Zeittafel S. 46] begann eine Zeit der Unruhe in Mitteleuropa: Das Alpengebirge wurde aufgefaltet und Ausläufer dieser Krustenbewegung drangen auch in unser Gebiet vor. Sie führten zu einer erneuten Pressung der schon zuvor gefalteten Gesteine, zu einer ungleichmäßigen Hebung und zu einer Zerstückelung der alten Gebirgsschollen. So wurde das Süderbergland allmählich angehoben und der Untergrund des Rheintales sank an Staffelbrüchen in die Tiefe.

Die angehobenen Flächen wurden wieder stärker von der Verwitterung und Abtragung erfaßt. Die vorher träge dahinmäandrierenden Flüsse bekamen stärkeres Gefälle. Zunächst ertranken sie zwar noch fast im Schutt der im heißen Alttertiär vorherrschenden tropischen Verwitterung: Damals wurden die Kalksteine wegen ihres chemischen Charakters besonders stark aufgelöst. Im Bereich der Kalksteine bildeten sich weite Wannen mit Dolinen, Höhlen und verkarsteten Talbereichen.

Im Laufe des Tertiärs verschlechterte sich das Klima. Die großen Braunkohlenwälder der Niederrheinischen Bucht starben ab. Auch die Verwitterung ging in eine mehr mechanische Verwitterung über, wie sie heute noch vorherrscht. Tonsteine und weiche Mergelsteine wurden am leichtesten angegriffen und bildeten milde rundliche Landschaftsformen. Sandstein und Kalkstein hingegen verwitterten jetzt schwerer und bildeten Härtlingsrücken und Klippen heraus.

Die folgende Eiszeit brachte wechselnde Eisvorstöße aus dem Norden [vgl. auch Übersicht S. 45]. In den Zwischenwarmzeiten setzte die Hebung des Rheinischen Schiefergebirges wieder ein, in den Kaltzeiten stoppte sie. Es sammelten sich große Schottermassen, die gelegentlich als alte Flußterrassen in einigen Bach- und Flußtälern erhalten sind. Parallel zu den alten Flußniveaus finden – oder fanden – sich Höhlen in den Steilhängen der Flüsse.

Zur Siedlung im Düsseltal

Die eiszeitlichen Höhlen bewahrten Lebensspuren und Überreste der Steinzeitmenschen, von denen die im Düsseltal gefundene Art als 'Neanderthaler' den Namen des Fundortes in alle Welt trug. Der Talverlauf war dem Verkehr hinderlich, so daß die alten Wege über die Höhen liefen. Nur die alte 'strata coloniensis' von Köln nach Werden kreuzte das Düsseltal bei Winkels.

Bauernhöfe gab es im Tal selbst nur dort, wo Weitungen lagen. Kleine Kotten gab es eher. Schon seit vielen Jahrhunderten ist eine gewerbliche Nutzung des Kalksteins bekannt. In den letzten Jahren führte die wirtschaftliche Konzentration zur Aufgabe einiger Brüche. Künftig soll die Düssel der Vorfluter der Dornaper Tiefbrunnen werden; dort ist der Kalkabbau bis zur minus 10-Meter-Sohle vorgesehen. Es ist zu hoffen, daß trotz aller menschlichen Pläne noch viel von der natürlichen Schönheit des Tales auch weiterhin erhalten bleibt.

Literaturverzeichnis:

KARRENBERG, H.: Das Alter der Massenkalke im Berg. Land und ihre fazielle Vertretung. Fortschr. Geol. Rhld.-Westf., 9, S. 695ff, Krefeld, 1965

Skizzen: Karrenberg, Knübel

Die Pflanzenwelt des Düsseltals

Ursula Stieglitz und Wolf Stieglitz, Erkrath

„Seltene Pflanzenspezies, die sonst nur zerstreut in weiten Gegenden vorkommen, wachsen hier zusammengedrängt. Zum Beispiel mögen nur folgende dienen: *Sambucus racemosa, Orobus niger**), Atropa Belladonna, Asclepias vincetoxicum, Asplenium Scolopendrium, A. Ceterach, Phyteuma spicatum, Datura Stramonium, Campanula bononiensis, Ophrys nidus avis, Ophrys ovata, Convallaria verticillata, Lunaria rediviva.“*

So schildert BONGARD um 1835 in seiner „Wanderung zur Neandershöhle“ die großen botanischen Besonderheiten. Auch OLIGSCHLÄGER beschreibt 1837 das Neandertal, vornehmlich den Bereich um die Neanderhöhle, und fügt eine Liste der dort gefundenen Pflanzen an, die sich weitgehend mit den Angaben Bongards deckt und ergänzt wird durch *Cephalanthera longifolia, Equisetum hyemale, Helleborus viridis, Monotropa hypopitys, Paris quadrifolia und Pyrola minor.* Bei HAHNE (1898) sind bereits *Polygonatum verticillatum* und *Paris quadrifolia* nicht mehr verzeichnet. NECKER (1934) erwähnt nur noch die Hirschzunge *(Phyllitis scolopendrium)* und die Pfirsischblättrige Glockenblume *(Campanula persicifolia).* Er schließt dabei Einbeere *(Paris quadrifolia)* und Milzfarn *(Ceterach officinarum)* ausdrücklich aus. KUPKA (1974) schließlich vergleicht die Literaturangaben mit der rezenten Flora und gibt lediglich *Neottia nidus-avis, Cephalanthera longifolia* und *Cephalanthera damasonium* als große Raritäten an. Einige Angaben neueren Datums werden als Falschmeldungen immer weitergegeben, z. B. die Angaben bei HILD (1968) über *Epipactis palustris* und *E. atrorubens,* die sich im nachhinein als Verwechslungen mit *E. helleborine* herausstellten. Es hat also auch im Neandertal eine Florenverarmung stattgefunden.

Wenn wir über die Flora und Vegetation des Düsseltales sprechen wollen, so ist das Neandertal nur ein kleiner Ausschnitt. Wir wollen also bei der Quelle beginnen und auf Spaziergängen und einigen kurzen Exkursionen entlang dem Lauf der Düssel einzelne sehenswerte oder

Im Neandertal

Rundblättriges Wintergrün (Pyrola rotundifolia) l.o.; Buchenspargel (Monotropa hypophegea) r.o.; Wassernabel (Hydrocotyle vulgaris) r.m.; Neandertal bei Ehlenbeck, u.

wichtige Biotope aufsuchen. Botanisches Gewicht können dabei allein Ober- und Mittellauf haben; denn etwa ab Erkrath bis zur Mündung ist das Umfeld der Düssel vergleichsweise eintönig: Sie fließt entweder durch Mähwiesen und Weiden oder ist – in großen Streckenabschnitten im Stadtgebiet Düsseldorf – versiegelt und kanalisiert. Insgesamt sind andererseits in dem Bereich zwischen Düsselquelle und Haus Morp in den letzten 15 Jahren über 300 Arten registriert worden – eine vergleichsweise hohe Artenzahl für ein relativ kleines Gebiet! Wir werden uns daher auf die Höhepunkte beschränken müssen.

Die „jugendliche" Düssel fließt von der Düsselquelle bei Neviges zunächst durch den Steinbruch Schlupkothen. Dieser, der Öffentlichkeit nicht zugängliche, aufgelassene Steinbruch ist ein Refugium für seltene und gefährdete Pflanzen und Tiere. Leider ist dieses Paradies inzwischen durch den Bau der B 224 n in weiten Bereichen gestört, ja zerstört. Es gelang rechtzeitig, etwa 3000 Pflanzen des Großen Zweiblattes *(Listera ovata)* in unberührte Bereiche des Düsseltals umzusiedeln. Die Kalkhalden haben sich in etwa 30 Jahren von Pionierflächen zu Trockenrasenfragmenten entwickelt. Besonders im Spätsommer beobachten wir hier eine farbenprächtige Pflanzenwelt. Weiße Akzente werden gesetzt durch den Feinstrahl *(Erigeron annuus)* und die Margerite *(Chrisanthemum ircutianum)*. Rot blühen Zickzack-Klee *(Trifolium medium)*, Büschel-Nelke *(Dianthus armeria)* und die Skabiosen-Flockenblume *(Centaurea scabiosa)*. Blaue Glockenblumen *(Campanula trachelium, C. rapunculus)* und gelbe Habichtskräuter *(Hieracium piloselloides, H. sabaudum)* vervollständigen das bunte Spektrum.

Zwei ungewöhnliche Pflanzen gehören zu den großen Besonderheiten des Schlupkothener Steinbruchs: Der bleiche Buchenspargel *(Monotropa hypophegea)* lebt ausnahmsweise auf Birken. Er ist ein Vollschmarotzer, der nicht selbst assimiliert, sondern seinem „Wirt" den gesamten Nährstoffbedarf abzapft. Am Pfad zur alten Kantine fällt ein zartes Pflänzchen mit porzellanartigen, zerbrechlich wirkenden Blüten auf. Das Rundblättrige Wintergrün *(Pyrola rotundifolia)* bedeckt hier in einem kleinen Trupp den Waldboden. Wir werden im Verlauf unseres Spaziergangs am Düssellauf noch häufig eine ähnliche Zusammensetzung der Vegetation antreffen. Im Steinbruch ist die ursprüngliche Pflanzendecke durch den Kalkabbau verloren gegangen; wir haben es mit „Natur aus zweiter Hand" zu tun.

Zwischen Koxhof und dem Aprather Teich liegt eine Feuchtwiese, die schon beim Vorbeifahren auf der B 224 dem Betrachter durch ihre unterschiedlichen satten Grüntöne auffällt. Sie wird als Mäh- und Streuwiese genutzt, für eine Weide ist sie zu feucht. Ein auffälliger großer graugrüner Fleck inmitten der dunkelgrünen Wiese entpuppt sich bei näherem Hinsehen als Teich-Schachtelhalm *(Equisetum fluviatile)*. Neben zerstreut auftretenden Arten wie Spreizendem Kreuzkraut *(Senecio erraticus)* und Bachbungen-Ehrenpreis *(Veronica beccabunga)* kommt hier eine der seltensten Arten der Flora des Niederbergischen vor: Der Wassernabel *(Hydrocotyle vulgaris)*. Mit den schildförmigen Blättern und den unscheinbaren braunroten Blüten sieht man diesem Doldenblütler die Verwandtschaft zu Möhre und Fenchel nicht an.

Osterluzei (Aristolochia clematitis)

Grüne Nieswurz (Helleborus viridis)

Im Verlandungsbereich am nördlichen Ufer des Aprather Teichs hat sich eine Hochstaudenflur eingestellt. Größe und Vitalität der hier vorkommenden Arten zeigen den Nährstoffreichtum an. Hohe Gräser wie Riesen-Schwaden *(Glyceria maxima)* und Rohrglanzgras *(Phalaris arundinacea)* konkurrieren mit dem Wasser-Ampfer *(Rumex aquaticus)*, der Sumpf-Schwertlilie *(Iris pseudacorus)*, dem Gilbweiderich *(Lysimachia vulgaris)* und dem Blutweiderich *(Lythrum salicaria)*.

Von der „Aprather Mühle" genießt man einen wunderschönen Blick auf den Teich, der ganz mit Teichrosen *(Nuphar luteum)* bewachsen ist. Weiße und schwarze Schwäne und ab und zu ein Graureiherpaar, das hier brütet, vervollständigen die Idylle. Der alte Mühlradschacht birgt ein botanisches Juwel. Unscheinbar und versteckt wächst an der Ziegelmauer, geschützt durch einen großen Wurmfarn *(Dryopteris filix-mas)*, ein Exemplar des sehr seltenen Ruprechtsfarns *(Gymnocarpium robertianum)*, der sich vom häufigeren Eichenfarn *(Gymnocarpium dryopteris)* durch Blattschnitt und vorhandene Drüsenhaare unterscheidet.

Zwischen dem Teich und dem Ort Düssel tritt am Ufer der Düssel eine bemerkenswerte Geophytengesellschaft auf. Sie erfreut uns im Frühjahr mit ihren farbenprächtigen Blüten, wenn die Bäume noch unbelaubt sind und die Natur zu erwachen beginnt. Gelb dominiert: Scharbockskraut *(Ficaria verna)* und Gelbes Windröschen *(Anemone ranunculoides)* strecken ihre Blütensterne der Frühlingssonne entgegen, die Hohe Schlüsselblume *(Primula elatior)* nickt mit ihren Blütenköpfchen. Auffälligster Frühblüher ist der Hohle Lerchensporn *(Corydalis cava)*, der hier in großen Trupps auftritt. Der Gattungsname weist auf den lang ausgezogenen Sporn hin, der oft von nektarsuchenden Hummeln angebissen wird. Ein eindeutiges Bestimmungsmerkmal sind die ganzrandigen eiförmigen Tragblätter im Blütenstand.

Gelappter Schildfarn (Polystichum lobatum)

Hirschzunge (Phyllitis scolopendrium)

Von Düssel bis Schöller durchfließt der Bach zumeist intakte Auengesellschaften und Pestwurzfluren. Diese Bereiche sind zwar floristisch nicht so attraktiv, stellen aber ein wichtiges ökologisches Gleichgewicht dar, das schützens- und erhaltenswert ist.

Hinter Gut Hermgesberg hat sich die Düssel tief in das devonische Kalkgestein eingeschnitten. Die Stützmauer des alten Gutes ist ein Refugium für Farne und andere Mauerbewohner. Hier wachsen Braunstieliger Streifenfarn *(Asplenium trichomanes)*, Mauerraute *(Asplenium ruta-muraria)*, Zymbelkraut *(Cymbalaria muralis)* und Mauerlattich *(Mycelis muralis)* dicht beisammen.

Auf dem Weg ins Neandertal laufen an dieser Stelle die meisten Wanderer – glücklicherweise – achtlos an der großen botanischen Sensation vorbei. Dicht am Weg wächst hier die Osterluzei *(Aristolochia clematitis)* in einem vitalen Bestand, eine Kesselfallenblume, die von kleinen Fliegen besucht wird und ihre „Opfer“ erst wieder freiläßt, wenn die Bestäubung sichergestellt ist.

Der Wanderweg verläuft nun zwischen der Düssel und den Abraumhalden des Kalksteinbetriebes in der ehemaligen „Grube 7“. Der Botaniker erfreut sich an Kostbarkeiten, die er selten in dieser Fülle zu sehen bekommt. Um den alten Steinbruch herum sind viele kleine Trockenrasenfragmente entstanden. Aus der Fülle der bunten Arten seien das Sonnenröschen *(Helianthemum nummularium)*, der Dürrwurz-Alant *(Inula conyza)*, das Scharfe Berufkraut *(Erigeron acris)*, der Wirbeldost *(Calamintha clinopodium)*, die Büschelnelke *(Dianthus armeria)* und der Steife Augentrost *(Euphrasia stricta)* genannt. Einen nicht alltäglichen Aufenthaltsort hat sich der Zungen-Hahnenfuß *(Ranunculus lingua)* ausgesucht. Er wächst in einem ehemaligen Waschgraben, in dem früher die Lastkraftwagen des Kalkwerkes gewaschen wurden!

Geflecktes Knabenkraut (Dactylorhiza maculata)

Aronstab (Arum maculatum)

Der Klärteich der Grube 7, in den früher der Klärschlamm eingeleitet wurde, ist eine alte Sandgrube. Der Boden ist schnell erwärmbar und wasserdurchlässig. Nach der Stillegung des Kalksteinbruchs stellten sich Arten, die für diesen Lebensraum die geeigneten Voraussetzungen mitbrachten, spontan auf den Kalksanden des aufgelassenen Klärteichs ein. Neben großen Beständen der Tollkirsche *(Atropa belladonna)* und riesigen Flächen des Rundblättrigen Wintergrüns *(Pyrola rotundifolia)* kommt hier eine unserer auffälligsten Orchideen vor, das Gefleckte Knabenkraut *(Dactylorhiza maculata)* in der var. *fuchsii* mit ausgeprägten Lappen der Unterlippe. Durch Pflegemaßnahmen ist es gelungen, den Bestand dieser stark zurückgegangenen Orchidee wieder zu vergrößern und vital zu erhalten. Auch die Suche nach kleinen und leicht zu übersehenden Arten lohnt sich hier. Vielleicht finden wir das Kleine Tausendgüldenkraut *(Centaurium pulchellum)* oder den Kleinling *(Centunculus minimus)*.

Zwischen Gruiten und Erkrath ändert sich das Profil des Düsseltals. Die Flanken werden steiler, der Raum zwischen den bis 60 m hohen Felswänden, an denen man oft den nackten Stein sieht, ist so schmal, daß nur Platz für einen Fußweg und eine schmale Mähwiese ist, durch welche die Düssel sich mäandrierend schlängelt. Ab Gruiten dominieren Waldgesellschaften. Wo der devonische Schiefer den Untergrund bildet, stockt der Hainsimsen-Buchenwald *(Luzulo-Fagetum)*, ein artenarmer Wald, der bezeichnend ist für basen- und nährstoffarme Böden. Hier hat die Stechpalme *(Ilex aquifolium)* die Strauchschicht in weiten Bereichen erobert. Hin und wieder wird die gerade Felskante durch Einschnitte unterbrochen; wir stoßen auf sogenannte Bauernsteinbrüche. Diese Steinbrüche dienten ausschließlich den bäuerlichen Eigentümern zur Materialentnahme für Hausbauten und Feldeinfriedungen. Heute sind diese Steinbrüche weitgehend zugewachsen, die Natur hat die ihr zugefügten Wunden gut verheilen lassen. In einem dieser Steinbrüche, gut versteckt und nur Eingeweihten zugänglich, wachsen zahlreiche Stöcke des Gelappten Schildfarns *(Polystichum lobatum)*.

Bei Bracken weitet sich das Tal etwas, die Flanken sind nicht mehr so steil; hier treffen wir auf den Perlgras-Buchenwald *(Melico-Fagetum)*, den typischen Wald auf nährstoffreichen Kalkböden. Dieser Wald erstreckt sich bis zur Winkelsmühle und ist am attraktivsten im zeitigen Frühjahr, wenn die Bäume noch unbelaubt sind und die Frühblüher den Waldboden mit einer bunten Pracht überziehen. Zwischen den frischgrünen Blattgruppen des Einblütigen Perlgrases *(Melica uniflora)*, der namengebenden Charakterart für diesen Waldtyp, fallen große, dunkelgrüne, handförmig geteilte Blätter auf. Sie gehören zur Grünen Nieswurz *(Helleborus viridis)*, einer zu den Hahnenfußgewächsen gehörenden Giftpflanze. Die Blüten sind grünlichweiß und schon im Februar zu beobachten. Der Waldboden ist bedeckt von Scharbockskraut *(Ficaria verna)*, Gelbem Windröschen *(Anemone ranunculoides)* und Buschwindröschen *(Anemone nemorosa)*. An zwei Stellen kommen größere Gruppen des Gefingerten Lerchensporns *(Corydalis solida)* vor. Im Gegensatz zum Hohlen Lerchensporn, den wir bei Düssel beobachtet haben, hat der Gefingerte Lerchensporn fingerförmig geteilte Hochblätter. Unscheinbare grüne würfelförmige Blüten kennzeichnen das Moschuskraut *(Adoxa moschatellina)*, das oft große Flächen besiedelt. Hain- und Waldveilchen *(Viola riviniana, V. reichenbachiana)*, die durch die Farbe und Größe des Sporns unterschieden werden können, und die Hohe Schlüsselblume *(Primula elatior)* vervollständigen das bunte Bild. Einige Seltenheiten sind zu diesem frühen Zeitpunkt nur an ihren Blättern zu erkennen, so die Schwarze Teufelskralle *(Phyteuma nigrum)* und der Sanikel *(Sanicula europaea)*.

Ein schmaler Waldstreifen an der Düssel gehört zu den großen pflanzensoziologischen Kostbarkeiten Nordrhein-Westfalens. Hier ist einer der letzten und wenigen ursprünglichen Standorte des Eschen-Ahorn-Schluchtwaldes *(Aceri-Fraxinetum)*. In der Baumschicht ist die Buche durch den Berg-Ahorn *(Acer pseudoplatanus)* und die Esche *(Fraxinus excelsior)* ersetzt, dazu kommt als Edellaubholz die Berg-Ulme *(Ulmus glabra)*. Von besonderem Interesse sind jedoch zwei Charakterarten in der Krautschicht, nämlich der schon mehrfach erwähnte Schildfarn und – in großer Zahl und Vitalität – die Hirschzunge *(Phyllitis scolopendrium)*, ein eigenartig anmutender Farn mit einer ungeteilten Blattspreite.

Wir müssen unser Augenmerk auch auf die unmittelbar am Bach liegenden Bereiche lenken, hier ist die „Heimat" der Wasseramsel. Der bachbegleitende Wald wird als Erlen-Auwald *(Stellario-Alnetum)* bezeichnet. Auch hier treffen wir im Frühjahr auf die sogenannten Geophyten, das sind Pflanzen, die mit einem Speicherorgan im Wurzelbereich im zeitigen Frühjahr keimen, blühen und fruchten können, um dann einzuziehen, wenn der Wald belaubt ist. Diese Speicherorgane können sein: Rhizome, wie beim Veilchen und der vielblütigen Weißwurz *(Polygonatum multiflorum)*, Knollen, wie beim Lerchensporn und Scharbockskraut oder Zwiebeln. Eine Zwiebelpflanze aus der Familie der Liliengewächse ist der Wald-Gelbstern *(Gagea lutea)*, der zu den Ersten im Frühjahr gehört. Er hat gelbe Blüten, die Blattspitze ist kapuzenartig zusammengezogen. Am Ufer der Düssel kommen das größere Wechselblättrige Milzkraut *(Chrysosplenium alternifolium)* mit gelben Blüten und das kleinere Gegenblättrige Milzkraut *(Chrysosplenium oppositifolium)* mit grünlichen Blüten vor. Zwischen der Brücke zum Hof Tunis und der Winkelsmühle schlängelt sich die Düssel durch einen besonders gut ausgebildeten Auwald, der im Frühjahr durch seine Blütenpracht auffällt. Neben dem Gelben Windröschen und der Wald-Schlüsselblume leuchten hier die großen gelben Flecken der Sumpfdotterblume *(Caltha palustris)*.

Waldgelbstern (Gagea lutea)

Milzfarn (Ceterach officinarum)

Der Steinbruch, in dem der Neanderthaler gefunden wurde, ist heute teilweise zugewachsen. Die einzelnen Terrassen, die sogenannten Bermen, sind mit einer geringen Bodenkrume bedeckt, so daß sich hier nur flachwurzelnde Pflanzen eingestellt haben, die zum Teil sehr selten sind: Neben Dickblattgewächsen *(Sedum acre, Sedum sexangulare)* kommt, wie auch im Klärteich der Grube 7, das Rundblättrige Wintergrün *(Pyrola rotundifolia)* in großen Beständen vor. Die botanische Besonderheit dieses aufgelassenen Steinbruchs ist der Trauben-Gamander *(Teucrium botrys)*.

Es lohnt sich, die diesem Bruch gegenüberliegenden Felswände einmal genau abzusuchen. Man wird dann neben einigen Allerweltsfarnen auf den Schrift- oder Milzfarn *(Ceterach officinarum)* stoßen, einen mediterranen Einwanderer, der hier eingebürgert ist und seinen nördlichsten Fundpunkt in Nordrhein-Westfalen hat. Nachdem dieser Farn jahrzehntelang als verschollen galt, wurde er nun an mehreren Stellen oberhalb des Sportplatzes und jenseits der Bahnlinie wiederentdeckt. Daneben nehmen sich die übrigen Raritäten, wie das Frühlings-Fingerkraut

(Potentilla tabernaemontani) und der Dreifinger-Steinbrech *(Saxifraga tridactylites)* unscheinbar und „gewöhnlich“ aus.

Beim alten Kalkofen wachsen unmittelbar an der Düssel Hunderte von Hirschzungen, die uns ja schon begegnet sind, und auch der Schildfarn kommt noch in einigen wenigen Exemplaren vor. Am gegenüberliegenden Bahnhang fallen im zeitigen Frühjahr die dunkelgrünen Blätter der Grünen Nieswurz auf. Eine große Besonderheit erwartet den Kletterer, der vom Parkplatz am alten Kalkofen aus den Bahnhang erklimmt. Er wird dort auf eine große Kolonie der Vogel-Nestwurz *(Neottia nidus-avis)* treffen, eine hellbraune Orchidee, die als Vollschmarotzer Wasser und Nährstoffe aus den Wurzeln ihrer Wirtspflanzen – hier sind es verschiedene Baumarten – entnimmt.

Einen letzten botanischen Höhepunkt hält das Tal der Düssel zwischen den Gaststätten „Hubertus“ und „Zur Grünen Aue“ für uns bereit. In einem kleinen Wasserlauf, der durch eine Fichtenaufforstung fließt, haben sich einige Exemplare des Riesen-Schachtelhalms *(Equisetum telmateia)* gehalten. Dieser Schachtelhalm kann bis 1,50 m hoch werden und erinnert dann an die Wälder des Karbons, die zur Bildung unserer Steinkohle geführt haben.

Wir beschließen hier unsere Wanderung, die an vielen botanischen Höhepunkten vorbeigeführt hat. Vieles hat sich verändert, viel ist verschwunden, aber einige schöne seltene Arten machen das Düsseltal immer noch zu einem lohnenswerten Ziel.

**) Aus Gründen der Authentizität wurden die alten Pflanzennamen im Zitat beibehalten. Bei Abweichungen bedeuten im einzelnen: Orobus niger = Lathyrus niger, Asclepias vincetoxicum = Vincetoxicum hirundinaria, Asplenium scolopendrium = Scolopendrium vulgare, Asplenium ceterach = Ceterach officinarum, Ophrys nidus avis = Neottia nidus-avis, Ophrys ovata = Listera ovata, Convallaria verticillata = Polygonatum verticillatum.

Die Nomenklatur der aktuellen Pflanzenwelt richtet sich nach OBERDORFER.

LITERATURVERZEICHNIS:

ADOLPHY, K. (1994): FLORA DES KREISES METTMANN UNTER BESONDERER BERÜCKSICHTIGUNG VON SCHUTZGEBIETEN. BIOLOGISCHE STATION URDENBACHER KÄMPE e.V.

BONGARD, J.H. (1835): WANDERUNG ZUR NEANDERSHÖHLE. WOLF, DÜSSELDORF (REPRINT KIERDORF, REMSCHEID)

HAHNE, A.H. (1898): BEITRÄGE ZUR RHEINISCHEN FLORA II. DAS NEANDERTAL. KNEUCKER ALLGEMEINE BOTANISCHE ZEITSCHRIFT

HILD, J. (1968): DIE NATURSCHUTZGEBIETE IM NÖRDLICHEN RHEINLAND. RECKLINGHAUSEN

KUPKA, J. (1974): DIE KALKFLORA IN DER UMGEBUNG VON METTMANN. JAHRESBERICHTE DES NATURWISSENSCHAFTLICHEN VEREINS WUPPERTAL 27, 104 – 118. WUPPERTAL

NECKER, K. (1934): DIE FLORA DES DÜSSELTALES MIT SEINEN KLEINEN SEITENTÄLERN ZWISCHEN BAHNHOF GRUITEN UND ERKRATH. MITTEILUNGEN DES NATURWISSENSCHAFTLICHEN VEREINS DÜSSELDORF, HEFT 7

OBERDORFER; E. (1990): PFLANZENSOZIOLOGISCHE EXKURSIONSFLORA, 6. AUFLAGE. STUTTGART

OLIGSCHLAEGER, F.W. (1837): VERZEICHNIS PHANEROGAMISCHER PFLANZEN, WELCHE IN DER NÄHEREN UND WEITEREN UMGEBUNG VON SOLINGEN, IM BERGISCHEN, WILDWACHSEN. ARCHIV DER PHARMAZIE, 2. REIHE, 2. U. 3. HEFT. LEMGO

Fotos: Ursula und Wolf Stieglitz

Conodonten -

wichtige Mikrofossilien in devonischen und unterkarbonischen Schichten im Bergischen Land

Brigitte Brauckmann und Carsten Brauckmann, Wuppertal
Elke Gröning, Clausthal-Zellerfeld

Conodonten sind als Mikrofossilien in vielen Gesteinen des Bergischen Landes in großer Zahl enthalten, wie auch die jüngst erfolgten Untersuchungen am Oberlauf der Düssel im Bereich der Aufschlüsse zur Trassenherstellung für die B 224 n nahe Aprath gezeigt haben. Dies geht auch hervor aus der Abbildung im Beitrag LÜCKE auf S. 73, in der wichtige Conodonten-Fundstellen vermerkt sind.

Mikrofossilien werden wegen ihrer Kleinheit oft übersehen; bestimmte Formen müssen darüber hinaus erst aus dem Gestein herausgelöst werden. Für den Fossiliensammler sind sie daher meist nur von untergeordneter Bedeutung. Ganz anders ist das für den Spezialisten: Einige Mikrofossilien kommen nämlich in großer Zahl vor, und ihre Arten haben eine – in geologischen Zeiträumen gedacht – nur sehr kurze zeitliche Verbreitung. Solche Gruppen eignen sich hervorragend für Altersbestimmungen von Schichtgesteinen und werden daher oft als Leitfossilien herangezogen. Der Mikropaläontologe braucht dabei gewöhnlich nur wenige, relativ kleine Gesteinsproben, um eine genaue Alterseinstufung vornehmen zu können. Dagegen muß man manchmal große Mengen Gesteins durchklopfen, wenn man wenigstens ein aussagefähiges Makrofossil gewinnen möchte. Gerade im Bergischen Land sind in jüngster Zeit zahlreiche Schichtfolgen mit Mikrofossilien genauer datiert worden, und die Conodonten haben dabei eine ganz besonders wichtige Rolle gespielt.

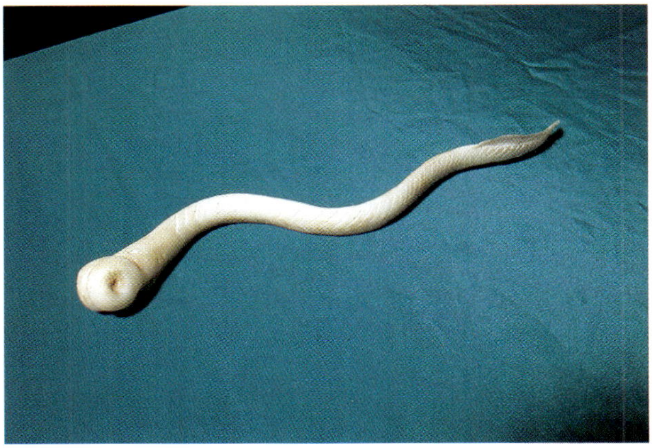

Modell eines Conodonten-Tieres nach den Funden aus dem Unter – Karbon von Edinburgh, Schottland. Foto: Sylke Brauckmann

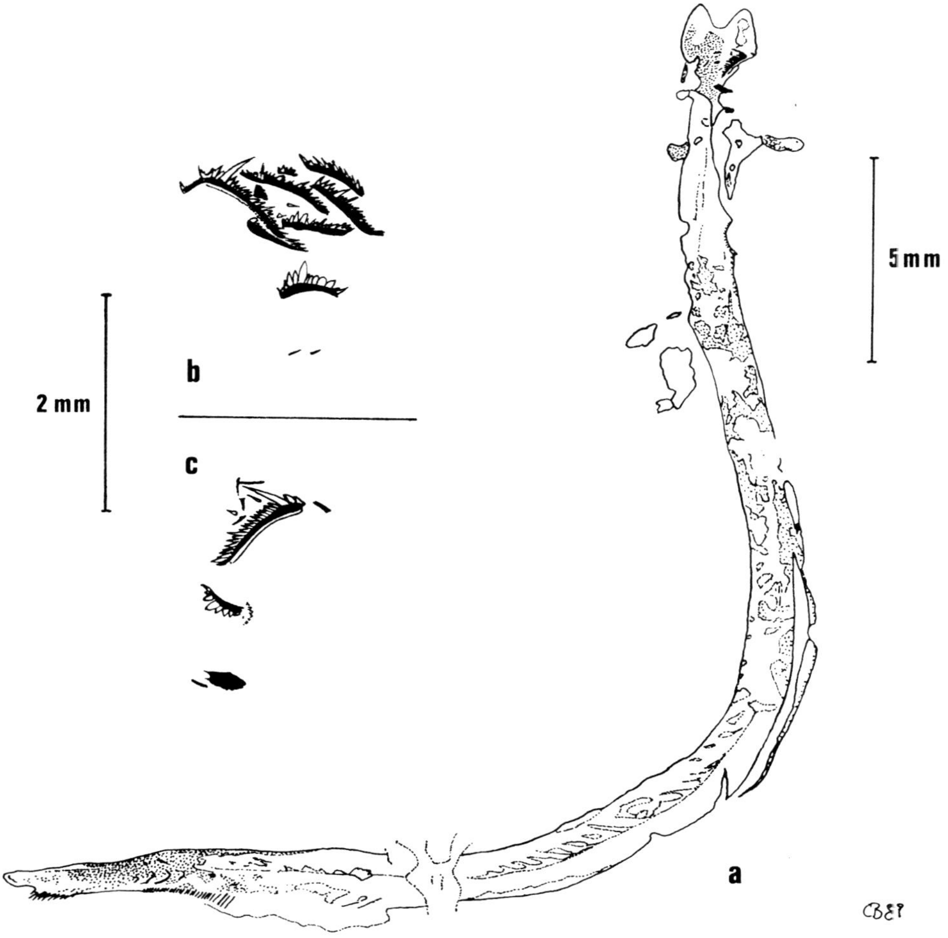

Conodonten -Tier [Unter-Karbon; Edinburgh, Schottland] – a: Vollständig erhaltener Fund mit Conodonten-Apparat. – b: Vergrößerte zusammenhängende Gruppe von Conodonten-Elementen im Vorderbereich des Tieres. – c: wie b, jedoch auf der Gegenplatte zu b

In eigenartigem Kontrast dazu steht die Tatsache, daß man lange Zeit hindurch nicht wußte, zu welcher Gruppe von Lebewesen Conodonten eigentlich gehören; ihre Biologie blieb rätselhaft.

Conodonten sind winzige, 0,2–3 mm lange zahnähnliche Gebilde aus Karbonat-Apatit, einem Kalzium-Phosphat. In den dreißiger Jahren gelang dem aus Wuppertal stammenden Göttinger Geologen und Paläontologen Prof. Hermann SCHMIDT eine aufsehenerregende Entdeckung: Er fand nämlich in Gesteinen aus dem höchsten Unter-Karbon im Sauerland einige wenige Gesteinsscherben, auf denen mehrere unterschiedliche Conodonten in offensichtlich natürlichem Zusammenhang beieinander lagen. Daraus war ersichtlich, daß verschiedene Conodonten-Typen zu einem zusammenhängenden „Apparat" gehören. So wurden säge-, kamm-, anker- und andersgestaltige Typen in regelmäßiger Anordnung geborgen.

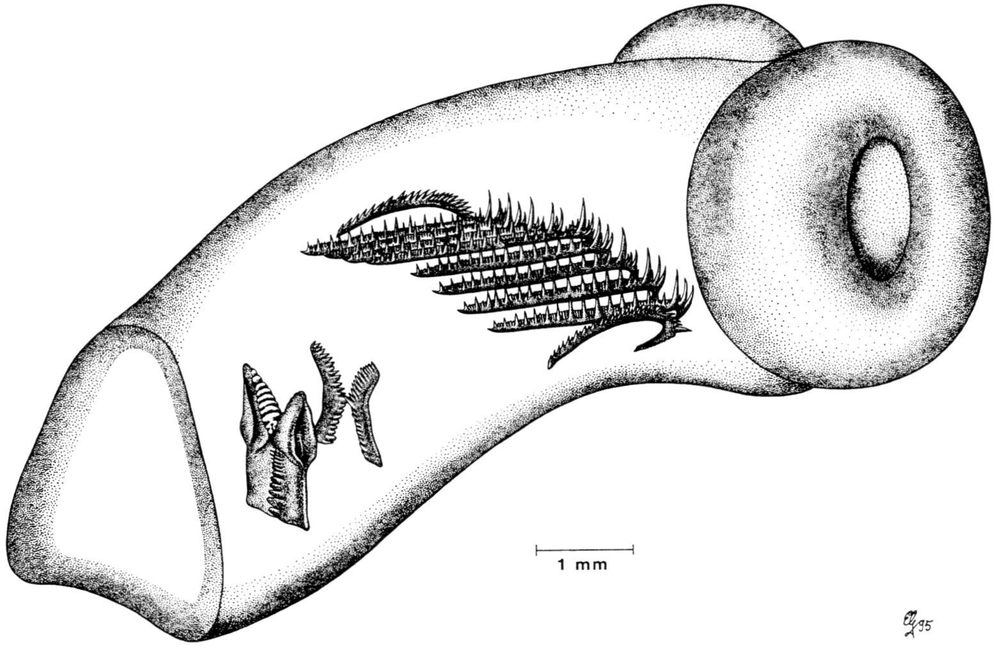

Rekonstruktion eines Conodonten-Apparates. Die Abstände zwischen den astförmigen Elementen und der gesamte Conodonten-Apparat sind zugunsten einer deutlicheren Darstellung im Verhältnis zum Kopf-Umriß größer gezeichnet

Erdgeschichtlich reichen die Conodonten vom Kambrium bis in die Trias, also über einen Zeitraum, der vor etwa 570 Millionen Jahren begann und vor etwa 210 Millionen Jahren endete. Bis vor kurzem hielt man sie ausschließlich für Meeresbewohner, doch zeigen die im folgenden vorgestellten schottischen Funde, daß manche Arten auch in lagunenähnlichen Gewässern gelebt haben mögen. Insgesamt sind sie in den unterschiedlichsten Schichtgesteinen vertreten, was ihre Eignung als Leitfossilien noch unterstreicht.

Vor allem vom Ordovizium bis zum Karbon – d. h. von vor etwa 500 Millionen bis vor rund 300 Millionen Jahren – gehören die Conodonten mit zu den wichtigsten Leitfossilien. Mit ihnen lassen sich Ablagerungen aus unterschiedlichen Lebensräumen parallelisieren und nach ihnen sind so bedeutende Zeitmarken wie beispielsweise die Devon/Karbon-Grenze neu definiert. In einigen Gesteinen sind sie außerordentlich häufig. Aus Kalkgesteinen lassen sie sich mit Säuren wie Essigsäure oder Monochloressigsäure herauslösen. Gelegentlich kommen sie aber auch auf den Schichtflächen von Tonschiefergesteinen vor, wie z.B. Funde aus dem Ober-Devon in der ehemaligen Ziegeleigrube Uhlenbruch in Wuppertal zeigen. In solchen Gesteinen fallen sie jedoch kaum auf und werden zumeist übersehen.

Die systematische Stellung der Conodonten war lange Zeit unklar. Die Fossilien wurden unter anderem beispielsweise mit solch unterschiedlichen Organismengruppen wie Ringelwürmern, Fadenwürmern, Strudelwürmern, Schnecken, Kopffüßern, Gliederfüßern, „Fischen" und sogar mit den Algen in Verbindung gebracht. Doch erst die Entdeckung eines ersten annähernd vollständigen Conodonten-Tieres aus einer unter-karbonischen Schichtfolge von Edinburgh in Schottland im Jahre 1982 ermöglichte eine etwas verläßlichere Deutung. Danach ist eine Verwandtschaft mit sehr ursprünglichen Wirbeltier-Vorläufern wie dem Lanzettfischchen *[Branchiostoma lanceolatum]* oder eher noch den kieferlosen Wirbeltieren wahrscheinlich, deren einzige Überlebende die heutigen Neunaugen und Schleimaale sind. Die Diskussion darum ist allerdings noch immer nicht völlig abgeschlossen. Seit 1982 sind einige weitere Funde von vollständiger erhaltenen Tieren mit Resten der Weichteile hinzugekommen. Sie stammen wiederum aus dem Unter-Karbon von Edinburgh, aber auch aus dem Silurium in Wisconsin [USA] und aus dem Ober-Ordovizium in Südafrika.

Das schottische Conodonten-Tier war etwa 4 cm lang und wurmförmig. Am Hinterende trug es eine kurze, saumartige Schwanzflosse. Der Kopf war zweilappig ausgebildet. Wofür die Conodonten-Tiere ihren Apparat eingesetzt haben, wird derzeit noch lebhaft diskutiert. Viele Bearbeiter bevorzugen die folgende Deutungsmöglichkeit:

Der Conodonten-Apparat war wohl weniger eine reusenartige Filtrier-Einrichtung, sondern wurde eher wie ein Gebiß von Wirbeltieren oder die Raspelorgane von Schnecken zum Festhalten, Zerkleinern und Transport der Nahrung eingesetzt. Abnutzungs-Spuren wie bei echten Zähnen sind zwar nicht vorhanden; jedoch könnten die Conodonten-Elemente vollständig von Hauttaschen umgeben worden sein, aus denen sie nur bei Gebrauch ausgestülpt wurden. Dabei ist es sehr wahrscheinlich, daß die unterschiedlichen Formen in ein- und demselben Apparat auch verschiedene Funktionen ausgeführt haben. Das Fehlen von Abnutzungserscheinungen wäre dadurch zu erklären, daß die abgenutzten oder gar beschädigten Elemente innerhalb der Hauttaschen regeneriert werden konnten.

Trotz neuer Funde und besserer Deutungsmöglichkeiten bleiben immer noch viele Fragen offen, die sich erst durch weiteres und noch günstiger erhaltenes Material klären lassen dürften.

Zeichnungen: Verfasser

Aus der Geschichte von Schöller

Inge Curdt und Fritz Curdt, Wuppertal

Vermutet wird die Ortsgründung etwa im 8./9. Jahrhundert zu fränkischer Zeit. Durch eine Rodung im Ketilwald des Keldagaues wurde die Anlage eines Krongutes ermöglicht. Durch königliche Schenkung fiel dieses Gut dem Kloster Corvey an der Weser zu. Es wird angenommen, daß Ludwig der Fromme 815 bei der Stiftung Corveys diesem einige verstreute Krongüter schenkte, darunter auch Schöller. 1375 wird Schöller urkundlich als Oberhof von Corvey über verschiedene umliegende Höfe erwähnt. Aus einer Urkunde von 1438 geht hervor, daß hier das Hofesgericht tagte, zunächst als niedere Gerichtsbarkeit, etwa ab 1425 als hohe Gerichtsbarkeit (Blutsgericht).

Im Jahre 1430 vergab Kloster Corvey gegen eine einmalige Ablösung die Rechte an dem Besitz an den damaligen Gutsverwalter Engelbert von Schöller.

Laut einer Urkunde im Düsseldorfer Staatsarchiv vom 21. Oktober 1490 wurden der Witwe Katharina von Schöller und ihren beiden unmündigen Söhnen Rutger und Johann Hof und Herrschaft Schöller durch den Abt Hermann von Boineburg von Corvey als Lehen übertragen und unter dem 25. Mai 1512 ist der Lehnsbrief für die Brüder Rutger und Johann bestätigt worden.

Wie gesagt, schon vor 1490, so die vorhandenen Urkunden, waren Hof und Herrschaft Schöller Lehen von Corvey. Noch der Letzte von Schöller – Wolfgang Wilhelm, der 1697 starb – wurde durch einen Abt von Corvey mit dem Gut Schöller belehnt.

In der Geschichte von Schöller taucht auch immer wieder der Humanist Konrad von Heresbach auf. Dieser wurde am 2. August 1496 auf Gut Heresbach in der Nähe von Schöller geboren und starb am 14. Oktober 1576 in Wesel. Er war – auf Empfehlung des Erasmus von Rotterdam – Erzieher am Hofe des Herzogs Johann von Jülich-Cleve-Berg und Mark. Sein vielzitierter Anteil an der spannenden 'Reformation' der Kirchengemeinde von Schöller ist aber wohl nur eine Geschichtsklitterung späterer Jahrhunderte.

Zurück zu denen 'von Schöller'! Die Erbtochter Wolfgang Wilhelms, Mechthild Maria Margarethe, heiratete den späteren Reichsgrafen Johann Friedrich von Schaesberg. Als im Jahre 1803 die geistlichen Besitztümer säkularisiert wurden (Reichsdeputationshauptschluß), ging Schöller endgültig in den Besitz der Reichsgrafen von Schaesberg über.

In der Zeit der französischen Okkupation trieb der 'Bergische Schinderhannes' hier sein Unwesen, der 'Auerbäumer oder Kob-Hannes'.

Die Situation: Den kleinen Leuten ging es schlecht. Die Kollaborateure waren verhaßt, durch ihre Anpassung kamen sie zu Wohlstand – und die Armen wurden noch ärmer. Räuber waren eine Zeiterscheinung. Hannes und seine Kumpane 'erleichterten' die reichen Katzbuckler ein wenig. Fürs Verstecken fiel für die Armen auch etwas ab. Aber ein Kumpan 'verpfiff' den Hannes und man faßte ihn. Um ein Geständnis zu erpressen, wurde er mit Honig eingeschmiert, in den Käfig am Fenster des Schöllerer Turms gesteckt und ein Volk Bienen auf ihn losgelassen. Aber Hannes schwieg. Nach dem 'Code Penal' wurde er gerichtet und auf der Schöllerheide gehenkt.

Schöller. Turmfenster. Hier saß Kob Hannes ein

Kirche von Schöller

Zu dieser Zeit lebte auch der berühmteste Sohn des Ortes: Johann Friedrich Benzenberg. Geboren wurde er am 5. Mai 1777 als Sohn des Pfarrers von Schöller. Er war der erste, der im Experiment die Theorie von der Rotation der Erde bewiesen hat. Benzenberg war Professor der Naturwissenschaften und bereitete die Gründung der 1818 eröffneten Universität Bonn vor. Er gründete 1843 in Düsseldorf eine Sternwarte. Dort erwarb er sich für die Astronomie weltweiten Ruhm. Er starb am 8. Juni 1846 in Düsseldorf. Am Pfarrhaus in Schöller hängt eine Gedenktafel.

Das alte Ritterhaus von Gut Schöller wurde Ende des 18. Jahrhunderts abgebrochen. Es sollte ein neues Schloß gebaut werden. Aber beim Wollen blieb es und nur noch die alte Mauer und der Wohnturm am Eingang des Gutshofes aus dem 16. Jahrhundert erinnern an erhabenere Zeiten. Im Untergeschoß des Turmes befindet sich die gräfliche Schloßkapelle. Dort wird heute noch einmal im Jahr katholischer Gottesdienst abgehalten.

Von den Höfen in Schöller wurden Abgaben an das Stift Gerresheim, hier an den Oberhof Lüntenbeck, gezahlt. So kann es jedenfalls aus den Akten gedeutet werden (KNIERIEM). Im Heberegister des Stiftes Gerresheim (ohne genaues Datum, aber nach 1217 und vor 1231 vermerkt) stehen die abgabeverpflichteten Hüfner.

So stehen dort

unter Nr. 2:	Lubret	sconlere*	3 Schillinge,
unter Nr. 5:	Henricus	sconlere*	19 Pfennige, 1 Obole (Obolos)

In den Akten finden sich auch Abgaben an die Grafen von Berg. So ist vermerkt, daß die 'Herbstbede' zu Schöller anno 1265 mindestens 3 Mark betrug. Eine 'Bede' wurde ursprünglich vom Landesherren in Notzeiten zur Sicherstellung von Schutz und Schirm 'erbeten'. Sie wurde von 'den Bergern' aber wohl in eine ständige Steuer umgewandelt (KRAUS).

PLÖNNIES schreibt in seiner Topographia Ducatus Montani (1715) unter der Überschrift: 'Von dem Ambt Solingen' zu Schöller:

'Die herrlichkeit Schüller, welche ein Theil dieses Ambts, aber dem Ambtsrichter nicht unterworfen, besteht aus 3 Kirchspielen, 1. Grüten, 2. Schüller, 3. Düssel....In dem Kirchspiel Schüller, bei den Höfen Furth genandt, wird ein schöner schwarzer Marmor gebrochen und daselbst umb ein gering geldt Verarbeitet'.

Der Name Schöller geht wohl auf 'schön lar', was schöne Rodung bedeutet, zurück. Noch gibt es keine Hinweise auf eine frühere, etwa vorchristliche Besiedelung, aber, auch dieser Gedanke sei hier gestattet, sicher nicht, weil man nichts gefunden hat, sondern weil zu wenige danach suchten und auch zu wenig danach gesucht wurde. Erst langsam entschwindet die Theorie aus den bergischen Dickköpfen, daß hier vorher niemand wohnte und nur Jäger und Sammler die fruchtbare Gegend durchstreiften.

Warten wir ab, welche Erleuchtung uns die Zukunft noch bringt.

* sconlere = mittelalterliche, latinisierte Schreibweise von Schöller.

LITERATURVERZEICHNIS:

BROCKHAUS: HANDBUCH DES WISSENS IN 4 BD., 3.BD. (1923) (ZU LEHEN), S. 47; 1. BD. (1921) ZU BESITZ, S. 259

KNIERIEM, M. (1973): ZEITSCHRIFT DES BERGISCHEN GESCHICHTSVEREINS, 86. BD., 1973, S. 223FF

KRAUS, T.R. (1980): BERGISCHE FORSCHUNGEN, BD. XVI: DIE ENTSTEHUNG DER LANDESHERRSCHAFT DER GRAFEN VON BERG BIS ZUM JAHRE 1225. HERAUSGEGEBEN VOM BERGISCHEN GESCHICHTSVEREIN 1980, S. 92

PLÖNNIES (1715): TOPOGRAPHIA DUCATUS MONTANI, NACHDRUCK 1988, S. 88FF

FOTOS: ERNA NIESSEN

Erwanderte Heimatkunde

Wuppertaler Naturfreunde unterwegs

Roswitha Brausch und Klaus Brausch , Wuppertal

Neben zahlreichen Aktivitäten der Bezirks- und Fachgruppen veranstalten die Wuppertaler Naturfreunde seit Jahren eine monatliche Ortsgruppenwanderung, die als 'Erweiterte Heimatkunde' auch für Nichtmitglieder angeboten wird. In dieser Veranstaltungsreihe bemühen die Naturfreunde sich um Führungen, die besonders auf historische, sozialkritische und naturkundliche Aspekte eingehen. Eine Auflistung der Berichte und Hintergrundinformationen dieser bisherigen Exkursionen würde schon einen eigenen Band Heimatkunde ergeben.

Die erste Ortsgruppenwanderung 1994 wurde, wie nun schon traditionell, vom Vorsitzenden der OG Wuppertal geführt. Wegen der zahlreichen thematisch gebündelten Aktivitäten, die von den rheinischen Naturfreunden über das ganze Jahr hin an der Düssel und über die Düssel eingeplant waren, wurde auch von der Wuppertaler Gruppe die Düssel als 'Fluß des Jahres' bezeichnet. Die nachfolgend zu beschreibende Wanderung erhielt dabei den Titel

„Düssel – Geschichte und Geschichten eines Baches"

Mehr als siebzig Teilnehmer waren der Ausschreibung gefolgt und fanden sich am Treffpunkt ein, dem Vohwinkeler Endbahnhof der Wuppertaler Schwebebahn.

Vohwinkel: Westlichster Stadtteil von Wuppertal, seit 1356 als *Gut Vowynkela* nachgewiesen, gehörte bis 1888 zu Sonnborn und wurde dann Sitz des Kreises Mettmann. 1929 erfolgte die Eingemeindung in die Stadt Wuppertal. Ein besonderes Baudenkmal ist das Rathaus von 1897/98.

Dieses alte Rathaus ist ein malerischer Bau des romantischen Historismus

Start: Von der Schwebebahn-Station über die B 228 [Vohwinkeler Straße] stadtauswärts in Richtung Haan. Nach etwa 1000 m bogen wir links in den Ludgerweg ein. An der Kirche vorbei – parallel zur B 228 – nach ca. 500 m links zum Amundsenweg. Durch die Siedlung über den Filchnerweg zur Anhöhe. Vom Siedlungsrand ging es nun den Feldweg hinunter zum Gut Bolthausen, das unmittelbar vor dem Fahrdamm der A 46 liegt.

Gut Bolthausen: Alter Gutshof [Fachwerk, in den letzten Jahren restauriert]. Nach dendrochronologischer Untersuchung wurde das Baujahr auf 1549 datiert. Stauteich am Haus.

Wandergruppe – im Hintergrund Gut Bolthausen

Kleine Düssel, auch Bolthauser Bach genannt, entspringt in der Nähe des Gutes. Neben dem Mettmanner Bach und dem Eselsbach ist sie der wichtigste Zufluß der Düssel. Der Bach wird am Gutshof gestaut. In dieser Gegend belegen Funde aus der Mittelsteinzeit einen alten Wohnplatz.

Weiter ging es in Richtung Wibbeltrath, unter der Straße hindurch; die Kleine Düssel fließt zu unserer Linken. Bei der Straße 'An der Schmitte' querten wir den Bach und folgten Richtung 'Schiedeteich' über die breite Straße ins Tal nach 'Gütchen', dann wieder rechts vom Bach auf Obgruiten zu bis zur Bahnunterführung der Strecke Gruiten-Wuppertal.

Diese Eisenbahnstrecke gehörte der am 30.1.1835 gegründeten Düsseldorf-Elberfelder Eisenbahngesellschaft, führte anfangs nur von Düsseldorf bis Erkrath und erreichte am 21. 5. 1841 Vohwinkel und Steinbeck.

Beim Bau und Ausbau der Bahnstrecke wurden Eisenvorkommen entdeckt. Zwei Gruben sind im westlichen Vohwinkel nachgewiesen: 'Bestand' und 'Mut'. Die Verhüttung erfolgte im Hüttenwerk 'Eintracht' zu Hochdahl. Im Jahre 1850/51 entstand dort der drittgrößte Hochofen des Rhein/Ruhr-Gebietes mit einer Jahresleistung [1856] von 36 000 to. Roheisen; vgl. auch Beitrag STIEGLITZ, S. 113.

Jenseits der Bahn, vor Obgruiten, findet sich die alte Ortsbezeichnung Iserkull. Daraus wird deutlich, daß hier Eisenerz aus dem 'Eisenloch' gefördert wurde.

Nun folgten wir weiter der Straße [Richtung Vohwinkel]. An der ersten Kreuzung bogen wir nach links [Richtung Gruiten, L 423] ab; die Kleine Düssel [Bolthauser Bach] verläuft nun rechts der Straße. Wir gelangten zum Neuen Gut.

Neues Gut 'Zur Mühlen': Großes Ziegelstein-Gebäude mit der Aufschrift „Kornbrennerei Likörfabrik H. Borgmann". Erster Nachweis einer Brennerei 1448. Die Gebäude wurden 1703 durch einen Brand zerstört. 1888 zerstörte ein weiterer Großbrand die Anlagen. Anschließend wurden die heutigen Gebäude errichtet. 1896 wurde von hier aus die öffentliche Wasserversorgung für Gruiten ausgebaut.

Altes Gut 'Zur Mühlen': Direkt hinter dem Neuen Gut befindet sich der alte Gutshof; erste Erwähnung bereits 1331. Interessant ist die Anlage als ein Wehrhof, als sogenannter Steingaden. Solche 'Steingaden' im Niederbergischen Raum wurden durch den Wülfrather Heimatforscher Willi MÜNCH beschrieben.

Es können Turmbauten, Burgtürme, Burghäuser bzw. Wehrtürme sein. Der Begriff Gaden ist z.B. in der Ortsbezeichnung Berchtesgaden enthalten. Es wird angenommen, daß er sich aus der alten fränkischen Bezeichnung Gadum für 'Einraum' entwickelt hat.

Die Familie Forsthoff, die seit Jahrhunderten das Gut bewohnte, stellte wichtige Amtsträger in der Region, z. B. Schöffen, Presbyter und Kirchmeister.

Mühle: Die Mühle wurde 1331 erbaut, anschließend durch zusätzliche Dammbauten als 'Wasserburg' errichtet. Die Mühle war dem Kloster Gräfrath zinspflichtig. Es war eine Zwangs-/Bann-Mühle, d. h. für die umliegenden Bauern bestand ein Benutzerzwang bzw. Mahlzwang.

Scheifenhaus: Dieses Gehöft gehört zu den ältesten Höfen in Obgruiten. Es wird im Rentregister von Kaiserswerth vom Jahre 1387 an als steuerpflichtig aufgeführt. 1426 wurde der Hof dem Kloster Corvey zehntpflichtig, ab 1528 den Herren von Schöller abgabepflichtig. Seit 1773 bewohnt die Familie Niepenberg den Hof.

Hier in Obgruiten sind von BANNIZA im Hang- und Waldgebiet über der Kleinen Düssel und im nachbarlichen Bereich um den Krutscheider Bach mittelsteinzeitliche Wohnplätze sowie zahlreiche zusätzliche Einzelfunde aus der Jungsteinzeit nachgewiesen worden. Wir befanden uns hier also auf uraltem Siedlungsgebiet.

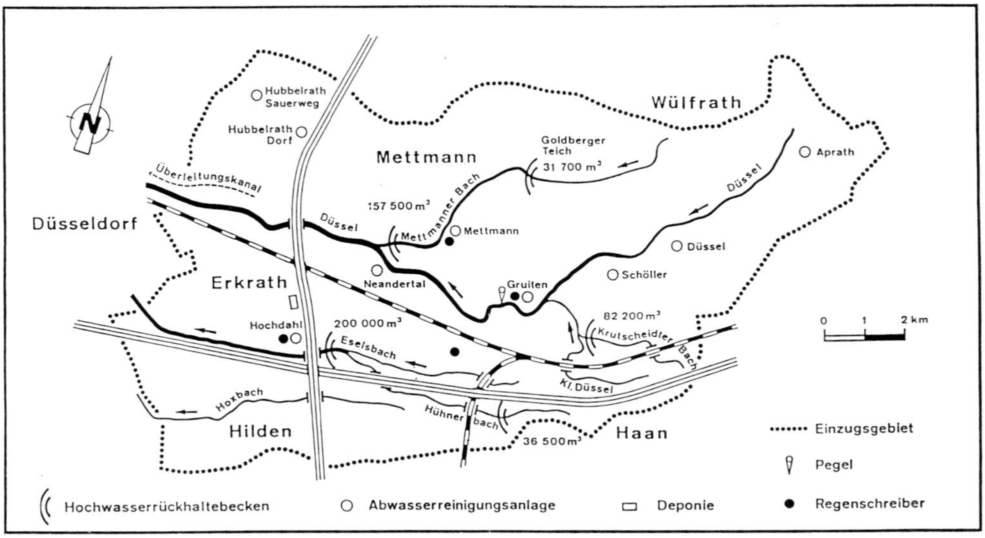

Wasserbewirtschaftung der Düssel im Bereich des Bergisch-Rheinischen Wasserverbandes

Der Bach, den wir bisher als 'Kleine Düssel' oder 'Bolthauser Bach' kennengelernt hatten, wird nach dem Zufluß des Krutscheider Baches von den Anwohnern auch als 'Mühlenbach' bezeichnet. Ab hier gibt es zwei Möglichkeiten für die weitere Wanderung.

*Der eine Weg ging weiter der Landstraße entlang am Gasthaus vorbei bis zur nächsten Straße, welche rechts abbiegt; mit dieser überquerten wir den Bach und gelangten zum 'Weilenhaus'. Es bestand aber auch die Möglichkeit, hinter dem Scheifenhaus rechts über den Bach zum Waldrand zu laufen (**Achtung!** – nur mit festem Schuhwerk). Der Wanderweg ist verwildert. Wenn man in grober Richtung der Überlandleitung folgt, gelangt man auf die Höhe, von dort nach links Richtung Bach und zum 'Weilenhaus'.*

Haus Weilenhaus: Schon 1363 – als Wildenhaus – aufgeführt; es ist ab 1568 Lehnsbesitz der Herren von Schöller. Hier war um 1800 die Mautstation für die Postkutsche von Düsseldorf nach Elberfeld.

Wir folgten dem Flußpfad und blieben rechts vom Bach. Dieser Weg führte uns recht bald zur nahegelegenen Hofanlage 'Zu Bröckers'. Anschließend daran überquerten wir die neue Landstraße und gelangten unverzüglich in das Dorf Altgruiten.

Wir treffen auf den Hof **'Zu Bröckers'**: Der Name kommt von 'grobem Landumbruch' [brechen, Brocken]. Die Bröckers sind seit 1448 nachgewiesen. Der kleine Hof wurde später als Küfer-, Weber- und Schmiedewerkstatt genutzt. Er lag an dem uralten Kirchweg, der in früheren Zeiten nach Gräfrath führte.

Als wir **Gruiten/Düssel** erreichten, wurde an dieser Stelle zunächst ein Überblick über die Dorfgeschichte gegeben mit Hinweis auf die sehenswert erhaltenen Baudenkmäler, die jeweils liebevoll mit Schrifttafeln ausgezeichnet sind. Ein Besuch dieses Kleinods lohnt sich auch für Interessenten, die nicht wandern können oder wollen (vergl. R.RATH, S. 103). Dieser Platz ist auch geeignet für einen längeren Exkurs über den 'Fluß des Jahres'.

Die Düssel, mit 46 km der längste Bach des Kreises Mettmann, wird hier in Gruiten durch den Zufluß der Kleinen Düssel verstärkt. Der Name soll aus dem Wort 'tosen' herkommen; um 1000 wurde der Bach 'Tussela' genannt. 113 Nebenbäche münden in die Düssel. Mehrere kleine Rinnsale bilden den Ursprung auf dem Gebiet von Wülfrath und Velbert. 1936 haben die 'Düsseldorfer Jonges' die Quelle gefaßt und mit einem Gedenkstein versehen. 1986 wurde eine Pumpe installiert [Nähe Asbrucher Straße, L 355], damit in der Quellfassung immer Wasser läuft.

Für die Wasserwirtschaft ist ein Verband gebildet worden. Der RHEINISCH-BERGISCHE WASSERVERBAND betreibt neun Kläranlagen und zwei Abwasserüberleitungskanäle. Außerdem sind fünf Hochwasserrückhaltebecken fertig bzw. im Bau. Der Bach verläuft ab Oberdüssel bis zum Ort Düssel, dann als 'Düssel' vorbei an Hahnenfurth, Schöller, Gruiten, durch das Neandertal bis zur Stadtgrenze von Düsseldorf. Dort teilt sich die Düssel und erreicht den Rhein in mehreren Armen. Der berühmteste Flußabschnitt liegt im Neandertal.

Die Düssel ist ein naturnahes Gewässer mit

- unregelmäßigen Uferlinien und -querschnitten,
- Auflandungs- und Eintiefungsbereichen,
- einem Wechsel von Steil- und Flachufern,
- standortgerechter Ufervegetation [Röhrichte und Gehölze] und
- einem reich strukturierten Biotopmosaik mit gewässerbegleitenden Feuchtwiesen und Altwassern.

Wenn der Kanalisierungsplan VON BÜLOWs zum Ausbau gekommen wäre, könnten wir heute die Düssel nicht mehr als natürliches Gewässer erkennen. 'VON BÜLOW hatte 1815 einen Kanalbau vorgeschlagen, der vom Rhein über die Düssel bis zur Wupper, bis Elberfeld – mit 60(**!**) Schleusen – gebaut werden sollte, zur besseren Ausnutzung durch die Eisenindustrie. Aus heutiger Sicht ist es zum Glück nicht dazu gekommen. So hat die Düssel heute noch eine passable Wasserqualität. Die genaueren Werte haben die NATURFREUNDE in diesem Jahr erneut ermittelt und mit den vor zehn Jahren bereits erfaßten Meßdaten verglichen (siehe HOLLSTEIN, S. 215).
Zum Abschluß des Übersichtsvortrages las der Referent und Wanderführer ein Gedicht des Heimatdichters Carl SCHMACHTENBERG vor, dessen Denkmal im Dorf Düssel zu finden ist. Er hat die Düssel wie folgt beschrieben:

Schöller
Carl Schmachtenberg-Denkmal

Us Beek
Beim Hus hei an der Hingersidt
do löppt us Beek vorbei,
en Beek, en netter wöscht ech nit
von allen Beeken hei;
dat Water drieft so fresch herahn,
so spiegelblank on hell;
do mottst du janz von selwer drahn
on drenken op der Stell.
Me flott geschöppt met hohler Hangd
und met der Hangd nom Mongd!
Dat störkt dat Blood
on göfft Verstangd
on maht dat Hätz gesongd.

Nach einer Stärkung im Gasthaus 'Wiedenhof' ging es weiter, jetzt düsselaufwärts über 'Am Weinberg' und nach Überqueren der Umgehungsstraße [L 423] über den Weg 'An der Düssel' an der herzoglichen [Düsseler] Mühle vorbei zum 'Düsseler Sprung' – hier liegt eine geologische Besonderheit vor, eine „Schwinde". Darunter versteht man den Abfluß von Wasser in ein unterirdisches Gerinne, – dann wanderten wir weiter hoch oberhalb der Düssel zum Hof Hermgesberg.

Hof Hermgesberg: Dieser Hof gehört zu den drei großen Höfen Gruitens. Um 1330 heißt es in einer Urkunde „Dies sind die Höfe, die zu Schöller gehören und Zinsen für die Abtei Corvey zu zahlen haben". Er taucht auch in späteren Jahrhunderten als 'großer Hof' auf. Der jetzige Baustand ist von 1867.

Der Düssel entlang gelangten wir nun zur alten Herrschaft Schöller, die beim Erreichen mit ihrem eigenwilligen Turm und der Gesamtheit der Anlage überrascht.

Rittergut Schöller: Rest einer alten Burganlage [mit gotischem Turm] der Herren von Schöller, später durch Heirat der Grafen von Schaesberg. Am mächtigen Eckturm befindet sich der Käfig, in welchem der bergische Räuberhauptmann 'Kop Hannes' [in manchen Quellen auch 'Kob Hannes'] tagelang gequält wurde, damit er seine Mittäter preisgeben sollte. Nach erfolgloser Folterung wurde er 1806 gehängt (vergl. Curdt, S. 91).

Die evangelische Kirche in Schöller gehört zu den ältesten evangelischen Kirchen im Umfeld. Schon 1530 sollen hier Luthers Lehren verbreitet worden sein. Der berühmteste Sohn Schöllers wird durch eine Gedenktafel am alten Pfarrhaus geehrt. Es ist der Düsseldorfer Astronom Prof. Johann Friedrich Benzenberg.

Wir verließen Schöller auf dem Schöllerweg [K 17] rechts aus dem Ort nach Süden in Richtung Haan/Vohwinkel. Nach wenigen hundert Metern trafen wir auf den mit 'W' gezeichneten Wuppertaler Rundweg, der von Hermgesberg kommt. Ab hier folgten wir diesem W-Weg durch das Osterholz zum NSG Krutscheid.

Osterholz: Das Osterholz sollte in den 80er Jahren durch die neue A 31 zerschnitten werden. Nach zahlreichen Einsprüchen wurde auf die Straße verzichtet.

NSG Krutscheid: In einem alten Rottzinsverzeichnis [Zinsen für Rodungsrecht] wird das Gebiet Krutscheid erwähnt. Die Bezeichnung kommt aus dem Wort 'Krut' [= Kraut/ Strauch] und Scheid/Grenze. Es handelt sich um ein unter Naturschutz stehendes Dolinengelände, auch Kuhler Busch genannt. Dieses Karstgebiet im devonischen Massenkalk sieht aus wie ein Gebiet mit Bombentrichtern. Hier wurde u. a. nach Stubensand gegraben und zurück blieben die Trichter. Der Quarzsand mit Ton vermischt wurde als Formsand für die Verhüttung gebraucht. Außerdem wurde hier früher auch nach Metallen gesucht.

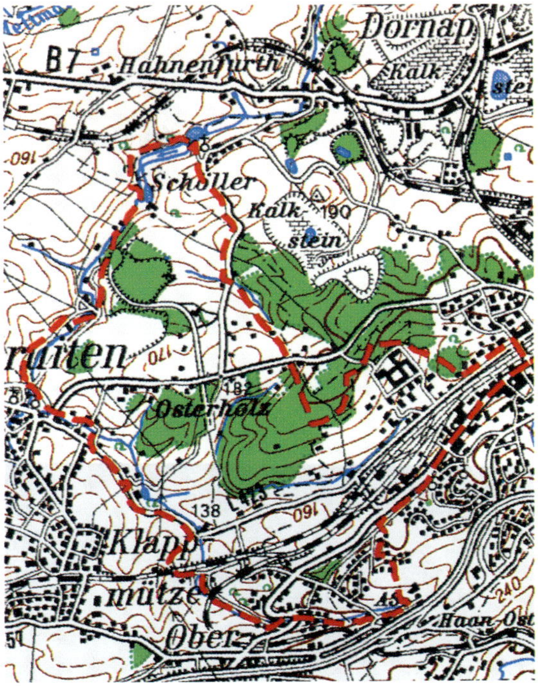

Skizze der Wanderstrecke

In dem kleinen Naturschutzgebiet sind je nach Jahreszeit eine Reihe von seltenen Pflanzen zu sehen. Durch die nahe Bebauung und die häufige Begehung ist das NSG stark gefährdet.

Nach dieser letzten Station folgten wir dem W-Weg weiter und kehrten zurück zum Ausgangspunkt des heutigen Tages, der Schwebebahnstation Wuppertal-Vohwinkel.

Es war eine schöne Tageswanderung und es war zugleich eine Lehrstunde in Heimatkunde. Denn

Wandern ist mehr als Ablaufen von Distanzen.

Ergänzende Hinweise:

Empfohlen wird die amtliche Stadtkarte von Wuppertal, Maßstab 1:15 000, zur Ergänzung das Meßtischblatt TK 25, Blatt 4708 [Wuppertal-Elberfeld]. Die reine Wanderzeit [Gehstrecke] beträgt vier Stunden, ohne Zwischenhalte und Pausen. Die Strecke kann, wenn man es will, auch geteilt gelaufen werden:

[1] Wuppertal-Vohwinkel – Gruiten-Dorf – Bahnhof Gruiten
[2] Bahnhof Gruiten – Gruiten-Dorf – Wuppertal-Vohwinkel.

LITERATUR- UND QUELLEN-HINWEISE :

AVENARIUS, W. & B. BRINKEN [1982]: RHEINLAND-TRILOGIE

„DÜSSELDORF UND BERGISCHES LAND“, DEUTSCHE LANDESKUNDE, BD. 2, VERLAG GLOCK & LUTZ, HEROLDSBERG

BANNIZA, H. [1986]:

„URGESCHICHTLICHE FUNDPLÄTZE IN HAAN (RHEINLAND)“, EIGENVERLAG, HAAN (RHLD.)

BREIDBACH, E. & H. W. HÜBNER [1989]:

„HISTORISCHER LEHRPFAD GRUITEN“, HRSGG. V. BÜRGER- UND VERKEHRSVEREIN GRUITEN, HAAN (RHLD.)

HUCK, G. & J. REULECKE [1978]:

„,... UND REGES LEBEN IST ÜBERALL SICHTBAR!“ [REISEN IM BERGISCHEN LAND UM 1800], VERLAG SCHMIDT, NEUSTADT A.D.AICH

KOLBE, W. -HRSG.-[1979]:

„WUPPERTAL – NATUR UND LANDSCHAFT“, HAMMER-VERLAG, WUPPERTAL

KOLBE, W. -HRSG.- [1992]:

„WUPPERTALER NATURFÜHRER“, BORN-VERLAG, WUPPERTAL

LANDESHAUPTSTADT DÜSSELDORF -HRSG.- [1988]:

„DIE DÜSSEL – GESCHICHTE UND GESCHICHTEN“, RHEINLAND-VERLAG, KÖLN/BRAUWEILER

LANDSCHAFTSVERBAND RHEINLAND -HRSG.- [1989]:

„DIE DÜSSEL. BIOGRAPHIE EINES FLUSSES“, DIASERIE DER LANDESBILDSTELLE RHEINLAND MIT BEIHEFT, VERLAG DER LANDESBILDSTELLE, DÜSSELDORF

LANDSCHAFTSVERBAND RHEINLAND -HRSG.- [1992]:

JAHRBUCH DER RHEINISCHEN DENKMALPFLEGE, BD. 34, RHEINLAND-VERLAG, KÖLN/BRAUWEILER

MEYER-KAHRWEG, R. [1991]:

„DENKMÄLER, BRUNNEN UND PLASTIKEN IN WUPPERTAL“, BEITRÄGE ZUR DENKMAL- UND STADTBILDPFLEGE DES WUPPERTALS, BORN-VERLAG, WUPPERTAL

MÜNCH, W. [1967]:

„NIEDERBERGISCHE STEINGADEN UND WEHRSPEICHER“, BD. 6 DER REIHE ‘WERKEN UND WOHNEN’, VOLKSKUNDLICHE UNTERSUCHUNGEN IM RHEINLAND [LVR UND UNIV. BONN], RHEINLAND-VERLAG, DÜSSELDORF

RHEINISCHER VEREIN RVDL -HRSG.- [1993]:

„NATURSCHUTZ IM RHEINLAND“, JAHRBUCH 1989-1991 DES RVDL, NEUSSER DRUCKEREI & VERLAG, NEUSS

ROTH, H. J. [1979]:

„DAS BERGISCHE LAND IN FARBE“. EIN REISEFÜHRER FÜR NATURFREUNDE. KOSMOS: GESELLSCHAFT DER NATURFREUNDE. FRANCKH’SCHE VERLAGSHANDLUNG, STUTTGART

STADT WUPPERTAL -HRSG.- [1979]:

„50 JAHRE WUPPERTAL“ – JOURNALISTEN, LIEBHABER UND KENNER SEHEN UNSERE STADT. BORN-VERLAG, WUPPERTAL

FOTOS: ROSWITHA BRAUSCH

Der Historische Lehrpfad in Gruiten

Rolf Rath, Düsseldorf

Am mittleren Lauf der Düssel, dort, wo aus dem Düsseltal das „Neandertal" wird, liegt das Dorf Gruiten. Die Gemeinde begleitet die Düssel, die hier in vielen Mäandern ihr Bett gegraben hat, von Hermgesberg im Norden bis Bracken und Schragen im Westen.

Wenn wir von Winkelsmühle aus die Düssel aufwärts wandern, stoßen wir bald auf einen Kalkofen, den Huppertsbracken, der schon in einer Urkunde aus dem Jahre 1672 erwähnt wurde, der aber wahrscheinlich noch viel älter ist. Die Reste dieses Ofens, die unter Erde und Gestrüpp fast ganz verborgen waren, wurden unter Federführung des „Zweckverbandes Erholungsgebiet Neandertal" 1985-1986 rekonstruiert aber bewußt als Ruine gestaltet, um den inneren Aufbau und die Struktur zu verdeutlichen.

An dieser Stelle haben wir den ersten Punkt des „Historischen Lehrpfades" der Gemeinde Gruiten erreicht. Die Gemeinde zeigt im Wappen eine nach links ansteigende natürliche Felswand, neben der rechts eine silberne aufgerichtete Spitzhacke mit goldenem Stiel schwebt. Der Bürger- und Verkehrs-Verein Gruiten hat hier in liebevoller Kleinarbeit die Relikte der wahrscheinlich tausendjährigen Geschichte Gruitens ausgegraben und in einem kleinen Heftchen, das 55 Anlaufpunkte beschreibt, veröffentlicht. Wir Wanderer können dank dieser Arbeit Natur und Geschichte gleichzeitig erleben und erfahren so, daß das Dorf Gruiten, das früher Gruthene oder Grucene geschrieben wurde, mit seinen großen Gütern die meiste Zeit seiner Geschichte verschiedenen Klöstern oder weltlichen Herren abgabenpflichtig war. Nach der Franzosenzeit, bis 1815, kam Gruiten zu Preußen und entwickelte sich zur selbständigen Gemeinde, die 1975 durch die Gebietsreform zu einem Stadtteil von Haan wurde. Gruiten-Dorf wird von 2 Kirchtürmen überragt. Da ist zum einen die katholische Pfarrkirche St. Nikolaus, die 1877-79 erbaut worden ist, und zum anderen die ehemalige Wehrkirche auf dem Friedhofshügel. Die alte Kirche, deren Kirchenschiff wegen Baufälligkeit 1894 abgerissen werden mußte, dürfte nach den bisherigen Forschungsergebnissen aus dem Jahre 1075 stammen. Das läßt annehmen, daß Gruiten, das damals schon eine so große Kirche erstellen konnte, um einiges älter sein müßte. Erste schriftliche Aufzeichnungen von 1232 erwähnen das Haus am Quall mitten in Gruiten. Dieser Besitz, der Abtei Knechtsteden gehörend, wurde von Kaiser Friedrich I. Barbarossa bestätigt.

Daß sich die Besitzverhältnisse in den 1000 Jahren des öfteren änderten, sieht man an den vielen Urkunden, die meist in Klöstern verwahrt werden, denn dort war man des Schreibens kundig. Die Klöster Gräfrath, Kaiserswerth und Corvey sowie einige weltliche Herren werden hier als Besitzer oder Zehntpflichtige erwähnt.

Die Reformation spaltete auch die Bürger von Gruiten. 1589 wird in Schriften eine reformierte Gemeinde erwähnt, die jedoch ihre Treffen nur im Verborgenen abhalten konnte. Erst 1674 erhielt sie das Recht, frei zusammenzukommen. 1675 konnte der erste Pfarrer eingestellt werden, der zuerst in Privathäusern, ab 1682 in einem Predigthaus, welches zu unseren Anlaufpunkten zählt, Gottesdienste abhielt. Die evangelisch-reformierte Kirche, die neben dem Predigthaus direkt an der Düssel steht, wurde 1721 fertiggestellt. Das schlichte Kirchlein besteht aus einem fast quadratischen Saalbau mit einem Walmdach und ist von einem Glockentürmchen geziert. Es dient heute außer zu Gottesdiensten auch als Konzerthaus.

Gruiten, das romantische Dorf an der Düssel, hat mit seinen Bächen in diesem engen Tal oft seine Sorgen. Mitten im Ort mündet der Mühlbach in die Düssel, der wiederum ein Zusammenfluß des Krutscheider Baches mit dem Bolthauser Bach ist und auch die Kleine Düssel genannt wird. Viele Häuser, so auch die evangelische Kirche, stehen so nahe am Bach, daß das Grundwasser in die Fundamente eindringen kann. Die bei starkem Regen immer wieder auftretenden Überschwemmungen sind dafür verantwortlich, daß Häuser und Kirche immer wieder renoviert werden müssen.

Gruiten ist von alters her ein typisches Bauerndorf. Da es auf einem Kalkgürtel gebaut wurde, ist es verständlich, daß die Bauern in den stillen Jahreszeiten zur Spitzhacke griffen – sie ist ja das Wappensymbol – und mit Kalkbrennen dazuverdient haben. In Huppertsbracken und an vielen anderen Stellen sieht man, daß hier Steine gebrochen worden sind. Aber nicht alle Bauern haben mit Kalkbrennen ihren Verdienst aufgebessert. Im Gut „Zur Mühlen“ wurde etwas anderes gebrannt. Seit 1448 gibt es hier eine Schnapsbrennerei, die zwar des öfteren abgebrannt ist, aber immer wieder aufgebaut wurde. Sie ist heute noch als Kornbrennerei und Likörfabrik in Betrieb. Die vielen Mühlen und ehemaligen Schmieden geben Auskunft über weitere Berufe, die hier ausgeübt wurden und mit denen sich die Dorfbewohner ihren Lebensunterhalt verdienten. Dazu kam die Handweberzunft, die meist in Heimarbeit betrieben wurde. Doch auch eine richtige Fabrik gab es hier, nämlich die Seidenweberei, in der heute ein Kindergarten vorbildlich untergebracht ist.

Eine Geschichte, die Punkt 24 des Heftchens betrifft, kann nicht unerwähnt bleiben, nämlich das Doktorshaus, welches von dem Heilpraktiker Dr. Jakob Lauterbach gebaut wurde. Das Besondere daran ist, daß dieser Heilpraktiker wohl der einzige Mensch ist, der, obwohl er nie eine Schule besucht hatte, das Recht besaß, einen Doktortitel tragen zu dürfen. Er wurde als Sohn eines Tagelöhners bei Haan geboren, blieb früh als Waise zurück und mußte sein tägliches Brot selbst verdienen. Als er 13 Jahre alt war, erbarmte sich ein Wollweber seiner und lehrte ihn das Wollspinnen. Unter Anleitung dieses Meisters lernte er auch das Lesen, Schreiben und

Rechnen. Eine Schule hat er jedoch nie besucht! Nach drei Jahren starb der Meister, Lauterbach war jetzt 16 Jahre alt. Er übertraf in Religion wie in allen anderen Kenntnissen seine Altersgenossen.

Eines Tages fand er ein Kräuterbuch, das ihn so anregte, daß er eine Anzahl Kräuter zu sammeln begann. Als er diese Kräuter an Kranke verteilte und sah, daß sie gesund wurden, studierte er noch intensiver in dem Buch. Erwähnenswert ist, daß er jedesmal, wenn er ein Heilmittel zubereitete, um Gottes Segen bat. 1740 machte er sich zum selbständigen Wollweber und wohnte in Gruiten. Intensiv studierte er nebenher und auf eigene Faust Latein, was ihm später sehr zugute kam. Dem Wollweberberuf konnte er nicht lange nachgehen; denn die Krankenbesuche nahmen überhand. Der große Zulauf erregte den Neid der Ärzte und Apotheker. Als der Präsident der Kanzlei in Düsseldorf einmal erkrankte und kein Arzt ihm helfen konnte, wandte man sich an Lauterbach. Dieser heilte den Mann in nur wenigen Tagen vollkommen. Dies veranlaßte ihn, sich dem Collegium Medicinicum in Düsseldorf zu stellen. Dieses Gremium hatte vor der Zulassung zum Apotheker oder Arzt die Bewerber zu prüfen. Auf Grund seines großen Wissens und seiner anerkannten Leistungen erhielt Lauterbach die Approbation und die Promotion als Dr. med.. Das war ein korrekt durchgeführtes Verfahren, aber gewiß ein seltener Fall. Auf Grund seiner Erfolge und seines unermeßlichen Fleißes konnte er das große Haus mit Nebenbauten errichten.

Diese Geschichte und noch viele andere interessante Dinge stehen im Heft über den Gruitener Historischen Lehrpfad, das uns viele Einblicke in die Geschichte dieses Dorfes gibt.

Gruiten – Haus am Quall

Gruiten – Doktorshaus

LITERATURHINWEIS:

BREIDBACH, E. und H.W. HÜBNER

HISTORISCHER LEHRPFAD GRUITEN BÜRGER- UND VERKEHRS-VEREIN GRUITEN EV. 4. AUFLAGE 1989.

Fotos: Erna Nießen

Tarpan – Wisent – Ur

Das „eiszeitliche" Wildgehege Neandertal

Christian Karg, Ratingen

Im Jahre 1935 wurde im Neandertal, das schon seit 1921 Naturschutzgebiet war, das „eiszeitliche" Wildgehege eingerichtet. Die Ausweisung als Naturschutzgebiet war ein früher Erfolg bürgerlicher Aufmüpfigkeit und ökologiebewußten Engagements gegen profitbestimmte Landschaftsvernutzung und Waldverwüstung.

Der Gedanke, der das Gehege entstehen ließ, war überzeugend und ist es bis heute geblieben. Man hatte sich nämlich leiten lassen von dem Wunsch, hier im Neandertal einen Teil jener Tiere anzusiedeln, welche im Prinzip Zeitgenossen unseres „Neanderthalers" waren.

Wie konnte man eigentlich wissen, welche Tiere vor bis zu 140.000 Jahren bei uns am Rhein und an der Düssel heimisch waren? Es war seit langem bekannt (vergl. KAISER, S. 55), daß der Neanderthaler nicht etwa nur ein Rheinländer war, sondern während eines sehr großen Zeitraumes mindestens das gesamte Europa besiedelt hatte. Aufgrund der bei den inzwischen sehr zahlreichen Neanderthaler-Fundstellen aufgefundenen Tierknochen konnte man die „Eiszeit"-Fauna bereits sehr gut bestimmen. Und schließlich standen ja auch Abbildungen dieser den Menschen früher umgebenden Tierwelt in nicht geringer Zahl zur Verfügung, nämlich die Höhlenmalereien, vornehmlich jene aus Spanien und Frankreich.

Aus unserem niederbergischen Gebiet sind solche Tierknochen-Funde von FUHLROTT und SCHAAFFHAUSEN publiziert worden, nämlich Fossilfunde aus Dornap, Wülfrath und eben aus dem Neandertal – diese in nur geringer Entfernung von der Fundstelle von 1856.

Die vielfältigen Erfassungen und Auflistungen haben ergeben, daß die meisten Funde unter dieser „Neanderthaler-Begleitfauna"

Wildpferd, Wisent, Ur, Hirschtiere,
Wolf, Ren, Mammut und Höhlenhyäne

waren. Diese Ermittlungen gelten für den gesamteuropäischen Raum. Auf Grund dieser Vorgaben hat man sich entschieden, das Gehege mit Wisenten, mit Wildpferden (Tarpanen), mit Uren (Auerochsen) und mit Damwild (heute nicht mehr) zu besetzen.

Der Wisent (Bison bonanus) ist mit dem Bison nahe verwandt. Ursprünglich lebten verschiedene Unterarten auf der ganzen nördlichen Halbkugel von Nordafrika und Europa über Sibirien bis Nordamerika. Die früheste gemeinsame Form ist ein Bison sivalensis (nur fossil in Nordindien), von dem eine Gruppe noch vor dem Pleistozän über eine damals bestehende Landbrücke nach Nordamerika hinüberwanderte und sich dort zum heutigen Bison (Bison bison) entwickelte. „Bei uns“ in Eurasien sind noch zwei rezente Unterarten bekannt: der Berg-Wisent (Kaukasischer Wisent, Bison bonanus caucasicus) und der Flachland-Wisent (Bison bon. bonanus). Die letzten freilebenden Wisente wurden in den 20er Jahren dieses Jahrhunderts im Kaukasus und im Forst von Bialowieza/Polen (ehemaliges Leibjagdrevier des Zaren) ausgerottet.

Da Wisente bereits in Tiergärten gehalten wurden, regte Dr. Kurt PRIEMEL, der Direktor des Zoologischen Gartens zu Frankfurt, nach der Ausrottung der natürlichen Vorkommen, die Züchtung von Wisenten in Tiergärten und Tiergehegen an. Seit 1923 erfolgte die planmäßige Züchtung einschließlich einer karteimäßigen Erfassung. So können also heute, salopp gesprochen, Wisente „auf Bestellung“ geordert werden.

Der Wisent, ein Waldrind, ernährt sich vorwiegend von Zweigen und Blattwerk. Diese Ernährungsweise ist wohl einer der wesentlichen Gründe, warum er nie zum Hausrind domestiziert werden konnte.

Wisent – Prähistorische Höhlenmalerei

Der letzte Auerochse oder Ur (Bos taurus primigenius) wurde 1627 in Masuren geschossen. Somit waren schon vor 300 Jahren die Auerochsen von den Menschen ausgerottet worden. Die Lebensräume dieses Wildrindes waren Europa, Zentral- und Vorderasien. Er ernährte sich hauptsächlich von Gräsern und Kräutern; dadurch war seine Haltung als Hausrind gegeben. Der Ur ist die Stammform unserer Hausrinder.

Wie der Ur ausgesehen hat, ist uns aus vielen prähistorischen Höhlenzeichnungen überliefert. Die Zoodirektoren im Münchener Tierpark Lutz und Heinz Heck sowie Alfred Zoll (Mitglied der NATURFREUNDE) haben durch Kreuzungen verschiedener primitiver Hausrindrassen das Erscheinungsbild des Urs zurückgezüchtet. Primär aus diesen Kreuzungen stammen auch die Ure (Auerochsen) im Neandertal, inzwischen natürlich auch aus eigenem Nachwuchs.

Ur oder Auerochse

Damhirsch

Die natürliche Wildpferderasse Ost- und Mitteleuropas war der Tarpan (*Equus przewalski gmelini*). Die letzte Stute wurde 1876 von russischen Bauern erschlagen.

Durch planvolle Kreuzungen von verschiedenen Wildpferden bzw. dem Urwildpferd ähnlichen Rassen konnten tatsächlich mit Erfolg typische Wildpferdmerkmale zurückgezüchtet werden. Unsere „Tarpane“ im Neandertal-Wildgehege sehen den richtigen Tarpanen bis auf die Stehmähne und einige Zebrastreifen an der Rückseite der Beine sehr ähnlich.

Der Damhirsch (Dama dama), der bis vor einiger Zeit auch im Neandertal gehegt wurde, kam früher mehr im vorderasiatischen und südeuropäischen Raum vor. Heute lebt Damwild in fast allen europäischen Ländern – sowohl in freier Wildbahn als auch in Gehegen. Trotz Einbürgerungen in den nord- und nordöstlichen

Bereichen seiner jetzigen Verbreitung können diese Vorkommen doch inzwischen als natürlich angesehen werden.

Wildpferde (Tarpane)

Eine Einrichtung wie das Wildgehege hat wie alles in der Welt neben der ideellen natürlich auch eine wirtschaftliche Seite. Von den Herren FREUND und MAY erhielten wir entgegenkommenderweise die erfragten Auskünfte: Der „Förderverein Zweckverband Neandertal“ hat für den Betrieb des Wildgeheges und des (jetzigen) Museums Kosten in Höhe von ca. DM 410.000.- im Jahresdurchschnitt; das sind Sachkosten plus Personalkosten. Für die unmittelbare Arbeit im Wildgehege sind zwei halbschichtige Planstellen besetzt. Die Unterhaltung der Wege, Zäune und Gatter wird durch Arbeiter des Kreises Mettmann durchgeführt, so daß die Kosten hierfür nicht im Etat des Fördervereins erscheinen. Die Einnahmen kommen nur zu einem sehr geringen Anteil aus Eintrittsgeldern (Museum). Der Förderverein hat aber jährlich etwa DM 150.000.- Einnahmen aus dem Verkauf von Tieren. Verkauft werden hauptsächlich Ure, in der Regel wohl Stiere, etwa 10-15 Auerochsen pro Jahr. Verkauft wird an die Landwirtschaft. Das sind also offenbar jene für unsere Augen ungewohnten „Kühe“, die wir gelegentlich bei unseren Exkursionen zu sehen bekommen und bei deren Anblick wir uns etwas die Augen reiben und fragen, ob wir uns wohl in das Schottische Hochland verlaufen haben.

Zum Tierbestand: Gegenwärtig – das können natürlich nur ungefähre Angaben sein, da der Nachwuchsbestand sich täglich ändern kann – ist folgende Bestandsstärke gegeben:

Ure (Auerochsen)
20 Kühe, 1 Stier, zuzüglich junger Nachwuchs,
im ganzen ca. 35 Tiere,

Wisente
6 Kühe, ein Stier, zuzüglich junger Nachwuchs,
im ganzen ca. 12 Tiere, sowie

Tarpane
5 Stuten, 1 Hengst, zuzüglich junger Nachwuchs,
im ganzen ca. 10 Tiere.

Auch heute können bei Bedarf noch Tiere aus den Züchtungen des Münchener Tierparks „nachgeordert" werden, etwa bei Krankheit oder wenn es geboten oder notwendig erscheint, eine ausufernde Drift beim Ergebnis der Kreuzungen zu justieren.

Wer Wisente, Ure und Tapane selbst sehen möchte, sollte durchs Neandertal wandern!

LITERATURVERZEICHNIS:

BOSINSKI, G.(1981): „GÖNNERSDORF-EISZEITJÄGER AM MITTELRHEIN", S. 102FF, RHENANIA-VERLAG, KOBLENZ

FUHLROTT, C.(1859): „PALÄONTOLOGISCHES: KURZBERICHT ÜBER FUNDE VON MAMMUTH-KNOCHEN BEI DORNAP". VERHANDL. DES NATURHIST. VEREINS D. PREUß. RHEINLANDE U. WESTPHALENS, 16, 125-126, BONN

FUHLROTT, C. (1865): „ÜBER DEN ERSTEN FUND FOSSILER THIERKNOCHEN IM NEANDERTHAL" (ALS ANHANG) IN: „DER FOSSILE MENSCH AUS DEM NEANDERTHAL UND SEIN VERHÄLTNIS ZUM ALTER DES MENSCHENGESCHLECHTS", ZWEI VORLESUNGEN NEBST EINER TAFEL MIT ABBILDUNGEN, VERLAG W.FALK & VOLMER, DUISBURG

VON KOENIGSWALD, W. (1994): „MENSCH UND TIER IM RHEINLAND WÄHREND DER VIELFÄLTIGEN KLIMASCHWANKUNGEN DES EISZEITALTERS" IN: KOENIGSWALD,W. & W.MEYER (HRSG.): „ERDGESCHICHTE IM RHEINLAND", PFEIL-VERLAG, MÜNCHEN

SCHAAFFHAUSEN; H. (1863): „ÜBER KNOCHENFUNDE: BERICHT ÜBER KNOCHEN, WELCHE IM DEVON. KALK BEI WÜLFRATH GEFUNDEN WURDEN". SITZUNGSBER. NIEDERRH. GES. NATUR- U. HEILKUNDE, BONN, 147-149

Abbildungen/Fotos: N&H-Archiv, Neuß, übrige: Christian Karg und Dr. Kurt Vogel

Die Eisenhütte „Eintracht in Hochdahl“

Ein Kapitel Montangeschichte im Bergischen Land

Ursula Stieglitz und Wolf Stieglitz, Erkrath

In der Hüttenstraße in Hochdahl zu wohnen stellt eine Verpflichtung dar, eine Verpflichtung, sich mit der Geschichte der allernächsten Umgebung zu beschäftigen. An der Eisenstraße muß man Vorfahrt achten; die Schimmelbuschstraße und die Sudhoffstraße sind Hauptverkehrsadern Hochdahls. Aber was hat es mit der Hütte und dem Eisen auf sich, und wer waren Schimmelbusch und Sudhoff?

Wir müssen versuchen, uns in die Zeit vor 150 Jahren zurückzuversetzen. Es war die Zeit großer technischer Erfindungen: Eisenbahn, Turbine, Schiffsschraube. In den Naturwissenschaften bemühte man sich um präzise Beschreibungen aller beobachteten Phänomene. Der Beginn des technischen Zeitalters fiel zusammen mit der politischen Umbruchsituation, mit den revolutionären Jahren 1848 und 1849, mit dem Paulskirchen-Parlament als Symbol des geeinten Deutschland. In diese Zeit fällt die Gründung der Hochdahler Hütte.

Hofrat BONGARD beschrieb 1835 in seiner „Wanderung zur Neandershöhle“ das Düsseltal zwischen Erkrath und Gruiten mit großer Sorgfalt. Er beobachtete dabei nicht nur Tiere und Pflanzen, sondern berichtete auch über Erzvorkommen („ auf der Nordseite des Thals liegt eine Menge Eisenstein, ... den Kenner schon einer Muthung werth gehalten haben“). Dieser Eisenstein wurde beim Bau der Trasse für die erste westdeutsche Eisenbahn von Düsseldorf nach Elberfeld gefunden. Nun darf man sich das Vorkommen dieses Eisenerzes nicht als zusammenhängende Erzader vorstellen. Es handelte sich meist um knollenförmige Ablagerungen, sogenannte Sphärosiderite. Der Abbau schien sich zu lohnen, denn 1847 wurde der Bergbau im Bergischen Land eröffnet. Die Namensgebung der Zechen spiegelt den Optimismus der Werktätigen in der Zeit der Frühindustrialisierung wieder: „Kraft und Bestand“ hießen die Erzgruben in Obgruiten, „Mut“ in Krutscheid. Die Erzvorkommen erwiesen sich, zumindest für damalige Verhältnisse, als so ergiebig, daß man an die Gründung eines Hüttenwerkes dachte.

Die „Gewerkschaft des Eisenhüttenwerkes Eintracht“ konstituierte sich 1850. Der Name „Eintracht“ für die Hochdahler Hütte ist als Symbol für die politische Einigung durch die Solidarität der Arbeiter anzusehen: „Frieden schaffen ohne Waffen“. Der Begriff „Gewerkschaft“ ist nicht mit der heutigen Organisations-

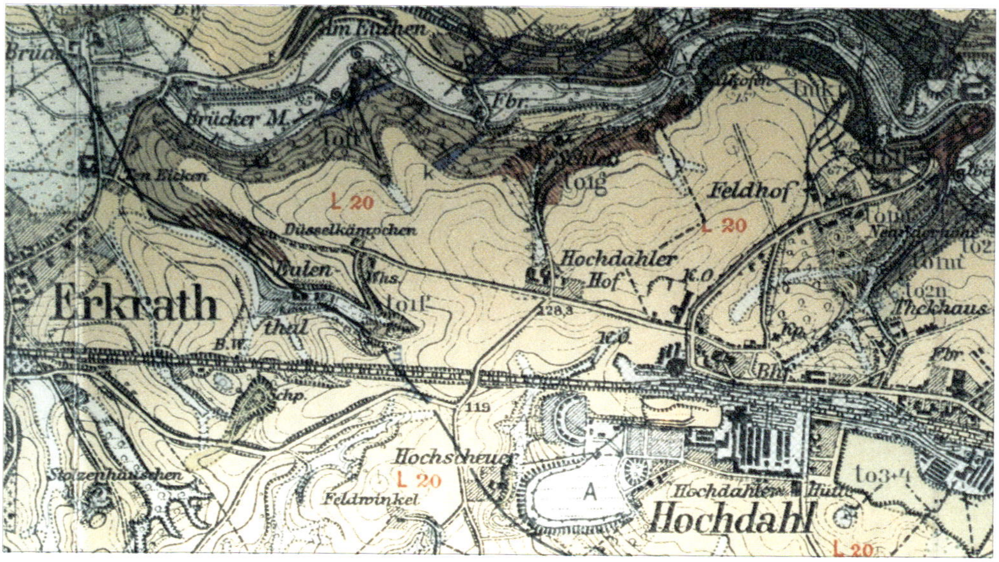

Ausschnitt aus der Geolog. Karte mit der Eisenhütte am Bahnhof Hochdahl

form der arbeitenden Bevölkerung gleichzusetzen, sondern stellt eine Form der Kapitalgesellschaft im Bergrecht dar.

In dieser Zeit taucht zum ersten Mal der Name Schimmelbusch auf. Julius Schimmelbusch zählte zu den führenden Eisenhüttenleuten des 19. Jahrhunderts. Er gehörte nicht zu den Gründungsmitgliedern und hatte kein Kapital in die Gewerkschaft eingebracht. Als Direktor der Hütte bewirkte er einen steilen wirtschaftlichen Aufstieg des Eisenwerkes mit bemerkenswerten sozialen Leistungen.

Unter Schimmelbuschs Leitung wurde 1849 mit dem Bau eines Hochofens begonnen. 1851 wurde dieser Hochofen in Betrieb genommen. Er konnte bereits 1852 seine Produktion auf das Sechsfache der im Gründungsjahr erzielten Leistung an sogenanntem Masseleisen (Masseln sind gegossene Blöcke aus Roheisen) steigern. 20 Koksöfen erzeugten den Hüttenkoks für die Reduktion des Roheisens. Die Hochdahler Hütte konnte für sich in Anspruch nehmen, im Bereich des Ruhrgebietes den zweiten Kokshochofen (der erste stand in Mülheim) in Gang gesetzt zu haben. Zu diesem Zeitpunkt waren andere bedeutende Hüttenunternehmen noch gar nicht gegründet, oder aber sie schlossen sich erst wesentlich später diesem neuen Hochofenverfahren an (z.B. die Gutehoffnungshütte erst 1855).

Diese Hochdahler Hütte entsprach nicht dem Bild eines modernen Hüttenwerkes mit Walzenstraßen und Eisengießereien. Sie war eine reine Roheisenhütte, deren begehrtestes Produkt das Hochdahler Puddeleisen, ein kohlenstoffarmes Roheisen, war. Zur Herstellung dieses Roheisens wurde der in den naheliegenden Erzgruben gewonnene Braun- und Toneisenstein verarbeitet. Die Tagesproduktion lag bei 57.000 Pfund Roheisen. Hochdahl besaß 1856 insgesamt 6 Konzessionen und 16 Mutungen (= Schürfrechte), und zwar alle südlich der Ruhr zwischen Langenberg und Nierenhof. In späteren Jahren wurden bei Wülfrath, Homberg, Gruiten, Hilden, Haan, Düsseldorf und sogar in Wipperfürth Erz geschürft und Erzgruben betrieben, die alle der Hochdahler Hütte gehörten. Zu dieser Zeit waren weit mehr Gruben- als Hüttenarbeiter bei der Hütte beschäftigt.

1855 ging die Kapitalgesellschaft des Hüttenwerks „Eintracht" Hochdahl in eine Aktiengesellschaft über, den „Bergischen Gruben- und Hüttenverein Düsseldorf". Ziel war es, durch Ausgabe von Aktien das Unternehmen auf eine breitere Basis zu stellen. Zum sogenannten „Spezialdirektor" dieser Gesellschaft wurde Julius Schimmelbusch ernannt. 1857 wurden die Hochöfen 2 und 3 angeblasen, zu denen 60 Koksöfen gehörten. Dazu kam eine Reihe technischer Erweiterungen und Erneuerungen, wie mechanische Erzwaschtrommeln, Winderwärmungsanlagen, Anlagen für die Verwertung der Hochofen- und Kokereigase zur Heizungsbetreibung sowie der Ausbau des werkseigenen Schienennetzes. Das zur Erzwäsche benötigte Wasser wurde mittels einer „Wasserkunst" von der Düssel durch Saugpumpen zur Hütte gepumpt. Die Entnahmestelle ist heute noch andeutungsweise zu sehen, sie liegt zwischen dem Klärwerk und dem Museum im Düsseltal.

Das Hochdahler Hüttenwerk war auf die Zulieferung von Steinkohle angewiesen; diese Kohle wurde in den hütteneigenen Koksöfen entgast und zu Koks umgewandelt. Dadurch wurden natürlich die Kosten für den Bezug der Kohle höher als für die standortbegünstigten Hütten im Ruhrrevier. Andererseits war die Hochdahler Hütte den Ruhrhütten gegenüber beim Kalkbezug im Vorteil, da sie eigene nahe Kalksteinbrüche im Neandertal hatte. Einige der Hüttengründer waren selbst Besitzer von Kalksteinbrüchen, z.B. Beckershoff. Zuerst mit Pferd und Wagen, dann mit Loren wurden die Kalkbrocken zur Hütte gebracht. Man transportierte den Kalkstein unter der Eisenbahntrasse hindurch zum „Knäpper", dem Zerkleinerungswerk bei den Hochöfen. Der Tunnel lag etwa gegenüber dem alten Backhaus am Knick der jetzigen Professor-Sudhoff-Straße. Durch den Kalkabbau für die Bedarfsdeckung der Hochdahler Hütte wurden die Knochen des Neanderthalers entdeckt.

Die Erzvorkommen im Nordkreis Mettmann waren nicht sehr ergiebig und entsprachen nicht mehr den Anforderungen der expandierenden Hütte. Bis etwa 1860 konnte der Bedarf noch durch die hütteneigenen Erzgruben gedeckt werden. Später wurde Erz aus dem Siegerland, aus Spanien und Lothringen verhüttet. 1865 gehörte die Hochdahler Hütte zu den drei größten Hochofenanlagen des Ruhrgebietes. Die erzeugten 36.000 Tonnen Roheisen stellten 12,4% der Erzeugung im Ruhrgebiet und 3,4% der gesamten deutschen Produktion dar. Die finanzielle Lage der Hütte hatte sich so gebessert, daß man sich zum Bau eines vierten Hochofens entschloß.

Ein wichtiges Problem war die Anwerbung und Ansiedlung von Arbeitern. Man war auf Facharbeiter vor allem aus der Eifel mit ihrer Schmelzhüttentradition angewiesen. Man baute Wohnungen für leitende Angestellte und Meister, später auch Wohnungen für Arbeiter, eine Kaserne für Ledige mit einem Koch- und Waschhaus sowie eine Maschinenbäckerei. In den 70er Jahren wurde das Angebot erweitert um einen Konsumverein und eine Kranken- und Unterstützungskasse.

Das Hüttenwerk wurde im Osten von der Hildener Straße, im Norden von der Eisenbahn und im Süden und Westen von der Hüttenstraße begrenzt, wobei diese im Westen eine Rundung bis zur Eisenbahn beschreibt. In dieser Rundung standen damals die „8 Häuser", wo die Pendler von der anderen Rheinseite während der Woche wohnten. In der Nacht zum Montag machten sich diese Pendler von Zons, Stürzelberg und Nievenheim zu Fuß nach Hochdahl auf, wohnten während der Woche in Hochdahl und kehrten am Wochenende in ihre Heimatorte zurück. Alle genannten sozialen Einrichtungen waren das Werk Julius Schimmelbuschs, der nicht nur ein genialer Hüttenmann, sondern auch ein einflußreicher Lokalpolitiker war. Die Urzelle des heutigen Hochdahl wurde durch zugezogene Arbeiter und Geschäftsleute gegründet. Neben Schimmelbusch verdient der Name Sudhoff Erwähnung. Dr. Sudhoff war Land- und Hüttenarzt und machte sich auch als Wissenschaftler in der Medizingeschichte einen Namen.

Der erste Rückschlag in der Entwicklung der Hütte kam durch die Kriege in den 70er Jahren. Die Krise wurde vor allem dadurch hervorgerufen, daß fast alle Arbeiter zur Mobilmachung eingezogen worden waren. Die wirtschaftliche Rezession, die über Deutschland hereingebrochen war, machte auch vor der Hütte nicht halt. Der Rückgang wurde begünstigt durch die Aufhebung der Einfuhrzölle für Roheisen, dadurch wurde der Markt mit belgischem und schottischem Roheisen überflutet. 1874 wurde die Hütte vorübergehend stillgelegt; alle Hochöfen wurden ausgeblasen.

Die folgenden Jahre brachten der deutschen Eisen- und Stahlindustrie große Verluste. Die Hochdahler Hütte war davon nicht ausgenommen und konnte erst 1880 wieder schwarze Zahlen schreiben. 1881 jedoch hatte die Hütte den Höhepunkt ihrer wirtschaftlichen Tätigkeit erreicht und die höchste Jahresproduktion der vergangenen 25 Jahre erzielt. Man war bereits an Kartellabsprachen über Förderquoten mit anderen führenden Hütten gebunden. Diese Förderquoten waren veräußerlich.

Die folgenden Jahre brachten wieder starke Umsatzeinbrüche. Wichtigste Gründe waren die inzwischen ungünstig gewordene Verkehrslage und die damit verbundenen hohen Transportkosten für Kohle und Erz. Dazu kamen strukturelle Fehlplanungen bereits aus der Gründerzeit. So war das betriebseigene Schienennetz nicht an die durchgehenden Verkehrsstränge angeschlossen, so daß ankommende und abgehende Waggonladungen immer umgeladen werden mußten. Ein Ausweg war die Fusion mit einer Küstenhütte an der Ostsee, die die Roheisenquoten des Hochdahler Werks übernahm und schließlich 1912 die Eisenhütte Hochdahl stillegte. Die Hüttenanlagen wurden abgebrochen, die Grundstücke verkauft.

Über 60 Jahre Hochofenbetrieb hatten südwestlich der Hütte eine riesige Schlackenhalde entstehen lassen. Die Schlacke wurde in einer ehemaligen Formsandgrube deponiert und lagerte dort bis zu einer Mächtigkeit von 30 m. Diese Schlacke verwitterte teilweise und wurde besiedelt von einer charakteristischen Ruderalflora auf wärmeliebenden und wasserdurchlässigen Rohböden mit geringer Krume, die der Natternkopf-Steinkleeflur zuzuordnen ist. Die Schlackenhalden sind zum Teil abgebaut und zu Straßenbaustoffen verarbeitet worden. Es erinnert nur noch wenig an die Schlacke, alles ist überwuchert, Birken und Weiden haben von dem Gelände Besitz ergriffen.

Und heute? Vorbei ist die Zeit, da der helle Feuerschein der Hütte weithin sichtbar war. Die Fundamente der Hütte sind inzwischen alle beseitigt, Wohnsiedlungen sind entstanden, das Wasserreservoir an der Hildener Straße, das aufgewärmtes Kühlwasser zum Abkühlen aufnahm, ist einem Neubau gewichen. Nur noch die Straßennamen – die Eisen- und Hüttenstraße, die Schimmelbusch- und Sudhoffstraße – erinnern an ein Stück Industriegeschichte, an die Montanindustrie im Bergischen Land.

LITERATURVERZEICHNIS:

EGGERATH, M. (1994): SPUREN DER EINSTIGEN EISENHÜTTE HOCHDAHL. JOURNAL 14, JAHRBUCH DES KREISES METTMANN, 22 - 26. BERGISCH-GLADBACH

SEELING, H. (1968): DIE EISENHÜTTE HOCHDAHL 1847–1912. NIEDERBERGISCHE BEITRÄGE 14, WUPPERTAL

GEOLOGISCHE KARTE, (1926): BLATT 2719 – METTMANN

Das Neandertal als Gegenstand früherer „Naturfreunde"-Forschung

zu: „Die Kultur des Neandertalers" von Studienrat Steinebach

Vorwort von Hugo Hartfeld, Kamp-Lintford

Beeindruckt eine Landschaft durch Reichtum von Lebewelt, Gestalt und Aufbau die zeitgenössischen Menschen immer wieder aufs neue, so bleibt es nicht aus, daß sie sich auch immer wieder, wenn auch in sich wandelnder Sicht, mit ihr forschend beschäftigen.

Es mögen dies Fachwissenschaftler sein, interessierte Amateure mit einem zu nutzenden Grundwissen, aber auch reine Autodidakten, deren Wißbegier sie bei über lange Zeit gewonnenen Kenntnissen und Erfahrungen zu ausgewiesenen Spezialisten macht.

Gerade bei den 'Naturfreunden' trafen und treffen sich immer wieder Menschen aus diesen Bereichen. So finden sich in Schriften unseres Vereins ebenso wie in anderen Veröffentlichungen beachtenswerte Abhandlungen von 'Naturfreunden'. Zu den behandelten Gegenständen gehörte – dies muß als selbstverständlich angesehen werden – schon früher die Landschaft des Neandertals.

Aber auch schon früher spielten menschliche Unzulänglichkeiten in das Forscherstreben mit hinein. Gelegentlich schimmert dieser Hintergrund auch bei wissenschaftlichen Aufsätzen durch, sei es im Einzelfall persönliche Eitelkeit oder sei es der Ausfluß einer gruppenbedingten Voreingenommenheit. In einer Zeit ausgeprägter politischer Konfrontation, wie der zwischen den beiden Weltkriegen, wurden diese noch weit eher artikuliert als heute.

So vermag uns die hier im Anschluß nachgedruckte Abhandlung des Wanderfreundes Steinebach durch ihre wissenschaftliche Akribie beeindrucken, kann uns aber zugleich ein Bild von den Kränkungen und Zurücksetzungen vermitteln, die ein Mann in seiner Position bei dem Bekenntnis zu einer Organisation der Arbeiterbewegung hinnehmen mußte.

Heft

2

Februar 1928

Neunter Jahrgang

RHEINISCHES LAND

Nachrichtenblatt
des Gaues Rheinland
im Touristen-Verein
Die Naturfreunde E.V.
Zentrale Wien

Die Kultur des Neandertalers

Im vergangenen Herbst wurde im altberühmten Neandertal ein Fund gemacht, der die Aussicht eröffnet, nachträglich noch Aufschluß zu gewinnen über Umwelt und Kultur der Horde, zu der das Individuum gehörte, dessen Reste 1856 in der kleinen Feldhofer Grotte zutage kamen.

Die Düssel durchbrach bekanntlich früher unterhalb der heute den Namen „Neandertal" tragenden wenigen Anwesen in einer längst durch den Steinbruchbetrieb zerstörten engen Klamm den letzten Ausläufer des schmalen Rückens von devonischem Kalkstein, der sich von Brilon über Hohenlimburg bis Erkrath verfolgen läßt und zahlreiche Höhlen (Balver Höhle, Dechenhöhle usw) in sich birgt. Auf einer Strecke von nur wenigen hundert Meter lagen hier in den steil zur Düssel abfallenden Felswänden neben einigen kleineren 6 größere Höhlen oder Grotten, und zwar 3 auf der rechten, 3 auf der linken Seite sich paarweise gegenüber, von denen die etwa in der Mitte der Schlucht auf der rechten Düsselseite erst in den neunziger Jahren des verflossenen Jahrhunderts der Industrie zum Opfer gefallene geräumige Neanderhöhle die bekannteste und besuchteste war. Ihr unmittelbar gegenüber lagen in einer halbkreisförmigen Einbuchtung des Tales mitten in der schroff ansteigenden Südwand, etwa 20 Meter über der Bachsohle und etwa 30 Meter unter dem oberen Rand die „Feldhofer Kirche" und die „kleine Feldhofer Grotte", eben jene, bei deren Abbruch 1856 die berühmten, heute im Provinzial-Museum in Bonn aufbewahrten Gebeine ans Licht kamen. Von unten her waren die beiden Grotten fast unzugänglich, dagegen führte nach Fuhlrotts glaubwürdiger Angabe von dem ihnen vorgelagerten schmalen Plateau ein zwar abschüssiger, aber immerhin begehbarer Pfad nach oben, über den Südrand der Klamm auf die Hochfläche, auf der heute Hochdahl liegt. Sie entpuppte sich im Fortschreiten des immer tiefer hineinschneidenden Steinbruchbetriebs als ein Karrenfeld, dessen Kopfzwischenräume von eingesunkenem, stellenweise prächtig bandweise geschichtetem, in der Hauptsache wohl tertiärem Material gefüllt sind, dem dann Diluvium aufliegt. Quer durch dieses Karrenfeld lief in der Eiszeit ein heute in der Oberflächenformation nicht mehr erkennbarer Graben anscheinend im rechten Winkel der Südwand der Schlucht zu. Er ist jetzt etwa 200 Meter von der Düssel entfernt vom Steinbruch quer durchschnitten, hat oben etwa 17 Meter Breite, etwa 7 Meter Tiefe und verjüngt sich stumpfwinklig nach unten. Die ihn einrahmenden Schichtenköpfe zeigen starke Auswaschungsspuren vorbeifließenden Wassers. Er ist gefüllt mit horizontal geschichteten, bald breiten, bald schmalen Schotterstreifen, die durch nach oben immer zahlreicher werdende Schwemmlößbänder getrennt sind. Der Schotter ist von recht verschiedenem Korn, vom feinsten Quarz- und Kieselschiefersplitterchen bis zum faustgroßen Feuersteinei und Kalksteinbrocken. Im ganzen macht er den Eindruck von Bachschotter. Die größeren Bestandteile sind meist stark gerollt und scheinen, da die Höhenlage (Grabensohle etwa 110 Meter über dem Meer) wie auch die Umgebung Rheinhauptterrasse ausschließt, von einer noch nicht festgestellten tertiären Terrasse zu stammen. Etwa in Höhe der Schichtenköpfe hören die Schotterstreifen auf. Es folgt jetzt nach oben wie in der Umgebung eine gut

Fundstelle der eiszeitlichen Tierknochen und altsteinzeitlichen Werkzeuge. (Aufnahme: Fritz Sauer, Düsseldorf)

zwei Meter hohe Schicht von kalkfreiem Schwemmlehm, darauf 1,80 Meter stark kalkhaltiger ungeschichteter primärer Löß, schließlich 2,50 Meter kalkfreier Lehm mit einer ganz dünnen Humusschicht als Decke. Eine einwandfreie Deutung dieses Profils ist bis jetzt noch nicht gelungen. Da auch ich meine Untersuchungen wegen des bald einsetzenden schlechten Wetters abbrechen muußte, möchte ich mich hier noch nicht festlegen, sondern nur soviel sagen. daß sich im Laufe der Begehungen bei mir immer mehr der Eindruck befestigt hat: die Ausfüllung des Grabens ist in der abklingenden Rißeiszeit erfolgt, als die Hochfläche ihren wegen der Nähe des Gletschers wohl anzunehmenden Tundracharakter verlor und große Schmelzwassermengen freigab. Das Ausfüllungsmaterial aber und besonders die den Schotterschichten eingelagerten Tierknochen und Artefakte können selbstverständlich aus einer früheren Zeit stammen.

Faustkeil und Schaber aus dem Neandertal (Aufnahme: Photogruppe Düsseldorf)

Damit komme ich zu dem eigentlichen Gegenstand dieser Ausführungen. Der um die Erforschung des Neandertaldiluviums sehr verdiente Direktor des Steinbruches, Herr Herring, stellte Ende Oktober vergangenen Jahres wieder diluviale Tierknochen in den unteren Schotterschichten des Grabens fest und veranlaßte, da in den letzten Jahren vieles durch Nachlässigkeit oder auch Unfähigkeit angeblich Berufener verschandelt worden war, diesmal eine fachmännische Nachgrabung, die im wesentlichen von unserem Freunde Schobbenhaus ausgeführt wurde und dank seiner feinen Spürnase und seinen bei der Naturkundegruppe erworbenen Kenntnissen auch auf prähistorischem Gebiet zu einem ungeahnten Erfolg führte. Gegraben wurde zunächst nur auf Tierknochen. In zwar brüchigem, aber immerhin noch bergbarem Zustand wurden Reste der in der Umgegend üblichen diluvialen Tierwelt gefunden, nämlich soweit bisher bestimmt: Mammut, wollhaariges Nashorn, Höhlenbär, Renntier, Rind und Hirsch. Eine ziemlich neutrale Fauna, die vom Anfang der Riß- bis zum Schluß der Würmeiszeit in unsern Gegenden gelebt hat.

Eines Tages aber fiel Schobbenhaus ein in nächster Nachbarschaft der Knochen liegender Stein durch seine merkwürdige flache, mandelförmige Form auf. Er reinigte ihn von dem anhaftenden Schmutz und hatte den größten und schönsten Faustkeil in der Hand, der je rechts des Rheines gefunden wurde. Er ist sorgfältig, mit sicheren flachen Schlägen auf beiden Seiten aus einer Quarzitscheibe herausgearbeitet, hat 19,4 Zentimeter Länge, bis 9,3 Zentimeter Breite, bis zu 5,7 Zentimeter Dicke und über 800 Gramm Gewicht. Durch diese Maße und die damit zusammenhängende, offenbar aber gewollte Wucht und Schwere läßt er alle andern verwandten Geräte, die bisher in Deutschland (Achenheim, Buchenloch, Kakushöhle, Gera, Rhein-Herne-Kanal, Hundisburg, Markkleeberg) gefunden wurden, als zierlich und elegant weit hinter sich zurück. Während sie ins Spätacheuleen gehören, hat er seine Vettern in den urtümlicheren Faustkeilen des Hochacheuleen, wie sie in Frankreich und Belgien den Boden freigab, und liefert damit, da er aus heimischem Material stammt, den unwiderleglichen Beweis, daß diese bisher rechts des Rheines nie festgestellte Kultur zum mindesten im Neandertal geblüht hat.

Einige Zeit später wurde ein paar Meter von der Fundstelle des Faustkeils entfernt in der nämlichen Schotterschicht ein zwar nicht so eminent wichiges, aber auch sehr interessantes Werkzeug aus demselben Material ergraben, nämlich ein flacher Schaber von prächtiger Arbeit und Erhaltung Er weist zweifellos eine gewisse Aehnlichkeit auf mit den vor einigen Jahren in Treis an der Lumda gefundenen Stücken, übertrifft aber auch die besten der dort geförderten an Schlagsicherheit und ausgeprägtem Formwillen bei weitem. Falls er in Analogie an Lumda dem Mousterien nahe zu stellen wäre, würde er passen zu den beiden ebenfalls aus dem Graben stammenden, aber schon vor rund 2 Jahrzehnten ihm entnommenen Stücken, auf die Altmeister Dr. Koenen in Neuß mich aufmerksam zu machen die Liebenswürdigkeit hatte, der seit langen Jahren der Aufhellung der „Neandertal-Angelegenheit“ großes Interesse entgegenbringt und außerordentlich wichtige Vorarbeiten geleistet hat durch Aufzeichnung von Beobachtungen an heute lange dem Dynamit und der Hacke zum Opfer gefallenen Stellen. Das eine ist eine flache Quarzitklinge, die vielleicht auch der Lumdaer Industrie nahesteht, sie aber auch an

Güte der Arbeit bei weitem übertrifft. Das andere ist eine aus Feuerstein geschlagene kleine Moustierspitze (Spitze abgebrochen) von ausgeprägter Form, aber nicht besonders schöner Arbeit.

Die gefundenen wenigen Artefakte sagen bereits aus, daß Menschen von der Blütezeit des Acheuleen bis mindestens zum frühen Mousterien sich auf der Hochfläche aufgehalten und wahrscheinlich hier gejagt haben. Wie andere Fundstätten dartun, gehören diese Menschen der sogenannten Neandertaler Rasse an. Sie ist zwar auch noch nach dem Höhepunkt der Rißeiszeit nachweisbar, dann aber nicht mit Acheul- und Frühmoustierkultur. Da auch nicht anzunehmen ist, daß die Neandertaler sich im Höhepunkt einer Eiszeit so nahe am Gletscherrande aufgehalten haben, liegt der Schluß nahe, daß die Werkzeuge zu Menschen der werdenden Rißeiszeit gehörten und jedenfalls vor der Zeit der weitesten Gletscherausdehnung und damit des eisigsten Klimas entstanden sind. Die mitgefundene Tierwelt würde dazu passen, die geologische Lagerung der Fundschicht jedenfalls nicht widersprechen.

Nimmt man dazu, daß die kleine Feldhofer-Grotte kaum vor Schluß der großen Mindel-Riß-Zwischeneiszeit vorhanden war und daß man von ihr und der größeren Nachbarhöhle, wie oben erwähnt, auf die Hochfläche und damit an den nahen Graben gelangen konnte, so darf die im Anfang ausgesprochene Hoffnung wohl nicht zu kühn erscheinen.

Ich könnte jetzt noch von höchst unwürdigen Dingen erzählen, die sich während der Grabungen und im Anschluß daran abgespielt haben; könnte erzählen von der perfiden Hetze eines gewissen, uns trotz seines Biedermannstones wohl bekannten Herrn gegen uns Naturfreunde, davon, wie gewisse Herrschaften sich mit fremden Federn schmückten, und noch vieles andere. Ich verzichte darauf, denn diese Dinge haben vorläufig nur lokales Interesse, und unsere hiesigen Freunde wissen Bescheid; außerdem ist ja noch nicht aller Tage Abend.

Aber an den zuständigen und verantwortlichen Herrn Prof. Dr. Lehner in Bonn möchte ich hier an dieser Stelle die Frage richten, ob er es für richtig hält, daß ein Fundstück von so einzigartiger Bedeutung für die ganze deutsche Vorgeschichte wie der hier besprochene Faustkeil in dem kleinen Heimatmuseum in Mettmann zwischen all den an sich sehr netten, aber doch herzlich unbedeutenden Dingen, wie sie in den zahllosen Heimatmuseen üblich sind, verborgen ruht? Hat Herr Dr. Lehner sich außerdem schon die Mühe gemacht, zu prüfen, ob dieses Museum auch den primitivsten musealen Ansprüchen. besonders was Sicherung des aufbewahrten Stückes und Aufsicht anlangt, entspricht? Nach dem, was ich, und nicht ich allein, persönlich festgestellt habe, würde ich mich gar nicht wundern, wenn er eines Tages in einer Privatsammlung verschwände; ein Wunder vielmehr, daß er überhaupt noch da ist.

Studienrat Steinebach, Düsseldorf.

Das Neue Neanderthal-Museum

Eine Vision nimmt Gestalt an

Gerd-Christian Weniger, Mettmann

Seit 1937 besteht im Tal der Düssel unweit der Fundstelle ein kleines Museum, dessen Größe und Ausstattung dem prominenten Standort allerdings nicht gerecht wird. Daher bestehen seit mehr als einem Jahrzehnt Bemühungen, ein Museum zu schaffen, das der internationalen Bedeutung des Ortes entspricht.

Die entscheidenden Schritte auf dem Weg zu einem neuen Museum sind nun getan. Im Jahre 1991 konstituierte sich die **Stiftung Neanderthal-Museum**. Im Frühjahr 1993 wurde ein Architektenwettbewerb ausgelobt, an dem sich 136 Architekten aus dem In- und Ausland beteiligten. Im Januar 1994 tagte das Preisgericht und prämierte fünf Entwürfe. Der erste Preisträger Adolf Zamel aus Hagen und der zweite Preisträger Prof. Günter Zamp Kelp aus Düsseldorf wurden daraufhin von der Stiftung aufgefordert, ihre Entwürfe zu überarbeiten. Nach sorgsamer Prüfung beider Projekte wurde dann im Juli 1994 Prof. Günter Zamp Kelp mit der weiteren Bauplanung beauftragt.

Ermöglicht wurde die Planung und Realisierung des neuen Museums nur durch die Hilfestellung potenter Sponsoren. Die Nordrhein-Westfalen-Stiftung für Naturschutz, Heimat- und Kulturpflege stellt 12 Mill. DM für den Bau des Gebäudes zur Verfügung. Die RWE Energie AG sicherte 5,55 Mill. DM für die Einrichtung zu. Das Grundstück, die Fläche des ehemaligen Neanderhofes an der Landstraße zwischen Mettmann und Erkrath, wurde von der Stadt Mettmann bereitgestellt und der Kreis Mettmann wird das Betriebskostendefizit tragen.

Das neue Museum soll ein Museum zur Entwicklungsgeschichte des Menschen werden und schlaglichtartig zentrale Themen der Humanevolution beleuchten von den Anfängen vor 4 Mill. Jahren bis in das 21. Jahrhundert hinein. Es will mehr sein als nur ein Erlebnismuseum zum Neanderthaler, sondern sich ganzheitlich mit dem Thema der menschlichen Evolution aus kulturanthropologischer Perspektive auseinandersetzen. Neben seiner Funktion als Museum soll es weitere Funktionen erfüllen als Lernort für Schulen, Universitäten und Volkshochschulen, als Dokumentations- und Forschungszentrum zum Neanderthaler und der frühen Menschheitsgeschichte, als kulturelles Zentrum für ein lokales und regionales Publikum und als Tagungszentrum für Wissenschaft, Industrie, Handel und Politik.

Der Gebäudekomplex gliedert sich in einen zentralen Ausstellungsbau und ein seitlich angeschlossenes kleineres Verwaltungsgebäude. Insgesamt stehen knapp 2500 m^2 Nutzfläche zur Verfügung von denen etwa 2000 m^2 auf das Ausstellungsgebäude entfallen. Die außergewöhnliche Form des Gebäudes verleiht dem neuen Neanderthal-Museum bereits durch seine Architektur ein unverwechselbares Äußeres. Den längsovalen, geschlossenen Betonkörper, dem eine Fassade aus Japanglas vorgehängt ist, kennzeichnet eine langsam aus der Erde ansteigende Rampe, die sich über vier Ebenen erstreckt. Diese Rampe mit einer Steigung zwischen 3%-4% wird zentral durch ein Treppenhaus aufgeschnitten, so daß eine duale Erschließung des Gebäudes möglich ist. Auch Rollstuhlfahrer können sich ohne fremde Hilfe auf der Rampe einfach und schnell bewegen. In dieser Hinsicht ist das Gebäude vorbildlich. Die Spirale als Sinnbild der Evolution prägt die Architektur des Museums und manifestiert sich auch in seiner Fassade. Auf der 400 m langen Rampe, die zwischen 6 und 10 m breit ist, liegen das Auditorium, die Ausstellungsflächen, das Foyer mit dem Museumsshop und die Cafeteria einschließlich der Dachterrasse.

Natürliches Licht gelangt nur durch Oberlichter im Dach, die das zentrale Treppenhaus beleuchten, in das Gebäude. Darüber hinaus öffnet sich die Fassade am Ende der Rampe in der Cafeteria zu einem Glaskörper, der den Blick auf das Düsseltal und die ehemalige Fundstelle freigibt.

Das Auditorium bietet 100 Personen Platz und ist mit neuesten Medien der Konferenztechnik ausgestattet. Es kann für Symposien und Tagungen aber auch für andere kulturelle Veranstaltungen genutzt werden. Im Bereich der Sonderausstellung kann ein mobiler Konferenzraum für 40 bis 80 Personen abgetrennt werden.

Das Nebengebäude beherbergt außer der Verwaltung, Magazin und Werkstatt die Mediothek sowie die Museumspädagogik. Hier steht ein Seminarraum für maximal 40 Personen zur Verfügung.

Im Museumsgarten sind Freiflächen für Außenaktivitäten und externe Ausstellungselemente angelegt. Ein überdachtes Areal kann für besondere Veranstaltungen genutzt werden. Um den komplexen Inhalt der Ausstellung deutlich zu strukturieren, wird eine Präsentation in Form von Themeninseln gewählt, die in sich abgeschlossene Austellungseinheiten bilden. Da das Ausstellungsgebäude nur durch Oberlichter im Dach Tageslicht empfängt, handelt es sich um ein Dunkelmuseum in dem die Beleuchtung zur Inszenierung der Ausstellung eingesetzt wird. Der Museumsrundgang gliedert sich in drei Phasen:

Einführungsraum

Vom Foyer aus taucht der Besucher in den Einführungsraum ein. Hier werden ihm grundsätzliche Fragen zum Neanderthaler, seiner Fund- und Forschungsgeschichte, sowie zum Thema menschliche Evolution erläutert. Außerdem lernt er in einem Zeittunnel die sechs großen Etappen der menschlichen Entwicklungsgeschichte kennen, die ihm in den Themenräumen als Zeitscheiben erneut begegnen werden.

Themenräume und Treppenhaus

Nach Durchschreiten des Einführungsraumes kann der Besucher die Rampe verlassen und über das Treppenhaus Themenräume ansteuern. Er befindet sich hier in einer neutralen Zone, der ihn aus dem Museumsgeschehen auftauchen läßt, so daß er seinen Standort im Museum neu bestimmen kann. Der Besucher hat die freie Wahl. Er kann entweder der Rampe folgen und so die Themenräume kontinuierlich begehen oder er kann über die Treppe einen Themenraum, der ihn besonders interessiert, direkt erreichen. Auf diese Weise ist eine duale Erschließung des Museums möglich. Nach dem Betreten eines Themenraumes wird der Besucher wieder an die Hand genommen und durchläuft das Thema auf einem vorgegebenen Parcours, dem *Evolutionspfad.* Am Ende des Themenraumes tritt er wieder in die neutrale Zone und er hat nun erneut die Möglichkeit auszuwählen.

Fünf Themen werden in der Dauerausstellung präsentiert:

Leben und Überleben/Die biologischen Grundlagen
Umwelt und Ernährung
Technik und Wissen
Kommunikation und Medien
Mythos und Religion

Jeder Themenraum ist in sechs Zeitscheiben unterteilt. Sie greifen den chronologischen Aspekt der menschlichen Entwicklung auf. Dem Besucher sollen sie zur Orientierung dienen und ihm in den Themenräumen klarmachen, in welcher Phase der menschlichen Entwicklungsgeschichte er sich gerade befindet (Standortbestimmung). Durch ihren hohen Wiedererkennungswert sind sie ein verbindendes Element zwischen den Themeninseln und dem Einführungsraum.

Die Zeitscheiben sind folgendermaßen definiert:

I Wie alles anfing (4 Mill. - 100.000 Jahre vor heute),
(rezente Menschenaffen/Australopithecinen/Homo erectus),

II Der Mensch geht in die Kälte (100.000 - 40.000 Jahre vor heute),
(Homo sapiens neanderthalensis),

III Jagen und sammeln als globale Strategie (40- 10.000 Jahre vor heute), (Homo sapiens sapiens der erfolgreiche Jäger),

IV Pflanzenanbau und Viehzucht verändern das Bild der Erde
(10.000 - 5.000 Jahre vor heute),
(Feldbauern und Viehzüchter als archaische Gesellschaften),

V Städte und Staaten (5.000 Jahre bis heute),
(frühe Hochkulturen und moderne Gesellschaft),

VI Welche Chance haben wir? (das 21. Jahrhundert),
(wie sicher ist unsere Zukunft?).

Elektronische Höhle

Nach Abschluß der Themenräume gelangt der Besucher über das Treppenhaus/Lift zur Elektronischen Höhle im Untergeschoß. Hier wird in einer nachgebildeten Höhle das Generalthema durch eine Großprojektion/Multivision unter Einbeziehung von Teilaspekten der Themeninseln zusammenfassend in bewegten und bewegenden Bildern dargestellt. Vom Untergeschoß gelangt der Besucher wieder in das Foyer.

Das neue Neanderthal-Museum soll ein didaktisches und interaktives Museum sein. Der Besucher muß die Chance haben, mit den Objekten der Ausstellung direkten körperlichen Kontakt aufzunehmen durch Auslösen, Begreifen, Drehen, Öffnen, Verschieben. Er soll zudem die Möglichkeit haben, Fragen zu stellen – sich in für ihn besonders wichtige Themen zu vertiefen – und er soll angeregt werden, Fragen zu beantworten.

Auf drei Ebenen werden ihm Informationen angeboten:

Die Inszenierung der einzelnen Elemente. Die Elemente der Ausstellungseinheiten sollen eine so starke Aussagekraft haben, daß durch die bloße Konfrontation bereits ihre zentrale Aussage verstanden wird. Dies wird durch die Inszenierung von Räumen, Situationen und Ereignissen erreicht. Diese sollen nach Möglichkeit in Lebensgröße umgesetzt werden und begehbar sein. Es werden keine hyperrealistischen Umsetzungen sein, die darauf abzielen, dem Besucher eine falsche Realität vorzugaukeln, sondern künstlerische Inszenierungen, die sinnliche Wahrnehmungen ermöglichen, gleichzeitig aber ihren inszenatorischen Charakter erkennen lassen.

Das Audioleitsystem. Es wird zusätzliche Informationen zu den Elementen durch interessant aufbereitete Texte (Hörspiel, Musik, sonstiger akustischer Hintergrund) anbieten und eine Vertiefung ermöglichen. Mit dem vorgesehenen System *Influx* kann der Besucher nach seinen persönlichen Bedürfnissen die gewünschte Information abrufen und selber aktiv werden. Es wird im Neanderthal-Museum seine Europapremiere erleben.

Die PC-Infostände. In besonders komplexen Bereichen der Ausstellung soll über *touchscreens* mit grafischen Benutzeroberflächen ein tief gestaffeltes Informationsangebot gemacht und gleichzeitig zum Spiel aufgefordert werden.

Das Museum verfügt über keine nennenswerte Sammlung. Ausstellungsobjekte können daher vor allem als Reproduktionen präsentiert werden. Allerdings ist ein zentrales Anliegen der Museumskonzeption, Originale als Dauerleihgaben aus den Beständen anderer Museen zu erhalten, bzw. zu erwerben. Auf diese Realia kann nicht verzichtet werden. Sie sind ein Garant für die Authentizität der musealen Präsentation und vermitteln dem Besucher wichtige Einsichten in den entwicklungsgeschichtlichen Prozeß und die Distanz zu den dargestellten prähistorischen und historischen Ereignissen.

Im Frühjahr 1995 wird die Grundsteinlegung erfolgen und im Herbst 1996 soll das neue Museum seine Pforten öffnen. Ein Publikum, das vom Grundschüler über Einzelbesucher und Familien, Vereine und Verbände, Touristen und Messebesucher bis zum Wissenschaftler reicht, soll hier einen Erlebnis- und Begegnungsort mit unverwechselbarem Profil vorfinden.

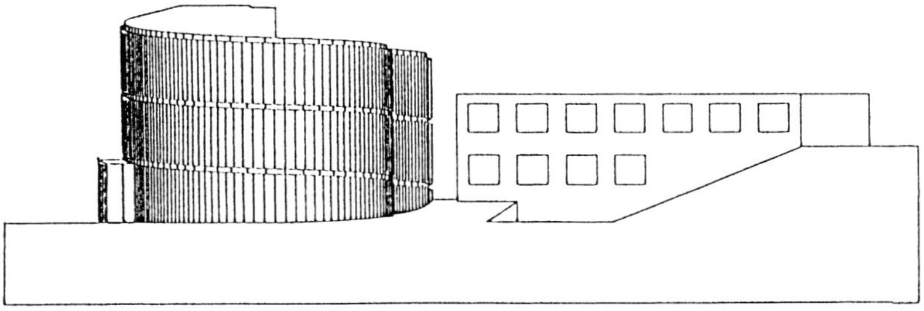

ANSICHT SÜDOST

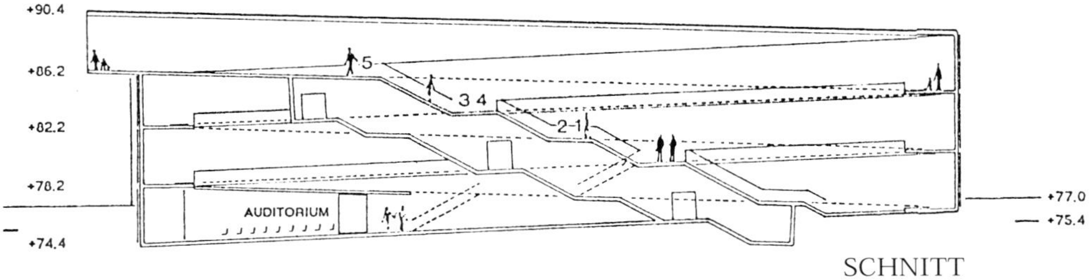

SCHNITT

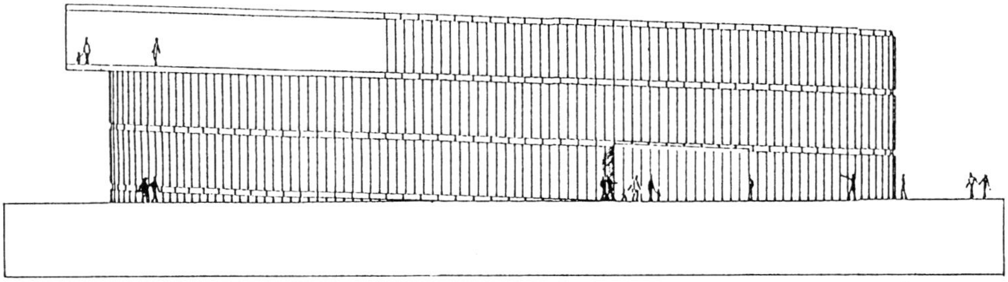

ANSICHT SÜDWEST

Neanderthal Line
& White Water Circle

Irmgard Vogel und Kurt Vogel, Neuß

Der Autor, Richard Long, wurde 1945 zu Bristol geboren. Da er also Engländer ist, wird man den Titel in seiner Heimatsprache respektieren können und sollen. Kann man aber auch respektieren, daß das Kunstwerk, über welches hier kurz berichtet werden soll, keines mehr ist? Von Anfang März bis Ende April 1994 war in der großen Halle im Erdgeschoß der Kunstsammlung Nordrhein-Westfalen die Installation Neanderthal Line zu sehen, in harmonischer – wie wir meinen – Kombination mit jenem großen weißen Kreis, dem White Water Circle. Heute kann man indes nur deswegen noch darüber mit anderen strittig oder zustimmend diskutieren, weil das damalige Ereignis fotografisch festgehalten wurde. Denn das eigentliche Machwerk ist inzwischen längst dahin.

Kunstsammlung Nordrhein-Westfalen, Düsseldorf, Grabbeplatz, März-April '94: Temporäre Installation von Richard Long: Neanderthal Line & White Water Circle. Ob da jemandem etwas schwant?

LONG gehört zu jener Künstler-Gruppe, die überwiegend in der Arbeitsweise der 'LandArt' agieren. Die deutsche Übersetzung 'LandKunst' ist zwar korrekt, klingt aber doch eigenartig hölzern. Vielleicht sollte man es daher wohl besser bei der Bezeichnung LandArt belassen, zumal diese Kunstrichtung aus dem britischen [Sprach]bereich herkömmlich ist. Die Künstler dieser Gruppe [es steht durchaus offen, über die Bewertung der Schöpfungen als 'KUNST' zu streiten] arbeiten unter der Voraussetzung eines erweiterten Kunstbegriffes. Ihre Kunstwerke sind keine Plastiken oder Tafelgemälde, sondern 'Zusammenfügungen' in Gestalt von nur temporären[!] Installationen, manchmal auch nur sehr spezielle Handlungen oder Aktionen, über deren Wertigkeit als Kunst man erst recht streiten kann.

In jedem Falle ist die Natur, das 'Land', ihr Gestaltungsmaterial bzw. auch nur die Ausgangsvoraussetzung. Und in sehr vielen Fällen bestehen Verbindungen zu oder Anbindungen an mystische oder archaische Vor-Gänge. Bei LONG sind es nicht selten spiralgestaltige harmonische Steinsetzungen. Die Spirale ist ja ein uraltes Symbol, von Indien über Malta [Hal Tarxien] und Südtirol bis Schottland zu finden, ein Symbol, das z.B. aber auch bei BEUYS wiederkehrt und schließlich auch, bei Licht besehen, im Entwurfsprinzip für das neue Neanderthalmuseum.

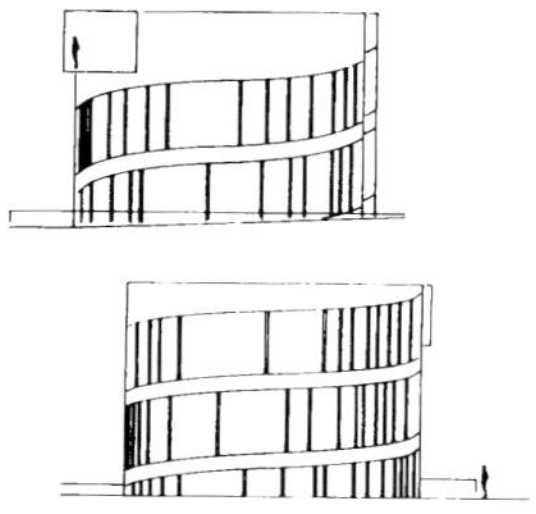

Rampenspirale

„Ein Museum zur Entwicklungsgeschichte der Menschheit muß als Bauwerk sowohl den Mythos des Standortes Neanderthal, als auch den darin präsentierten Inhalten entsprechen. Im vorgeschlagenen Projekt überlagert sich die Vorstellung vom Ort mit der Besonderheit der Thematik und dem Bauwerk zu einem unverwechselbaren Szenario: Zentrales Thema des Gebäudes ist **eine spiralförmige Rampe,** welche die unterschiedlichen Ausstellungsbereiche erschließt und dem Museum sein Gepräge gibt. Die schleifenförmige Rampenspirale, als ein *Synonym für Unendlichkeit,* macht das Bauwerk zur räumlichen Parabel für die Entwicklung der Menschheit, die ja Teil einer Unendlichkeit ist" [Entwurf Prof. Günter Zamp Kelp]

In diesen Mystik-Dunst gehört auch der Kreis, ein sehr altes ja sogar bereits archaisches Signal, sei es in der Bedeutung von 'Sonne', sei es 'Rückkehr' oder 'Harmonie', uns von vielen Felszeichnungen her hinlänglich bekannt. Und was ist letztenendes eine Schale oder ein Napf anderes als ein Kreis? Der Vinschgau, das Val Camonica sowie Kerry, Yorkshire und Argyll lassen grüßen!

Bereits 1991 hatte LONG eine Ausstellung [Installation] in Düsseldorf, damals* in Flingern: Nun also an prominenter Stelle. NEANDERTHAL LINE – eine überdacht zueinandergepackte harmonische dreidimensionale „Linie" aus mehreren tausend Brocken kantigen grauen Kalkgesteins, von hellrötlichen bis weißen Korallenadern durchzogen. Woher der Stein? Natürlich aus dem schrecklichen Loch hinter dem Laubachwasserfall, Original-Neandertal-Kalkstein also.

* 1991 in der Galerie von Konrad Fischer, Düsseldorf-Flingern, Platanenstraße, mit 'WHITE CLAY CIRCLE' und 'BATH STONE CIRCLE ONE'.

Richard Long, Bristol: WHITE WATER CIRCLE, der große [fast] weiße Kreis, in harmonischer Komposition mit der kräftigen nach vorn auf den Betrachter zu sich erstreckenden NEANDERTHAL LINE

Beim WHITE WATER CIRCLE liegt nach der Bekundung des Autors die Betonung auf 'Wasser'. Die Farbgebung [durch sehr hellen grauen Lehm aus Cornwall] dient offenbar nur der Markierung, und nicht eigentlich der Färbung. Mit heftigen und kräftigen armaktiven Hände-Aktionen wurde jenes 'Wasser', mehr also ein dünner flüssiger Brei, auf die Wand aufgetragen, dabei infolge der Heftigkeit auch nach seitlich und nach unten wegspritzend.

LONG hat hierzu eine verbindliche Erklärung nicht gegeben. Die Hinterfragung ist also freigestellt. Wir interpretieren keck, es könnte vielleicht gemeint sein die ewige und ewig gültige, weil naturgesetzliche und nicht aufhaltbare Wegfließ-Tendenz des Wassers, 'Land'wassers natürlich, möglicherweise als Symbol für die dahingehende und wegeilende Zeit, ohne Wiederkehr, Heutiges unwiderruflich hinter sich lassend – Gang der Zeit – Gang der Geschichte – Gang der Geschichte auch der Menschheit oder *des* Menschen, zumal an diesem vielleicht doch ein wenig mystischen[?] Orte– dort im Neanderthal: *Homo neanderthalensis* KING [Auch dieser Autor des gültigen Namens übrigens ein Brite].

Jener große Kreis und diese weite kräftig nach vorn strebende Neanderthal'line': Obwohl sie primär absolute Kontraste sind, harmonisieren sie im Wechselgefüge gleichwohl gut zueinander.

Nun ist es ja weithin und allgemein bekannt, so sagt man jedenfalls, daß viele Künstler 'Spinner' seien. Andererseits ist keineswegs ausgeschlossen, daß nicht wenige 'Nichtkünstler' sich weit in spinnertes Terrain begeben, wenn sie mühsame Deutungsversuche formulieren. Um eine daraus etwa erwachsene Blamage nicht noch zu vermehren, wird es daher als zweckmäßig angesehen, den Text an dieser Stelle zu beenden.

Literaturverzeichnis:

BOSINSKI, G. (1992): „Der Neandertaler und seine Zeit", Vortrag und Laudatio zu Ehren von Arno Heinrichs (eines aktiven Naturfreunde-Mitgliedes) aus Anlaß der Verabschiedung aus dem aktiven Dienst als Leiter des Museums für Ur- und Ortsgeschichte in Bottrop, in: 'Archäologie im Ruhrgebiet', 1. 25-48, Reprint und Separatum der 'Edition archaea' Gelsenkirchen, 1993

HENKE, W. (1993): „Das Schicksal der Neandertaler und die Hypothesen zur Entstehung des modernen Menschen", Archäologie im Ruhrgebiet, 1, 49-64, 1991

KING, W. (1864): „The reputed fossil man of the Neanderthal", The Quart. J. Science, 1, 88-96, London (und zwar unter Berufung auf sein 'paper' vom Vorjahr anläßlich des Kongresses zu Newcastle-on-Tyne)

McMANN, J. (1980): „Riddles of the Stone-age", London (Thames & Hudson)

STIFTUNG NEANDERTHAL-MUSEUM -Hrsg.- (1994): Architektenwettbewerb Neanderthal-Museum zur Entwicklungsgeschichte des Menschen, Freiburg i.Br. (wettbewerbe aktuell 3/94)

Fotos: Irmgard Vogel

Die Vogelwelt der Düsselaue

Heinz Michels, Düsseldorf

Zusammenfassung:
In einem 3 km langen Gebiet der Düsselaue, zwischen Erkrath und Düsseldorf, wurden alle Vogelarten registriert, die im Laufe von 25 Jahren beobachtet wurden. Es wurden 99 Arten beobachtet und in der Artenliste aufgeführt. Diese 99 Arten wurden als Brutvögel, Gastvögel oder Durchzügler aufgelistet. Von diesen Arten stehen 32 in der Roten Liste für gefährdete Vogelarten. Separat aufgeführt wurden die Vögel, die 1990 in einem Teilgebiet des Untersuchungsgebietes als Brutvögel festgestellt wurden (MICHELS, 1991).

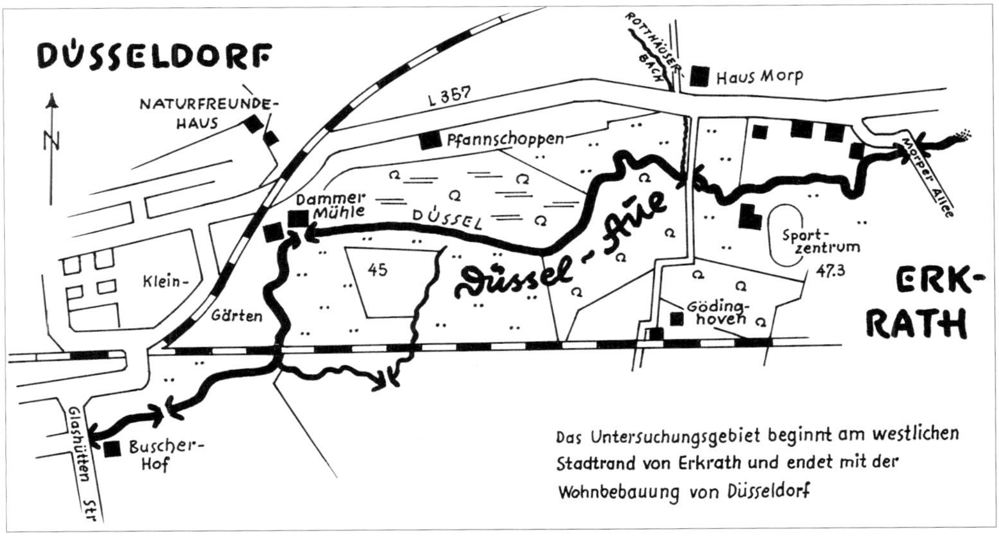

Gebietsbeschreibung:
Das Untersuchungsgebiet liegt zwischen den beiden Städten Erkrath und Düsseldorf. Es beginnt am Ende der Wohnbebauung von Erkrath und endet am Anfang der Ortsbebauung von Düsseldorf.

Mit einer durchschnittlichen Breite von 7 m durchläuft die Düssel ein verhältnismäßig ruhiges Gebiet, das zum Teil selbst für Spaziergänger nicht zugänglich ist. Es ist bis heute noch weitgehend unbebaut, war aber jahrelang durch die Planung einer Umgehungsstraße für Erkrath gefährdet. Menschliche Einwirkungen bestehen zur Zeit in der Nutzung der Wiesen als Viehweiden und in der Ausübung der Jagd. Das Bachbett ist zum größten Teil unbegradigt und hat natürliche Ufer. Die Ufervegetation besteht aus einem Staudensaum von Gräsern, Pestwurz, Brennesseln u.a. Am Ufer stehende Bäume geben durch überhängende Äste Wasservögeln Sichtschutz. Eine Teilstrecke, unterhalb des Gödinghover Weges bis fast zur Dammer Mühle, wird an der Nordseite von einem ökologisch besonders wichtigen Auwald bestanden. Dominierende Bäume sind Erlen, Weiden, Birken, Pappeln, Eschen und einzelne Eichen. Die Düsselaue, die in Ost-Westrichtung verläuft, wird von S-Bahn und Bundesbahn durchquert. Die die Aue begleitenden Höhenzüge, im Norden die Gerresheimer Höhen und im Süden die Rathelbecker Höhen, erreichen durchschnittlich 100 m.

Die Vogelwelt:

Drei Vögel, die für Fließgewässer charakteristisch sind, fehlen auch an der Düssel nicht. Es sind der Eisvogel, die Wasseramsel und die Gebirgsstelze. Allerdings kommt im Untersuchungsgebiet nur die Gebirgsstelze als Brutvogel vor. Eisvogel und Wasseramsel brüten im oberen Düsseltal (Neandertal), werden aber sporadisch auch in der Düsselaue beobachtet. Die Bachstelze ist nicht unbedingt ans Wasser gebunden. Stockente und Teichralle sind Brutvögel. In den spärlichen Schilfbeständen brüten Teichrohrsänger, Sumpfrohrsänger und die Rohrammer. Drei Taubenarten wurden in der Aue als Brutvögel festgestellt. Es sind dies die Ringeltaube, die Hohltaube und die Haustaube. Die für die Hohltaube erforderlichen Hohlräume zimmert der Specht. Im Untersuchungsgebiet kommen der Grünspecht und der Buntspecht vor. Drei Schwalbenarten beherrschten einmal den Luftraum. Es waren die Rauchschwalbe, die Uferschwalbe und die Mehlschwalbe. Heute kann man regelmäßig nur die Rauchschwalbe beobachten. Die Mehlschwalbe tritt nur noch gelegentlich in Erscheinung. Nach wie vor zieht der Mäusebussard über der Aue seine Kreise. Der Turmfalke steht rüttelnd über den Düsselwiesen. Im Frühjahr schallt der Ruf des Kuckuck durch den Wald. Drei Rabenvögel sind vertreten. Es sind der Eichelhäher, die Elster und die Rabenkrähe. Die beiden Sperlingsarten Feldsperling und Haussperling fehlen natürlich nicht, haben aber schon abgenommen. Kohlmeise, Blaumeise und Weidenmeise nehmen gerne die Höhlen der Spechte an. Das heißt, die Weidenmeise hämmert sich als einzige Meise auch selbst eine Bruthöhle. Die Schwanzmeise baut ein kunstvolles Nest in Büschen. Kleiber und Star greifen auch gerne auf das Angebot an Spechthöhlen zurück. Der kleine Zaunkönig wohnt häufig in Wassernähe. Vier Drosselarten sind in der Düsselaue zu Hause. Es sind dies Amsel, Wacholderdrossel, Singdrossel und Misteldrossel. Intensive Sänger im Frühjahr sind die beiden Laubsänger Fitis und Zilpzalp. Die Grasmücken sind mit vier Arten vertreten: Dorngrasmücke, Klappergrasmücke, Gartengrasmücke und Mönchsgrasmücke. Der Hausrotschwanz läßt sein Lied gerne vom Dach der Dammer Mühle erschallen.

Buntspecht (Dendrocopos major)
= Jahresvogel

Gartenbaumläufer (Certhia brachydactyla)
= Jahresvogel

Kohlmeise (Parus major) = Jahresvogel

Singdrossel (Turdus philomelos) = Sommervogel

Bachstelze (motacilla alba) = Sommervogel

Ubiquisten (Allerweltsvögel) wie Rotkehlchen, Heckenbraunelle, Grünling, Buchfink, Gimpel, Goldammer und Stieglitz sind im ganzen Untersuchungsgebiet anzutreffen.
Gastvögel: (Vögel, die das Gebiet zur Nahrungssuche oder zur Rast aufsuchen) Einige Graureiher stehen regelmäßig an der Düssel. Der farbenprächtige Purpurreiher konnte nahe bei der Dammer Mühle, an der Düssel stehend, beobachtet werden. Er war auf dem Durchzug (Brutvogel in Holland).
Wie wichtig die Düsselaue für wassergebundene Arten auf dem Durchzug ist, zeigt die Aufzählung folgender Beobachtungen:
Enten: Krickente, Knäkente, Spießente, Schellente, Reiherente und Tafelente.
Dazu kommen noch Höckerschwan und Bläßralle.
Limikolen: Flußuferläufer, Waldwasserläufer, Großer Brachvogel und Bekassine.

Sie rasteten oft über mehrere Tage in einer feuchten Mulde auf einer Viehweide. Diese wurde inzwischen bedauerlicherweise vom Landwirt trockengelegt.
Der Kiebitz hat jahrelang mit 4 bis 6 Paaren in den Düsselwiesen gebrütet. Die Lachmöve ist häufig mit Trupps bis zu hundert Vögeln zu beobachten.

Artenliste der in 25 Jahren im Untersuchungsgebiet beobachteten Vögel

BV = Brutvogel　**G** = Gastvogel　**D** = Durchzügler oder Wintergast
RL = Rote-Liste-Art　**BV 1990** = Brutvogel 1990

Lfd. No.	Art	BV	G	D	RL	BV 1990
1	Zwergtaucher (Podiceps ruficollis)		x			
2	Graureiher (Ardea cinerea)		x		x	
3	Purpurreiher (Ardea purpurea)			x		
4	Höckerschwan (Cygnus olor)		x			
5	Mandarinente (Aix galericulata)		x			
6	Stockente (Anas platyrhynchos)	x				x
7	Krickente (Anas crecca)		x		x	
8	Knäkente (Anas querquedula)			x	x	
9	Spießente (Anas acuta)			x		
10	Reiherente (Aythya fuligula)			x	x	
11	Tafelente (Aythya ferina)			x		
12	Schellente (Bucephala clangula)			x		
13	Sperber (Accipiter nisus)		x		x	
14.	Habicht (Accipiter gentilis)		x		x	
15	Mäusebussard (Buteo buteo)	x				x
16.	Wespenbussard (Pernis apivorus)	x			x	
17	Kornweihe (Circus cyaneus)			x	x	
18	Baumfalke (Falco subbuteo)		x		x	
19	Turmfalke (Falco tinnunculus)	x				

Lfd. No.	Art	BV	G	D	RL	BV 1990
20	Fasan (Phasianus colchicus)		x			
21	Teichralle (Gallinula chloropus)	x				
22	Bläßralle (Fulica atra)		x			
23	Kiebitz (Vanellus vanellus)	x				
24	Großer Brachvogel (Numenius arquata)			x	x	
25	Flußuferläufer (Tringa hypoleucos)			x	x	
26	Waldwasserläufer (Tringa ochropus)			x	x	
27	Waldschnepfe (Scolopax rusticola)			x	x	
28	Bekassine (Gallinago gallinago)			x	x	
29	Lachmöwe (Larus ridibundus)		x			
30	Ringeltaube (Columba palumbus)	x				x
31	Haustaube (Columba livia domestica)	x				
32	Turteltaube (Streptopelia turtur)	x				
33	Kuckuck (Cuculus canorus)	x				x
34	Mauersegler (Apus apus)		x			
35	Eisvogel (Alcedo atthis)		x		x	
36	Schwarzspecht (Dryocopus martius)		x		x	
37	Grünspecht (Picus viridis)		x			
38	Buntspecht (Dendrocopos major)	x				x
39	Feldlerche (Alauda arvensis)	x				
40	Rauchschwalbe (Hirundo rustica)	x				x
41	Uferschwalbe (Riparia riparia)		x	x	x	
42	Mehlschwalbe (Delichon urbica)	x	x			
43	Bachstelze (Motacilla alba)	x				x
44	Gebirgsstelze (Motacilla cinerea)	x				x
45	Schafstelze (Motacilla flava)			x	x	
46	Heckenbraunelle (Prunella modularis)	x				x
47	Feldschwirl (Locustella naevia)	x				
48	Teichrohrsänger (Acrocephalus scirpaceus)	x			x	x
49	Sumpfrohrsänger (Acrocephalus palustris)	x				x
50	Dorngrasmücke (Sylvia communis)	x				
51	Klappergrasmücke (Sylvia curruca)	x			x	
52	Gartengrasmücke (Sylvia borin)	x				x
53	Mönchsgrasmücke (Sylvia atricapilla)	x				x
54	Fitis (Phylloscopus trochilus)	x				
55	Zilpzalp (Phylloscopus collybita)	x				x
56	Wintergoldhähnchen (Regulus regulus)		x			
57	Grauschnäpper (Muscicapa striata)	x				
58	Schwarzkehlchen (Saxicola torquata)			x	x	
59	Braunkehlchen (Saxicola rubetra)			x	x	
60	Steinschmätzer (Oenanthe oenanthe)			x	x	
61	Hausrotschwanz (Phoenicurus ochruros)	x				x

Lfd. No.	Art	BV	G	D	RL	BV 1990
62	Gartenrotschwanz (Phoenic. phoenicurus)	x				
63	Rotkehlchen (Erithacus rubecula)	x				x
64	Nachtigall (Luscinia megarhynchos)			x	x	
65	Amsel (Turdus merula)	x				x
66	Wacholderdrossel (Turdus pilaris)	x				x
67	Rotdrossel (Turdus iliacus)			x	x	
68	Singdrossel (Turdus philomelos)	x				x
69	Misteldrossel (Turdus viscivorus)	x				x
70	Schwanzmeise (Aegithalos caudatus)	x				
71	Kohlmeise (Parus major)	x				x
72	Blaumeise (Parus caeruleus)	x				x
73	Weidenmeise (Parus montanus)	x				
74	Kleiber (Sitta europaea)	x				x
75	Gartenbaumläufer (Certhia brachydactyla)	x				x
76	Zaunkönig (Troglodytes troglodytes)	x				x
77	Wasseramsel (Cinclus cinclus)		x		x	
78	Goldammer (Emberiza citrinella)	x				
79	Rohrammer (Emberiza schoeniclus)	x				
80	Schneeammer (Plectrophenax nivalis)			x		
81	Bergfink (Fringilla montifringilla)			x	x	
82	Buchfink (Fringilla coelebs)	x				x
83	Stieglitz (Carduelis carduelis)	x				
84	Zeisig (Carduelis spinus)			x	x	
85	Grünling (Carduelis chloris)	x				x
86	Gimpel (Pyrrhula pyrrhula)	x				
87	Kernbeißer (Coccothraustes coccothraustes)		x			
88	Birkenzeisig (Carduelis flammea)			x	x	
89	Hänfling (Carduelis cannabina)	x				
90	Girlitz (Serinus serinus)	x				
91	Feldsperling (Passer montanus)	x				
92	Haussperling (Passer domesticus)	x				x
93	Star (Sturnus vulgaris)	x				x
94	Eichelhäher (Garrulus glandarius)	x				
95	Tannenhäher (Nucifraga macrorhynchos)			x	x	
96	Elster (Pica pica)	x				
97	Saatkrähe (Corvus frugilegus)			x	x	
98	Rabenkrähe (Corvus corone)	x				x
99	Dohle (Corvus monedula)			x		

Diskussion:

Der Rückgang der Vogelwelt ist auch in der Düsselaue deutlich zu erkennen (Veränderung des Vogelbestandes in der Düsselaue zwischen Düsseldorf und Erkrath – MICHELS 1991). Er dürfte seinen Grund in zivilisatorischen Veränderungen im Umfeld des Gebietes haben. Bunte Wiesen wurden in Wirtschaftswiesen verwandelt. Der Einsatz von Chemie in der Landwirtschaft und der immer noch wachsende Straßenverkehr haben sich auch hier ausgewirkt. Es darf in Zukunft keine verändernden Maßnahmen für die Düsselaue geben. Der aus ökologischer Sicht wertvolle Auwald muß als Lebensraum seltener Pflanzen und Tierarten erhalten bleiben. Die Düsselaue als Luftschneise für Düsseldorf und Erkrath darf nicht verplant werden.

Literaturverzeichnis:

HERWIG, A. (1987): Düsseldorfer Bäche, Aus: Im Dickicht der Stadt, Klartext-Verlag, 74-77

LÖLF (1986): Rote Liste der in NRW gefährdeten Pflanzen und Tiere, (2.Fassung). Schriftenreihe der LÖLF NRW, Band 4

MICHELS, H. (1990): Das Rotthäuserbachtal und seine ornithologische Bedeutung für den Natur- und Artenschutz, Charadrius 26, 198-203

MICHELS, H. (1991): Veränderung des Vogelbestandes in der Düsselaue zwischen Düsseldorf und Erkrath, Jahresberichte des Naturwissenschaftlichen Vereins Wuppertal, 44, 15-19

MILDENBERGER, H.: (1982 und 1984) Die Vögel des Rheinlandes, Bd. 1 und 2, Beiträge zur Avifauna des Rheinlandes

NEUBAUR, H. (1957): Beiträge zur Vogelfauna der ehemaligen Rheinprovinz, Decheniana, Verhandlg. des Naturhistorischen Vereins der Rheinlande und Westfalens, Bonn, Bd. 110, Heft 1

NIETHAMMER, G.): KRAMER, H. &): WOLTERS, H.E. (1964): Die Vögel Deutschlands – Artenliste Akademische Verlags-Gesellschaft, Frankfurt/Main

OPLADEN, H. (1960): Tiere der Heimat, Naturkundliches Heimatmuseum, Düsseldorf-Benrath

SKIBA, R. (1993): Die Vogelwelt des Niederbergischen Landes, Jahresberichte des Naturwissenschaftlichen Vereins, Wuppertal, Beiheft 2

WOIKE, S. WOIKE, M. (1988): Das Neandertal. Rheinische Landschaften, Schriftenreihe für Naturschutz und Landschaftspflege, Heft 32

Zeichnungen: Heinz Michels

Haus Morp – 850 Jahre Geschichte treten ans Licht

Gaby Schulenberg und Peter Schulenberg, Düsseldorf

Zwischen Erkrath und Gerresheim, kurz vor dem Eintritt in die Rheinebene, weitet sich das Düsseltal und gibt den Blick frei auf den noch naturnah mäandrierenden Wasserlauf mit Bruchwaldresten, fetten Weiden und auf die angrenzenden Rathelbecker und Gerresheimer Höhen im Süden bzw. Norden. Seit etwa 7.000 Jahren ziehen der Wasserreichtum, der fruchtbare Boden und das milde Klima immer wieder Menschen an, zuerst die nacheiszeitlichen Jäger, dann die frühen Ackerbauern im 3. Jahrtausend v.Chr..

Beherrscht wird dieser Talabschnitt von dem ehemals wassergrabenumwehrten Rittergut Haus Morp, das wohl nicht umsonst unmittelbar an dem einst bedeutenden mittelalterlichen Handelsweg, dem 'Mauspfad', in Sichtweite einer Düsselfurt gegründet wurde. 1144 urkundlich erwähnt, dokumentiert es 850 Jahre ununterbrochene landwirtschaftliche Tradition unter wechselnden, teilweise adligen Besitzern.

Nach Aufgabe der landwirtschaftlichen Nutzung Ende 1992 wird nun der große Komplex nach und nach restauriert und umgebaut. In Absprache mit der Unteren Denkmalbehörde Erkrath, dem Rheinischen Amt für Bodendenkmalpflege – Außenstelle Overath – und mit verständnisvoller Unterstützung des Bauherrn und seiner Arbeitskräfte, wurden von der Archäologischen Arbeitsgruppe Düsseldorf (ehrenamtliche Archäologen aus Erkrath, Ratingen , Wuppertal und Düsseldorf) die Erdeingriffe überwacht, um etwaige Funde und Befunde aus der frühen Geschichte dieses Bau- und Bodendenkmals zu bergen oder zur Rekonstruktion der baulichen Entwicklung aufzuzeichnen.

Ab Juni 1993 nahm der neue Eigentümer erste Bestandssicherungs- und Drainagearbeiten im Bereich des Nordflügels (Wohnhaus mit anschließender Stallung) vor.

Nach Ausschachtung des Fußbodens in der ehemaligen Küche zeigten sich ein abgestuftes Mauerwerk aus Feldbrandziegeln und ein massiver Ziegelsockel mit zwei alten Kaminansätzen, die dem Raum ehemals eine völlig andere Einteilung gaben. Überraschend wurde in der Nordostecke, unmittelbar unter dem Küchenboden, ein mit Lehm und Bauschutt verfüllter Brunnen aus gemörtelten Feldbrandziegeln mit einem äußeren Durchmesser von 1,45 m freigelegt.

Glasierter Tellerrand (1836) aus dem Brunnen

Fayence-Teller, um 1750

Fundstücke aus dem Inhalt waren Holzfragmente, Dutzende von rottonigen, viereckigen Bodenfliesen, Haustierknochen, Glasflaschenreste, ein mundgeblasenes Medizinfläschchen, ein eiserner Türbeschlag, zwei schmale lederne Schuhsohlen (wohl von Damenschuhen) und eine große Anzahl Fragmente von Gefäßen aus glasierter Irdenware.

Unter den buntbemalten Resten von Tellern und flachen Schüsseln ragt das Randstück eines glasierten Tellers mit der Jahreszahl '1836' heraus. Sie zeigten, im Zusammenhang mit weiteren Bauspuren, daß Mitte des 19. Jahrhunderts der alte Kern des Gebäudes weitgehend verändert wurde und dabei die Funktion des Brunnens und der anderen Fundamente aufgegeben und diese aufgefüllt wurden. Die Beobachtungen im nördlichen Außenbereich des Wohnflügels erbrachten ein vergleichbares Bild. In einem Drainagegraben entlang der Hauswand kamen Fundamentteile und Verfüllschichten mit Keramik vom späten 18. bis ins späte 19. Jahrhundert zum Vorschein. Allein aus einem zugemauerten ehemaligen Kellereingang wurden etwa 20 kg Gefäßbruchstücke buntglasierter Irdenware geborgen.

Der nördliche Wassergraben und Reste kleinerer Anbauten sind demnach wohl zeitgleich mit den größeren baulichen Veränderungen im Hausinneren zugeschüttet worden. Freigelegte Drainageröhren aus rötlichem Ton, zwei weitere Brunnen im Vorgelände und der Grundwasserstand direkt unter dem Kellerboden geben ein beredtes Bild von den bautechnischen Schwierigkeiten in der feuchten Niederterrasse zwischen Rotthäuser Bach und Düssel.

An der äußeren nördlichen Giebelwand innerhalb der Stallungen wurde bei Ausschachtungen für einen Heizungskeller eine mächtige gemörtelte Schiefersetzung angeschnitten, deren Funktion innerhalb der übrigen Baubefunde bisher nicht geklärt werden konnte. Sie ist wahrscheinlich die Spur eines spätmittelalterlichen Hauses; denn niveaugleich dazu lagen in einer Lehmschicht die Fragmente zweier einhenkeliger Krüge Siegburger Machart, zu datieren ins 15. Jahrhundert. Mehrere bearbeitete Hölzer, wohl Pfahlroste im feuchten Untergrund, wurden durch Mitarbeiter der Außenstelle Overath geborgen und zur dendrochronologischen Untersuchung eingereicht. Im Aushub aufgelesene Teile blaugrauer Irdenware des 13. Jahrhunderts deuten auf noch ältere Siedlungsreste hin.

Als im August 1994 ein schmaler Drainagegraben an der östlichen Außenseite des Gehöftes ausgebaggert wurde, traten schlagartig 150 Jahre frühneuzeitlicher Alltag ans Licht. Parallel zu dem fast fünf Meter langen, kompakten Schieferfundament eines Gebäudes wurde ein morastiger Wassergraben voller Keramik und Glasfragmente, Tierknochen und Holzreste des 17. und 18. Jahrhunderts angeschnitten.

Bartmann-Krug, um 1600

Teile von einfachen irdenen Kochtöpfen, dreifüßigen pfannenähnlichen Gefäßen und hochwandigen Krügen für die Essenszubereitung, lagen neben reich mit Bartmannmasken, Löwenhäuptern, Wappen und Ornamenten verzierten Krügen aus Westerwälder Töpfereien, bestimmt für eine wohlhabende Tischgesellschaft. Hauchfeine, mit buntem Glasfuß verzierte Gläser, für den Normalbürger der damaligen Zeit unerschwinglich, lassen uns den Reichtum der Bewohner des befestigten Gutes nachvollziehen. Knochen von Rind, Schwein, Schaf und Hase (oder Kaninchen) passen in diesen Rahmen hochherrschaftlicher Tafelfreuden. Diesen Luxus konnten sich die damaligen Besitzer und zeitweiligen Bewohner von Haus Morp , die Ritter von Winkelhausen (ihr Stammsitz liegt nördlich von Düsseldorf-

Angermund) als bergische Marschälle und Amtmänner aus den Einkünften ihrer großen Ländereien leisten. Da in dieser Zeit noch keine Müllabfuhr existierte, gerieten zerbrochenes Geschirr und Knochenreste, durchs Fenster geworfen, in den darunterliegenden Wassergraben, der nach und nach verschlammte und dann mit Bauschutt verfüllt wurde.

Insgesamt kann nach den bisherigen Untersuchungen festgehalten werden, daß Haus Morp den Befunden nach in der Mitte des 19. Jahrhunderts weitreichende bauliche Veränderungen im nördlichen Wohntrakt erfahren hat. Anzeichen sprechen außerdem für einen Vorgängerbau des 15., wenn nicht sogar des 13. Jahrhunderts, der, wie bei Bauten in der feuchten Niederung üblich, auf Holzrosten oder Baumstämmen gegründet wurde. Unter dem Ostflügel müssen noch die Reste eines barocken Wohnhauses liegen, dessen westliche Giebelwand mit Spuren von Kaminen, Fenstern und Türen in der ehemaligen Stallung noch vollständig erhalten ist. Die Baulichkeiten dieses geschichtsträchtigen Siedlungsplatzes sind wohl im Laufe der Jahrhunderte immer wieder – bis zum augenblicklichen Zeitpunkt – grundlegend verändert und der jeweiligen 'Lebensqualität' angepaßt worden.

Die mit naturkundlichen und kulturgeschichtlichen Sehenswürdigkeiten reich gesegnete Düssellandschaft zwischen Haus Morp, Gut Gödinghoven und der Dammer Mühle ist ansonsten noch eine der wenigen erhaltenen Relikte kaum überbauter jahrtausendealter Kulturlandschaft in unserer Heimat. Es sollte jede Anstrengung wert sein, sie in Gemeinschaft mit Fachleuten des Denkmal- und Landschaftsschutzes wirksam und langfristig zu schützen.

LITERATURVERZEICHNIS:

BUSCHMANN-HÖLTGEN, I. (1985): HÖFE UND FAMILIEN IM KIRCHSPIEL GERRESHEIM BIS 1805

SCHULENBERG, G. & P. (1987): SCHERBEN ERZÄHLEN (IN 'RUND UM DEN QUADENHOF', HEFT 2/1987)

SCHULENBERG, G. & P. (1995): ARCHÄOLOGIE AUF DEM BAUERNHOF (IN JOURNAL METTMANN, 1995/96; IN VORBEREITUNG)

V. D. HEYDT, W. & SCHULENBERG, G. & P. (1994): HAUS MORP „MIT UMZOGENEN MAUERN UND TOREN, KOSTBARLICH GEFERTIGT" (ARCHÄOLOGIE IM RHEINLAND 1994; IN DRUCK)

Fotos: G. und P. Schulenberg und A. Weirich

Hofgeschichten

... rund um das Naturfreundehaus Gerresheim

Werner Geese, Düsseldorf

Eine Wanderung zu den Höfen und Mühlen unweit des Naturfreundehauses Gerresheim zeigt uns neben der eigenen Geschichte dieser Plätze immer wieder die enge Verbindung zum Stift Gerresheim *(Gerricus-Stift)*. Für die adeligen Fräulein waren Zehnt und Renten dieser Höfe eine prächtige Einnahmequelle. Abgaben erhielten sie noch von vielen anderen Gütern in näherer und weiterer Umgebung, die wir heute nicht besuchen werden. Erst erfolgte die Abgabe in Naturalien, dann in Geld oder in beidem. Es gab den Großen Zehnt (Naturalien von Getreide und Wein(?), den Schmalzehnt (aus Gemüsefeldern und Gärten) und den Fleischzehnt (von jungem Vieh). Es gab Früchterenten (aus Getreide), Ungelrenten (aus Talg) und Wachsrenten. In Wirklichkeit gab es noch wesentlich mehr Zins- und andere Abgaben. Im Vergleich zu heute haben sich nur die Namen gewandelt, z.B. Lohn- und Einkommensteuer, Solidaritätsabgabe, Kapitalertragssteuer, Zinsabschlagssteuer. Wer weiß, was die heutigen Finanzminister noch alles erfinden werden, um uns zu schröpfen!

Von Bedeutung bis auf den heutigen Tag blieben jedoch nur die Höfe, die neben der Landwirtschaft noch Fischereirechte besaßen oder Korn oder Ölsaaten mahlten.

Unser Weg führt uns vom Naturfreundehaus Gerresheim zur Morper Straße hinunter, doch wir gehen zuerst kurz nach links durch die Unterführung zur

Dammer Mühle

Das heutige Gebäude existiert erst seit 1890. Es war nach einem Brand im Jahre 1885 neu aufgebaut worden. Die erste urkundliche Erwähnung stammt aus 1324. In dieser Urkunde wird einem Ehepaar das Anwesen für 7 Mark Jahreszins verpachtet. Die Dammer Mühle war ein zinspflichtiges Lehensgut des Stiftes Gerresheim.

200 Jahre lang gehörte die Mühle dem *Derner Hofgericht* an. Dem ersten aller Stiftshöfe *Am Großen Dern* unterstanden, wenn es sich um die Gerichtsbarkeit handelte, über 100 Höfe, allein 25 im Gerresheimer Gebiet. Auch mußten der Zehnt und alle Abgaben an den *Großen Dern* geleistet werden. Anfang des 15. Jahrhunderts hatten sich aber schon viele Familien freigekauft und standen in keinerlei Abhängigkeitsverhältnis mehr zum Derner Hof. Der Zins für die Ausübung des Hofgerichts hatte

bis dahin 30 Solidus (Schilling) betragen. Lange Zeit ist die Dammer Mühle Korn- und Ölmühle gewesen. Nach dem Brand 1885 ging das Anwesen in den Besitz des Duisburger Großindustriellen Wilhelm Grillo über. Seit Anfang der 30er Jahre dieses Jahrhunderts bewirtschaftet die Familie Keens die Mühle.

Wir gehen jetzt zurück nach Westen bis zur Straße *Im Brühl*, folgen dieser Straße über die Rampenstraße hinweg und erreichen über den Höherhofweg den

HÖHER HOF

Vom Höher Hof – direkt neben dem Spaltwerk gelegen, das die Düssel in den nördlichen und südlichen Arm teilt – erfahren wir, daß die erste Urkunde aus dem Jahre 1448 datiert. Heyn in der Ludenberg und Frau Agnes kauften den Ludenberger Hof und stellten dem Verkäufer Hof und 1 Morgen Land beim Höher Hof als Unterpfand. Beinahe hätten sie die Pfänder nicht zurückerhalten, da sie mit der Zahlung an den vorherigen Besitzer in Rückstand gerieten. Zehntpflichtig an das Stift Gerresheim waren u.a. 5 Morgen Land beim Hof.

Heute ist der Höher Hof ein Reiterhof. Auf den umliegenden Weiden tummeln sich viele Reitpferde.

Unser Weg führt uns jetzt an der Düssel entlang nach Osten bis zur Glashüttenstraße, dort halten wir uns rechts und weiter bis Knuppertsbrück; hier biegen wir in den Gödinghover Weg ein. Nach wenigen Metern treffen wir links auf den Hof

BUSCHKOTHEN (BUSCHER HOF)

Heinrich Biesenbach, Düsseldorfer Schriftsteller, der mehrere Bücher mit Themen aus der näheren Umgebung geschrieben hat, nennt in seinem bekanntesten Buch *„Das Stiftsfräulein von Gerresheim"*, einen Peter Jumperts, der Anfang des 16. Jahrhunderts dort gewohnt haben soll. Urkundlich ist das aber nicht gesichert. Datierungen über den Hof vor 1500 sind nicht vorhanden. Gegen Mitte des 17. Jahrhunderts war der Buscher Hof schatz- und steuerbar an das Gerricus-Stift. Der Hof wurde mit einem Pferd gepflügt und das bedeutete, daß er ca. 30 Morgen groß war.

Nach weiteren ca. 500 m führt uns der Weg im Bogen um den Hof Klein Düssel herum.

KLEIN DÜSSEL

Zusammen mit GROSS DÜSSEL (existiert nicht mehr), gehen die ersten Erwähnungen im Heberegister der Äbtissin Guda auf die Jahre 1290-1300 zurück. In der Derner Hofgerichtsakte wird Anfang des 14. Jahrhunderts ein Jahreszins von 18 Denaren aufgeführt. Aus einem Pfund Silber prägte man zu dieser Zeit 240 Denare/Pfennige (entnommen: BUSCHMANN-HÖLTGEN). Einer der Eigentümer in dieser langen Hofgeschichte ist ein Johann zu Pempelfort, dem auch die PIXMÜHLE (existiert nicht mehr) gehörte.

Weiter geht unser Weg. Links begleitet uns die Düssel-Aue und rechts ein Hanghochwald bis

GÖDINGHOVEN

Der heute noch große Hof wurde bereits 1670 mit 3 Pferden gepflügt, was einer Größe von ca. 80-100 Morgen entsprach. Den ersten Urkunden nach gehörte das Gut dem Dürener Bürgermeister Meinhardt. Obwohl Gödinghoven eigentlich zu Haus Morp gehörte, waren die späteren Eigentümer/Pächter mehr nach Erkrath orientiert. Das mag daran gelegen haben, daß man zur damaligen Zeit bessere Wege nach Erkrath als nach Haus Morp/Gerresheim hatte.

Nach der Überquerung der Düssel folgen wir dem Morper Bach bis zur Straße und stehen vor der stattlichen Hofanlage

HAUS MORP

Dieser geschlossene Hof gleicht einer Burg und wird zur Zeit renoviert. Über die archäologische Bedeutung von Haus Morp berichten SCHULENBERG, S. 143.

Eingang von Haus Morp (1994)

Bereits 1144 wird das Haus in einer Urkunde mit dem Namen MORAFA, was soviel wie Moorwasser bzw. fließendes Wasser bedeutet, erwähnt. Die Endung afa oder apa begegnet uns auch in den Namen Grütersaap oder Aaper Wald. Der Zehnt an das Stift Gerresheim wurde bis zur Säkularisierung 1803 gezahlt. Die zahlreichen Ländereien des Hofes wurden mit 4 Pferden gepflügt. Ein Name ist sehr stark mit Haus Morp verbunden. Es ist dies seit 1306 der Name der Familie von Winkelhausen (Stammhaus an der Anger bei Rahm). Erst 1730 erlischt dieser Name und neue Eigentümer werden genannt. Jetzt war der Hof nur noch 33 Morgen groß und konnte von einem Mann und einem Pferd gepflügt werden. Zum Haus gehörte auch eine Mühle, die an der heutigen Straße lag. Sie ist 1905 abgebrannt und nicht wieder aufgebaut worden.

Die heutigen Veränderungen am Haus Morp – Dränierungen am Haus und in der unmittelbaren Nähe – sollten jedoch wachsam beobachtet werden. Die geplante Anlage eines Golfplatzes in unmittelbarer Nähe ist unbedingt abzulehnen.

Wir wandern weiter den Rotthäuser Bach aufwärts und unterqueren die Bahnstrecke ins Neandertal. Wenige Meter hinter dem Tunnel biegt rechts ein Hohlweg (alter Mauspfad/Handelspfad) ab, wir aber folgen dem Wirtschaftsweg nach

PAPENDELL

Die älteste Erwähnung dieses stattlichen Hofes stammt aus dem Jahre 1462. Hier wird ein Hermann opper Papendell genannt. Von 5 Morgen seines Landes mußte der Besitzer den Zehnten der Äbtissin des Gerricus-Stiftes abgeben. Im Jahre 1760 wurde der Hof mit 3 Pferden gepflügt. Das entsprach der Größe eines Herrenhofes von ca. 100 Morgen. Einige Fischteiche, vom klaren Wasser des Rotthäuser Baches gespeist, rundeten einen Besitz ab, den man als wohlhabend bezeichnen kann. Heute wird der Hof, zu dem auch 2 Karpfenteiche gehören, von der Familie Wilhelm Becher bewirtschaftet.

Hof Papendell

Zum Schutz vor der Feuchtigkeit bestehen die Grundmauern des Wohnhauses aus meterdicken Wänden. Der Hof selbst kann nicht mehr durchwandert werden. Es sind kleine Umwege in Kauf zu nehmen, für die man Verständnis haben muß. Die Familie Becher hat sicher die Nase voll von Unfällen der Mountainbiker im Hof und einigen unbelehrbaren Wanderern.

Noch heute ist das Land um Papendell herum sumpfig. So wachsen hier im Frühsommer am Bachlauf Fieberklee (Menyanthes trifoliata), Orchideen (Dactylorhiza maculata) und der Riesen-Schachtelhalm (Equisetum telmateja).

Hinter dem Hof begleiten unseren Weg links Felder und Viehweiden, rechts Feuchtgebiete und dahinter Hanghochwald. Hier befinden wir uns im Naturschutzgebiet (NSG) Rotthäuser Bachtal.

Vor den beiden Höfen

GROSS - UND KLEIN REUTERSBERG
biegen wir in den Weg nach links ein, der etwas ansteigt.

Laut Zehntregister der Abtei Gerresheim erscheint der Name Reutersberg, auch Rüttersberg genannt, bereits um 1508. Wie auch in Papendell wurde hier der Rotthäuser Bach zu Teichen gestaut. In früherer Zeit galt die Fischzucht als ein bedeutender Broterwerb. Es gab damals schon strenge Bestimmungen für die Ausübung der Fischerei. Heute kann man auf den umliegenden Hängen Graureiher beobachten, die versuchen, sich ihre Beute zu holen. In der Mitte des 17. Jahrhunderts hatte der Hof eine Größe von 24 Morgen, die mit einem Pferd gepflügt wurden. Außerdem gehörten noch verschiedene Morgen Busch und '*Buschbanden*' dazu.

Weiter geht es auf dem anschließenden Wirtschaftsweg bis zur Straße Rotthäuser Weg und über die Straße in den von Gerresheim heraufführenden Hohlweg hinein. Dieser führt uns zwischen steilen, mit Buschwerk und Wald bestandenen Böschungen hindurch bis zu einem schmalen Weg (vor der großen Wegbiegung), der uns steil nach oben auf den jetzt nach Gerresheim abfallenden Höhenzug bringt.

Von dem oberen Weg aus haben wir im Winter und im Frühling einen schönen Blick auf Alt- und Neu-Gerresheim. Hauptblickpunkte sind die *Basilika St. Margareta* und der *Quadenhof.* Dem nach Gerresheim abfallenden Weg folgend kommen wir an einem Wiesenstück vorbei und erreichen den *Gerricus-Pütz,* einen sagenumwobenen Platz mit einer ehemaligen Heilquelle. In dem früheren, dahinter liegenden Bunker (Felsenkeller) sind im 2. Weltkrieg zahlreiche Bürger umgekommen, woran eine Gedenktafel erinnert.

Am unteren Rand der Wiese entlang geht es zurück und nach 50 m links auf einen Weg, der abermals nach 50 m nach rechts steil in den Wald hinein führt. Wir folgen dem Weg bis zum Feldrand (Fernsehturm). Weiter nach rechts, den Hohlweg *(Balderweg)* überschreitend, folgen wir dem Pfad am Waldrand. Hier ist man jetzt am Zaun der neuen Waldfriedhofsanlage angelangt, geht durch das Tor und quert den Rotthäuser Weg nach rechts. Nach 50 m, links dem Friedhofszaun folgend, führt der Weg leicht abwärts in die Senke. Bald darauf steigt er wieder an und führt uns am Friedhofstor vorbei zu einem nach links hinabführenden Weg (N-Markierung), der uns zurück zum Naturfreundehaus bringt.

Gerresheim
am 7. 3. 1993

Wanderzeit
ca. 5 1/2 Stunden

Wanderführer:
Werner Geese

Zeichnung: Ernst Wilke nach einem Foto von Rolf Rath

Foto: Erna Nießen

Skizze: Kurt Nießen

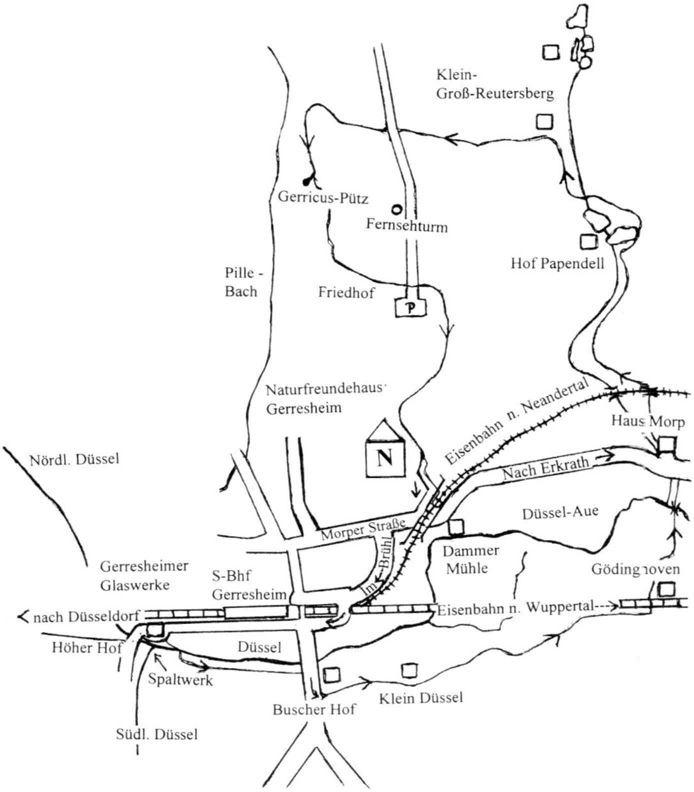

Literaturverzeichnis:
Buschmann-Höltgen, I. (1987): Höfe und Familien im Kirchspiel Gerresheim vor 1805
Topographische Karte: 4707 Blatt Mettmann (1:25.000)

Naturschutz in Düsseldorf

Ernst Steller, Düsseldorf

Die in unserer expandierenden Industriegesellschaft immer rasanter fortschreitende Landschafts- und Naturzerstörung bedeutet nicht nur durch Artensterben besorgniserregenden Verlust genetischer Vielfalt in der Tier- und Pflanzenwelt. Natur und Landschaft sind auch Quellen von Kultur und auch der Mensch steht auf der „Roten Liste" der gefährdeten Arten, wenn der Naturzerstörung nicht Einhalt geboten wird.

Naturschutz heute

Es war ein langer Weg, bis in unserer Gesellschaft Naturschutz und Landschaftspflege als eine Aufgabe der öffentlichen Daseinsvorsorge anerkannt wurden. Aber noch immer stehen der konsequenten Durchsetzung wirtschaftliche und andere Interessen im Wege. Mit dem Landschaftsgesetz von Nordrhein-Westfalen gibt es immerhin eine gesetzliche Grundlage für die Errichtung und Sicherung von Naturschutzgebieten in unserer Region.

Wie wenig Städte und Gemeinden allerdings dem Natur- und Landschaftsschutz den ihnen zustehenden Stellenwert einräumen, zeigt am Beispiel Düsseldorfs die Tatsache, daß der hierfür als Instrument dienende Landschaftsplan nach anderthalb Jahrzehnten noch immer nicht von der Politik verabschiedet worden ist.

Naturschutz und Landschaftspflege zu betreiben ist aber gerade auch im besiedelten Bereich von Ballungsräumen besonders dringend. Hier müßten gegen die große Begehrlichkeit der Ökonomie der ausufernde Landschaftsverbrauch gebremst und die ökologische Durchdringung der Bauleitplanung sichergestellt werden.

Natur ist nichts Statisches, sondern befindet sich in steter Entwicklung. Aus dieser Dynamik heraus wurde bei modernen Naturschutzverordnungen der „Schutzzweck" als Hinweis auf das Ziel des Schutzes entwickelt. Der Schutzzweck weist in zwei Richtungen:

> In einem Falle überläßt man eine Fläche der natürlichen Entwicklung (Sukzession) ohne jede Einwirkung. Am konsequentesten wird diese Entwicklung in „Naturwaldzellen" geschützt, d. h. weitgehend naturnahe Waldbestände werden sich selbst überlassen.

In weit überwiegendem Umfang werden allerdings durch Menschenhand entstandene und beeinflußte Ökosysteme in ihrem derzeitigen Zustand erhalten. Es handelt sich dabei im wesentlichen um „Natur aus zweiter Hand", um Kulturland, wie es um die Mitte des vorigen Jahrhunderts üblicherweise vorhanden war.

In unseren klimatischen Zonen entwickelt sich Natur, die sich selbst überlassen wird, über verschiedene Sukzessionsstadien letztendlich zu Urwald, wie er unser Land ursprünglich bedeckte. Dieser verfügt über ein größeres Artenpotential als heutige forstwirtschaftliche „Holzfabriken". Jedoch wird er bei weitem übertroffen von der Artenvielfalt der Äcker, Wiesen und Wälder, wie sie vor dem Einsetzen der Verstädterung und Industrialisierung und der heutigen intensiven Bewirtschaftungsformen mit einfachen, an die natürlichen Gegebenheiten angepaßten Wirtschaftsmethoden betrieben wurden. Besiedelte und unbesiedelte Gebiete waren noch ökologisch intakt und boten durch eine mit Bäumen, Sträuchern, Hecken, Alleen und sonstigen Biotopen reich gegliederte Landschaft die Lebensvoraussetzung für einen großen Artenreichtum.

Insofern kommt es unter dem Aspekt der Artenerhaltung heute besonders darauf an, noch vorhandene Relikte dieser „Natur aus zweiter Hand" in ihrem ökologisch wertvollen Bestand zu erhalten.

Naturschutzgebiete dieser Art benötigen Pflege, „Biotopmanagement", das Geld kostet.

Für den Erfolg der Naturschutzpolitik sind zum einen die Anzahl und Größe der Naturschutzflächen und ihre Vernetzung untereinander wichtig. Zum zweiten muß aber auch erreicht werden, daß die großen Waldflächen möglichst naturnah bewirtschaftet werden.

Naturschutz in Düsseldorf

Während es in Düsseldorf hinsichtlich der Anforderungen an Anzahl, Größe und Vernetzung der Naturschutzgebiete Defizite gibt, kann man feststellen, daß der Notwendigkeit naturnaher Waldwirtschaft zumindest auf städtischen Flächen weitgehend entsprochen wird.

Das Biotopmanagement in den bereits durch Rechtsverordnung geschützten Naturschutzgebieten zu betreiben, ist Aufgabe der Unteren Landschaftsbehörde der Stadt Düsseldorf. Unter dem Zwang der knappen öffentlichen Mittel ist hier eine Entwicklung erkennbar, daß wesentliche Pflegemaßnahmen zukünftig nicht mehr wahrgenommen werden können.

Naturschutzgebiete werden in der Regel durch die Untere Landschaftsbehörde, d. h. also die Stadt, rechtskräftig ausgewiesen. Gebiete, deren Schutz beabsichtigt ist, können durch die höhere Landschaftsbehörde (die Bezirksregierung) für die Dauer von vier Jahren sichergestellt werden. In besonderen Fällen, z.B. bei fehlendem Landschaftsplan, werden Naturschutzgebiete von der Bezirksregierung rechtskräftig festsetzt.

Naturräumliche und gebietstypische Beschreibung der Region.
Nachstehend werden festgesetzte und sichergestellte Naturschutzgebiete in einer Region vorgestellt, die wesentlich im Einzugsbereich der Düsselmündung und der Rheinaue, hauptsächlich auf Düsseldorfer Stadtgebiet liegen.

Im Osten liegt als verbindendes Landschaftselement zwischen den Gerresheimer und den Rathelbecker Höhen, zum Großteil noch auf Erkrather Gebiet, die Düsselaue, deren kulturgeschichtliche Bedeutung und Schutzwürdigkeit andernorts in diesem Buch beschrieben wird (SCHULENBERG, S. 143).

Ein Stück weiter westlich teilt sich der Fluß an einem Spaltwerk in die nördliche und südliche Düssel und die Landschaft öffnet sich in die Rheinebene. Schon die Düsselaue liegt auf der Niederterrasse des Rheins, das ist jener Bereich, der ohne menschliche Verbauungen im Hochwassereinzugsbereich liegt.

Das Hochwasserregiment und ein hoher Grundwasserstand haben neben geologischen und klimatischen Gegebenheiten ursprünglich die Natur und Vegetation dieser Landschaft geprägt und die Biotoptypen geschaffen, deren spärliche Relikte man heute zu erhalten und zu entwickeln versucht.

In unsere Beschreibung miteinbezogen werden zwei nördliche mittel- bzw. unmittelbare Zuflüsse der Düssel: der Hubbelrather und der Rotthäuser Bach, die einem anderen Landschaftstyp entsprechen.

Zur Düsselaue zwischen Erkrath und Düsseldorf sei noch angemerkt, daß diese mit ihren vielen Flußmäandern, einem artenreichen Altarm und artenreichem Auenwald möglichst bald unter Naturschutz gestellt werden sollte (MICHELS, S. 135).

Die Naturschutzgebiete (NSG) lassen sich gebietstypisch grob gliedern:

1. **Mittelgebirgs-Bachtäler:** Hubbelrather Bachtal, Rotthäuser/ Morper Bachtal,

2. **Rheinaue:** Urdenbacher Kämpe, Benrather Schloßpark, Himmelgeister Rheinbogen (Wichtige Bestandteile im Biotopverbundsystem naturnaher Überflutungsauen in einem Komplex mit Monheimer Rheinaue, Zonser Grind und Uedesheimer Rheinbogen),

3. **Bruchwald/Auenwald:** Eller Forst, bedingt: Rahmer Benden,

4. **„Natur aus 2. Hand“:** Tongruben am Ratinger Weg, Dreiecksweiher.

Naturschutzgebiete sind keine Inseln, die sich unbeeinflußt von äußeren Störgrößen entwickeln können. Es gibt im Gegenteil eine Reihe allgemeiner Gefährdungspotentiale, die besonders in unserem Ballungsraum die sensiblen Strukturen der NSG nachteilig beeinflussen, besonders sei hier ohne Anspruch auf Vollständigkeit hingewiesen auf

- Siedlungsdruck,
- Erholungsnutzung,
- Straßenbau,
- intensive Land- und Forstwirtschaft,
- Grundwasserabsenkung durch Entwässerungsmaßnahmen (besonders Eller Forst),
- mangelhafte Vernetzung der NSG untereinander, wodurch Ausbreitung der Populationen und genetische Erneuerung verhindert werden,
- zu geringe Pufferzonen.

Durch Ausweisung von Landschaftsschutzgebieten wird zwar versucht, Vernetzung und Pufferzonenproblematik zu optimieren, die Wirksamkeit dieser Maßnahme ist in der Praxis leider nicht allzu hoch anzusetzen.

Allzuoft auch werden in Düsseldorf zugunsten wirtschaftlicher Nutzung und zu Lasten von Natur- und Landschaftsschutz „Befreiungen" von den Auflagen der Landschaftsschutzverordnung ausgesprochen.

Beschreibung der Schutzgebiete

1. Hubbelrather Bachtal:
MTB 4707 ***Lage***: Im Stadtteil Hubbelrath zwischen Erkrather Landstraße und Bundesautobahn 3.

Geschützt seit 1993 ***Größe***: 70 ha

Reich strukturiertes Bachtal mit Feuchtwiesen, Röhrichtflächen, Kleingewässern. An den Berghängen naturnahe Buchenwälder und magere Hangwiesen. Das Tal ist gekennzeichnet von landschaftlicher Vielfalt und besonderer Schönheit. Vorkommen von 19 in NRW bedrohten Tier- und Pflanzenarten wie Kleinspecht, Schleiereule und Eisvogel sowie Riesenschachtelhalm. Schutzzweck u.a.: Erhaltung der Lebensgemeinschaften von Teich- und Bergmolch, Erdkröte, Bergeidechse und Blindschleiche.
Biotopmanagementplan ist erstellt. Verabschiedung voraussichtlich 1995.

2. Rotthäuser Bachtal/Morper Bachtal:
MTB 4707 ***Lage***: Im Ortsteil Hubbelrath zwischen Rotthäuser Weg und Erkrather Landstraße, setzt sich nach Süden auf Erkrather Gebiet fort.

Geschützt seit 1993 Morper Bachtal seit 1984 ***Größe:*** 108 ha und 17,3 ha

Reich strukturiertes Berglandbachtal mit vielfältigem Biotopmosaik wie Feuchtbiotope, Quellgebiete und naturnahe Buchenwälder. Ökologisch wertvoll durch enge Verzahnung verschiedener, wertvoller Biotoptypen und das Vorkommen gefährdeter bis stark gefährdeter Pflanzen- u. Tierarten: z.B. Wiesen-Glocken-

Fischteiche im NSG Rotthäuser Bachtal sind die Hauptursache für die Überdüngung des Bachwassers

blume, Ufer-Segge und weiße Seerose sowie Ringelnatter, Amphibien, Wasser-, Wat- und Greifvögel.

Schutzzwecke u.a.: neben Erhaltung und Entwicklung des vielfältigen Biotopkomplexes als Lebensstätten einer vielfältigen Tier- und Pflanzenwelt auch Schaffung von Pufferzonen zu intensiv genutzten Landwirtschaftsflächen sowie Wiederherstellung der typischen Mittelgebirgs-Bachlandschaft. Geschützt wird auch die landschaftliche Vielfalt und besondere Schönheit des Tales.

Gefährdung: Erosion; Düngemittelabspülungen von landwirtschaftlich genutzten Hängen; Fischteiche, die das Bachwasser erwärmen und durch Fischfutter und -fäkalien zur Eutrophierung des Wassers beitragen.

Biotopmanagementplan seit 1988.

3. Urdenbacher Kämpe/Urdenbacher Altrhein u. Baumberger Aue:

MTB 4807 ***Lage***: In den Ortsteilen Urdenbach und Garath, setzt sich in Monheim als NSG fort.

Geschützt seit 3. 11. 1993 bzw. in Monheim seit 1984 ***Größe:*** 316 ha + 31,1 ha, größtes NSG im Bereich dieser Darstellung.

Die Urdenbacher Kämpe gehört zu den wenigen nicht eingedeichten Stromauen des Niederrheins, dadurch ist der Auencharakter dieser im natürlichen Zustand mit Weich- und Hartholzauenwäldern bedeckten Landschaft erhalten geblieben. Natürliche Vegetation nur noch in Relikten vorhanden. Ein bis mehrmals im Jahr vom Rheinhochwasser überflutet. Vier nutzungs- und reliefbedingte Teilräume:

1. Rheinufer
2. Streuobstwiesen einschließlich Flutrinne
3. Grünland zwischen Damm und Altrhein (nur bei Extremhochwasser überflutet)
4. Urdenbacher Altrhein

Insgesamt lassen sich ca. 35 Vegetationseinheiten mit rund 340 Pflanzenarten nachweisen. In NRW hochgefährdeter Vegetationstypus „Silgenwiese" kommt nur noch hier in diesem flächenhaften Ausmaß vor. Vorkommen vieler Pflanzen- und Tierarten, die nach der „Roten Liste NRW" als gefährdet gelten. Bedeutsam als Brut- und Durchzugsgebiet für die Vogelwelt, z. B. neben Hubbelrather Bachtal einziges Brutvorkommen des Eisvogels.

Schutzziele aus kulturhistorischer, vegetationskundlicher, faunistischer und landschaftsästhetischer Sicht, u.a.:

Erhaltung

- der Mähwiesen,
- der Seggenriede, Röhrichte und Flutrasen,
- der naturnahen Hecken- und Weidengebüsche,
- der (Streu-) Obstwiesen und -weiden,
- der Kopfweidenbestände,

in Verbindung mit Umwandlung intensiver in extensive landwirtschaftliche Bewirtschaftung.

Entwicklungstendenzen:
Eigentumsverhältnisse an der Gesamtfläche im Düsseldorfer Stadtbereich: Heute ca. 1/3 „NRW-Stiftung Naturschutz, Heimat- und Kulturpflege", 1/3 Stadt Düsseldorf, 1/3 Private. Dadurch und durch die seit 4 Jahren bestehende „Biologische Station" im Haus Bürgel gezielte Umsetzung der Schutzziele möglich und mit positivem Trend.
Biotopmanagementplan seit 1987.

4. Schloßpark Benrath:
MTB 4807 ***Lage:*** Im Ortsteil Benrath ***Größe:*** ca. 60 ha

Sichergestellt für 4 Jahre: seit Dezember 1992.

5. Himmelgeister Rheinbogen (einschl. Park von Schloß Mickeln):
MTB 4806 ***Lage***: Im Stadtteil Himmelgeist ***Größe***: ca. 200 ha

Sichergestellt für 4 Jahre: seit Juni 1993.

6. Eller Forst:
MTB 4707 ***Lage:*** In den Stadtteilen Unterbach und Eller, grenzt an den Unterbacher See

Geschützt seit 1935 und 1993 (Erweiterung) ***Größe:*** 95 ha

Alte Sumpflandschaft, deren Verlandungsgesellschaften Bruchwälder bildeten, stellenweise auf mehrere Dezimeter dicken Seggen- und Bruchwaldtorfen. Grundwasserzufluß aus den nordöstlichen Rathelbecker Höhen, Grundwasserstand durch Entwässerungsmaßnahmen über Eselsbach in die südliche Düssel bis auf 2m abgesunken, erst in den letzten Jahren leichter Anstieg.

Heute hauptsächlich
- Sternmieren-Eichen-Hainbuchenwald, ökologisch wertvoll,
- Walzenseggen-Schwarzerlenbruch,
- Feuchtwiesen.

Diese Komplexe umfassen mehr als 30 Vegetationseinheiten mit mehr als 300 Arten höherer Gefäßpflanzen, dazu viele Torf- und Laubmoose. Die Waldbestände sind heute zu über 60% als naturnah anzusprechen trotz einer erheblichen Anzahl nicht bodenständiger Arten, die jedoch gezielt eliminiert werden.

NSG Eller Forst. Walzensegge (Carex elongata) im Schwarzerlen-Bruchwald

Wasserfeder (Hottonia palustris)

Botanische Besonderheiten (alle auf der „Roten Liste NRW"), z. B. Flatterulme (ulmus laevis) mit den typischen Brettwurzeln; Wasserfeder (hottonia palustris) in schönen Beständen, in den alten Entwässerungsgräben; Sumpfdotterblumen (caltha palustris) und ein halbes Dutzend Seggenarten (carex).

Neben Tierarten wie Libellen, Schmetterlingen, Amphibien und Fledermäusen wurden in einer Bestandsaufnahme (1990) ingesamt 51 Vogelarten festgestellt, von denen 43 Arten Brutvögel bzw. brutverdächtig waren, so z. B. Habicht, Teichrohrsänger, Kleiber und Schwanzmeise.

Das gesamte Areal ist eng verzahnt mit dem beliebtesten Naherholungsgebiet von NRW, dem Unterbacher See, in dessen Einzugsgebiet mit einem Radius von 30 km rund 5 Mill. Menschen leben. Von daher lastet auf dem Gesamtareal ein ungeheurer „Erholungsdruck". Darüber hinaus gibt es einen ganzen Katalog von Beeinträchtigungen und Gefährdungen durch menschliches Verhalten und menschliche Tätigkeiten, die nur schwer zu kompensieren sind.
Biotopmanagementplan seit 1992.

7. Rahmer Benden:
MTB 4606 ***Lage***: Im Norden Düsseldorfs südlich der Bundesautobahn 524 in der Heltorfer Mark

Geschützt seit 1993 ***Größe***: 39 ha
Biotopmanagementplan seit 1987.

8. Tongruben am Ratinger Weg:
MTB 4707 ***Lage:*** Im Stadtteil Gerresheim – zwischen Ortsrand und Wildpark

Geschützt seit 1989 ***Größe***: 3 ha

Die südlich sonnig exponierten trockenen Lößsteilwände sollen als Lebensstätten für u.a. Reptilien, Erd- und Grabwespen sowie weitere Gliederfüßer erhalten bleiben. Außerdem kommt dem Gebiet eine wissenschaftliche Bedeutung zu. Seit Unterschutzstellung ist das Gelände stark verbuscht. Darüberhinaus entwickelt sich eine starke Gefährdung durch die unmittelbar angrenzende Wohnbebauung des ehemaligen Ziegeleigeländes.
Kein Biotopmanagementplan.

9. Dreiecksweiher:
MTB 4807 ***Lage***: Im Düsseldorfer Stadtwald – Hasseler Forst

Geschützt seit 1984 und 1993 ***Größe***: 33,3 ha und 51,7 ha

Noch kein Biotopmanagementplan, jedoch Beschreibung in „Stadtbiotop-Kartierung".

Literaturverzeichnis:

Landschaftsplan der Landeshauptstadt Düsseldorf
Entwurf Nov.1989

Rahmenkonzept für die Entwicklung des NSG Rotthäuser Bachtal
1988, Heimann u. Scherwaß, im Auftrag der ULB Düsseldorf

Biotopmanagementplan Urdenbacher Kämpe
1987, Verbücheln u. Wittig, im Auftrag der ULB Düsseldorf

Biotopmanagementplan Eller Forst
Mai 1992, Hamann, Schulte, Börth, im Auftrag der ULB Düsseldorf

Biotopmanagementplan Rahmer Benden
Nov. 1987, Haafke, Gatzlik, Moos u.a.; im Auftrag der Stadt Düsseldorf

Stadtbiotop Kartierung
März 1992, Gödde, Richarz, Walter u.a., Landeshauptstadt Düsseldorf

Naturschutz im Rheinland, Jahrbuch 1989–1991
Rheinischer Verein f. Denkmalpflege und Landschaftsschutz

Der Unterbacher See und die benachbarten Düsseldorfer Stadtwälder
1978, Rheinische Landschaften, Heft 7, Woike u. Baatz, Rhein. Verein für Denkmalpflege u. Landschaftsschutz

Die Urdenbacher Kämpe bei Düsseldorf
1991, Rheinische Landschaften, Heft 37, Rhein. Verein für Denkmalpflege und Landschaftsschutz

Informationen über Schutzgebiete im Düsseleinzugsbereich im Landkreis Mettmann finden sich in:

Flora des Kreises Mettmann unter besonderer Berücksichtigung von Schutzgebieten
Klaus Adolphy, 1994, Biologische Station Urdenbacher Kämpe e.V.

Luftbildaufnahme: Corneel Voigt, Essen, mit Freigabe durch den Reg. Präs., Düsseldorf

Fotos: Ernst Steller

Ostdeutschland am Düsselstrand

Werner Beutling, Ratingen

Ein Fluß ist nicht nur Wasser, das von der Quelle zur Mündung fließt; der Fluß ist Teil eines Lebensraumes.
Er ermöglicht (oder vergiftet) die Existenz von Pflanzen, Tieren und in vielen Fällen auch der Menschen (Beispiel Nil), beeinflußt das Klima und treibt mit seiner Fließkraft Mühlen, Hammerwerke, Turbinen und Maschinen. Er prägt die Landschaft – oft auch die Mentalität und die Lebensweise der Menschen – und richtet unter Umständen Schaden an, wenn er über die Ufer tritt oder austrocknet.

An den Ufern der Düssel leben Rheinländer, ein Menschenschlag, der häufig als witzig, redselig und bisweilen als etwas oberflächlich charakterisiert wird. Selbstverständlich ist jedes Pauschalurteil im Einzelfall ungerecht, aber die Ausnahme bestätigt auch hier die Regel.

An der Dammer Mühle erreicht die Düssel das südliche Gerresheim, jenen Stadtteil Düsseldorfs, der durch die Industrieanlagen der Aktiengesellschaft Gerresheimer Glas und die umliegenden Arbeitersiedlungen geprägt ist.

Im Jahre 1864 kam der Gründer dieses Unternehmens, Ferdinand Heye, 26jährig, nach Gerresheim, das damals noch eine selbständige Gemeinde war. Sein Vater, Caspar-Hermann Heye, Glashüttenbesitzer und Glashändler in Bremen, war verstorben und hatte seinem Sohn Ferdinand ein beachtliches Vermögen hinterlassen, das dieser wiederum in Glas anzulegen gedachte. Da sich die Gerresheimer Glashütte in den folgenden Jahren zur größten Hohlglasfabrik der Welt entwickelte, ist es sicher angebracht, sich mit den Besonderheiten der Unternehmensgeschichte zu befassen.

Ausschlaggebend für die Standortwahl waren vielerlei Faktoren: Da war zunächst das günstige Grundstücksangebot mit seinen Gleisanschlüssen ins Bergische Land und nach Düsseldorf. Heye konnte über den Düsseldorfer Hauptbahnhof, der damals noch am heutigen Graf-Adolf-Platz lag, seine Erzeugnisse zum Hafen und von dort über den Rhein und Rotterdam an jeden Ort der Erde transportieren. Zudem gab es die wichtigsten Rohstoffe wie Kohle, Quarzsand, Kalk und Soda in erreichbarer Nähe. Die Hauptsache aber war, daß ein enormer Bedarf an Hohlglaserzeugnissen bestand. Bis auf eine einzige kleine Glashütte bei Kreuznach gab es im ganzen Rheinland keine Flaschenfabrikation. Heye war konkurrenzlos und das bei steigender Nachfrage. Die Winzer vergrößerten laufend ihre Erträge, immer mehr Mineralbrunnen wurden exploriert, die Brauereien konnten ihr Bier haltbarer machen und stellten sich zum Teil auf Flaschenbier um. Zudem benötigten die Konservenfabriken und die chemische Industrie jede Menge Gläser. Da konnte nichts schiefgehen!

Heye hatte also alles, was er sich wünschte, bis auf eins: Glasbläser! Die wenigen Fachleute, die er aus seiner Heimat mitgebracht hatte, reichten bald nicht mehr aus. Im Gegensatz zum Bergbau und zur Stahlindustrie an der Ruhr, die alle sich anbietenden Arbeitskräfte gebrauchen konnten, benötigte man zur Glasherstellung damals qualifizierte Arbeiter. Glasblasen war ein beinah künstlerisches Handwerk, zu dem auch noch eine kräftige Konstitution gehörte.

Heye schickte Werber in alle Gegenden Deutschlands und der angrenzenden Länder, in denen Flaschenfabrikation betrieben wurde. Es kamen Menschen aus allen Himmelsrichtungen nach Gerresheim, um hier ihren Lebensunterhalt zu verdienen. Die meisten Glasarbeiter stammten aus Pommern, Westpreußen, dem Baltikum, aus Polen und sogar aus Rußland. Sie brachten ihre eigene Sprache und Lebensweise mit und weil die Pommern und Westpreußen in der Überzahl waren, hat sich deren Sprache am stärksten durchgesetzt. Die alte Glasbläsersprache, das „Hötter Platt“, ist also im Ursprung eine nordostdeutsche Mundart, die auch noch in den ersten Jahren nach dem zweiten Weltkrieg von den älteren Menschen 'auf der Hött', wie man das südliche Gerresheim nannte, gesprochen wurde.

Heyes Problem war nun, aus den vielen zusammengewürfelten Völkerschaften eine Stammbelegschaft zu bilden.

In den nordöstlichen Provinzen gab es riesige Wälder, die zumeist den Großgrundbesitzern gehörten. Diese hatten zuweilen Absatzschwierigkeiten für ihr Holz und so kamen sie auf die Idee, inmitten ihrer Wälder kleine Glasöfen anzulegen, um auf diese Art – gewissermaßen im Nebenerwerb – Flaschen herzustellen. Wenn die umliegenden Waldungen abgeholzt waren, ließ man die Schmelzöfen verfallen und richtete an anderer Stelle neue ein. Für die Arbeiter mit ihren Familien stand dann ein Umzug ins Haus, den sie notgedrungen in Kauf nahmen. Sie waren aber keine Handwerker, die freiwillig von Ort zu Ort zogen, obwohl dies von Heye – wie sich später herausstellte – befürchtet worden war.

Mit der Entwicklung des Bergbaues im Ruhrgebiet änderte sich die Lage. Der enorme Bedarf an Grubenhölzern machte die Glasherstellung unrentabel und die Arbeitskräfte wurden nicht mehr benötigt. Diese Entwicklung kam Ferdinand Heye zugute. Er versprach den angeworbenen Glasbläsern Wohnungen mit dazugehörigen Gärten, Ackerland und Stallungen, damit sie dort so weiterleben konnten, wie sie es gewöhnt waren. Nacheinander entstanden verschiedene Siedlungen mit dazugehöriger Infrastruktur wie Waschhäuser, Backhäuser, Räucherkammern, Wasserleitungen, Strom- und Gasanschlüssen, Kindergarten, Bibliothek, Badeanstalt, Veranstaltungssaal, Altenheim, Junggesellenheim, Grünanlage mit Musikpavillon und anderes mehr. Heye beteiligte sich an Schul- und Kirchenbauten sowie an Vereinsgründungen und rief eine Betriebskrankenkasse und eine betriebliche Alterssicherung ins Leben, alles Errungenschaften, die zu jener Zeit noch lange nicht sebstverständlich waren.

Natürlich waren es keine Villen, die den Arbeitern zur Verfügung standen; es waren einfache ein- bis zweistöckige Backsteinhäuser. Aber woanders lebten Arbeiterfamilien damals auch nicht komfortabler. Bis 1901 lebten die Glasbläser sogar mietfrei und die ca. 1.600 Wohnungen wurden turnusmäßig kostenlos tapeziert und mit neuem Anstrich versehen. Das änderte sich allerdings nach dem großen Generalstreik, aber auch danach blieben die Mieten immer noch erschwinglich.

Die einzelnen Siedlungen hatten ihre besonderen Namen. Da gab es die Altstadt, die Neustadt, den Neubau, die Nachtigall, die Alte Insel und die Neue Insel. Die Alte Insel verdankt ihren Namen einer großen Düsselschleife, die den ganzen Häuserkomplex wie eine Halbinsel umgibt. Die später erbaute Neue Insel wird an ihrer Südwestseite von der Düssel begrenzt. Der Fluß bildet in diesem Bereich den Teil einer imaginären Grenze, die die Glashütte einschließlich der Wohngebiete umschließt, nicht sichtbar, aber für den kritischen Betrachter dennoch feststellbar.

Ich selbst bin am Rande des Hüttenviertels aufgewachsen und die erwähnte Grenze verlief in der Mitte unseres Korridors. Auf der einen Seite befand sich die elterliche Wohnung und auf der anderen Seite die meiner Großeltern. Bei uns wurde nur Hochdeutsch gesprochen, zuweilen mit ein paar rheinischen 'Knubbeln'. Ohmchen und Opchen – wie wir meine Großeltern nannten – sprachen ausnahmslos „Hötter Platt“.

Opchen war ein aus Westpreußen eingewanderter Glasmacher und hatte früher auf der Hütte gearbeitet. Ohmchen stammte vom 'Pannschoppen', jenem einzelstehenden Häuschen an der Morper -/Düsseldorfer Straße, der Verbindungsstraße von Gerresheim nach Erkrath zwischen der Dammer Mühle und Haus Morp, nahe bei der Düssel. Als Einzelkind ständig unter Erwachsenen lebend blieb es nicht aus, daß ich mich häufig in der Wohnung meiner Großeltern aufhielt. Ich sehe mein Ohmchen noch heute vor mir, wie sie mich mit einem Seitenblick musterte und dann fragte: „Na, du kickst mi werra so hongrich an, hätt di dine Modder werra nix to fräten gävt? Wist du denn en Bodderbrot hämm von dat schöne Brot to sechsundsiebzich ut'm Konsum, mit Majerine un Lecker drop un ne Tass Mucki dot?“ (Lecker = Rübenkraut). Natürlich konnte ich eine solche Delikatesse nicht abschlagen. „Jo“, häv ick denn sächt, „immer her domit“! Wenn ich dann anschließend verziert mit einem 'Krautbart' zu meiner Mutter zurückkam, mußte ich höllisch aufpassen, daß mir nur ja kein Wort in Hötter Platt rausrutschte, sonst war die Hölle los! Kompliziert wurde die Lage noch zusätzlich, wenn Mutters Verwandtschaft aus Derendorf dann wie eine Naturkatastrophe bei uns einfiel und lautstark auf Düsseldorfer Platt „maulfechtete“. Es war mein Ehrgeiz, auch dort mithalten zu können. Doch sobald der Spuk wieder vorbei war, war wieder einzig und allein Hochdeutsch angesagt. Überhaupt war meine Sippschaft eine Sorte für sich. Geburtstage und Beerdigungen arteten mit schöner Selbstverständlichkeit in bühnenreifes Kabarett aus, dessen Reiz besonders in der Gegensätzlichkeit des rheinischen und des östlichen Humors bestand. Mein Großonkel Bertold hat einmal den Nagel auf den Kopf getroffen, indem er sagte: „In jede Herd is en schwattet Schop, bloß bi ons nich, do sind se alle schwatt“.

Sprachwissenschaftler bezeichnen das Hötter Platt als eine Insel im rheinischen Sprachraum (es gibt noch eine zweite in Pfalzdorf am Niederrhein). Aber die 'Hött' bildet nicht nur eine Sprachinsel, sie ist auch eine Insel der Mentalität und der Alltagskultur; zumindest war sie es bis zur Hälfte unseres Jahrhunderts. Die 'Hötter Puster' (Puster = Spitzname für Bläser) waren eine elitäre Gesellschaft, die sich gegenüber der sie umgebenden rheinischen Bevölkerung abschottete. Wer „auf die Bohlen wollte“ (Glasmacherlehre machen, auf den Bohlen=Podest, auf dem die Glasbläser standen, wenn sie ihre Arbeit verrichteten), mußte aus einer Glasmacherfamilie stammen, und geheiratet wurde meist unter sich. Im Werk herrschte eine Hierarchie: Meister, Glasmacher, Einträger und Motzer (entsprach dem Lehrling) wohnten getrennt. Die Meister in schöneren Häusern, Glasbläser im Parterre oder ersten Stockwerk in Wohnungen mit Dunkelkammern wegen der Wechselschichten, alle anderen meistens unter dem Dach. Die Glasarbeiter waren ein sehr lebenstüchtiges und hart arbeitendes Völkchen, das sich in jeder Lebenslage zu helfen wußte und sich durch besondere Trinkfestigkeit auszeichnete. Letzteres ist kaum verwunderlich, denn bei der Hitze am Arbeitsplatz hätte wohl auch ein General der Heilsarmee süchtig werden können.

Wenn ich aus dem Küchenfenster der elterlichen Wohnung blickte, schaute ich auf die Düssel und die Alte Insel und im Sommer oftmals auf die Kinder, die in der Düssel herumplantschten und manchmal in dem großen Trog des Hausschlachters herumschipperten oder mit den Händen 'Stachelditzkes' fingen. Auch meine Mutter hatte ihren Beobachtungsstand am Küchenfenster. Sie wußte genau, welche Frau wie oft und wie gründlich die Fenster putzte. Das war wichtig für die Beurteilung aller anderen hausfraulichen Qualitäten.

Ja, so war es auf der Hött in meiner Kindheit und Jugend.

Was ist geblieben?

Die Glashütte ist durch viele Höhen und Tiefen gegangen. Zur Abwendung eines Konkurses mußten die Werkswohnungen, die nach dem Krieg noch vorhanden waren, verkauft werden. Die neuen Eigentümer haben die Gebäude verändert, so daß die alten Hüttenhäuser kaum noch wiederzuerkennen sind. An die Stelle der hochqualifizierten Glasbläser aus dem Osten sind angelernte Gastarbeiter aus Südeuropa getreten. Schon wegen der sprachlichen und religiösen Schranken ist das Zusammengehörigkeitsgefühl wie es früher war, nicht mehr vorhanden.

Was geblieben ist und weiterhin bleibt, ist die Düssel. Aber auch sie hat sich im Laufe der Jahre dünnmachen müssen. Sie mußte sozusagen den Gürtel enger schnallen, um noch in ihr schmales, manchmal mit Beton und Röhren verbarrikadiertes Bett zu passen. Ihre Wasserqualität – früher in der Nähe der Alten Insel ohnehin nicht immer vom Besten – dürfte auch wohl nicht mehr das sein, was sie mal hätte sein sollen. Das alte Freibad im Brühl ist schon vor vielen Jahren geschlossen worden, und in den sogenannten Kolks – kleine seeartige Verbreiterungen zwischen Erkrath und Gerresheim – wird auch nicht mehr gebadet. Der Unterbacher See wurde zu einem großen Freizeitpark ausgebaut und erfüllt alle Wünsche der Wassersportler.

Wo sind die Kinder der Alten und Neuen Insel?

Die Tröge der Hausschlachter gibt es nicht mehr. In den ehemaligen Schweineställen stehen heute Autos und die Hötter kaufen ihr Fleisch beim Metzger oder im Supermarkt. Das Wasser soll in der letzten Zeit, wie u.a. die Messungen der Naturfreunde ergeben haben, wieder etwas klarer geworden sein, aber die Hötter sind dennoch gut beraten, wenn sie ihren Sprößlingen das Baden in der Düssel verbieten.

Blick über Gerresheim und Glashütte vom Sandberg aus

Blick auf die Gerresheimer Glashütte

Literaturverzeichnis:

Beutling, W. (1993): Do hämm wi't all werra! Verlag W. Beutling

Beutling, W. (1994): Hüttengeschichten Verlag W. Beutling

Weitere Einzelheiten über die Geschichte der Gerresheimer Glashütte und Wanderungen der Glasarbeiter aus dem Osten finden sich in den Dokumentationen von Hans Seeling und Dr. Klaus Stelling.

Zeichnung: Heinz Michels

Foto: Erna Nießen

Hexentanz im Düsseltal?

Der Gerresheimer Prozeß von 1737–38

Thomas Rath, Düsseldorf

Hexen kennt wohl jeder aus den Märchenbüchern der Kinderzeit, aus dem Kino oder Fernsehen, vielleicht sogar aus der Nachbarschaft. Aber wer weiß eigentlich, daß in Gerresheim noch im Jahre 1738 Frauen, als Hexen diffamiert, auf dem Scheiterhaufen endeten? Wer kennt die Hintergründe von Verfolgung und Verurteilung vermeintlicher Hexen zwischen dem 15. und 18. Jahrhundert?

Das althochdeutsche *Hagzissa* formte sich wohl aus *hag* (Hecke,Wald) und dem norwegischen *tysja* (Elfe) und bezeichnet eigentlich einen in Hecken hausenden Dämon. Im Volksglaube galten *zauberkundige* Frauen als Hexen, d.h. als Wesen, welche nur mit Hilfe von Teufeln und Dämonen ihre unheilvollen Künste vollbringen konnten. In Zeiten, in denen sich Aberglaube mit Unwissenheit zu panischen Ängsten verbanden, reichten bereits geringe Abweichungen von der *Norm*, um in den Ruf zu geraten, eine Hexe zu sein. Märchen berichten von häßlichen, alten Weibern, von Frauen mit Buckel, welche auf Besen durch die Luft reiten. Auch von schönen, wollüstigen Mädchen, die nur mit Hilfe von bösen Geistern die Männer betören können, erzählen diese Geschichten. Die damalige Hysterie wurde auch noch geschürt durch den Wunsch, sich das Eigentum des anderen anzueignen oder war Rest des alten heidnischen Volksglaubens. Erst Siegmund Freud hat diese scheinbar dunklen Seiten des Menschen ein wenig aufgehellt.

Die Verfolgung von Hexen entwickelte sich aus den ursprünglichen Verfahren der Inquisition (lat. Untersuchung) zur Verfolgung Andersdenkender aus religiösen und politischen Gründen. Erste Verbrennungen von *Ketzern* erfolgten zunächst im 11. Jahrhundert auf Befehl von einzelnen Fürsten. Die Kirche forderte nach Augustinus, welcher allerdings die Todesstrafe ablehnte, die Bestrafung von Ketzern durch die weltliche Gewalt. So wurde Anfang des 13. Jahrhunderts durch das Zusammenwirken von weltlicher und kirchlicher Gewalt, insbesondere auf Betreiben von Kaiser Friedrich II. und der Päpste Innozenz III. und Gregor IX., die Inquisition eingerichtet, um Ketzer zu verfolgen und Verdächtige aufzuspüren. Päpstliche Inquisitoren, meist Dominikaner oder Franziskaner, sollten die Ketzer ausfindig machen. Hartnäckige Ketzer und andere der Kirche Abtrünnige sollten der weltlichen Gewalt zur Verurteilung übergeben werden. Seit Papst Innozenz IV. war auch die Anwendung der Folter erlaubt. Mit dem Tod des Inquisitors Konrad von Marburg (1233) erlosch in Deutschland zunächst die Inquisition.

Im ausgehenden 15. Jahrhundert lebten Hexenprozesse wieder auf, und steigerten sich zum sogenannten Hexenwahn. Papst Innozenz VIII. beauftragte 1474 in seiner Bulle »Summis desiderantes affectibus« den Inquisitor Heinrich Institoris (Dominikaner, *1430 Schlettstadt, †1505 Mähren), in Deutschland alle Hexen aufzuspüren und auszurotten. Im Jahre 1481 wurde auch der Theologe Jakob Sprenger (* um 1436 Rheinfelden, † 6.12. 1495 Straßburg) zum Inquisitor. Maßgeblich für die Durchführung von Hexenprozessen wurde nun das von Sprenger zusammen mit Institoris 1487 in Straßburg in Druck gegebene Buch *Hexenhammer*. In diesem Zusammenhang darf der Jesuit Friedrich von Spee nicht unerwähnt bleiben, welcher 1591 in Kaiserswerth geboren wurde. Er hatte in den geistlichen Fürstentümern des Rheinlandes als Beichtvater verurteilter Hexen gewirkt. Von diesen Eindrücken geprägt verfaßte Friedrich von Spee die Schrift *cautio criminalis* (lat. Verbrechen betreffende Vorsicht), die 1631 anonym veröffentlicht wurde. Das Werk sollte sich zur bedeutendsten Literatur im Kampf gegen den Hexenwahn des 17. Jahrhunderts entwickeln.

Es ist bemerkenswert, daß Hexenpogrome nicht nur von der katholischen Kirche inszeniert wurden. Auch in protestantischen Ländern wurden vermeintliche Hexen unbarmherzig verfolgt. In den Hexenprozessen späterer Zeit waren vorwiegend Frauen die Opfer. Die letzten Prozesse dieser Art waren 1775 in Kempten/Allgäu, 1782 in der Schweiz und 1798 in Polen. Dann war endlich Schluß mit dieser Art von Kriminalisierung. Allerdings hielten sich üble Nachrede und Verleumdung noch über lange Zeit. Noch im Jahre 1836 ertrank eine Frau auf Hela (Halbinsel, Polen), die als Hexe beschuldigt der Wasserprobe unterzogen wurde.

Der Prozeß

Der letzte Hexenprozeß im Rheinland fand 1737/38 in Gerresheim und Düsseldorf statt und läßt sich aus den Akten des Hauptstaatsarchivs in Düsseldorf rekonstruieren. Im April 1737 wurde vom Gericht des Amtes Mettmann ein Ermittlungsverfahren gegen die damals vierzehnjährige Helene Mechtildis Curtens eröffnet. Helene wurde am 18. Mai 1722 geboren und lebte mit Vater und Stiefmutter *an der stockgaht* (Gasse zwischen Stöcken) in Vennhausen. Die Straßenbezeichnung Stockgartenfeld erinnert noch heute an das Gehöft aus dem Jahr 1715.

Helene war ins Gerede gekommen als sie in der Nachbarschaft Tücher mit merkwürdigen Zeichen herzeigte. Sie behauptete, daß Geister diese eingebrannt hätten. Bei den drei Wallfahrten nach Kevelaer im Herbst 1736 hätte sie ein Tuch erhalten. Ihre Eltern und Nachbarn bezeugten vor Gericht die Herkunft der Tücher. Diese Beweisstücke wurden aber im Folgenden vom Gerresheimer Pastor verbrannt, wie der Düsseldorfer Gutachter Hofrat Eckarth ein Jahr später mißbilligend feststellte.

Man berichtete in Gerresheim von seltsamen Begebenheiten im Verlauf dieser Wallfahrten. Auf der Hinfahrt hätten die Pferde ungewöhnlich laut geschnaubt und geschwitzt, als ob Geister sie ängstigten. Helene erzählte in der Nachbarschaft noch mehr. In Kevelaer sei ihr ein Mann begegnet, *eins im ahngesicht schwartz gekleydeten manns, eine rauhe mütz und stumpfe schuhen ahn und händt mit fingern wie klau-*

wen haben, der sie nun auch nachts zu Hause aufsuchte. Das Protokoll berichtete auch, daß Helene von Nachbarinnen darüber aufgeklärt wurde, daß der *schwartze*, wie sie ihn nannte, nur der Teufel sein könnte. Während der ersten Verhöre durch den Richter bestätigte Helene naiv die Gerüchte, die im Umlauf waren. Geister hätten sie gedrängt, der Mutter Gottes in Kevelaer für deren Erlösung ein Opfer zu bringen.

Helene berichtete indes freimütig, daß der *schwartze* sie die Hexenkunst gelehrt habe. Mit dem Spruch*: So, so, fusce, fusce* könne sie sich unsichtbar machen. Im Ort, besonders im Pastorat, habe sie Gegenstände zum Fliegen gebracht. Zeugen bestätigten auch dies. Weiter gab sie zu, sie sei an mehreren Orten gleichzeitig gewesen. Zum Beispiel sei sie zum Tanz zum *Ritter* geflogen. Auf dem Weg dorthin habe sie die Mägde im Pastorat belauscht, obwohl Fenster und Türen fest verschlossen waren. Die Zeuginnen bestätigten eidlich die von Helene zitierten Worte. Die Eltern der Inhaftierten hingegen versicherten, ihre Tochter sei zu diesem Zeitpunkt zu Hause im Bett gewesen. Andere namentlich protokollierte Frauen berichteten von Erlebnissen, die sie bislang für Sinnestäuschungen hielten. Helene hätte oben am Giebel eines Hauses an einer senkrecht aufgeführten Wand gehangen, ohne sich irgendwie abzustützen. Die Zeugin sei nur zehn Schritt weitergegangen, da habe Helene ganz unversehrt vor der Haustür gelegen. Danach habe sie mit dem Kopf nach unten in einem Brunnenschacht gesteckt, in dem sie sich auch nicht festhalten konnte, und sie habe ein Kraut in der Hand gehabt. Die Schützen sagten auch gegen Helene aus und gaben an, in der Wachstube seien die Fenster von selbst aufgegangen, obwohl die Riegel sich nicht bewegt hätten. Aus der dreieinhalb Fuß langen Kette, mit der sie angeschlossen gewesen sei, war ein Kettenglied verschwunden. Obwohl sie doch angekettet gewesen sei, wäre sie etliche Male frei in der Wachstube herumgegangen, was die Schützen von außen durchs Fenster sehen konnten. Wenn die Schützen eilig hineingingen, sei sie wieder angeschlossen gewesen.

Die zweite Angeklagte war Agnes Olmanns. Die Olmanns hatte mit ihrem Mann Heinrich drei Töchter. Außer der bereits gestorbenen Katharina Gertrud gab es die sechzehnjährige Sibylle und die sechsjährige Marie-Elisabeth. Die Familie war von Bilk zunächst in das Amt Mettmann auf den Blotschenkothen und von dort zur Stockgahten in die Nachbarschaft der Curtens gezogen. Im Verlauf des Prozesses wurde Agnes Olmanns vorgeworfen, sie habe sich auf diese Weise ihrem Opfer Helene stetig genähert.

Die Angeklagte Agnes Olmanns bestritt nichts und widerrief nichts, obwohl ihr die Bestrafung durch Verbrennung ernst und mahnend vorgehalten wurde und obwohl ihr der Kapuziner, der zum Exorzismus kam, versprach, sie bei Widerruf aus dem Gefängnis fortzubringen.

Bei weiteren Verhören gab Helene bereitwillig zu, daß die Spukerei schon vor ihrer Verbindung mit dem *schwartzen* begonnen habe, denn erst acht Tage vor ihrer Verhaftung sei er an ihr Bett gekommen und habe sie gefragt: *wollstu nicht meyn seyn*? Sie habe nicht gleich eingewilligt, sondern erst beim dritten Mal. Sie hätte das Bündnis mit dem Blut besiegelt, das der *schwartze* ihr mit einer Nadel aus der Hand *gepitschet*. Weiter gestand Helene, sie hätte mit dem *schwartzen* geschlechtlich verkehrt, *wie die mannsleüthe mit denen frawle tüthe*. Was von ihm abgegangen, wäre *weich und nicht recht kalt noch warm gewesen* ... und *sie bey solcher vermischung keine wollust* verspürt habe.

Was sollte der Richter von diesen Aussagen halten? Im allgemeinen wurde von Helene gesagt, daß sie ihre Sinne *wagger und munter* beieinander habe und daß sie *bey gutem verstandt eins von dem anderen wohl unterschieden bekann*. Als das Gericht detaillierte Angaben über das Geschlechtsteil des Teufels verlangte, ging Helene freimütig ins Detail. Außerdem behauptete sie, der *schwartze* sei nicht nur an der Stockgaht bei ihr gewesen, sondern auch dreimal während der Arrestzeit. Dabei habe er gedroht, sie umzubringen. Im Hinblick auf Erlebnisse, die brutale Gewaltanwendung und sexuelle Mißhandlung ahnen lassen, mußte die junge Frau Todesängste ausgestanden haben. Das Gericht diskutierte, ob sich in diesen Phantasien möglicherweise früher erfahrene Vergewaltigungen spiegelten und ließ sie von vier Hebammen untersuchen. Doch Helene war unberührt und Jungfrau.

Die Gerresheimer Schützen und eine Wärterin gaben zu Protokoll, die Angeklagte habe nachts oft heftig geschrien: *0 wehe, 0 wehe, du thuest mir wehe, gehest du forth*! Die Inhaftierte versuchte mehrfach sich zu töten, mit einem Strohband, mit den Bändern ihrer Mütze und mit der zum Strick zusammengerollten Schürze, selbst mit *den dauemen auff die kehle gesetzet* und *schnupftuch umb den haltz gestopfet*.

Wie war die junge Frau, *recht verständig und klög*, so rasch an den Teufel gekommen? Als Anstifterin benannte Helene die Nachbarin Agnes Olmanns. Der Richter ließ sie und ihren Ehemann Heinrich Olmanns und die zwei Töchter verhaften. Angeblich hatte die Frau, deren Alter Mitte dreißig sein mußte, versucht, bei der Helene die Angst vor dem *schwartzen* zu verscheuchen. Sie habe das Mädchen auf die Zauberkünste des Fremden neugierig gemacht, indem sie sich selbst vor dem Pastorat in eine Katze mit vier Beinen verwandelt habe. Dann sei sie durch das Hühnerloch ins Haus gelangt, um dort wieder ihre menschliche Gestalt anzunehmen. Auch habe Agnes Olmanns der Helene eine Heilsalbe gegen die starken Schmerzen an Arm und Bein gegeben, sowie einen Apfel, in dem etwas enthalten wäre, das gut gegen ihre Krankheit sei. Darüber sollte Helene aber mit niemandem sprechen. Doch sei ihr nach dem Essen des Apfels schlecht geworden und geholfen habe er nicht.

Richter Schwarz ließ nach der Salbe forschen. Bei einer Durchsuchung *an der stockgaht* fand man tatsächlich einen Salbentopf und einen beschriebenen Zettel, tief unter dem Viehfutter in der Kuhkrippe versteckt. Eine Hexensalbe?

Auch die Töchter der Olmanns gerieten in die Mühlen der Vernehmung. Die sechsjährige Marie-Elisabeth gestand unter Tränen, daß sie Mäuse zaubern könne, was eine weise Frau ihr beigebracht habe. Nach einer Gegenüberstellung mit Helene widerrief sie alles unter Tränen. Doch nun bestätigten andere junge Mädchen aus

Gerresheim diese Hexenkünste. Zum Beispiel wurde Helene nachgesagt, sie habe mit einem Messer ein Loch in die Erde gemacht, im Mund einen Finger abgeschleckt und den nassen Finger ins Erdloch gesteckt. Da seien sechs Mäuse heraus gelaufen und wieder hinein.

Helene beschuldigte nun Agnes Olmanns, sie sei die *Weise Frau* und hätte ihre Töchter das Zaubern gelehrt. Agnes Olmanns beteuerte beharrlich und mit Nachdruck, sie sei keine *Hexe*. Sie würde freiwillig die Wasserprobe auf sich nehmen, das heißt, sich gefesselt ins Wasser werfen lassen. Dieses Gottesurteil lehnte der Richter ab; denn seit 1555 war diese Art von Wahrheitsfindung im Herzogtum Berg nicht mehr statthaft.

Zahlreiche Männer und Frauen bezeugten das unheimliche Können der Olmanns. Sogar der Ehemann erinnerte sich, daß die Schwiegermutter Gertrud Koppert *Zauber-Gret* genannt wurde und als *Hexe* galt. Agnes hätte sich auch am früheren Wohnort schon gegen die Nachrede der Hexerei verteidigen müssen. Durch diese Aussagen belastete Heinrich Olmanns seine Frau schwer. Zu den genannten Vorwürfen kam noch hinzu, daß die Todesursache der dritten Tochter Katharina Gertrud, die auch Mäuse und Küken zaubern konnte, unklar war. Als sie einmal einen Hasen aus ihrer Schürze gezaubert hätte, sei darüber gesprochen worden, und über eben diesen Spruch sei sie gestorben. Ein Arm und ein Bein seien bei ihrem Tod ganz blau gewesen. Wegen all dieser Verdachtsmomente habe die Mutter ihr vielleicht *von leben geholffen*. So kam ein Verdacht zum andern, zumal auch bei Helene die Krankheit mit Schmerzen in Arm und Bein angefangen hatte.

Die auf 70 Pfund abgemagerte Helene litt seit Monaten an Tobsuchtsanfällen, bei denen sie Bärenkräfte entwickelte. Eltern und Gericht waren ratlos. Ende Mai 1737 ordnete der Richter bei den Inhaftierten eine Leibesvisitation an. Man wird bei Agnes fündig. Am Oberschenkel hatte sie blaue Flecken. Die Hebamme wurde befragt, ob diese von Jahre zurückliegenden Schwangerschaften stammen könnten. Die Hebamme verneinte. Bei der Nadelprobe zeigte sich heftiger Schmerz. War die Olmanns etwa keine Hexe? Anders bei Helene. An ihr fand Richter Schwarz beim Nadelstechen den schmerzlosen Fleck und es floß kein Blut. Das Gutachten führte später an, gerade das Fehlen des Teufelsmales sei ein Beweis für den Teufelsbund. Nur so könne sie das Gericht täuschen. Helene kam auf Weisung der theologischen und medizinischen Kapazitäten für 4 Tage in Dunkelhaft. Aber diese Maßnahme half ihr ebensowenig wie ein Exorzismus. Richter Schwarz erwog, ob natürliche Gründe in Frage kämen. Eine Hebamme sollte den Menstruationszyklus der Fünfzehnjährigen beobachten. Doch die Anfälle waren unabhängig von den Monatszyklen und den Mondphasen. Ratlosigkeit herrschte im Gericht bezüglich der wahren Natur der Erkrankung. War es eine richtige Epilepsie oder eine andere *arth von hinfallender kranckheit*? Das Gutachten legte alle Möglichkeiten als Teufelskunst aus, da auch Agnes Olmanns nach einem Verhör diese Symptome zeigte. Selbst die Wachen wurden für fast eine Woche tobsüchtig, obwohl sie vorher nie solche Krankheitszeichen aufwiesen.

Nach 18 Monaten Haft konnte Helenes geistiger Zustand nur mit idiotisch bezeichnet werden. Sie flüsterte in ihrer Zelle unverständliches Zeug, tanzte zeitweise in der Wachstube herum und antwortete auf Befragung, sie tanze mit ihrem Schatz, dem *schwartzen*. Ferner *daß sie die decke wie ein windelkindgen zusammengerollet, ihre brüste entblößtet, und es daran säugen lassen wollen, darzwischen gelacht, und gesagt, du hundt, willst saugen.*

Der Gutachter hielt Helene für vom Teufel besessen. Ihre Aussagen über Agnes Olmanns wies er zurück, da sie noch keine zwanzig Jahre alt war. Doch Agnes wurde von vielen Gerresheimer Bürgern mit gutem Leumund belastet. Diesen Anschuldigungen mußte nachgegangen werden.

Am 29. Juni 1737 schloß Richter Schwarz die Voruntersuchung ab und reichte die Verhörprotokolle und alle Beweismittel beim Düsseldorfer Hauptgericht ein. Allein die Residenzstadt, welche für Strafprozesse zuständig war, verfügte zu dieser Zeit über ein geeignetes Gefängnis, in das die Angeklagten nun überführt wurden. Auch hier war Helene bei Verhören weiterhin geständig. Die Olmanns hingegen zeigte sich verstockt und eine peinliche Befragung wurde angeordnet. Die Folter begann wegen ihrer Halsstarrigkeit nicht mit Daumenschrauben, sondern gleich mit 2 Stunden *Spanischer Stiefel*. Die Angeklagte bestätigte nun alle Fragen, die gestellt wurden. Sie gestand den Teufelspakt, den sie nach einem Streit mit ihrem Ehemann für 6 Jahre geschlossen habe und Helenes Verhexung durch die *hinfallende kranckheit*, weil sich diese über das Leiden ihrer Tochter lustig gemacht habe.

Am 24. Juli 1738 empfahl der Gutachter die Freilassung von Sibylle Olmanns. Von Ehemann Heinrich und Tochter Marie-Elisabeth war nicht mehr die Rede.

Säule auf dem Gerricusplatz in Gerresheim – Hexenverbrennung

Helene Curtens und Agnes Olmanns aber wurden wegen nachgewiesenem Teufelspakt und Teufelsbuhlschaft, Gotteslästerung und Schadenszauber zum Tode auf dem Scheiterhaufen verurteilt. Eine Erdrosselung vor der Verbrennung wurde abgelehnt. Die Verbrennung sollte nicht allzu geschwind vonstatten gehen, damit die Verurteilten genügend Zeit für Gebete haben, um vor Gott ihren Seelenfrieden finden zu können. Der Hinrichtungsort sollte sein der *galgenberg als gewöhnlicher gerichtsstell.*

Das Urteil des Düsseldorfer Gerichts aufgrund des Gutachtens wurde vor dem 15. August 1738 gesprochen und vom Landesherren bestätigt. Die beiden Frauen wurden nach Gerresheim überstellt. Alle Pastoren des (damals ganz katholischen) Amtes Mettmann hatten von ihren Kanzeln am Sonntag, dem 17. August 1738, ein Schreiben zu verlesen und darüber zu predigen. Inhalt der Predigt sollte sein die Verurteilung wegen Hexerei und die Einladung zur Urteilsvollstreckung, auch für Kinder und Stiefkinder, damit sie bis an ihr Lebensende etwas hätten, woran sie denken könnten.

Am Dienstag, dem 19. August 1738, wurden in Gerresheim zwei unschuldige Frauen lebendig verbrannt.

Literaturverzeichnis:

Becker, H. (1989): „....allen Zeiten zur Mahnung..", aus „Der eigene Blick", Ahasvera Verlag

Hammes, M. (1995): „Hexenwahn und Hexenprozesse", Gondrom Verlag

Weidenhaupt, H. (1988): (Herausgeber), Düsseldorf, Geschichte, Bd. 2, Patmos Verlag

Wolf, H.-J., (1989): „Hexenwahn", Gondrom Verlag

„Düsseldorfer Sagen aus Stadt und Land" (1982), Verlag der Goethebuchhandlung, Düsseldorf

Foto: Erna Nießen

Die Scheidlingsmühle

Hans Möhker, Düsseldorf

Schon sehr früh wurde die Kraft der kleinen Düssel zum Antrieb vieler Mühlen benutzt. Das Wasserrecht aber und das Recht, Mühlen zu betreiben und deren Nutzung den Untertanen zwingend vorzuschreiben (Mühlenzwang), stand den Landes- bzw. in geringem Umfang auch den Grundherren zu. Wir können daher davon ausgehen, daß in der Frühzeit der Stadtgeschichte alle Mühlen in und um Düsseldorf Eigentum des Herzogs waren oder wurden. Im heutigen Stadtgebiet gab es längs der Düssel viele Mühlen, so z. B. die Buschermühle in Derendorf, die Platzmühle am Mühlenplatz, dem heutigen Grabbeplatz, eine Mühle in Eller, die Scheidlingsmühle in Wersten, die Rompelsmühle in Bilk und die Hofmühle an der Zitadelle. Weiter befanden sich eine herzogliche Mühle in Einbrungen und eine in Kalkum, die aber ursprünglich der Äbtissin von Gandersheim gehörte. In Urdenbach stand noch bis weit nach dem 2. Weltkrieg die Urdenbacher Mühle, von deren Mühlrad Teile zur Erinnerung am alten Mühlplatz stehen.

Über alle diese Mühlen schreiben zu wollen, wäre zwar eine sehr interessante, aber auch langwierige Aufgabe. Auch ist eine genaue Zahl der Mühlen heute nicht mehr feststellbar, da Mühlen immer mal wieder neu angelegt oder verlegt wurden oder sogar gänzlich verschwanden.

Darum soll hier stellvertretend für alle Mühlen über die Scheidlingsmühle in Wersten berichtet werden.

Wersten fand erstmalig 1150 in der Werdener Urbar als Werstein urkundliche Erwähnung. Bei diesem Namen blieb es bis etwa 1440. Die Honschaft zählte bei der Huldigung 1731 nur 26 erwachsene Personen und gehörte zum Pfarrbezirk Himmelgeist und somit zum Amt Monheim. 1808 wurde dieser Pfarrbezirk in den Mairiebezirk Benrath eingegliedert und 1908 bzw. 1909 nach Düsseldorf eingemeindet. Die Scheidlingsmühle ist urkundlich bereits 1273 erwähnt und damit wahrscheinlich die älteste Mühle im Bereich Düsseldorfs. Da die Mühle in alten Urkunden Schadelichs-, Schadeloiß- oder Schadelingsmoilen genannt wird, ist es wahrscheinlich, daß sie ursprünglich einer noch im 16. Jahrhundert nachgewiesenen Familie Schadelich oder Schadelach gehörte. Sie wurde vermutlich ähnlich wie die Rompelsmühle in Bilk etwa um 1380 durch Herzog Wilhelm I. erworben. Für die Rompolds- oder Rompelsmühle ist erwiesen, daß sie 1369 noch Eigentum des Johannes Rumpoldi war. Dieser Johannes Rumpoldi muß ein Nachkomme des ersten Düsseldorfer Bürgermeisters Heinrich Rumpold gewesen sein, da verschiedene Autoren den Bau der Mühle eben diesem Bürgermeister zuschreiben. Herzog Wilhelm muß die Mühle kurz nach seinem Regierungsantritt erworben haben.

Die auf Stadtgebiet liegenden Kornmühlen wurden laut Urkunde vom 24. Juli 1449 von Herzog Gerhard an die Stadt

„vererfpachtet ... uysgescheiden ind beheltlich use Schadelichs moelen".

Diese Erbpacht wurde am 12. Januar 1451 nochmals bekräftigt mit den Angaben über die Höhe der Pachten für alle Mühlen: 40 Malter Roggen und 40 Malter Malz jährlich, sowie für 10 Malter Roggen auf des Herzogs Lebenszeit. Somit erhielt die Stadt Düsseldorf ab 1451 das Mühlengefälle für ihren Bereich. Die Scheidlingsmühle aber blieb bis zur Aufhebung des Mühlenzwanges herzoglich. Dieses Mühlengefälle wurde der Stadt durch den Nachfolger Gerhards, den Herzog Wilhelm II. wieder entzogen, aber sie erhielt es schon 1512 durch Herzog Johann zurück und behielt es seitdem. Der Wert der Mühlen bestimmte sich in der Zeit des Mühlenzwangs durch die Ausdehnung ihrer Bannbereiche, deren Grenzen oftmals strittig waren. In der Scheidlingsmühle mußten die Bewohner von Itter, Wersten, Himmelgeist, Mickeln, Holthausen und eines Teiles von Lierenfeld ihr Getreide mahlen lassen. Damit grenzte dieser Bannbezirk an den der Rompelsmühle. Zwischen den Pächtern dieser Mühlen kam es daher zwangsläufig zu Zwistigkeiten, da insbesondere die Bewohner von Stoffeln den kürzeren Weg nach Wersten wählten. Einer Urkunde aus dem Nordrhein-Westfälischen-Staatsarchiv zufolge wurde die Mühle 1435 durch Herzog Adolf für 10 Malter Roggen im Jahr ausgegeben. Um 1600 herum soll die Pacht eine weiße Gans, 12 Hühner und einen Brabanter Schilling betragen haben. Zur Zeit Karl Theodors betrug die Pacht 45 Malter Roggen und 20 Malter Gerste.

Im Süden Düsseldorfs war der Rhein noch weitgehend ohne ausreichende Deichanlagen, so daß dieser Bereich oftmals bis in die Nähe der Mühle überschwemmt wurde. 1573 gab es eine große Überschwemmung, welche die Orte Himmelgeist, Wersten, Stoffeln, Volmerswerth und Hamm schwer schädigte. Solche Hochwasserschäden großen Umfangs sind für fast jedes Jahrzehnt verzeichnet. Entscheidend für die immer wieder von Süden her die Stadt bedrohenden Fluten war, daß das ländliche Umland nicht ausreichend gegen das Hochwasser geschützt wurde. So wurden in den Jahren 1769 bis 1777 umfangreiche Sanierungsarbeiten an den durch die ständigen Hochwässer geschädigten und außerdem unzureichenden Deichanlagen im Süden Düsseldorfs vorgenommen. Damals wurden die Dämme erstmals auch in gemauerter Weise hergestellt. Die gemauerten Deiche sind noch heute bei Volmerswerth und Hamm erhalten. Der Stoffelner Damm wurde zu dieser Zeit errichtet bzw. verstärkt.

Aber all diesen Anstrengungen zum Trotz kam es im Februar 1784, nachdem der Rhein zwei Monate zugefroren war und dann plötzlich starkes Tauwetter einsetzte, zur größten Hochwasserkatastrophe. Bei Himmelgeist brach der Deich, die Fluten ergossen sich, dem Lauf des Brücker Baches und der Düssel folgend, in die Stadt. Durch diesen Wasseranprall, der mit starkem Eisgang verbunden war, wurden auch die Brücken, Schleusen und Flutanlagen der Scheidlingsmühle erheblich beschädigt. Der Kurfürstliche Baumeister schreibt 1794 folgenden Brief an Carl Theodor:

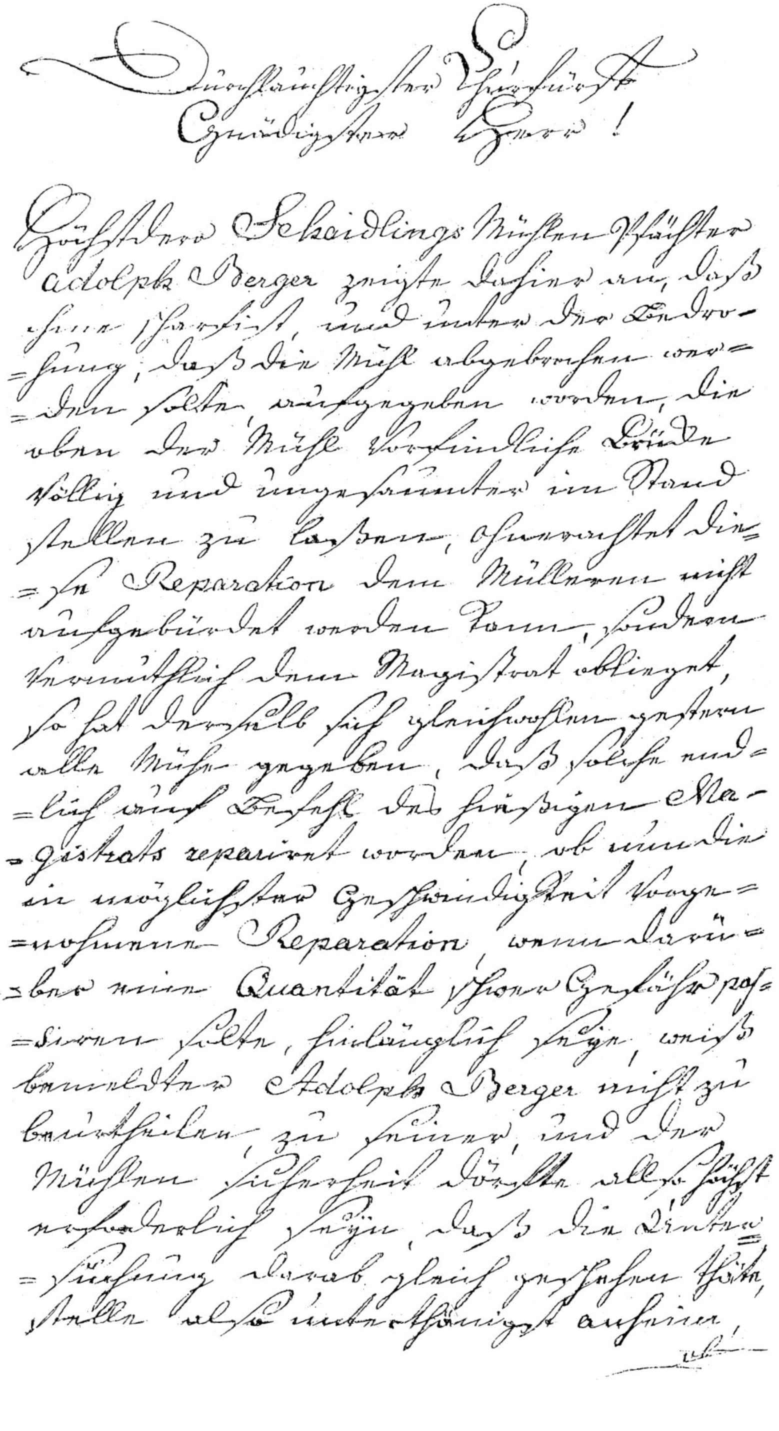
Durchlauchtigster Churfürst
Gnädigster Herr!

Höchstdero Scheidlings Mühlen Pächter Adolph Berger zeigte dahier an, daß schon [illegible], und unter der Forderung, daß die Mühl abgebrochen werden solte, aufgegeben worden, die oben der Mühl befindliche Brücke völlig und ungesäumter in Stand stellen zu lassen, ohnerachtet diese Reparation dem Müllern nicht aufgebürdet werden kann, sondern vermuthlich dem Magistrat obliegt, so hat derselbe sich gleichwohlen gestern alle Mühe gegeben, daß solche endlich auf Befehl des hiesigen Magistrats repariret worden, ob nun die in möglichster Geschwindigkeit vorgenommene Reparation, wann darüber eine Quantität schwere Geschirr passiren solte, hinlänglich seye, weiß benannter Adolph Berger nicht zu beurtheilen, zu seiner, und der Mühlen Sicherheit dürfte aller[illegible] nothwendig seyn, daß die Untersuchung darob gleich geschehen thäte, stelle also unterthänigst anheim,

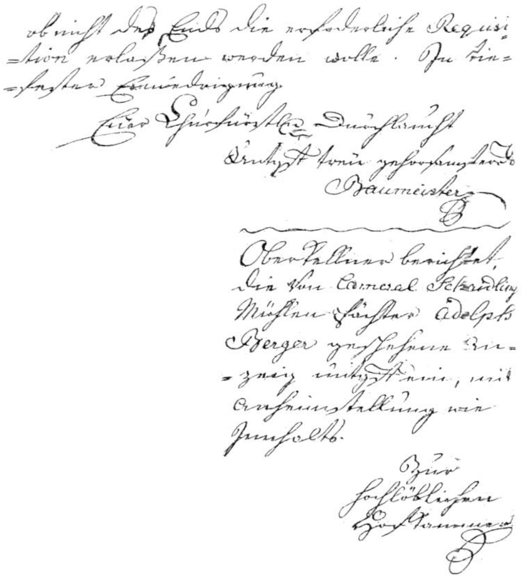
ob nicht des Ends die erforderliche Requisi=
=tion erlaßen werden wolle. In tie=
=fester Erniedrigung.
Euer Churfürstlichen Durchlaucht
unterthänigst treu gehorsamster
Baumeister
Oberkellner berichtet,
die von Carneral Schaidling
Mühlen Pächter Adolph
Berger geschehene An=
=zeig unterthänig, mit
Anheimstellung wie
Inhalts.
Zur
hochlöblichen
Hofkammer

Durchlauchtigster Churfürst, Gnädigster Herr! Höchstdero Schaidlings Mühlen Pächter Adolph Berger zeigte dahier an, daß........ ,und unter der Bedrohung, daß die Mühl abgebrochen werden solte, aufgegeben worden, die oben der Mühl vorfindliche Brücke völlig und ungesäumter im Stand stellen zu laßen, ohnerachtet diese Reparation dem Mülleren nicht aufgebürdet werden kann, sondern vermuthlich dem Magistrat oblieget, so hat derselb sich gleichwohlen gestern alle Mühe gegeben, daß solche endlich auf Befehl des hießigen Magistrats repariret worden, ob nun die in möglichster Geschwindigkeit vorgenommene Reparation, wenn darüber eine Quantität schwer Gefähr passieren solte, hinlänglich seyn, weiß bemeldter Adolph Berger nicht zu beurtheilen, zu seiner, und der Mühlen Sicherheit dörfte also höchst erforderlich seyn, daß die Untersuchung darob gleich geschehen thäte, stelle also unterthänigst anheim, ob nicht des Ends die erforderliche Requisition erlaßen werden wolle. In tiefester Erniedrigung. Euer Churfürstlichen Durchlaucht unterthänigst treu gehorsamster Baumeister.

Dieser Brief hatte folgenden Nachtrag: *Oberkellner berichtet, die von Carneral Schaidlings Mühlen Pächter Adolph Berger geschehene Anzeig ....mit Anheimstellung wie Inhalts. Zur hochlöblichen Hofkammer.*
Der Streit, wer für die diversen Reparaturen aufzukommen habe bzw. wer sie veranlassen soll, zieht sich bis in die Zeit nach den Befreiungskriegen hin. Erschwert wurde die Situation durch die Tatsache, daß ein Teil der Schleusen auf Gebiet des Amtes Düsseldorf, der andere Teil und die Mühle selbst auf dem Gebiet des Amtes Monheim lagen. Aus den im Archiv zu ersehenden Unterlagen und Baurechnungen geht hervor, daß zwischen beiden Ämtern die Kosten hin und her geschoben wurden. 1814 schreibt der Pächter, daß in den 40 Jahren seiner Pacht die Mühle und die Schleusen in einem derart desolaten Zustand seien, daß er nicht für einwandfreies Mahlen des Getreides garantieren könne.
Daneben gab es in der Wende vom 18. zum 19. Jahrhundert verstärkte Auseinandersetzungen um die Einhaltung der Mühlengerechtsame und des Mühlen-

zwanges. Laut Dekret vom 22. 12. 1807 wurde der Mühlenzwang aufgehoben. Daraufhin kam es zu ständigen Zwistigkeiten zwischen dem Pächter der Rompels- und dem der Scheidlingsmühle, da die Mairie Düsseldorf den Standpunkt vertrat, daß der Mühlenzwang weiter bestehe. Der Pächter Carl Hubert Lauferten der Rompelsmühle schrieb z. B. am 9. 11. 1814 an den damaligen Gouverneur des Großherzogtums Berg über einen Vergleich mit dem Pächter der herzoglichen Scheidlingsmühle, Adolph Berger, wegen der Nicht-Einhaltung des Mühlenzwanges und verwies darauf, daß dieser Streit laut Unterlagen schon seit 1719 bzw. 1722 bestehe und daß deswegen ein Prozess am 13. März 1811 stattgefunden habe.

Zur Verbesserung des Mahlergebnisses wurde 1861 eine Dampfmaschine zum Antrieb der Mühle eingebaut. Damit hatte die Düssel als treibende Kraft für diese Mühle ausgedient. 1883 kaufte die Stadt Düsseldorf die Anlage und verpachtete sie an die Firma G.P. Husemann, die viel Mühe darauf verwandte, die Mühle zu reparieren. Aber offensichtlich konnte auch die Dampfmaschine nicht alle Erwartungen erfüllen; denn ab 1890 wurde die Mühle durch die Firma Pelke & Jürgens als Lagerhaus benutzt und brannte schließlich in der Nacht von 8. zum 9. Januar 1893 ab.

An der Stelle der Mühle entstand 1900 dort eine Gastwirtschaft, die „Zur Scheidlingsmühle" genannt wurde. Diese Gaststätte, schön am Stadtrand gelegen, entwickelte sich zu einem beliebten Ausflugslokal (Schicksal vieler Mühlen, wie Mahnertmühle, Stindermühle etc.). Für 1926 wurde ein Bierausstoß von 150 Hektolitern angegeben. Die Gaststätte bestand bis Ende der 50er Jahre. 1965 kamen Planungen für den Bau von Schulen nördlich der Düssel zur Ausführung und das Grundstück der Mühle wurde von der Pfarrgemeinde Wersten erworben, die dort die Franz-von-Sales-Kirche erbaute. Deren feierliche Einweihung erfolgte am 8. Oktober 1971 durch den Weihbischof Dr. Hubert Luthe.
Die Düssel aber erlitt das für Fließgewässer in stark besiedelten Gebieten übliche Schicksal. Wersten und Himmelgeist waren bis zum Ende des 19. Jahrhunderts eine gemeinsame Pfarre und bildeten einen Gemeindeverband. Durch die in der 2. Hälfte des 19. Jahrhunderts immer stärker werdende Industrialisierung mit Werken, die sich vor allem in Oberbilk und Lierenfeld ansiedelten, kam es zu einem verstärkten Zuzug von Arbeitern nach Wersten. Durch diesen starken Zuwachs der Bevölkerung wurde der Bau von Schulen, Straßen und der übrigen Infrastruktur erforderlich. Da aber die durch die Industrialisierung entstehenden höheren Steueraufkommen nicht der Gemeinde, sondern der Stadt zugute kamen, fehlten die für Baumaßnahmen erforderlichen Mittel. Die Gemeindevertreter Werstens betrieben daher seit etwa 1902/03 die Lösung aus dem Gemeindeverband mit Himmelgeist und stellten den Antrag auf Eingemeindung. Diesem Ansinnen stellte sich der Landrat entgegen, der bei einer Verkleinerung seines Landkreises vermutlich auch dessen Auflösung befürchtete. Ebenso war anfänglich auch die Ahrenbergsche Gutsverwaltung von Schloß Mickeln gegen eine Lösung von Wersten. Nach mehreren Verhandlungen wurde Wersten 1908 aus dem Gemeindeverband gelöst und nach Düsseldorf eingemeindet. 1909 folgte dann auch die Eingemeindungen von Himmelgeist und Eller.

Wersten und Stoffeln waren bevorzugte Gebiete für die Errichtung von Ziegeleien.
Der Brücker Bach, der als Mühlbach noch bis Anfang des 20. Jahrhunderts im Bereich der Mühle, etwa an der heutigen Harffstraße, von der Düssel abgespalten wurde, folgt dem Verlauf des Stoffeler Dammes, heute „In den großen Banden", in weitem Bogen, vor allem aber naturnah, bis zur jetzigen Mündung. Das gesamte Gebiet des heutigen Südparks, weite Teile Werstens zwischen Ickerswarder Straße und der heutigen A46, wurden ausgeziegelt. Dadurch wurde es erforderlich, daß auch der Verlauf dieses Baches entscheidend verändert wurde. Nach der Eingemeindung Werstens wurde er in sein heutiges Bett verlegt. Damit der Brücker Bach, der ja auch als Hochwasserauffang diente, erhalten blieb, wurde am Rande der „Grünen Siedlung" ein neues Spaltwerk errichtet. Damit entfiel sein Verlauf längs den „Großen Banden" bzw. des Stoffeler Dammes. Der verbleibende Bachlauf wurde weitgehend begradigt, wie er heute noch östlich der Universität ist. Im Zuge der 1929 begonnenen Hochlegung des Bahndammes nördlich des Volksgartens wurde der bis dahin natürliche Lauf der Düssel begradigt und in ein betoniertes Korsett gezwungen. Der Teil der Düssel, der nördlich der Bahn durch den Gangelhof und über das Gelände des ehemaligen Naturfreundehauses an der Emmastraße floß, wurde abgetrennt und zugeschüttet.

Im Verlauf der Arbeiten für die Untertunnelung des Werstener Kreuzes konnten einige Fehler berichtigt werden. Der Lauf der Düssel wurde ab dem Eller Friedhof südlich des Tunnels verlegt und renaturiert. Bei Anlage der Bundesgartenschau hätten weitere Fehler korrigiert und der Lauf der Düssel bis zur Philipshalle renaturiert werden können. Leider wurde diese Möglichkeit versäumt. An die 720 Jahre alte Scheidlingsmühle erinnert heute nur noch der Weg vom Spaltwerk bis zur Harffstraße: „Scheidlingsmühlenweg".

Literaturverzeichnis:

Akten des Stadtarchivs Findbuch Abt. II. Bd. I (Eisgang und Überschwemmung 1741–1806; Hochwasser 1794–1921; Stoffeler Damm 1769–1885; Brücke über den Flutgraben an der Scheidlingsmühle 1777–1806; Schleusen im Flutgraben oberhalb der Scheidlingsmühle 1777 -1818)

Archiv der Heimatfreunde Werstener Jonges

Lau, Friedrich, (1921): Geschichte der Stadt Düsseldorf, Bd. 1

Most, Otto, (1921): Geschichte der Stadt Düsseldorf, Bd. 2

Weidenhaupt, Hugo, (1989): Geschichte der Stadt Düsseldorf in 4 Bänden

Weidenhaupt, Hugo, (1993): Kleine Geschichte der Stadt Düsseldorf

Wiener,K.P., (1983): Wassermühlen an der Düssel in: Die Düssel, Geschichte und Geschichten

Der Botanische Garten der Heinrich-Heine-Universität

Kurt Vogel, Neuß

Nach der Umwandlung der Medizinischen Akademie Düsseldorf zur Universität im Jahre 1965 wurde noch im gleichen Jahre die Naturwissenschaftliche Fakultät errichtet. Prof. Dr. Stubbe wurde 1966 der erste Ordinarius auf dem Lehrstuhl für Botanik. Und es stand außer Frage, daß zu einem Universitätsinstitut für Botanik auch ein Botanischer Garten gehört. Bei den Planungen war daher für diesen Zweck im Dreieck Wersten-Himmelgeist-Flehe ein 7 ha großes Areal reserviert worden, unmittelbar bei den Instituten für Chemie, Pharmazie und Biologie.

Dieses Areal liegt an der Süddüssel, korrekter gesagt: am Brückerbach, dem Südarm der Süddüssel. Dabei muß hier undiskutiert bleiben, ob die Süddüssel eine 'echte' Düssel ist oder ob der Brückerbach seines Primates beraubt wurde. Auf älteren Karten ist jedenfalls eine Verbindung der heutigen Süddüssel mit der Primärdüssel nicht immer erkennbar. Der jetzige weite Bogen ab dem Spaltwerk Höherhof ist sogar erst nach dem letzten Krieg angelegt worden; denn die Süddüssel verlief ursprünglich parallel zum Kamper Weg auf die Mühle Eller zu. Offenbar sind also auch früher bereits Verbindungen zwischen primär selbständigen Wasserläufen geschaffen worden, sei es zur Vorbeuge gegen Hochwässer, zur Optimierung von Mühlenzuflüssen oder aus fortifikatorischen Gründen. Für den heutigen Nordast der Norddüssel gilt dies wohl als sicher: Denn der Kittelbach [=Ketilbach] kam ursprünglich gewiß aus dem ehemaligen 'Ketilwald', der vom Aaper weit ostwärts bis zur Grafschaft Mark reichte. Lassen wir das: Der Botanische Garten liegt an der Düssel! – sonst hätte er hier keinen 'Anspruch' auf Berichterstattung.

Dr. jur. Heinrich Heine, geboren zu Düsseldorf, unruhiger Geist und skeptisch-kritischer Europäer, Spötter und romantischer Schwärmer zugleich. Die Universität Düsseldorf führt seinen Namen: Heinrich – Heine – Universität

Die Universitätsbotaniker hatten primär ein Gelände von 12 ha Größe gewünscht, eine eher bescheidene Vorstellung, wenn man die Flächen anderer Gärten kennt. Ist doch der größte Botanische Garten in Europa, jener von Kew in London, sogar 121 ha groß. Indes stand in Düsseldorf freies Gelände nicht unbegrenzt zur Verfügung. Doch konnte dort schließlich zusätzlich ein Teil der Universitätsgrünanlagen als Arboretum zur akademischen Nutzung in Gebrauch genommen werden.

Die markante Dominante des Gartens ist das **Kuppelhaus,** ein geodätischer Dom aus verzinktem Stahl, Aluminium und Plexiglas, in Architektur und Konstruktion in Europa singulär, ein wenig an die Kuppeln des Zürcher Gartens erinnernd. Die metallenen Elemente sind verbunden zu einem filigranen triangulären Netz für die 18 m hohe Halbkugel, die eine konstante Wintertemperatur von ~10° C hat [Kalthaus], übrigens aber auch eine Akustik, die jener von Epidauros nicht nachsteht. Das Plexiglas läßt die UV-Strahlen passieren. Die *„Kuppel"* beherbergt Pflanzen der Weltregionen mit Mittelmeerklima.

Mittelmeerklima im botanischen Sinne gibt es circummediterran, aber auch in Südafrika, in Südaustralien, in Mittelchile und Kalifornien sowie in einigen asiatischen Regionen. In diesen Gebieten ist eine immergrüne Hartlaubvegetation die Regel. Als Vertreter des eigentlichen Mittelmeergebietes finden wir in der 'Kuppel' die Korkeiche [*Quercus suber*], den Erdbeerbaum [*Arbutus unedo*], die Baumheide [*Erica arborea*], den Pelzfarn [*Cheilanthes marantae*] und als Cistrosenvertreter *Cistus incanus*. Für das Kapland [Südafrika] sind der große Brotpalmfarn [*Encephalartos princeps*], das Elefantenohr [*Haemanthus albiflos*] und der Kohlbaum [*Cussonia paniculata*] vertreten. Das Gebiet Kalifornien-Mexiko – unsere Macchie heißt hier *Chaparral* – bietet den Stechpalmenbocksdorn [*Rhamnus croceus*], die Baumnachtkerze [*Hauya heydeana*] sowie den Baummahagony [*Cercocarpus betuloides*] dar. Die Region Australien mit Neuseeland und Tasmanien ist vertreten durch den Schwarzen Sassafras [*Atherosperma moschatum*], eine prächtige Araukarie [*Araucaria bidwillii*] und einen Baumfarn [*Alsophila australis*]. Unter den hier insgesamt vertretenen 400 Species sind auch Pflanzen aus Asien und von den Kanaren zu sehen, so z. B. die Japanische Mispel [*Eryobotrya japonica*] und die Kanarische Dattelpalme [*Phoenix canariensis*].

[links]: Das Kuppelhaus ['die Kuppel'] des Botanischen Gartens der Universität Düsseldorf, ein geodätischer Dom von 18 m Höhe aus verzinktem Stahl, Aluminium und Plexiglas, zu einem filigranen triangulären Netzwerk verbunden.

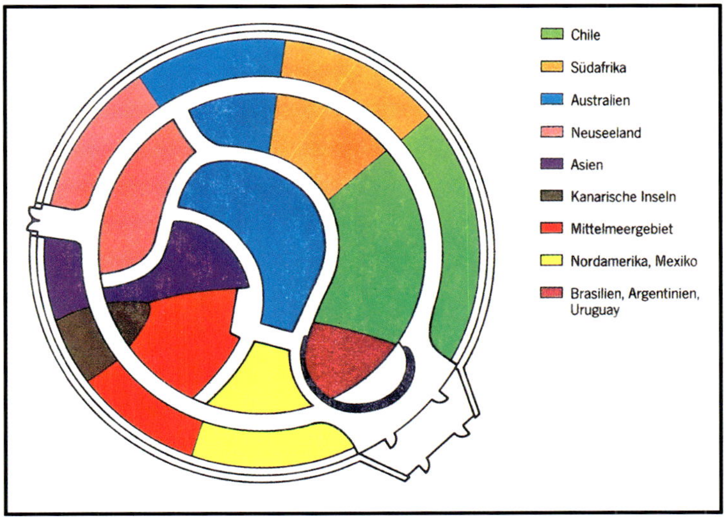

[rechts]: Schema der Bepflanzung des Kuppelhauses, gegliedert nach Weltregionen mit Mittelmeer-Klima.

Die primäre Planung hatte drei solcher Kuppelhäuser vorgesehen; eines davon war als Tropenhaus vorgesehen. Da die Öffentlichen Kassen indes derzeit nur knapp gefüllt sind, wird dieser Traumwunsch wohl vorerst ein Wunschtraum bleiben.

Beim Landeswandertag 1981 der rheinischen Naturfreunde mit 'Basislager' beim NFH Gerresheim wurde auch eine Exkursion zum hiesigen Botanischen Garten durchgeführt. Bei der Vorbereitung erfuhren wir dankenswerte Unterstützung durch Herrn Oberkustos Dr. Dietrich. Der Exkursions-Titel lautete damals '*Natur vom Reißbrett*'; und das auffälligste Merkmal war neben dem Kuppelhaus jener „riesengroße Trümmerberg", der da aufgeschüttet war, das **Alpinum** nämlich, mit + 7,5 m über Niveau für unsere niederrheinischen Verhältnisse schon ein richtiger Berg. Deswegen „Trümmerberg" genannt, weil dieses Areal, aufgehäuft aus Kalkgestein [von Wülfrath/Dornap] und Odenwald-Granit, sich gerade erst am Beginn der Umsetzung vom Reißbrett in die botanische Wirklichkeit befand, seinerzeit noch weithin kahl. Inzwischen konnten die wichtigsten widerstandsfähigen Pflanzen der amerikanischen, europäischen, asiatischen und neuseeländischen Gebirge eingebracht werden. Ein Alpenhochmoor wurde angelegt. Bald mußte aber auch der Kampf gegen 'Unkraut' begonnen werden. Ließe Schachtelhalm sich vermarkten, hätte der Botanische Garten eine gute Nebenerwerbsquelle.

NATURFREUNDE–Landeswandertag 1981. Führung durch Gartenmeister Löschper

Im Interesse der Wissenschaft muß das Kernstück eines Botanischen Gartens immer „**das System**" sein, so auch in Düsseldorf. In dieser systematischen Abteilung mit mehr als 1400 Arten aus ca. 250 Familien wird die natürliche Verwandtschaft der Pflanzen untereinander gezeigt. Düsseldorf verwendet dabei für die Bedecktsamigen [*Angiospermae*] das System des Dänen Rolf DAHLGREN.

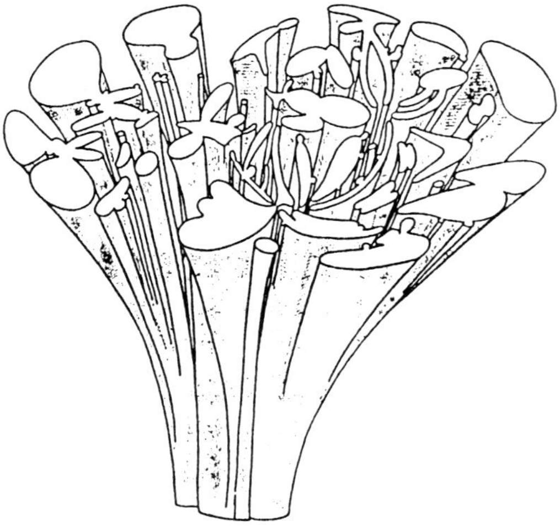
'Imaginärer phylogenetischer Baum', die Vorgabe aus DAHLGREN's maßgeblicher Arbeit

Man stelle sich einen imaginären [Stamm]-Baum vor mit nach oben zur Krone hin mehr und immer mehr gegliederten Verzweigungen, Ästen und Zweigästen entsprechend der natürlichen Phylogenese und Verwandtschaft. Die [oberen] Enden der Verzweigung stellen den gegenwärtigen Endzustand dar. Sie repräsentieren und präsentieren also, aus didaktischen Gründen alle auf eine Ebene gebracht, die heutigen rezenten 'Pflanzenfamilien'. Wenn man nun diese 'Baumkrone' horizontal abschert, zeigt die entstehende Scherebene ein Bild der natürlichen systematischen Verwandtschaft, das ist die Vorgabe für die Pflanzanordnung des 'Systems'.

Dieses „System" ist in dem Dreieck zwischen Kuppelhaus, Alpinum und Teich angesiedelt. Dabei wurden auch Bäume und Wasserpflanzen an der systematisch richtigen Stelle eingebracht. Der zuvor genannte Teich gilt hier zugleich auch als Allegorie des Wassers, 'aus dem alles Leben kam'. Daher wurde eine Insel in ihm als angemessener Standort für die ältesten bzw. ältestbekannten pflanzlichen Subjekte [Nacktsamer, *Gymnospermae*] bestimmt.

Der langgestreckte Abschnitt im Südosten, entlang dem [leider durch einen hohen Damm ausgegrenzten] Brückerbach, ist mit verschiedenen Regionalfloren [wie z. B. Kaukasus, Ostasien, Südamerika etc.] bestockt. Wenn man diesem Leitweg folgt, gelangt man zum Südeingang des Gartens. Dort ist der **Apothekergarten** zu finden. Er ist von abschließenden Mauern eingegrenzt, ein rechter *Hortus conclusus* also, womit auch der historische Bezug zur Abkunft der Botanischen Gärten aufgezeigt wird. Der Apothekergarten untersteht der Obhut von Prof. Willuhn, dem Düsseldorfer Ordinarius für Pharmazeutische Biologie, und ist mit Pflanzen, komponiert nach den Merkmalen ihrer pharmazeutisch wirksamen Substanzen, besetzt.

Daran anschließend finden wir Bereiche mehrerer Nutzpflanzengruppen. Denn die Faktoren von Nützlichkeit und Gebrauch verdienen durchaus auch weiterhin ein berechtigtes Interesse. So werden jetzt der Botanische Garten und das Botanische Universitätsinstitut eine längerdauernde Zusammenarbeit mit dem Max-

Die Botanik als *Scientia amabilis*, als liebwerte und liebenswerte Wissenschaft, lebt primär gewiß von der natürlichen Schönheit der Erscheinungen der botanischen Subjekte. Uns ist aber bewußt, daß in unserer 'real existierenden' Welt der Tag ohne die Nacht nicht sein kann, Frühling und Sommer nicht ohne den vorangegangenen Winter. Und niemand kann doch sagen, daß eine schneebedeckte Landschaft nicht auch ihren aesthetischen Charme hat: Der Botanische Garten der HHU Düsseldorf am 10. Februar 1985.

Planck-Institut für Pflanzenzüchtung in Köln einleiten; es sollen Wege gesucht werden, durch biotechnische Beeinflussung von Saatgut dauerhafte Ertragsverbesserungen zu erreichen. Vorstellung und Hoffnung sind, dadurch einen Beitrag zur Sicherung der Ernährung der [leider ungehemmt expandierenden] Menschheit zu leisten.

Die Lehr- und Demonstrationsabteilung erfaßt ihre Pflanzungen in geometrisch begrenzten Beeten, während die des „Systems" in organisch-harmonischen Gruppierungen erfolgt sind. Die zentrale Fläche des Gartens nimmt die große Blumenwiese ein; jedenfalls war erhofft, daß sich hier ohne weiteres Dazutun eine natürliche große bunte Wiese spontan komponiere. In welchem Umfange da ein bißchen gemogelt, nachgeholfen werden mußte, kann der Berichterstatter nicht sagen. Diese Wiese soll und darf bitte nicht betreten, d. h. kaputtgelatscht werden. Im übrigen gilt aber: Alle Wiesenflächen, die erkennbar durch Mähen niedergehalten sind, dürfen gern betreten werden.

Besonders interessante Gebiete sind – nach ganz persönlicher Wertschätzung – die nach ökologischen Gesichtspunkten zusammengestellten Teilbereiche der Moor-, der Heide- und der Dünen-Landschaften. Sie können [und sollten] auch eine Anregung sein, daß wir uns wie mit anderen erhaltenswerten Reliktlandschaften erneut auch mit unseren heimischen Moor-, Bruch-, Heide- und Dünen-Gebieten [Mechernich, Loosenberge, Fleuthkuhlen u.a.] beschäftigen.

Allgemein nicht zugänglich sind die Warmlufthäuser und die Anzuchthäuser; nach hiesiger Einschätzung kann das nicht anders sein [siehe unten]. Es gibt aber einen Freundeskreis für den Botanischen Garten, an dessen Vorträgen, Führungen und anderen Veranstaltungen man teilnehmen kann. Und die Gartenleitung ist ganz gewiß auch bereit, interessierte Gruppen [auch dorthin] zu führen.

Aus der Sicht unseres Landes Nordrhein-Westfalen und seiner Heinrich-Heine-Universität ist der Botanische Garten Düsseldorf ein sehr wichtiger Platz der Wissenschaft und der Forschung. Je besser der Garten ist, desto besser werden unsere Studenten ausgebildet werden können. Dies ist eine Vorgabe, die von uns allen zu unterstützen ist.

Aus der Sicht der Bürger der Stadt Düsseldorf ist der Garten ein kräftiger grüner Tupfen im Rahmen der Bemühung, von Kaiserswerth im Norden bis Urdenbach im Süden die Stadt mit einer Grün-"Achse" durchgehend zu verbinden. In diesem südlichen Teil [Volksgarten – Buga-Gelände – Botanischer Garten – Himmelgeister Rheinbogen] ist dieses Ziel bereits in einem größeren Abschnitt Wirklichkeit.

An dieser Stelle muß aber auch eine Anmerkung hinzugefügt werden, wenn diese auch unfroh macht: Universitäten sind Einrichtungen des Landes, Eigentümer also letztendlich die Bürger von Nordrhein-Westfalen. Es hat sich leider die traurige Notwendigkeit herausgestellt, daß der Botanische Garten Düsseldorf vor seinen Eigentümern geschützt werden muß. In nicht unerheblichem Ausmaß wird im Garten das praktiziert, was wertfrei 'Entnahme' heißt, objektiv Diebstahl ist. Es mußte daher bereits seit vielen Jahren ein [städtisch besoldeter] Wach- und Aufsichtsdienst eingesetzt werden. Da im Rahmen der allgemeinen, im Prinzip auch richtigen und wünschenswerten Entwicklung zur Aufwertung der allgemeinen Lebensqualität, d. h. Verkürzung der Arbeitszeit mit Mehrgewinn an freier Zeit für kulturelle Bildung und mitbürgerliches Engagement, nun allerdings die Branchen der Schere sich langsam immer mehr öffnen, die Arbeitszeit also kürzer wird, die freie Zeit im Umfang mehr, wurde im Garten die Relation zwischen Aufsicht und Entnahme mehr und mehr „zugunsten" der zweiten Abteilung verschoben. Das Ergebnis: Unser Botanischer Garten ist sonntags ständig geschlossen, während des Winterhalbjahres auch samstags. Das macht wirklich unfroh.

Gemeinsam mit allen anderen Botanischen Gärten wird auch der unserer HHU in vermehrtem Maße die Aufgabe übernehmen, seltene und vom Untergang bedrohte, ja sogar auch hierzulande bereits untergegangene Arten zu hegen [internationaler Samenaustausch der Botanischen Gärten] und zu vermehren, nötigenfalls aber auch in botanischen Samen-Banken langfristig zu asservieren. Die Einschätzung ergibt, daß bei weiter wie bisher fortschreitender Entwicklung in absehbarer Zeit in Europa etwa 50.000 Blütenpflanzen vom Aussterben bedroht sind. Gewiß würde, wenn am Ende die natürlichen Lebensgrundlagen zerstört wären und damit auch die des Menschen, die Welt ohne diesen Störenfried Nr. 1 schöner und frischer als zuvor neu aufkeimen. Es muß aber doch eine solche Entwicklung nicht gerade gefördert oder auch nur passiv hingenommen werden.

Den Denkenden und Verantwortlichen obliegt die Pflicht, die Ergebnisse von Jahrmillionen der Evolution zu bewahren. Es handelt sich dabei nicht um „Liebe zu netten schönen Blümchen", auch nicht nur um Naturschutz im ideellen Sinne, sondern vielmehr um Mitwirkung bei der Erhaltung des gesamten genetischen Materials, gewiß zwar auch im Interesse der Menschheit, bevorzugt aber im 'Interesse' der Gesamtheit der Natur, welche eine eigenwertige keineswegs aus menschlicher Gnade erwachsene sondern viel ältere und vor allem genuine Hoheit besitzt. Die Natur hat keine Lobby. Doch Frevel an ihr wird gewiß nicht ohne Ahndung bleiben. Naturschutz und Artenschutz sind sittliche Aufgaben.

Anhang

Es kann hier nicht der Platz sein, einen größeren Abriß vorzulegen über die historische Entwicklung botanischer Gärten in Düsseldorf. In Kürze sei jedoch angefügt, daß der jetzige Garten – je nach Zählweise – der vierte oder fünfte ist. Angefangen hat es in Düsseldorf wie anderswo mit medizinischen Kräutergärten, zuerst 1621 beim Kloster des Düsseldorfer Konvents der Minderbrüder des Kapuzinerordens, lokalisiert zwischen Flinger- und Wallstraße [an der Stelle des späteren Volkshauses]; im OB-Trakt des Düsseldorfer Rathauses findet sich hiervon eine aquarellierte Federzeichnung.

Später erfolgte die Umsetzung in den Garten des Garnisonslazaretts, des alten Hubertusspitals, an der Kasernenstraße, einem frühen Vorgänger der späteren Medizinischen Akademie, auch bereits mit Ausbildungscharakter. Später ist der Garten dann an anderen Plätzen zu finden. Die Daten darüber sind spärlich; man spricht von einer Stelle, die 'Am Pfannschoppen' heißt, vielleicht an der Kloster-/Oststraße, vielleicht auch an der Rosengasse, wo bis heute noch ein sehr kleines Kloster domiziliert.

Gemälde aus dem Stadtmuseum. Links im Vordergrund die Stelle des Gartens von 1808. In der Mitte Einblick in die heutige Mühlenstraße mit BENZENBERG's erster Sternwarte. BENZENBERG war anfangs auch Gymnasialprofessor am 'Lyceum', dem heutigen 'Görresgymnasium', das 1995 450 Jahre alt wurde.

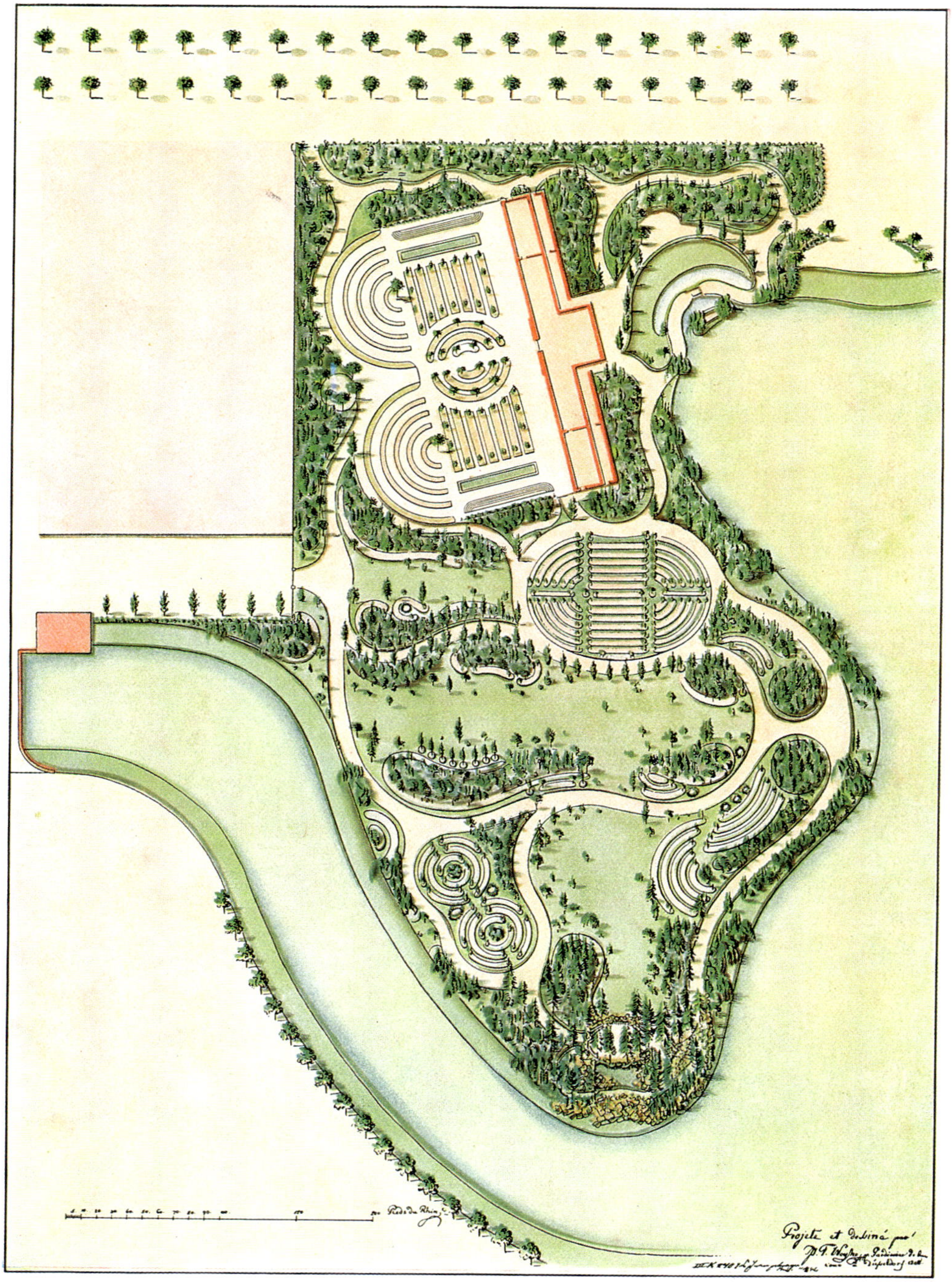

Weyhe-Plan von 1808

Schließlich wurde nach der Schleifung der Festungsanlagen ab 1808 der bis heute vorletzte Garten exakt an der Stelle des heutigen Opernhauses errichtet. Er trug unverkennbar die Handschrift des Maximilian WEYHE, dessen pingelig-präzisen und zugleich schönen Plan [siehe vorangehende Seite] zu studieren immer wieder ein Genuß ist, und hatte eine Erstreckung vom Wall [heute Heinrich-Heine-Allee] bis zur Landskrone hin, lag also ebenfalls bereits 'an der Düssel', an der richtigen sogar. Dorthin wurden auch die Bestände des Pfannschoppengartens überführt. Die inzwischen erfolgte Verbreitung der LINNÈ'schen Systematik und der damalige Plan für die Gründung einer Universität in Düsseldorf waren sicher wesentliche Triebfedern.

Dies war auch die Zeit der in Düsseldorf erarbeiteten und herausgegebenen botanischen Lehrliteratur, so die *Plantae Medicinales* von 1828, das *Handbuch der medicinischen-pharmaceutischen Botanik* von 1832 sowie die *Flora von Düsseldorf* von 1846. Dieser Garten bekam dann sogar auch ein 'Kuppelhaus' [für die *Victoria regia* natürlich].

Während der westliche Teil später dem Neubau des Opernhauses [1874] weichen mußte, blieb der östliche Teil lange erhalten. Nach heutiger Kenntnis ist der Vergleich von Interesse, daß der dortige Baumbestand etwa gleichaltrig ist mit jenem im zentralen Altteil der Insel Hombroich. Zu Beginn meiner Schulzeit war dieser alte Bestand von Bäumen des ehemaligen Botanischen Gartens noch erhalten. Diese letzten stattlichen Exemplare fielen erst dem Bombenhagel der Jahre 1943-1944 zum Opfer.

Literaturverzeichnis:

ANTZ, C. C. & R. E. CLEMEN [1846]:
„Flora von Düsseldorf", Stahl'sche Buchhandlung [K. Oenicke], Düsseldorf

DAHLGREN, R. [1975]:
„A system of Classification of the Angiosperms to be Used to Demonstrate the Distribution of Characters". Botaniska Notiser, 128, 119-147, 1975

DIETRICH-GELIUS, W. [1987]:
„Botanischer Garten Düsseldorf". Gartenpraxis 5/87, 29-32, 1987

HENRY, A. [1828]:
„Plantae Medicinales oder Sammlung officineller Pflanzen", Lithograph. Anstalt Arnz, Düsseldorf

JACOBSEN, D. [1977]:
„Botanischer Garten der Universität Düsseldorf". Gärtnerisch-botanischer Brief, 52, 19-22, 1977

KOENIG, W. & I. MARKOWITZ [1987]:
„Düsseldorfer Gartenlust". Begleitkatalog zur Ausstellung des Stadtmuseums Düsseldorf. Stadtmuseum Düsseldorf, Düsseldorf

MARKL, H. [1981]:
„Artenschutz als sittliches Gebot – Ökonomische Argumente für die Ökologie". Frankfurter Allgemeine Zeitung, 6. 3. 1981, 23

MAX-PLANCK-INSTITUT -Hrsg.- [1994]:
„Pflanzenproduktion und Biotechnologie", Max-Planck-Institut für Züchtungsforschung, Köln-Vogelsang, 1994

NEES VAN ESENBECK, T. F. L. & C. H. EBERMAIER [1832]:
„Handbuch der medicinischen-pharmazeutischen Botanik", Arnz & Co., Düsseldorf

SCHADEWALDT, H. [1968]:
„Zur Geschichte der Universität Düsseldorf" – in: 'Düsseldorf II/68', Illustrierte Zeitschrift für Gäste der Landeshauptstadt. Verlag Rhein.-Bergische Druckerei, Düsseldorf

TEUSCHER, H. [1977/78]:
„Programm für einen idealen Botanischen Garten", Gärtnerisch-botanischer Brief, 54, 2-16, sowie 55, 5-18

VAN VLIET, G. [1986]:
„Anfänge und Entwicklung der akademischen Botanik in Europa", Vortrag anläßlich der N&H-Exkursion 1986 zum Botanischen Garten [Academietuin] zu Leiden/NL.

VOGEL, K. [1981]:
„Natur vom Reißbrett", Exkursionsbegleitskripte zum Landeswandertag der NATURFREUNDE, als Manuskript gedruckt, Düsseldorf, 1981

WESTHOFF, V. [1978]:
„Die gesellschaftliche Bedeutung des Botanischen Gartens", Gärtnerisch-botanischer Brief, 55, 19-28

Abbildungen u. Reproduktionen: C. Voigt [Luftfoto], im übrigen: Verfasser

Der VHS Bio-Garten - ein Garten für Jedermann
(oder ein gelungenes Experiment)

Erna Nießen, Düsseldorf

Teilnehmer eines Volkshochschul-Kurses „Naturgemäßes Gärtnern" trafen sich an einem Samstag im März 1983. Da standen wir nun und schauten auf das Gelände unweit der Düssel, das einmal Bio-Garten und im weiteren Sinne Südpark werden sollte. Das Bibelwort „Die Erde aber war wüst und wirr" fiel uns ein. Riesen-Bulldozer (Planierraupen) machten alles platt, was sich ihnen in den Weg stellte. Für den Blick gab es fast kein Hindernis zwischen der Witzelstraße und dem Bahndamm der Strecke Düsseldorf-Köln.

Was taten wir hier? Wir waren eine Gruppe Menschen, die es sich partout in den Kopf gesetzt hatten, das in vielen VHS-Kursen theoretisch erarbeitete 'biologische Gärtnern' in die Praxis umzusetzen. Die VHS und die Bundesgartenschau-Gesellschaft hatten uns animiert, zur Bundesgartenschau '87 einen Bio-Garten anzulegen. 3.500 qm wurden uns mit den Gartengeräten zur Verfügung gestellt. Später bezahlte die Buga-GmbH auch Bäume, Sträucher, Pflanzen und Sämereien, die wir ausgesucht hatten. Außerhalb des Bio-Garten-Geländes wurde mit dem Schutt der Schrebergartenhäuschen, die hier jahrzehntelang gestanden hatten, Senken verfüllt und begradigt. Jetzt wissen wir, daß ein Landschaftsgärtner nur mit der Planierraupe 'denken und gestalten' kann. Behutsamkeit ist nicht seine Stärke.

Vor Beginn der ganzen Planung gab es eine Reihe Pläne, wie man die Gartenschau gestalten könne. Aus ökologischer Sicht wäre dieses und jenes sicher wünschenswerter gewesen, doch eine Gartenschau hat auch eigene Gesetze die jedem bekannt sind, der sich auf dieses Abenteuer einläßt. So blieben folgerichtig leider viele Vorschläge der Naturschützer auf der Strecke. Bei der Eröffnung im Mai 1987 jedoch präsentierte sich der Südpark als 'Ein Garten für uns Alle'. Die Menschen, besonders die Mütter mit Kindern, zwischen den stark industriell geprägten Stadtteilen Oberbilk und Wersten, sind trotz anfänglicher Proteste froh über diese grüne Oase vor ihrer Tür.

Doch zurück zum Bio-Garten. Es gab ab Februar 1983 monatliche Zusammenkünfte aller Mitarbeiter, die die Arbeit für den nächsten Monat berieten und auch ausführten. Gewissenhaft wurde Buch geführt um festzuhalten, ob wir es auch 'richtig' machten. Was sich nicht bewährt hatte, wurde nicht mehr eingesetzt.

Ich erinnere mich an eine Gründüngung, die hauptsächlich aus Gräsern bestand. Sie war kaum noch auszurotten! Unser Gelände, bereits mit Zaun und Bepflanzung versehen, war durch die schweren Maschinen sehr verfestigt. Erst verschiedene Sprengungen (!), kombiniert mit tiefgreifenden Pflügen, versetzten uns überhaupt erst in die Lage, Beete anzulegen.

1984 ...Der Anfang war schwer !

Durch die Größe des Areals waren wir in der Lage, viele Elemente des Bio-Gärtnerns nebeneinander zu zeigen. Hier findet nun jeder Besucher die Anregung, die er sucht und die er auf seine speziellen Gartenverhältnisse übertragen kann.

Bereits im Frühjahr 1983 wurde ein Gehölzgürtel gepflanzt. Neben Eichen, Hainbuchen und Ebereschen wurden Gehölze gepflanzt, die Vögeln, Insekten und anderen Tieren Lebensraum und Nahrung boten. Sträucher und Stauden zum Weg hin runden einen Waldgürtel ab, der in verkleinerter Form auch im Garten machbar ist.

Im Schatten alter Obstbäume (sie waren vor den Bulldozern gerettet worden) wurde ein Kompostplatz angelegt; denn alles, was im Garten anfällt, muß wieder in einen biologischen Garten zurück. Später kam ein Regenwurm-Wanderkasten hinzu. Hier wird der Küchenabfall im Eiltempo umgesetzt, und zurück bleibt das 'Schwarze Gold', wie Herr Erwen, der Bio-Garten-Senior aus Remagen, zu sagen pflegte.

Von den Rheinischen Kalksteinwerken in Wülfrath erhielten wir zwei große LKW-Ladungen mit Kalksteinen, die wir zu einer Trockenmauer aufbauten. Unten am Boden wurden Hohlräume gelassen, um Kleintieren einen geschützten Unterschlupf zu bieten. Im Frühsommer blühen hier u.a. Steinbrech, Katzenpfötchen und Nelken.

Daneben liegt der Teich und dahinter eine Feuchtwiese. Der Teich hat eine Tief-, eine Flachwasser- und eine Sumpfzone. Jeder Teil ist mit einheimischen Pflanzen besetzt, wie sie typisch für den Niederrhein sind. Teichrand und anschließende Feuchtwiese werden nicht mehr betreten. Die Tier- und Pflanzenwelt soll sich ungehindert entfalten können.

Gemähte Blumenwiese, links Trockenmauer und dahinter Teich (1994)

Aushängeschild der Anlage ist ein großer Nutzgarten mit 15 Beeten. Dazwischen bedecken Rindenhäcksel und Kies die Wege. Daneben gibt es ein Hochbeet, z.B. für Rollstuhlfahrer und ältere Leute, ein Hügelbeet sowie die Frühbeetkästen.

In der Zwischenzeit hatten wir verschiedene Mischkulturen ausprobiert und für die Buga '87 versuchten wir, all das Erlernte und Erprobte in den Beeten umzusetzen. Dank einer engagierten Gärtnerin ist uns das weitgehend gelungen. Beet Nr. 15 war als Kinderbeet gedacht, und dort entstand noch ein kleiner Teich. Eine Ecke mit verschiedenen Vogelhäuschen und Bänken wurde das 'Grüne Klassenzimmer'. Bei den Frühbeeten gab es einige Tonnen mit Pflanzenjauche von Brennesseln, Rainfarn, Beinwell und anderen Kräutern. All dies sollte zeigen, wie man von der Natur lernen, sie sich nutzbar machen und wie man mit ihr leben kann.

Zwei besondere Aspekte des Bio-Gartens sind die Blumenwiese und der Kräutergarten. Die Blumenwiese wurde auf einem ausgemagerten Boden 1985 ausgesät. Einige Pflanzen, wie Margeriten, Nelken und Flockenblumen wurden vorgezogen und im Frühjahr 1986 in die Saat eingepflanzt. Im Juni blühte die Wiese wunderschön, doch hat sie sich im Laufe der Zeit verändert; denn die standortgerechten Pflanzen setzen sich durch. Doch das ist einkalkuliert.

10 Jahre später ('95) bietet der VHS-Bio-Garten 2 Kurse an: a) Mit der Sense durch die Wiese und b) Sensen als Kreislauftraining. Einzelne Teile der Blumenwiese werden nur zweimal im Jahr gemäht. Kleinere Stücke bleiben über Winter stehen, damit Vögel, Käfer und andere Insekten auch dann ein Nahrungsangebot haben.

Und dann ist da noch der Kräutergarten! Die Gestaltung mit den Steinen ist gut gelungen und die Vielfalt der Kräuter und ihr Duft sowie der Blühaspekt von Ende März bis Anfang November sind überwältigend. Doch auch in den Gemüsebeeten und unter Obstbäumen findet man bestimmte Kräuter. In diesen Zusammenstellungen beeinflussen sich die Pflanzen gegenseitig günstig im Wachstum. Die Erfahrungen vieler Generationen stecken dahinter, wenn z.B. Möhren und Zwiebeln nebeneinander gepflanzt werden. Schädlinge werden so kleingehalten oder ganz vermieden.

Im Bio-Garten ist die Pflege des Bodens oberstes Gebot. Nur ein gesunder Boden bringt eine gesunde Ernte hervor. Organische Abfälle und Gründüngung werden zum Mulchen benutzt. Wie in der Natur wird der Garten nicht 'gefegt', sondern der Boden wird soweit wie möglich abgeschattet. Unter der feuchten Mulchdecke ist ein millionenfaches Heer von Würmern, Kleinsttieren und Bakterien beschäftigt, den Boden zu verbessern und mit Nährstoffen anzureichern. Der Bio-Gärtner fördert diesen Prozess und läßt so 'für sich arbeiten'.

Es sind sicher noch viele Dinge zu erwähnen, die zu dem heutigen anerkannten Bio-Garten der Volkshochschule geführt haben, z.B. die Zähigkeit einiger Mitarbeiterinnen und Mitarbeiter, dem Projekt zum Erfolg zu verhelfen, oder daß ab 1985 eine Gärtnerin eingestellt wurde, die den berühmten 'Grünen Daumen' hat. Die VHS war immer von der Arbeit im Bio-Garten überzeugt und konnte ein reichhaltiges Programm, rund um das biologische Gärtnern, den Düsseldorfer Bürgerinnen und Bürgern anbieten. Es nützt nämlich gar nichts, wenn man nur darüber redet; man muß es tun! Es muß begriffen werden, daß man bei sich anzufangen hat in seiner eigenen kleinen Umwelt und daß die Kinder schon in der Schule die Natur begreifen, lieben und schützen lernen!

Nur dann ist zu hoffen, daß unsere Erde noch zu retten ist!

Fotos: Heide Stieb und Erna Nießen

Die ‚astronomische' Düssel

Michael Hollstein, Düsseldorf

Wenn wir uns in das riesige Düsseldelta – genannt Düsseldorf – begeben und einem der vielen Düsselarme, der sich als breiter Graben längs Feuerbachstraße und Karolingerstraße erstreckt, folgen, so unterquert er bald darauf die Robert-Luther-Straße. Spätestens hier werden wir stutzig. Luther? Hieß der nicht Martin? Nein! – In Düsseldorf heißt es wirklich Robert Luther. Von 1851 bis 1900 war Dr. Robert Luther Leiter der (Düsseldorf-)Bilker Sternwarte. Zum Andenken hat man ihm ein Denkmal vor die alte Martinskirche gesetzt.

Aber fangen wir doch von vorne an:

1844 gründete Professor Johann Friedrich Benzenberg – ein Kind der Düssel – die Sternwarte Charlottenruhe an der Martinstraße in Bilk. Zwei Jahre später verstarb er. Die Stadt betraute folgende Astronomen mit der Leitung der Sternwarte: Dr. Franz Brünnow (1847–1851), Prof. Dr. Robert Luther (1851–1900) und dessen Sohn Dr. Wilhelm Luther (1900–1937). Nach dem Tode von Wilhelm Luther wurde der Betrieb der Sternwarte eingestellt. Pfingsten 1943 wurde das Gebäude bei einem Bombenangriff zerstört. Ein ausgeglühtes Fernrohr wurde nach dem Krieg (1952) als Denkmal aufgestellt.

Vor allem Robert Luther machte sich einen Namen durch die Entdeckung von 24 kleinen Planeten (auch Planetoiden genannt). Hiervon zeugen noch heute einige Straßennamen in Bilk so Dianastraße, Germaniastraße, Konkordiastraße, Planetenstraße. Auch viele andere Straßen in Bilk weisen auf die Sternwarte hin wie Sternwartstraße, Neptunstraße, Merkurstraße, Benzenbergstraße und Kopernikusstraße.

Ausgeglühtes Fernrohr der ehemaligen Bilker Sternwarte

Johann Friedrich Benzenberg

Johann Friedrich Benzenberg, geboren am 5.5.1777 in Schöller an der Düssel als Sohn des dortigen Pfarrers, studierte auf Drängen seines Vaters zunächst Theologie.

Später wandte er sich der Physik, Mathematik und Astronomie zu. In einem Brief an seine Eltern schreibt er: "... zur Physik und Astronomie habe ich Lust und nicht zur Theologie, weil ich nicht unehrlich genug bin; um die Leute etwas zu lehren, was ich selbst nicht glaube...".

Benzenberg beschäftigte sich mit der Beobachtung von Sternschnuppen, worüber er auch seine Dissertation schrieb. Er begründete damit die Meteorforschung.

In Düsseldorf bezieht Benzenberg eine kleine Sternwarte auf dem Dach des alten Jesuitenklosters in der Mühlenstraße 31, am 13.2.1954 wurde an diesem Haus eine Benzenberg-Gedenktafel angebracht. Später kaufte er ein Haus in der Hohe Straße und richtete auf dem Dach eine eigene Sternwarte ein.

Im Jahre 1843 erwirbt er das Gelände für die Bilker Sternwarte, die er Charlottenruhe nennt, nach seiner 1809 nach nicht einmal zwei Ehejahren verstorbenen Frau Charlotte. Die Fertigstellung der Sternwarte erlebte er nicht mehr. Am 8.6.1846 stirbt er und in seinem Testament vermacht er der Stadt Düsseldorf die Sternwarte. Sein Grab befindet sich auf dem Golzheimer Friedhof. Die Volks- und Schulsternwarte im Benrather Schloßpark trägt seinen Namen.

Die Astronomie war aber nur eine Seite des Multitalents Benzenberg. Er war Professor für Naturkunde und Chef der Landesvermessung, betrieb eine Zuckerfabrik und schrieb im Westfälischen Anzeiger, einer bedeutenden politischen Tageszeitung. Er unterhielt Kontakte zu zahlreichen bedeutenden Persönlichkeiten, wie Hardenberg, Gneisenau, Görres und Pestalozzi. Er führte die Planung zur Errichtung der Universität Bonn durch. Seine Bewerbung daselbst um eine Professur für Astronomie hatte aber ob seiner Fortschrittlichkeit keine Chance.

Unzählige Veröffentlichungen belegen Benzenbergs Schaffenskraft. Als einige Beispiele seien angeführt: „Wünsche und Hoffnungen eines Rheinländers", „Über Verfassung", „Das Zollwesen", „Über Geodäsie", „Die Eisenbahn nach Elberfeld", „Warme Quellen in Aachen", etc..

Robert und Wilhelm Luther

Robert Luther, geb. am 16.4.1822 in Schweidnitz, Schüler von Joseph Gottfried Galle (1812 bis 1910), dem Direktor der Sternwarte Breslau und Entdecker des Planeten Neptun sowie dreier Kometen und des inneren Saturnringes, kam im Dezember 1851 als Nachfolger von Dr. Brünnow an die Bilker Sternwarte und entdeckte am 17.4.1852 den Planetoiden Tethys. Es folgten 23 weitere: 7 davon sind in der astronomischen Wissenschaft als die „Düsseldorfer Planeten" bekannt. Es sind dies: Alkmene, Amalthea, Eukrate, Germania, Glauke, Mnemosyne und Tethys. Weitere gefundene Planeten sind Antiope, Calypso, Clio, Diana, Fides, Konkordia.

Die zunehmende Industrialisierung und Verstädterung behinderten durch Luftverschmutzung, Erschütterungen und Beleuchtung mehr und mehr die Arbeiten an der Bilker Sternwarte. Nach 1890 wurden keine Entdeckungen mehr gemacht.

Nach dem Tode von Dr. Robert Luther (1900) hat sein Sohn Dr. Wilhelm Luther die Arbeiten des Vaters fortgeführt. Es ging im wesentlichen darum, weitere Daten über die entdeckten Himmelskörper zu ermitteln. Die Berechnung der Planetoidenbahnen ist besonders schwierig, da diese kleinen Planeten dem störenden Einfluß ihrer größeren Nachbarn (z.B. Jupiter) hilflos ausgeliefert sind. Daher weichen die tatsächliche Bahnen teilweise stark von den theoretisch elliptischen Bahnen ab und komplizierte Störungsberechnungen sind erforderlich. Mit dem Tode von Dr. Wilhelm Luther am 17.12.1937 wurden die Arbeiten an der Sternwarte eingestellt.

Robert und Wilhelm Luther sind auf dem Düsseldorfer Südfriedhof beigesetzt.

Einsicht in Dokumente wurde mir freundlicherweise gewährt von
- dem Düsseldorfer Stadtarchiv und
- dem Hermann-Smeets-Archiv der Bilker Heimatfreunde.

Foto: K. Nießen

Das Heinrich-Heine-Monument

vom Schwanenmarkt
- begehbare physiognomische Vexierlandschaft -

Irmgard Vogel und Kurt Vogel, Neuß

Auf dem Weg vom Kaiserteich über den Schwanenspiegel zum Spee'schen Graben fließt sie ruhig daran vorbei, die Düssel mit ihrem Südarm. Dort oben auf dem Schwanenmarkt, an einer urban leider etwas sterilen Stelle, befindet sich seit 1981 das Heinrich-Heine-Monument, eine 'physiognomische Vexierlandschaft'. Bert Gerresheim, Jahrgang 1935, hatte sich der aus mehreren Gründen sehr schweren Aufgabe gestellt, für Düsseldorf ein Heine-Denkmal zu schaffen.

Da Düsseldorf bereits zwei *zu Ehren* Heines gestiftete Plastiken besitzt, den *Aufsteigenden Jüngling* von G. KOLBE im Ehrenhof und die *Harmonie* von A. MAILLOL am Napoleonsberg im Hofgarten, mußte ein Heinedenkmal in und für Düsseldorf auf jeden Fall ein tatsächliches HEINE-Denkmal sein. Wie aber kann man solches heute richtig und würdig gestalten, da jedenfalls hierzulande die Zeit der geistig plumpen Heroisierungen vorbei ist?

Zeit seines Lebens hat Heine seine Texte unabhängig davon formuliert, ob dies wohl dem durchschnittlichen Mittelmaß paßte oder ob Konventionen angekratzt wurden. Konnte es angemessen sein, bei Konzeption und Verwirklichung eines Heine-Monuments ebenso zu verfahren? Durfte der Bildner so handeln, wie Heine nie anders gehandelt hätte, als zu tun, was seiner Überzeugung – und allein dies als Maßstab! – richtig erschien?

Heinrich – Heine – Fragmal am Schwanenmarkt: Den Düsseldorfern eine Nase vor die Nase gesetzt

Überhaupt: Was sollte da geschaffen werden? Die offizielle Bezeichnung ist 'Monument'. Aber ein Mahnmal ist es doch eigentlich nicht. Ein Denkmal schon eher. Gerresheim hat eine Benennung eingebracht, die gewiß nach Heines Geschmack gewesen wäre: **Fragmal**. Denn da werden eine Menge Fragen gestellt – oder sie stellen sich von selbst. Und jeder muß auch erst einmal erarbeiten, was das denn ist: eine 'physiognomische Vexierlandschaft'.

Ein kritisches und keinesfalls ein vordergründig glorifizierendes Persönlichkeitsdenkmal also. Gerresheim ist vom älteren, nicht dem junglich brausenden Heine ausgegangen. Er hat mit seinen Mitteln die Persönlichkeit Heines, an deren Statt die Totenmaske, aufgeschlossen, geöffnet, damit man nicht an der Oberfläche bleibe. Er hat verfremdet, wie Heine es mit vielen seiner Texte getan hat. Er hat ein Suchbild, ein Vexierbild geschaffen. Jedoch hat er dabei gestalterisch betont und herausgestellt: Das wichtigste ist der Kopf, der ja auch [und nicht etwa die Bagage!] die Konterbande birgt. Der Kopf ist darstellerisch sowohl akzentuiert wie auch geschützt in einem imaginären durchsichtigen Schrein.

Wichtige Eckdaten sind in dieser Vexierlandschaft zu erkennen. Und soweit Heine in den allgemeinen wie familiären Umständen verfangen war, aber auch in eigener Widersprüchlichkeit, gefangen wie in einem Netz, so soll oder kann jedenfalls die Aufschließung dieses Netzes versucht werden.

In wesentlichem Umfang sind die Eckdaten zu entschlüsseln und zu interpretieren über Heines '*Ideen. Das Buch Le Grand*', für seine Jugend aber besonders aus den Memoiren. Seine Familie, insonderheit die Mutter hatte von früher Jugend an Heines spätere Karriere fest im Auge.

Zunächst sollte H.H. die Laufbahn eines hohen und womöglich angesehenen Beamten in deutsch-kaiserlichen, mindestens doch aber in kurfürstlichen Diensten einschlagen. Dieser Wunschtraum ging 1806 dahin. Dann sollte ein erfolgreicher Bankier aus ihm werden; die Familie war mit dem Hause Rothschild über Ecken verbunden.

Als auch daraus nichts wurde und auch nichts aus einer schlichten aber einträglichen Kaufmannskarriere, meinte die Mutter schließlich, so schildert Heine dies präzis in seinen Memoiren, '*ich müsse durchaus Jurisprudenz studieren*'. Nach seiner Schilderung hat ihm dies jedoch wenig zugesagt. Aber schließlich brachte er doch '*jenes gottverfluchte Studium*' zu Ende, promovierte auch gar, mochte sich jedoch nicht entschließen, von solcher Errungenschaft Gebrauch zu machen. '*Weil ich fühlte, daß andere mich in der Advokasserie und Rabulisterei leicht überflügeln würden, hing ich meinen juristischen Doktorhut an den Nagel*'.

Kernerlebnisse in Heines Jugend waren erstrangig die mit Zustimmung empfangenen zuversichtstragenden Signale der Französischen Revolution und die zugehörigen Losungen der *Gleichheit – Freiheit – Brüderlichkeit* als die bürgerlichen Ideale schlechthin, sicher aber auch deswegen, weil diese Umwälzung ebenso auch die Aufhebung der bisherigen Diskriminierung jüdischer Bürger mit sich brachte.

Heinrich – Heine – Fragmal: Trommel und Losungen [vgl. '*Ideen. Das Buch Le Grand*' sowie Text]

Personifikation dieser Losungen ist der fiktive Tambour *Le Grand*. Er vermag durch sein Trommeln die Losungen und den Bedeutungswert der Marseillaise zu vermitteln ['*Ideen. Das Buch Le Grand' cap. VII]*. Selbst in der weiteren zeitlichen Abfolge der politischen Entwicklung ist der Trommler und ist **die Trommel** der stete Begleiter, auch dann bei dem weniger ruhmreichen Ende.

Da sind Schuhe zu finden – **Damenschuhe**, leicht zertreten und etwas unordentlich deponiert. Nach allem, was da an Informationen vorliegt, erscheint unseres Erachtens dieses Symbol nicht weiter erklärungsbedürftig. Aber außer der allgemeinen Bedeutung hat dieses Schuhsymbol sicher auch einen sehr konkreten persönlichen Bezug – und hat einen Namen: Mathilde.

Der Heine der französischen Zeit leidet sehr unter der preußischen bzw. deutschen Zensur: Die Art, wie er das *Capitel XII* seiner *„Ideen. Das Buch Le Grand"* gestaltet hat [vgl. aber auch das *„Wintermärchen", cap. XXVII*], zeigt deutlich den

Ausdruck seiner Verachtung, aber auch des Zorns. Denn die intellektlose und nicht einmal prüfende Zensur beschneidet – **die Schere!** – seine Meinungsäußerung erheblich und behindert die Publikation seiner Texte.

Zensur – immer noch bisher mit nur kurzlebigem Erfolg

Die bildnerische 'Zerspaltung' Heines kann und sollte auch eine Anregung sein, sich mit dessen eigenformulierten Dokumenten hinsichtlich seiner inneren Überzeugungen zu beschäftigen. Gemeint ist hier insonderheit sein Testament vom Herbst 1851. Heine war nämlich so unabhängig und so frei, daß er in sich die Stärke besaß, nach einer gewissen Summe an Lebenserfahrung [oder einfach des Lebenslaufes] die eigenen früheren Überzeugungen in späteren Jahren zu relativieren, in einem wichtigen Punkte auch zu ändern.

Am 17. Febr. 1981, aus Anlaß des 125. Todestages, wurde die 'physiognomische Vexierlandschaft', das Düsseldorfer Heinrich-Heine-Monument, der Öffentlichkeit übergeben. Ein ungewöhnliches Monument, ein mutiges Denkmal. Aber auch ein würdiges Denkmal? Wie war die Reaktion? Die Reaktionen waren erschrecktes Entsetzen und begeisterte Zustimmung, so 'herrlich konträr', so ganz nach des Heinrich Heine Geschmack. Gibt es aber überhaupt wohl jemanden, dem man hier die Kompetenz für eine sachlich richtige Bewertung zusprechen kann? Wir denken: Diese Frage kann niemand beantworten.

Das aber kann gleichwohl festgestellt werden: Mit diesem Heinrich-Heine-Fragmal hat Bert Gerresheim, dieser Düsseldorfer vom Jahrgang 1935, Sozialdemokrat und Mitglied des Dritten Ordens der Franziskaner, ein neues Maß geschaffen für ein zeitgemäßes Persönlichkeitsdenkmal.

Fotos: Irmgard Vogel

Literaturverzeichnis:

HEINE, H. [1826]: „Ideen. Das Buch Le Grand." in: 'Reisebilder'. Zweiter Theil. Hoffmann & Campe, Hamburg

HEINE, H. [1851]: Testament vom 13. November 1851. Hoffmann & Campe, Hamburg, Heine-Gesamtausgabe

HEINE, H. [1884 posth.]: Memoiren. Campe & Krömer, Hamburg

MEISTER, H. [1988]: „Kunst in Düsseldorf", Kiepenheuer & Witsch, Köln

Unsere Kunstsammlung Nordrhein-Westfalen

Irmgard Vogel und Kurt Vogel, Neuß

Es ist nicht zu sehen. Wenn man es nicht weiß, dann sieht man's nicht. Sie fließt nämlich 'untendrunterdurch'. Die Düssel natürlich. Zwischen Ratinger Tor und Opernhaus [an der Stelle des alten Botanischen Gartens] verläßt sie die 'Landskrone'. Verrohrt passiert sie unterläufig die Heinrich-Heine-Allee, die Kunstsammlung und schließlich das klotzige Gerichtsgebäude. Erst am Südrand des ursprünglichen alten Ortskernes, dieser gruppiert um die Basilika St. Lambertus, verläuft sie wieder offen. Früher war dort die Bleiche. Und dies ist gewiss auch die Stelle, an welcher Heinrich Heine's Schulkamerad Wilhelm [Fritz] selbst ertrank, als er das kleine Kätzchen vor dem nämlichen nassen Tod bewahren wollte.

Wer also auf dem Grabbe-Platz steht, kann den Bezug zur Düssel nicht sehen. Vielmehr sieht er vor sich die wuchtige weit geschwungene Front in marmorglänzendem Schwarz, worin sich – ob Regen, ob Sonne – die Barock-Silhouette von St. Andreas kontrastierend und fotogen spiegelt. Scheinbar aus der Hauswand heraus rinnt ein kleines bescheidenes Bächlein auf den Grabbeplatz hinunter: Nein! nicht die Düssel – vielmehr ein künstliches Gewässer, im Volksmund nach einem gerade hier an diesem Orte nicht unbekannten Mann 'der *Schmalenbach*' genannt.

Werner SCHMALENBACH, der erste Direktor der Kunstsammlung, kommentiert denn auch genüßlich

Kunstsammlung Nordrhein-Westfalen, Düsseldorf: ...jene weitgeschwungene 'protzig glänzende schwarze Marmorwand'

den Eindruck jener 'protzig glänzenden schwarzen Marmorwand', indem er antwortet, daß diese Wand weder schwarz noch Marmor ist. Vielmehr handelt es sich um Granit, Granit von Bornholm, glatt poliert. Und die Farbe ist tiefdunkelbraun. So kann man sich eben irren. Man muß es eben wissen – aber das hatten wir ja schon mal.

Es begann im Jahre 1960 mit dem damals spektakulären Kauf von 88 KLEE-Bildern in den USA durch unser Land. 1961 wurde danach die 'Stiftung Kunstsammlung Nordrhein-Westfalen' gegründet mit dem Auftrag, Kunst unseres Jahrhunderts, 'moderne Kunst' also, anzukaufen und den Bürgern darzubieten. Begonnen hat dies unter dem Ministerpräsidenten Franz Meyers; gehegt und fortgeführt wurde es unter Heinz Kühn und Johannes Rau. Das erste Domizil, Schloß Jägerhof, war bald zu klein, so daß ein Neubau notwendig war; der wurde an günstiger Stelle möglich, hier am Grabbeplatz, da die Landesbibliothek, welche in die Universitätsbibliothek überging, den Platz räumte.

Nicht nur die äußere Erscheinung ist dänisch [Granit aus Bornholm]; dänisch waren auch die Architekten. Ihnen gelang das Bravourstück, bei drei! Ausstellungsebenen des Hauses alle Räume mit Oberlicht [bei völligem Verschluß nach Süden hin, wie bei allen Gemäldesammlungen] zu versorgen. Das läßt sich, außer sehr umständlich, nicht beschreiben. Das muß man gesehen haben. Und dies kann man sehen.

Da wir in gutem Sinne moderne, fortschrittliche Menschen sein wollen, darf unser Interesse zu Literatur, Musik und bildender Kunst nicht hinter der Epoche zurückbleiben, nach welcher Karl RENNER, Georg SCHMIEDL und Alois ROHRAUER mit ihrem Wirken erst begonnen haben. Sicherlich wird dabei manches aufscheinen, das unserer Wertschätzung unverständlich bleibt. Niemand ist auch verpflichtet, da etwas zu 'kapieren'. Niemand ist auch gezwungen, etwas für 'schön' oder richtig zu halten. Jedoch besteht, wenn die einleitende Voraussetzung gültig sein soll, für alle wachen Menschen die unabweisbare Pflicht, sich um die modernen 'fortschrittlichen' Kunstströmungen wenigstens zu bemühen, mit ernsthaftem Willen und mit der Bereitschaft, sich Ungewohntem zu öffnen. Man wird dabei zu nicht erwarteten Erkenntnissen gelangen und ungewohnte positive Signale empfangen.

.. worin sich fotogen und kontrastierend die Barock-Silhouette von St. Andreas spiegelt

Max ERNST: 'Beim ersten klaren Wort' [1923]

Paul KLEE: 'Kamel in rhythmischer Baumlandschaft' [1920]

Kunstsammlung Nordrhein-Westfalen - ein Haus für die moderne Kunst. Was ist das: 'moderne Kunst'? Wenn da allein schon der Begriff 'Kunst' schwer zu definieren ist: Was ist denn 'modern'? Da muß man schon mit einem gewissen Mutwillen herangehen. SCHMALENBACH hat die Grenze festgelegt auf die Zeit der Jahrhundertwende. Er begründet dies damit, daß dies jene Zeit gewesen sei, in welcher die Kubisten und die Expressionisten jung gewesen seien; aber der vorangegangene Impressionismus gehöre notwendig mit dazu, weil in ihm und durch ihn erstmalig in der Kunst die Malerei von jahrhundertealten Fesseln befreit worden sei oder sich befreit habe. Nämlich seien *die künstlerischen Mittel von den Dingen befreit worden*, d. h. von den gemalten Dingen. Form und Farbe hätten erstmals eine Eigenberechtigung erhalten. *Und erstmals sei auch die Helligkeit! hinzugetreten*; denn bis dahin sei Malerei überwiegend dunkel gewesen.

So wurde also für dieses Haus 'moderne Kunst' gesammelt, von der Startposition Null, aus dem Nichts heraus, allein mit dem Grundstock der KLEE-Bilder. Die Kunstsammlung unseres Landes hat die Rechtsform einer Stiftung. Dadurch war und ist der Direktor vor der Bevormundung durch Regierung oder Parlament geschützt. Er konnte ankaufen und mußte ankaufen, was nach seinem Dafürhalten museumswürdige Kunst war. Eine großartige Chance, aber auch mit dem dicken Risiko behaftet, ebenso allein für Fehler oder Irrtümer einstehen zu müssen.

Achim ZWEITE, der Nachfolger Schmalenbachs seit 1990, hat auf diese Weise, mit gleicher Chance und gleichem Risiko also, hinzuerworben und so die Bestände erweitert, dabei insbesondere durch ein Bekenntnis zu BEUYS einen zusätzlichen Schwerpunkt gesetzt.

Heute hütet und präsentiert die Sammlung vom Grabbeplatz, nach einer Anlaufzeit von etwa 30 Jahren, Kunst [überwiegend Malerei] aus der Zeitspanne zwischen MATISSE [*1869] und LÜPERTZ [*1941]. Es kann hier nicht der Platz und auch nicht unser Auftrag sein, einen Gesamtkatalog wiederzugeben; jedoch sei stellvertretend und beispielhaft für viele andere [und somit ohne jede hiermit verbundene Wertung] genannt, daß museumswürdige und für die jeweilige Epoche bedeutsame Bilder von KANDINSKY, NOLDE, MONDRIAAN, KLEE, KIRCHNER, PICASSO, BRAQUE, BECKMANN, MODIGLIANI, SCHWITTERS, ERNST, BISSIER, GIACOMETTI, BACON, POLLOCK, BEUYS, RAUSCHENBERG, WARHOL, ÜCKER und BASELITZ zum Bestand gehören.

Die ständige Ausstellung wird in den Räumen des ersten und des zweiten Obergeschoßes dargeboten. Im Erdgeschoß befindet sich die große Halle, der bevorzugte Ort für Sonderausstellungen [Wechselausstellungen]. Deren ist uns in den zurückliegenden Jahren eine ansehnliche Zahl von „Leckerbissen" präsentiert worden, so z. B. die großartige MODIGLIANI-Schau von 1991, die Vorstellung der Kunst der [australischen] Aborigines [1993] oder die Installation „NEANDERTHAL LINE" des Richard LONG von Anfang 1994.

Spätestens, seitdem der jetzige Direktor „**Palazzo Regale**" und die Installation „Das Ende des 20. Jahrhunderts" in das Haus eingebracht hat, darf eigentlich an dieser Stelle über Joseph BEUYS nicht einfach geschwiegen werden. Jedoch besteht in gleich hohem Grade wie diese Notwendigkeit leider auch eine nicht einmal entfernt ausreichende Kompetenz der Autoren, so daß eine Wertung nur überheblich, anmaßend sein könnte.

Kunst, die keine kolorierte Gebrauchsgraphik ist, läßt sich mit Vernunft und Logik nur begrenzt erklären, somit auch nicht bürokratisch reglementieren oder gar kommandieren. Denn der Geist weht, wo er will. Kunst braucht den freien Atem. Und nicht nur das. Umgekehrt nämlich brauchen auch wir die Kunst. Denn *Kunst ist eine gesellschaftliche Notwendigkeit* [FISCHER]. Ohne Kunst wären wir alle, auch jene, die selbst nicht künstlerisch tätig sind, schrecklich verarmt.

Fotos: Irmgard Vogel

Literaturverzeichnis:

FISCHER, E. [1967]:
„Von der Notwendigkeit der Kunst", Claassen, Hamburg

HEINE, H. [1826]:
„Ideen. Das Buch Le Grand", Hoffmann & Campe [1827], Hamburg

MEISTER, H. [1988]:
„Kunst in Düsseldorf", Kiepenheuer & Witsch, Köln

SCHMALENBACH, W. [1986]:
„Paul Klee – Die Düsseldorfer Sammlung", Prestel, München

SCHMALENBACH, W. [1989]:
„Die Kunstsammlung Nordrhein-Westfalen", Prestel, München

STACHELHAUS, H. [1991]:
„Joseph Beuys“, Econ, Düsseldorf

ZWEITE, A. [1992]:
„Palazzo Regale – die letzte Arbeit von Joseph Beuys“, Patrimonia 42, Berlin [Kultur-Stiftung der Länder]

ZWEITE, A. [1994]:
„Soll und Haben“ [Dauerleihgaben / Neuerwerbungen 1990-1993], Düsseldorf [Kunstsammlung Nordrhein-Westfalen]

Wintergäste auf dem Rhein bei Düsseldorf

Heinz Michels, Düsseldorf

Viele kleine und große Bäche kommen aus dem Niederbergischen Land und münden bei Düsseldorf in den Rhein. Sie sind, wie alles Wasser, von großer Bedeutung für die Vogelwelt. Der Rhein aber, der breite Strom, ist nicht nur Lebensraum, er ist Überwinterungsgebiet ans Wasser gebundener Vogelarten. Für viele Vogelarten ist er auch Leitlinie auf ihrem Flug nach Süden.

Für den Ornithologen, der in Stromnähe wohnt, eröffnen sich hierdurch eine Fülle zusätzlicher Beobachtungsmöglichkeiten. Besonders wenn ein strenger Winter die Vögel von der Küste landeinwärts treibt, bekommt der Beobachter Wasservogelarten zu sehen, die er sonst nur auf Urlaubsreisen zu Gesicht bekommt.

Konzentrationspunkte für solche Beobachtungen im Düsseldorfer Raum sind im Süden der Rhein zwischen Urdenbach (Ausleger) und Benrath (Altrheinmündung) und im Norden der Rhein zwischen Stockum (Stadion), Lohausen bis Kaiserswerth (Fähre).

Je härter der Winter, um so größer wird die Schar der überwinternden Gäste:

Häufigste Entenart auf dem Rhein ist die Stockente. Sie ist das ganze Jahr über bei uns zu beobachten. Ihr Bestand nimmt ab September/Oktober deutlich zu. Setzt später der Frost ein und frieren die Gewässer zu, dann werden die Ansammlungen auf dem Rhein immer größer. So kann man zwischen Rheinstadion und Rheinfähre Kaiserswerth (6 km) 1.500 bis 2.000 Stockenten zählen. Klingt der Frost ab, geht der Bestand der Überwinterer schon im Februar deutlich zurück.

Den zweiten Platz unter den Überwinterern nimmt die Tafelente ein. Sie sucht gerne das ruhige Wasser zwischen den Buhnen auf. Der Zuzug beginnt im November/Dezember. Ansammlungen von 150-200 Individuen sind keine Seltenheit. Das Maximum wird im Januar erreicht.

Mit der Tafelente trifft die Reiherente ein. Für sie gilt das für die Tafelente Gesagte. Ihr Bestand ist jedoch geringer als der der Tafelente.

Es folgt die Schellente mit Truppstärken von 80-100 Individuen. Die Schellente hält sich gerne tauchend in der Mitte des Stromes auf.

Ist der Winter streng, dann können besonders große Scharen von Pfeifenten beobachtet werden. So sah ich im Februar 1981 ca. 100 dieser schönen Enten auf dem Rhein zwischen Lohausen und Kaiserswerth.

Regelmäßiger Wintergast auf dem Rhein ist die Krickente. Sie ist die kleinste unter den heimischen Entenarten. Überwinterungsschwerpunkt im Raum Düsseldorf ist der Rhein bei Urdenbach. Dort konnte ich bis zu 170 der zierlichen Enten beobachten.

Die Schnatterente, die auf dem Unterbacher See in Trupps bis zu 35 Enten überwintert, kommt auf dem Rhein nur vereinzelt oder in kleinen Trupps zur Beobachtung.

In nur geringer Zahl ist die Spießente auf dem Durchzug und nur ganz selten als Überwinterer auf dem Rhein zu beobachten.

Gleiches gilt auch für die Knäkente.

Auch die farbenprächtige Löffelente ist eher auf dem Durchzug als im Winter zu beobachten.

Die auffallend bunte Mandarinente, die man nicht selten auf Baggerlöchern oder auf Parkgewässern sieht, erscheint vereinzelt auf dem Rhein. Ihre Heimat ist Ostasien. Sie wurde in Europa eingeführt und brütet hier in halbwildem Zustand.

Von den Tauchenten kommen, außer den schon genannten Tafel-, Reiher- und Schellenten, folgende Enten in geringer Zahl zur Beobachtung: Kolbenente, Bergente, Eiderente, Trauerente und Samtente.

Von Zeit zu Zeit, meist im Februar/März, ist die Brandgans, einzeln oder in kleinen Trupps, zu beobachten.

Saatgänse werden jährlich in unterschiedlicher Zahl als Überwinterer beobachtet. So sah ich im Winter 1987 auf den Rheinwiesen zwischen Deich und Flutsaum (Lohausen-Kaiserswerth) etwa 2.000 Gänse.

Die Graugans ist ein unregelmäßiger Durchzügler und ausnahmsweise Wintergast.

Seit einigen Jahren ist die Kanadagans auf dem Rhein zu beobachten. An vielen Baggerlöchern rechts und links des Stromes ist sie inzwischen Brutvogel. Selbst in den städtischen Grünanlagen baut sie ihr Nest und zieht ihre Jungen auf. Hin und wieder zeigt sich auch eine Weißwangengans. Beispiel: Am 24. 12. 1967 und am 20. 1. 1979 jeweils eine Gans auf dem Rhein bei Lohausen.

Beobachtungen von Tauchern, wie Stern- oder Prachttaucher, gehören zu den Seltenheiten. Am ehesten sind der Haubentaucher und Zwergtaucher, einzeln oder in kleinen Trupps, zu beobachten. Rothals-, Schwarzhals- und Ohrentaucher trifft man eher auf den Seen landeinwärts wie z. B. auf dem Unterbacher See, was nicht heißt, daß man sie gar nicht auf dem Rhein beobachten könnte.

Der Kormoran gehörte lange Zeit zu den Seltenheiten auf dem Strom. Nachdem er unter Schutz gestellt wurde, hat er sich explosionsartig ausgebreitet. Im Januar 1991 zählte ich am Wasserwerk 'Staad' z. B. 150 Kormorane, die dicht über dem Wasserspiegel hin und her flogen. Ein imposantes Bild !

Graureiher stehen regelmäßig auf den Buhnen oder am Flutsaum des Stromes. Kormorane bevorzugen die Maste der Schiffahrtszeichen als Sitzplätze.

Sind Baggerlöcher und Kleingewässer zugefroren, dann kommen die Bläßrallen in Scharen an den Rhein. Nicht selten gehen dann einige hundert auf den Rheinwiesen im Vorland auf Nahrungssuche. Die kleinere Teichralle kommt nur gelegentlich an den großen Fluß.

Möwen sind das ganze Jahr über am Rhein zu beobachten. Auch sie stellen eine große Zahl an Durchzüglern und Wintergästen.
Auf sie und die vielen Limikolen (Strandläufer, Wasserläufer und Regenpfeifer) einzugehen würde den Rahmen dieser Arbeit sprengen.
Gute Beobachtungsmöglichkeiten ergeben sich nach Hochwasser, wenn im Rheinvorland kleine und große Wasserlachen zurückgeblieben sind. Dort findet sich eine Vielzahl von Entenvögeln, Schwänen, Möwen, Kiebitzen, Staren und Drosseln zur Nahrungssuche ein.

Die vielen Hochwässer der letzten Jahre haben die Diskussion um die Verhinderung der dadurch entstehenden Schäden und dem Verlangen nach höheren Deichen erneut entfacht. Die Frage ist, ob nicht gerade die Eindeichung des Stromes und die Begradigung des Flußbettes, die zu einer Verengung geführt haben, Schuld an den vielen Hochwässern sind. Wäre es nicht richtiger, die Deiche aus der Stromnähe weiter landeinwärts zu verlegen, damit das Wasser aus dem eingeengten Strombett in die Breite des angrenzenden Grünlandes (Retentionsraum = Rückhaltungsraum) fließen und dort zurückgehalten werden könnte? Das hätte auch noch den Nebeneffekt, daß eine Auenlandschaft entstehen könnte, für viele ans Wasser gebundene Pflanzen und Tiere ein neuer Lebensraum!

Eine Exkursion am Rhein entlang lohnt sich nach wie vor. Der Winter aber, je härter er sich anläßt, bringt die schönsten Erlebnisse und hinterläßt bleibende Erinnerungen.

Man muß es nur sehen !

...und wie sagte Goethe: „Man sieht nur das, was man kennt!“

Die Lachmöve (Larus ridibundus) im Brutkleid dunkelbrauner Kopf, Ruhekleid weißer Kopf, ist die häufigste Möwe des Binnenlandes.

Zwergsäger männlich und weiblich (Mergus albellus) regelmäßiger Wintergast auf dem Rhein, brütet in Skandinavien, Finnland und in Russland bis Kamtschatka.

Literaturverzeichnis:

BERTHOLD, P. (1990): Vogelzug, Wissenschaftliche Buchgesellsch., Darmstadt

EBER, G. (1982): Dokumentation der Schwimmvogelzählung in der Bundesrep.Deutschland von 1966-1976, Bundesmin. für Ernährg. Landwirtsch. u. Forsten

MICHELS, H. (1960): Heringsmöven als Wintergäste am Rhein, Ornithologische Mitteilungen 2, 27

MICHELS, H. (1965): Der Wasservogelbestand im Winter 1962/63 am rechten Rheinufer von Stromkilom. 749-755, Charadrius 1, Seiten 15-18

MICHELS, H. (1977): Der Rückgang der Säger auf dem Rhein im Raum Düsseldorf, Charadrius 13, Seiten 26-29

MILDENBERGER,H.(1982): Die Vögel des Rheinlandes – Band 1, Ges. Rhein. Ornithologen, D'dorf

NEUBAUR, F. (1959): Beiträge zur Vogelfauna der ehemaligen Rheinprovinz, Decheniana,Verhandlg. des Naturhistor. Vereins der Rheinl. und Westf., Band 110, Heft 1

NIETHAMMER,G.):
KRAMER, H. &):
WOLTERS, H.E. (1964): Die Vögel Deutschlands, Artenliste, Akademische Verlags-Gesellschaft, Frankfurt/M.

OPLADEN, H. (1980): Tiere unserer Heimat (2.Aufl.), Naturkundl. Heimatmuseum Benrath

VERBÜCHELN, G. (1994): Aue und Auenwälder, LÖLF-Mittlg. 2, 50-51

WINK, M. (1990): Die Vögel des Rheinlandes, Bd. 4, Atlas zur Wintervogelverbreitung, H 31-32. Düsseldorf

WOIKE, M. (1994): Grünlandschutz am Niederrhein, Buntspecht, Nr. 2/3, 10-19, NABU

Zeichnungen: Heinz Michels

Die Düssel und ihr Innenleben

Michael Hollstein, Düsseldorf

Es war Anfang der 80er Jahre, als sich eine kleine Gruppe Düsseldorfer Naturfreunde zusammentat, um einmal genauer nachzusehen, wie es denn mit der Gewässergüte der Düssel bestellt sei. Über den Verband deutscher Sportfischer wurde ein Compact-Labor für die Gewässerüberwachung beschafft. Dazu kamen Utensilien zur biologischen Gewässergütebestimmung.

Es gibt grundsätzlich zwei Arten der Gewässergütebestimmung, die chemische und die biologische. Während die chemische nur eine Momentaufnahme liefert von dem aktuellen Zustand des Fließgewässers – mit der nächsten Welle kommen schon wieder andere Schadstoffe – liefert die biologische einen Indikator, der die Gewässergüte über einen längeren Zeitraum charakterisiert. Die Lebewesen müssen sich angesiedelt haben und auch schon alles überstanden haben, was so an Chemie vorbeigeflossen ist. Über einige Jahre hinweg wurden von der Quelle bis zur Mündung an verschiedenen Stellen der Düssel Wasserproben entnommen und analysiert. Es war an den Ergebnissen gut abzulesen, wo Einleitungen von Schadstoffen passierten, z.B. hinter Kläranlagen, aber es war auch festzustellen, wie nach einigen Kilometern die Selbstreinigungskraft der Düssel eine Erholung bewirkte.

1994 haben wir uns wieder auf den Weg gemacht, um festzustellen, ob sich in den vergangenen 10 Jahren etwas verändert hat. An fünf markanten Stellen wollten wir Wasserproben entnehmen, um sie mit den alten Meßwerten zu vergleichen: Aprath, Düssel, Neandertal (Düssel und Mettmanner Bach) und Dammer Mühle. Leider verwehrte uns der Eigentümer der Dammer Mühle diesmal den Zutritt zu unserer alten Meßstelle. Es blieben uns daher nur vier Vergleichspunkte.

Die Ergebnisse können der Tabelle 1 entnommen werden. Auffällig sind die erheblichen Verbesserungen der biologischen Gewässergüte der Düssel bei Aprath und des Mettmanner Bachs im Neandertal. Der drastische Rückgang der Phosphatbelastung an beiden Stellen ist daher sicher auch kein Zufallsergebnis. Die Ursachen hierfür sind zu sehen in dem Rückgang phosphathaltiger Waschmittel und in der Verbesserung der Kläranlagen. Die anderen Meßergebnisse differieren nicht so stark, als daß man daraus Schlußfolgerungen ziehen könnte. Diese Unterschiede lassen sich möglicherweise auch auf jahreszeitliche Schwankungen oder andere Einflußfaktoren zurückführen.

Tabelle 2 zeigt die Häufigkeiten der in den Gewässern vorgefundenen Lebewesen.

Tabelle 1: Untersuchung der Gewässergüte an der Düssel (Ein Vergleich 1984 – 1994)

	Aprath		Düssel		Neandertal Düssel		Mettmanner Bach	
	1984	1994	1984	1994	1984	1994	1984	1994
Biologisch (aus Tab. 2)*	3,4	2,2 +	2,7	2,1 +	1,8	2,0 –	4,2	2,1 +
Sauerstoff	9,3	11,2 +	12,5	10,6 –	11,7	8,2 –	8,3	6,5 –
Sättigung (%)	81	96	114	95	99	83	71	63
Phosphat	8	0 +	0	0	0	0	4	0 +
Nitrit	0,25	0,1 +	0,15	0,1 +	0,25	0,2 +	0,25	1 +
Ammonium	0,5	0,5	0	0	0,5	0,25 +	10	1 +
pH**	7,3	8,5	7,7	7,5	8,0	8,0	7,2	8
Carbonat-Härte	7,3	5,0	6,2	5,7	9,4	10,4	14,0	10,0

0 = bedeutet, daß kein Nachweis möglich war
+ = bedeutet Verbesserung
– = bedeutetVerschlechterung

* 1 = sehr gut
4 = sehr schlecht

** 7 = neutral
über 7 = basisch-kalkhaltig
unter 7 = sauer

Biologische Gewässergüte (siehe Tabelle 2):

Die Maßzahl der biologischen Gewässergüteuntersuchung ist im Prinzip eine Verhältniszahl, bei der man die Anzahl der Wasserlebewesen, die man üblicherweise in Gewässern mit hoher Güte vorfindet, ins Verhältnis setzt mit der Anzahl derjenigen, die in Gewässern niedriger Güte vorkommen.

Die unterschiedlichen Organismen erhalten hierzu einen Index zwischen 1 und 4, wobei die 1 für eine hohe und die 4 für eine niedrige Güte steht. Es wird die vorgefundene Anzahl mit dem jeweiligen Index multipliziert und das Ergebnis nach folgender Formel berechnet: Summe (Anzahl*Index)/ Summe (Anzahl) +Korrekturfaktor. Über den Korrekturfaktor geht auch noch die Artenvielfalt in die Meßzahl mit ein: Kommen nur 1-2 Arten vor, so erhöht sich die Maßzahl um 0,5, sind aber 14 und mehr Arten vorhanden, so wird 0,5 subtrahiert. Damit kann die Maßzahl Werte zwischen 0,5 und 4,5 annehmen. Oft wird dann noch eine Zuordnung zu den 4 Gewässergüteklassen I-IV vorgenommen (0,5 - 1,5 entspricht I, usw).

Tabelle 2: Untersuchung der Gewässergüte an der Düssel (biologisch)

	Index	Aprath		Düssel		Neandertal Düssel		Mettmanner Bach	
	nach W. Bauer	1984	1994	1984	1994	1984	1994	1984	1994
Grundwanzen	1			2					
Flache Eintagsfliegenlarven	1				1	2	2		3
Graue Strudelwürmer	1,5				1		3		
Köcherfliegenlarven mit Köcher	1,5			3	2		5		
Runde Eintagsfliegenlarven	2		27			3			2
Bachflohkrebse	2	7	4	2	40	1	45		20
Weiße Strudelwürmer	2				1		1		1
Große Schneckenegel	2								6
Kriebelmückenlarven	2					3	1		7
Köcherfliegenlarven ohne Köcher	2		2			1			
Erbsenmuscheln	2			5					
Wasserasseln	3								1
Rollegel	3	1	2	2	2		1		1
Kugelmuschel	3				7				1
Rote Zuckmückenlarve	3,5	10		6				1	2
Schlammröhrenwürmer	4	8		5				1	
Abwasserpilz	4							*	
Gesamtindex		3,4	2,2	2,7	2,1	1,8	2,0	4,2	2,1

* = Die gesamte Fließrinne war mit Abwasserpilzen überzogen.

Klima im Rheintal und im Bergischen Land

Erna Nießen und Kurt Nießen, Düsseldorf

Beim Naturfreundehaus Gerresheim steigen wir den Hohlweg hinauf, um einen Blick auf die Stadt Düsseldorf und die Niederterrasse des Rheins zu werfen. Oben auf dem Sandberg, unterhalb des Taubenbergs, wurde eine Plattform gebaut, von der man den herrlichen Ausblick auf unsere Stadt genießen kann. Der Anblick ist bei jeder Tages- und Jahreszeit schön.

Vor uns braut sich ein Gewitter zusammen. Es ist schon diesseits des Rheins. Der Wind hat aufgefrischt, und die Wolken ziehen schnell und knapp über unseren Köpfen dahin. Es beginnt leicht zu regnen, aber das Schauspiel fasziniert uns so, daß wir bleiben und beobachten, wie das Zentrum des Gewitters näher rückt und schließlich an den 'Gerresheimer Alpen' hängen bleibt. Jetzt ist das Gewitter direkt über uns; denn es blitzt und donnert gleichzeitig, und dann passiert etwas, was wir zum erstenmal sehen. Das Gewitter zieht sich langsam nach Südwesten zurück, überquert aber nicht den Rhein, sondern bleibt davor hängen?! Jetzt kommen Gewitter und Wolken pfeilschnell zurück, und dann erst kommen die schweren Wolken über die Steilkante des Sandbergs hinweg und verschwinden mit dem Gewitter in Richtung Osten bzw. Nordosten. Der Regen prasselt jetzt herunter, und wir sind klatschnaß, als wir im Naturfreundehaus ankommen.

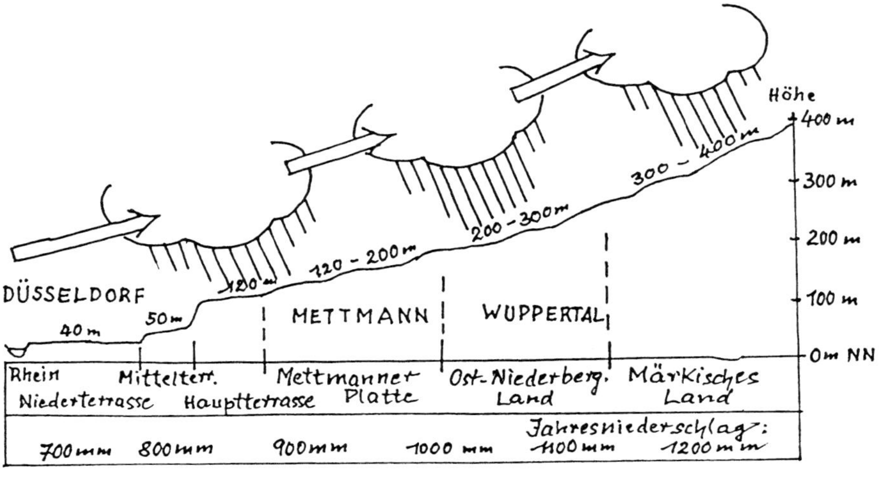

Der Steigungsregen im Bergischen Land (aus Knübel)

Wie ist das überhaupt mit dem Klima in unserer Gegend? Die Klimadaten des Deutschen Planungsatlasses geben Auskunft (im vorliegenden Fall wird die derzeit von der Weltorganisation für Meteorologie weltweit empfohlene Normalperiode 1931-1960 als Datengrundlage verwendet).

Im Januar liegt die mittlere Temperatur im Rheintal bei 1,5-2° C. In Neviges z. B. liegt dann die Temperatur bei 0-0,5°C und im Hohen Westerwald bei Werten zwischen -2 und -3°C. In den Großstädten Köln, Düsseldorf und Duisburg kommt noch der Erwärmungseffekt durch Industrie- und Hausbrand hinzu. Im Winter nimmt die Lufttemperatur mit zunehmender Seehöhe durchschnittlich um etwa 0,4°C/100 m ab. Absolute Tiefsttemperaturen wurden in Aachen mit -19°C und in Bad Driburg mit -31°C gemessen.

Im Juli nimmt die Temperatur, verglichen mit der Höhendifferenz, um 0,5-0,6°C/100m ab. Die mittleren Werte im Juli erreichen zwischen Bonn und Duisburg 18°C (Wuppertal 17,5°C), jedoch muß auch hier der Stadteinfluß beachtet werden. Absolute Höchsttemperaturen im Gebiet liegen zwischen 35°C und 37°C (Köln 39°C), in den höchsten Lagen des Rothaargebirges nicht über 33°C.

Bei vorherrschenden Luftströmungen aus Südwesten und Westen weisen die ihr zugewandten Luvseiten der Gebirge die größten Niederschläge auf. Der sogenannte 'Wasserturm Deutschlands' erstreckt sich vom Bergischen Land bis zum Rothaargebirge. Die höchsten Niederschlagswerte im Jahr überschreiten 1.400 mm. Die geringsten Niederschläge in NRW werden im Lee der Eifel (Euskirchen) mit ca. 600 mm gemessen. Die Höchstwerte an Niederschlägen betragen im Februar ca. 300 mm. Die geringsten monatlichen Niederschläge im Sommer nähern sich dem Nullwert. Die Niederschlagstage im 'Wasserturm Deutschlands' und in der Hocheifel liegen bei 130-170 Tagen, während es in Euskirchen und in Minden – auf den Lee-Seiten – nur an 100-110 Tagen regnet.

An Nebeltagen zählt man im Rheintal vom Neuwieder Becken bis zur Siegmündung und im Ruhrgebiet 70 Tage. In Wuppertal und zwischen Dortmund und Hamm/Westfalen sind nur 50 Tage zu erwarten. Die Nebelhäufigkeit im Rheingebiet bei Düsseldorf liegt etwas darunter. Auf der Lee-Seite der Eifel gibt es nur mehr 15 Nebeltage.

Im Jahresmittel muß an 210 Tagen im Gebiet zwischen Bonn und Duisburg geheizt werden (Deshalb wohl wird in vielen Büros nur vom 1. Oktober bis 30. April geheizt, egal, ob es kalt ist oder nicht). Im Bergischen Land sind es bereits 230-240 Heiztage, im Westerwald 260-270 Tage, und im Rothaargebirge wird durchschnittlich an 270-280 Tagen geheizt.

Literaturverzeichnis:

Deutscher Planungsatlas (1976): Band 1, NRW – Klimadaten

KNÜBEL, U. (1988): Geographie eines Fließgewässers, in: Die Düssel – Geschichte und Geschichten

Chronik der Naturfreundebewegung

unter besonderer Berücksichtigung der Ortsgruppe Düsseldorf

Siegfried Bartosch, Köln und Ursula Reichel, Düsseldorf

1895 Gründung des Touristenvereins „Die Naturfreunde" in Wien unter maßgeblicher Mitwirkung von Alois Rohrauer, Leopold Happisch und Karl Renner, dem späteren Staatspräsidenten von Österreich. Schnelle Ausbreitung in der Donaumonarchie.

1897 Die Zeitschrift „Der Naturfreund" erscheint und die erste naturkundliche Gruppe wird gebildet.

1905 Erste Gruppen außerhalb Österreichs in München und Zürich.

1906 Gründung der Ski-Sektion. Beginn der Aktion „Verbotener Weg", 8 Jahre kämpfen Naturfreunde für das freie Wegerecht im Bergland.

1907 Eröffnung des 1. Naturfreundehauses am Padasterjoch/Tirol.

1910 Eröffnung des ersten deutschen Naturfreundehauses „Musauer Alm" in Tirol von der Ortsgruppe München. Direkt danach eröffnen Dresden und Hamburg ihre Naturfreundehäuser.

1911 In Köln wird die erste Gruppe im Rheinland gegründet.

1912 Gründung der Ortsgruppe Düsseldorf und Errichtung des Gaues Rheinland mit den Gruppen Solingen, Köln, Düren, Bonn und Barmen.

1926 Erste Reichskonferenz in Würzburg. Ausführliche Behandlung naturkundlicher Themen. Mit dem „Sozialen Wandern" entwickeln die Naturfreunde eine neue Praxis, die Freizeit und Erholung mit kritischem Schauen und Lernen verbindet.

Naturfreundeausstellung im Rahmen der großen Düsseldorfer Ausstellung für „Gesundheitspflege, soziale Fürsorge und Leibesübung" (GESOLEI) im Palmenhaus an der Fischerstraße. Verleihung der Goldenen Medaille der Stadt Düsseldorf an die Naturfreunde für diese hervorragende Leistung.

1927 Gründung der „Reichsarbeitsgemeinschaft für Natur- und Volkskunde" in Hannover.

1933 Verbot der Naturfreunde-Organisation und Einziehung des gesamten Vermögens durch die NSDAP.

1945 Erstes Treffen der rheinischen Naturfreunde nach dem 2. Weltkrieg im Leichlinger Block (20.August).

1948 Landes-Sonnenwendfeier in den Urdenbacher Benden südlich von Düsseldorf, am Tage der Währungsreform (20. Juni).

1950 Erster Spatenstich zum Bau des Naturfreundehauses Düsseldorf an der Emmastraße.

1951 Richtfest am Bau des Naturfreundehauses Emmastraße. Erstes internationales Naturfreunde- und Jugendtreffen in Jägersfahrt/Eifel.

1952 Das 40-jährige Bestehen der Ortsgruppe Düsseldorf der Naturfreunde wird schon in den neuen Räumen der Emmastraße durch eine Festwoche feierlich begangen.

1956 Die Naturfreunde Sepp Larch, Fritz Moravec und Hans Willenpart bezwingen den Gipfel des 8053 m hohen Gasherbrum II im Karakorum.

1957 Besetzung des *Knechtsand* in der Nordsee durch Naturfreunde gegen Bomberübungen der britischen Luftwaffe.

1958 Das Naturfreundehaus Gerresheim wird den Naturfreunden nach einem über 6 Jahre geführten Prozeß zurückgegeben.

1961 Beteiligung der Naturfreunde an den Ostermärschen der Atomwaffengegner.

1962 Die Hochgebirgsschule Kaprun in den österreichischen Alpen wird eröffnet. Fritz Moravec entwickelt dort das Konzept „Kinderseilschaft". Tausende Kinder lernten seitdem das sichere Verhalten in den Bergen.

1974 Die Mitgliederversammlung der Ortsgruppe Düsseldorf beschließt, das Naturfreundehaus Emmastraße, das inzwischen mitten im Gewerbegebiet liegt, aufzugeben.

1978 Beginn des Neubaues in Gerresheim.

1980 Einweihung des Naturfreundehauses in Gerresheim.

1984 Deutsche Naturfreunde gestalten die Fotoausstellung des Europarates zur Aktion „Schützt Ufer und Küsten".

1985 „Tag der offenen Tür" in allen Naturfreundehäusern aus Anlaß des 90jährigen Bestehens der Naturfreunde-Bewegung.

1987 75 Jahre Naturfreunde Düsseldorf. Veranstaltung in der Gesamtschule „Am Kikweg".

1989 Die Naturfreunde rufen die Aktion „Landschaft des Jahres" ins Leben. Ökologisch orientierte grenzüberschreitende Veranstaltungen wurden bisher durchgeführt:

1989 am Bodensee
1990 am Neusiedlersee
1991 in der Region Eifel - Ardennen
1993 in der Odermündung
1995 in den Alpen

1995 100 Jahre NATURFREUNDE.
Internationale Feier am 13. Mai in der Stadthalle in Wien.

1. Naturfreundehaus auf dem Padasterjoch in Tirol. Zeichnung: Siegfried Bartosch

Natur- und Heimatkunde
– Seit hundert Jahren immer dabei!

Siegfried Bartosch, Köln

Bei der Feier des „runden“ Jubiläums der NATURFREUNDE sind alle Natur- und Heimatkundler voll mit einbezogen. Dies läßt sich aus der Vereinssatzung herleiten, die in ihrer ersten Gestalt am 21.6.1895 beschlossen wurde.

Punkt 1 legt fest: *Der Verein führt den Namen „Die Naturfreunde“ und hat seinen Sitz in Wien.*

Im Punkt 2 heißt es: *Der Zweck des Vereines ist: a) hauptsächlich die Kenntniß der Naturschönheiten Österreich-Ungarns zu vermitteln und seinen Mitgliedern Gelegenheit zu geben, dieselben kennen zu lernen; b) die Liebe zur Natur zu erwecken usw.*

Von Zeit zu Zeit wurde die Satzung überholt und den veränderten Zeiten angepaßt. Aber eins blieb immer unverändert. Dies ist der Punkt, der die Pflege von Natur- und Heimatkunde als Mittel zur Erreichung des Vereinszieles angibt.

So nahm die Hauptversammlung in Steyr 1910 zusätzlich in die Satzung auf, daß das Ziel der Naturfreunde weiter sei die Verbreitung naturwissenschaftlicher Erkenntnisse sowie die Pflege von Heimatschutz und Naturschutz.

Es kommt nicht von ungefähr, daß die Bereiche von Natur- und Heimatkunde bei den Naturfreunden zur tragenden Säule wurden. Der große Gedanke zur Gründung des Vereins kam von einem Fachlehrer für Naturwissenschaften, dem Schulinspektor Georg Schmiedel. Er war es auch selbst, der in der Ortsgruppe Wien am 28.9.1897 eine naturkundliche Gruppe einrichtete. Die NATURFREUNDE breiteten sich in ganz Österreich und ab 1905 auch über seine Grenzen hin aus. Dabei bildeten sich zahlreiche Gruppen und Sektionen, die Naturkunde betrieben. Durch den 1. Weltkrieg wurden die entsprechenden Aktivitäten der Naturfreunde zwar stark beeinträchtigt, aber nicht unterbrochen.

Im Rheinland hatten die Natur- und Heimatkundler den Namen *Kosmos-Sektion.* Am 5.5.1921 schlossen sich sämtliche Kosmos-Sektionen im Rheinland zu einer Gaugruppe zusammen und nannten dieselbe „Gruppe für Natur- und Heimatkunde“. Alsbald zeigte dies Wirkung. In den Publikationen des Vereins erschienen naturwissenschaftliche Aufsätze und im Rahmen der Gaue – aus verständlichen Gründen sprechen wir heute von Landesverbänden – wurden fachliche Exkursionen durchgeführt und Ausstellungen gezeigt. Es fanden sich für alle Fachgebiete genügend Referenten, die in allen Gruppen eingesetzt werden konnten. Auch Führer für Exkursionen wurden dadurch jederzeit greifbar.

Ab 1921 erschienen die Programme für die Naturkundegruppen monatlich. Sie waren auf Karton gedruckt und man konnte sie leicht in der Brieftasche unterbringen. Das war eine Neuerung, die sich in entsprechender Form bis heute erhalten hat.

1925 beteiligten sich viele unserer Naturkundegruppen an einer sehr groß angelegten Ausstellung in Frankfurt anläßlich der Arbeiter-Olympiade. Im Jahre 1926 wurde in einer Haaner Schule eine Ausstellung gezeigt mit dem Titel: „Aus Natur und Heimat". Diese Ausstellung verblieb dann in einem dafür bereitgestellten Raum auf Dauer für die Öffentlichkeit bestehen. Dies war der erste Schritt von einer Ausstellung zum Naturkundemuseum.

Auf der Würzburger Reichsversammlung der deutschen Naturfreunde wurden 1926 naturkundliche Themen und ihre Vermittlung an die Mitgliedschaft ausführlich behandelt. In der Diskussion schälte sich als letztlich verbindliche Auffassung heraus, daß Natur- und Heimatkunde sich nicht als Wissenschaft fürs stille Kämmerlein darstellen dürfe, sondern erwandert und erlebt sein wolle. Das Wissen um sie müsse volkstümlich an die Mitglieder herangebracht werden.

Die Reichsleitung der Naturfreunde forderte die Gründung einer „Reichsarbeitsgemeinschaft Natur- und Heimatkunde". Diese erfolgte Pfingsten 1927 in Hannover. In ihr wurden alle naturkundlichen Gruppen in Deutschland miteinander verbunden. Auf dieser Tagung waren nicht alle Gaue vertreten, denn es gab, wie immer bei den Naturfreunden, finanzielle Schwierigkeiten. Aber trotzdem war die Mehrheit zur Stelle. Wer nicht dabei sein konnte, sandte seine Berichte.

Vertreten waren für Baden die Genossen Leppert und Rudy, für Brandenburg der Genosse Lau aus Berlin, für den Gau Mittelrhein-Main der Genosse Baldamus aus Frankfurt, für Niedersachsen die Genossin Frieda Spindler aus Hildesheim und die Genossen Gerbermann und Hartmann aus Hannover. Nordbayern war vertreten durch den Genossen Wolfgang Hühnermann aus Nürnberg, der auch die Eröffnungsrede hielt. Fritz am Ende aus Hamburg sprach für die Nordmark und Sepp Meyer und Theo Müller aus Düsseldorf vertraten das Rheinland. Für den Teutoburger Wald stand der Genosse Strutz aus Minden und für die Westfalen der Genosse Bernhardt aus Dortmund.

In den Beiträgen zeichneten sich Gesichtspunkte, Arbeitsmethoden und Gegenstände ab, die für die Arbeitsgruppen-Tätigkeiten allgemeingültig oder jeweils charakteristisch waren:

Mehr oder weniger große Spezialisierung, der Grad von Wissenschaftlichkeit oder Volkstümlichkeit, das Anlegen von Sammlungen und die Durchführung von Ausstellungen, die Betonung besonderer Wissensgebiete, der Stellenwert der natur- und heimatkundlichen Arbeit innerhalb der gesamten Naturfreundearbeit des Gaues, das Zusammenwirken der örtlichen Gruppen in diesem Rahmen, die Gestaltung von Exkursionen und Lehrgängen und die Heranbildung von Leitern solcher Veranstaltungen sowie die Zusammenarbeit mit anderen Fachgruppen (damals Sektionen), wurden von den anwesenden Vertretern der Gaue neben einzelnen anderen Punkten für ihren jeweiligen Zuständigkeitsbereich dargestellt. Den Rheinländer und speziell den Düsseldorfer wird interessieren, daß der uns als Persönlichkeit noch immer deutlich vor Augen stehende Sepp Meyer nachdrücklich für eine streng wissenschaftliche Arbeitsweise eintrat.

Bald machte sich die Auswirkung der Reichsarbeitsgemeinschaft im Bereich der Fachgruppenarbeit bemerkbar. Es wurde überall an Ausstellungen gedacht. Diese vorzubreiten und der Öffentlichkeit anzubieten, hatte auch für die Gruppenarbeit einen Stellenwert, weil es dazu einer Zusammenarbeit bedurfte.

Von den Ausstellungen jener Zeit möchte ich einige hervorheben wegen einer gewissen Bedeutung, die weit über den Ortsgruppenrahmen hinausgingen. Da war die Ausstellung „Rheinische Heimat“ 1929 auf der Mathildenhöhe in Darmstadt. Der Eintrittspreis betrug 30 Pfennige. Im gleichen Jahr fand auch im großen Volkshaussaal in Köln die Ausstellung „Unser Wandern“ statt. Die Natur- und Heimatkundler hatten eigene Kojen oder Stände, auf denen Naturkunde wissenschaftlich untermauert dargeboten wurde.

Alles, was bis dahin erreicht war, wurde mit Beginn der Herrschaft des NS-Regimes zerschlagen. Im Verbotenen und Verborgenen jedoch stand das Häuflein der Aufrechten, die nicht glauben wollten, daß dieser Zustand tausend Jahre währen sollte. Und sie hatten recht!

Nach dem Zusammenbruch des „Dritten Reiches“ und nach der Beendigung des sinnlosen und brutalen 2. Weltkrieges bauten die Treuesten auf den Trümmern wieder die Naturfreundegemeinschaft auf. Darunter waren auch einige Veteranen der Naturkundler, welche die Arbeit wieder aufnahmen.

Auf breiter Basis begann es 1951 bei den Naturkundlern in Heidenheim. Auf dem ersten Bundestreffen von „Natur- und Heimatkunde“, wie es nun hieß, erfolgte nach dem Kriege die Wiedergründung der Fachgruppe. Dann folgten die nächsten Bundestreffen in Kendenich bei Köln, im Braunschweiger Haus und in Markelfingen. Bemerkenswert auf diesen Treffen war das naturschützerische Eintreten für die Erhaltung der Wutachschlucht und des Hohen Meißner, zwei Landschaften, die durch Industrie in großer Gefahr waren. Im weiteren Verlauf wurden die Bundestreffen der Natur- und Heimatkundler regelmäßig durchgeführt und mit Seminaren verbunden, die ihre Teilnehmer in immer neue Landschaften führten. An den Seminaren nahmen bald auch Mitglieder teil, die mit weniger fachlichen Kenntnissen ausgestattet waren. So führte diese Einrichtung für manch ein Naturfreundemitglied zu einer Bereicherung seines Wissens. Die hier erworbenen

Naturkenntnisse ließen sich leicht an andere weitergeben, und bei den Ortsgruppenwanderungen konnte es so als Mittler fungieren.

Kurz sei von einer Aktivität berichtet, die in die Tätigkeit der Fachgruppen hineinreichte. Es trafen sich 1964 die Vogelkundler zu einem gut vorbereiteten Treffen am Dümmer See. Im Jahr darauf wiederholte man das Treffen, und zwar im Naturfreundehaus Zetel. Das Hauptexkursionsgebiet war der Jadebusen und diese Begegnung begeisterte die Freunde dermaßen, daß dieses Zusammenkommen zur Zeit des großen Vogelzuges zur ständigen Einrichtung wurde, und zwar bis auf den heutigen Tag.

Wie lehr- und hilfreich sich Wesen und Wissen der Naturkundler im weiten Naturfreundebetrieb niederschlug, erfuhr man aus den vielen Publikationen des Gesamtvereins, wie Festschriften zu Jubiläen und anderen Anlässen und Wegweisern rund um manches Naturfreundehaus. Ich hatte gerade noch den „Kleinen Wegweiser um das Naturfreundehaus Rimdidim" zur Hand und auch die Festschrift zur Einweihung des Naturfreundehauses der Ortsgruppe Kelheim im Hammertal aus dem Jahr 1924. Solche Schriften zeigten die Handschrift vieler Natur- und Heimatkundler, die hier segensreich mitgewirkt haben.

Die einzelnen Stationen im Zeitgeschehen der Geschichte der Fachgruppe bewegen uns, denn immer noch ist „Natur- und Heimatkunde" eine tragende Säule der „Naturfreunde"-Arbeit. So finden sich die an dieser Aktivität Interessierten regelmäßig im Gerresheimer Haus der Düsseldorfer Naturfreunde zusammen. Aus dieser Zusammenarbeit erwuchsen u.a. die 3 Ausstellungen „Artenschutz", „Hilfe, der Wald stirbt" und „Stadtgrün statt Grün" seit 1980 sowie die Durchführung des Bundesseminars 1990 im Laacherseehaus des Vereins.

So stehen die Natur- und Heimatkundler aus Düsseldorf und Wuppertal samt Einzugsbereich in räumlicher Verbundenheit mit dem Fluß, der sozusagen Pate aller unserer Abhandlungen in diesem Buch ist.

Naturfreundehäuser – auch an der Düssel

Ursula Reichel, Düsseldorf

Die Naturfreundebewegung entstand ab 1895 als Teil der internationalen Arbeiterbewegung. In ihr sollten die Unterprivilegierten Zugang zur Kultur, zu mehr Lebensqualität erhalten. Dazu gehörte es auch, aus den Städten hinaus ins Land zu gehen, sich an der Schönheit der Natur zu erfreuen, neue Eindrücke und Kräfte zu sammeln. Schon bald kam der Gedanke auf, eigene Schutzhütten zu bauen. Von diesem Zeitpunkt an war es nicht mehr weit bis zum Bau des ersten Naturfreundehauses. Es wurde am 12. August 1907 auf dem Padasterjoch in den Stubaier Alpen bei Steinach in Tirol eingeweiht.

Damals konnte niemand ahnen, daß am Ende des 20. Jahrhunderts mehr als 1000 Naturfreundehäuser existieren würden, davon mehr als 450 in Deutschland. Und was könnten die verbauten Steine alles erzählen, wenn sie reden könnten. Idealismus und Gemeinsinn standen sicher bei allen Planungen an erster Stelle. Der Stolz über das in gemeinsamer Arbeit Geleistete war Lohn genug. Man hatte etwas Dauerhaftes geschaffen, wenn wieder so ein Haus bezogen werden konnte. Naturfreundehäuser waren von Anfang an Orte, an denen man sich mit Freunden traf, mit denen man sich identifizierte, die schnell zum Mittelpunkt der knapp bemessenen Freizeit für die ganze Familie wurden.

Und dann kam 1933 das „Dritte Reich" über Deutschland und Europa. Die Nationalsozialisten verboten die Arbeiterbewegung, auch den Touristenverein „Die Naturfreunde". Das Eigentum des Vereins wurde beschlagnahmt und für eigene Zwecke genutzt oder an Dritte veräußert. Nach 1945 mußten viele Prozesse geführt werden, um das Naturfreundeeigentum in den alten Bundesländern zurück zu erhalten. In den neuen Bundesländern begannen nach der Wende die Konflikte und Prozesse um das Naturfreundevermögen, das 1933 enteignet und nach 1945 von der DDR einbehalten wurde. Naturgemäß war es jetzt noch schwieriger geworden, alte Besitzverhältnisse zu beweisen. Es scheint, als ob der von so vielen Einzelmitgliedern in Gemeinschaft erworbene Immobilienbesitz noch viele Kräfte binden wird.

Dieses Schicksal blieb auch den Naturfreundehäusern im Bereich der Düssel nicht erspart. Aber nicht nur das Eigentum der Naturfreunde ging 1933 verloren. Viele aktive und politisch engagierte Mitglieder des inzwischen verbotenen Vereins wurden von den Nazis verfolgt, eingekerkert, mißhandelt und getötet. Für das

Schicksal von Düsseldorfer Naturfreunden sei hier an Änne Kassing und Moritz Ludwig erinnert, die nach 1945 nicht mehr beim Wiederaufbau der Ortsgruppe Düsseldorf dabei sein konnten.

Änne Kassing (geboren 18. 8. 1900 – gestorben am 22. 4. 1945) hatte sich mit ihrem Mann der großen Widerstandsgruppe um Dagobert Lubinski angeschlossen. Im November 1936 wurde sie mit 60 anderen Antifaschisten verhaftet, kam für mehrere Jahre ins Zuchthaus und nach Verbüßung der Strafe wurde Änne Kassing direkt ins Frauenkonzentrationslager Ravensbrück verschleppt. Mit den Papieren einer verstorbenen Lagerinsassin versehen, konnte sie unter dem Schutz des Schwedischen Roten Kreuzes im April 1945 Ravensbrück in Richtung Schweden verlassen. Doch die Freiheit hat sie nicht mehr erlebt. Als sich während der Fahrt deutsche Militärtransporter in den humanitären Konvoi einschmuggelten, um unter dem Schutz des Roten Kreuzes zu entkommen, griffen britische Jagdbomber an. Unter den dabei Getöteten war auch Änne Kassing.

Moritz Ludwig (geboren am 16. 2. 1888 – gestorben am 2. 7. 1943) wurde bereits 1933 verhaftet, kam aber bald wieder frei. 1942 schloß er sich dann der von Wilhelm Knöchel organisierten Widerstandsgruppe an. Mehr als 270 Angehörige dieser Gruppe wurden 1943 verhaftet; rund ein Drittel der Verhafteten wurden ermordet. Moritz Ludwig starb schon in der Voruntersuchung im Gefängnis „Ulmer Höh“ in Düsseldorf. Weil er sich weigerte, Namen von Freunden zu nennen, wurden dem schwer Zuckerkranken die für ihn lebensnotwendigen Medikamente so lange verweigert, bis er starb.

Man schrieb das Jahr 1912, als 22 Personen die Ortsgruppe Düsseldorf des Touristenvereins „Die Naturfreunde“ gründeten. Die Mitgliederzahl stieg schon in den ersten sechzehn Monaten schnell auf 121. Die Versammlungen fanden, wie aus alten Dokumenten hervorgeht, u.a. im Volkshaus (1917) und im Restaurant Bischoff am Worringer Platz (1922) statt. Später mußte die Gruppe geteilt werden, da sie für die zur Verfügung stehenden Versammlungsräume zu groß geworden war. Die Gruppe „Süd“ tagte danach in Oberbilk, die Gruppe „Nord“ blieb am Worringer Platz. 1922 hatte sich auch schon die Gruppe Gerresheim gegründet. Sie mietete sich als Treffpunkt eine Scheune auf Ringels-Wiese am Pillebach und baute diese Baulichkeit für ihre Zwecke um.

In Oberbilk fand die Platznot 1926 erst einmal ein Ende. Die Naturfreunde konnten nach Beendigung der GESOLEI, der großen Düsseldorfer Ausstellung für „Gesundheitspflege, soziale Fürsorge und Leibesübung“ eine Baracke kaufen und diese neben dem Ledigenheim auf der Eisenstraße aufstellen. Das war das erste Düsseldorfer Naturfreunde-Stadtheim. Übernachtungsmöglichkeiten gab es hier nicht. Später wurden allerdings für die Fotogruppe noch zwei Räume angebaut. Die Natur- und Heimatkundegruppe, die sich um Sepp Meyer und Fritz Matthes geschart hatte, sammelte und produzierte immer mehr Anschauungsobjekte, so daß es ständig Platzprobleme gab.

Naturfreunde-Stadtheim Eisenstraße

Das Ende für das Naturfreundehaus in der Eisenstraße kam 1933. Die Hitlerjugend „beschlagnahmte“ den Naturfreunde-Besitz und nutzte ihn später für eigene Zwecke. Einigen Freunden war es in einer spontanen Sicherstellungsaktion noch gelungen, einen Teil der Habseligkeiten zu retten und privat unterzustellen. Der Krieg mit seinen Bomben und Bränden vernichtete später alles, die geretteten Objekte und auch das Haus in der Eisenstraße.

Die Geschichte des Naturfreundehauses Gerresheim verlief anders als die des Stadtheimes. Die Naturfreundegruppe Gerresheim hatte im Jahr 1927 vom Bergischen Schulfonds das Grundstück an der Morper Straße gekauft, um ein Vereinshaus darauf zu bauen. Das Bauen war natürlich eine Freizeitbeschäftigung, denn das Geld war knapp. Dafür mußten Baumaterialien gekauft werden. Die eigentliche Arbeit ver-

Naturfreundehaus Gerresheim „Am Sandberg“. Beim Neubau 1980 integriert

richteten die Naturfreunde gemeinsam in ihrer knapp bemessenen Freizeit. Die offizielle Einweihung des auf eigenem Grund und Boden stehenden Hauses fand 1932 statt.

1933, das Jahr, in dem das „Tausendjährige Reich" in Deutschland begann, brachte die Gerresheimer Naturfreundegruppe um das mühsam geschaffene Eigentum. Es wurde einfach beschlagnahmt, denn der Verein war ja verboten worden. Wie aus den Akten, die nach der „Wende" im Preußischen „Geheimen Staatsarchiv" aufgefunden wurden, hervorgeht, war es nicht einfach, das Naturfreundehaus Gerresheim einer neuen Nutzung zuzuführen. Nach mehrmaligen Mahnungen des Preußischen Finanzministers hat die NSDAP im Januar 1935 „ergebenst mitgeteilt, daß das ehemalige Naturfreundehaus Düsseldorf-Gerresheim sich wegen seiner Lage nicht als Jugendherberge eignet. Wir möchten daher von einem Erwerb absehen".

Danach begann die Suche nach einem geeigneten Käufer. Ein Düsseldorfer Schlachter wurde abgelehnt, obwohl er mehr als den geforderten Preis bot. Offenbar waren seine Seriosität bzw. seine Liquidität nicht unzweifelhaft. Den Zuschlag erhielt am 30.10.36 der kriegsbeschädigte Anton P. in Düsseldorf.

In den bis vor kurzem geheimen Akten liest sich das so:

„..Unter der Register-Nr. 1972 für 1936 wurde das im Grundbuch von Düsseldorf-Gerresheim, Band 32, Blatt 1541 verzeichnete Grundstück Flur 14 Nr. 1713/111 bebauter Hofraum, auf den Namen des Touristenvereins „Die Naturfreunde" Ortsgruppe Gerresheim e.V. in Düsseldorf-Gerresheim eingetragene Vermögen, an einen Privatmann veräußert, nachdem es laut Bekanntmachung des Preußischen Ministers des Inneren vom 17. September 1933 zu Gunsten des Preußischen Staates eingezogen worden war...".

Es dauerte bis 1958, bis der seit 1946 wieder offiziell bestehende Verein nach einem Prozeß, der sich über 6 Jahre hinzog, sein Eigentum in Gerresheim zurück erhielt.

Naturfreunde, die Krieg, Bomben, KZ und Gefängnisse überlebt hatten, fanden sich schnell wieder zu einer aktiven Gruppe in Düsseldorf zusammen und scharten auch viele neue Mitglieder um sich. Sie brauchten für ihre Versammlungen Räumlichkeiten, in denen sie ihre Freizeit sinnvoll verbringen und die Gemeinschaft pflegen konnten. Das Haus in der Eisenstraße gab es nicht mehr, um Gerresheim mußte prozessiert werden. Was war also zu tun?

Als erstes wurde von der Glashütte Gerresheim das Grundstück „Kleiner Dern" in Gerresheim gepachtet. Das war in den Jahren von 1933-45 ein Aufmarschgelände der Hitlerjugend (HJ) gewesen. Die Naturfreunde pflanzten gemäß ihrer Verpflichtung im Pachtvertrag am Kleinen Dern 1000 neue Bäume. Das dort geplante Naturfreundehaus wurde allerdings nie gebaut.

Die Stadt Düsseldorf hatte den Naturfreunden in Oberbilk an der Emmastraße ein Grundstück in Erbpacht überlassen, das verkehrsmäßig günstig lag. 1950 wurde hier mit dem Bau eines Hauses begonnen, das bereits 1951 eingeweiht werden konnte. Dieses Naturfreundehaus verfügte neben kleineren Versammlungsräumen über einen großen Saal und 30 Übernachtungsmöglichkeiten. Wieder einmal waren der Gemeinschaftsgeist und die Solidarität der Mitglieder die Antriebskraft für die Schaffung des neuen Eigentums in Oberbilk.

Naturfreundehaus Emmastraße im Stadtteil Oberbilk

Im Zusammenhang mit dem Bau in der Emmastraße kam eine Baulichkeit zum Einsatz, die ebenfalls von einer kleinen Gruppe wasser- und skisportbegeisterter Naturfreunde vor 1933 in Düsseldorf erstellt worden war. Durch den Umstand, daß seinerzeit als Käufer des Grundstücks am Rhein eine Privatperson ins Grundbuch eingetragen worden war, war es von den Nazis nicht konfisziert worden. Es handelte sich um das Bootshaus in Volmerswerth, das allen beteiligten Freunden während der schweren Jahre besonders lieb geworden war. 1950 mußte dieses Wassergrundstück dann aufgegeben werden. Und so wanderte das einstige Bootshaus zur Emmastraße, wo es als Baubude und Geräteschuppen noch lange Jahre genutzt wurde.

Es zeigte sich immer mehr, daß es nicht möglich war, mit ehrenamtlichen Kräften ein Haus von der Größenordnung des Naturfreundehauses Emmastraße weiterzuführen. Die Mittel für eine moderne Umgestaltung, die eine Vollbewirtschaftung ermöglicht hätte, waren nicht aufzubringen. Andererseits handelte es sich nicht um eigenen Grund und Boden. Deshalb beschloß die Mitgliederversammlung der Ortsgruppe Düsseldorf, das Naturfreundejugendheim, das inzwischen mitten in einem Gewerbegebiet lag, aufzugeben. Gleichzeitig wurde beschlossen, das Gerresheimer Naturfreundehaus „gleichwertig“ und „funktionsgerecht“ auszubauen.

Mit Hilfe der Stadt Düsseldorf gelang es, einen gewerblichen Käufer für das Gebäude Emmastraße 28 zu finden. Der Verkaufserlös wurde genutzt, um auf eigenem Grund und Boden in Gerresheim ein neues Naturfreundehaus zu bauen und dieses mit dem Altbau als Einheit zu verbinden. Dabei wurde der gesamte Komplex so in die Landschaft eingeplant, daß es ein besonders schönes Schmuckstück geworden ist. Es erfüllt vielfältige soziale Funktionen und ist Mittelpunkt

Naturfreundehaus Gerresheim

der Gruppen- und Vereinsarbeit. Das Haus, das nur ehrenamtlich bewirtschaftet, gepflegt und erhalten wird, steht an Sonntagen auch Wanderern und nach entsprechenden Absprachen auch befreundeten Gruppen und Vereinen, aber auch öffentlichen Institutionen offen.

Hoffen wir, daß das schöne Naturfreundehaus Gerresheim noch lange Mittelpunkt eines regen Vereinslebens im Düsseltal bleibt.

Literaturverzeichnis:

75 Jahre TV 'Die Naturfreunde' Ortsgruppe Düsseldorf (1975)

Zimmer, J. (1984) (Herausgeber): Mit uns zieht die neue Zeit

Dokumente aus dem Geheimen Staatsarchiv Preußen

Fotos: Naturfreunde-Archiv, Neuß und Erna Nießen

Zeichnung: Heinrich Rauscher†

Touristenverein „Die Naturfreunde“ – Ortsgruppe Düsseldorf

Morper Straße 128 – 40 625 Düsseldorf-Gerresheim

Das Naturfreundehaus Gerresheim ist Treff der rheinischen Natur- und Heimatkundler

Aus der Ortsgruppenarbeit in Düsseldorf: Wandergruppe, Kindergruppe, Senioren-Gruppe, Senioren-Wandern, Gruppe Radtouristik, Gruppe Mitte, Naturschutz, Fachgruppe Natur- und Heimatkunde (N & H), Umweltschutz und vieles mehr.

Touristenverein „Die Naturfreunde“ – Landesverband Rheinland

Honschaftsstraße 330 – 51 061 Köln-Höhenhaus

Kinder- und Jugendarbeit, Radtouristik, Skisport, Wassersport, Seminararbeit, Senioren-Freizeiten, Volkstanzgruppen, Musikgruppen, Umweltschutz, Häuserwerk (landeseigene Häuser: Laacherseehaus und Haus Berg), Natur- und Heimatkunde (N & H), Wandern, Ausstellungen.

Touristenverein „Die Naturfreunde“-Bundesgruppe Deutschland

Großglockner Straße – 70327 Stuttgart

Naturfreunde-Internationale (NFI)

Diefenbachgasse 36 – A 1150 Wien

Die Natur braucht Freunde – NATURFREUNDE!

Autoren dieses Buches sind:

Bartosch, Siegfried	Köln
Beutling, Werner	Ratingen
Brauckmann, Dr. Carsten	Wuppertal
Brauckmann, Brigitte	Wuppertal
Brausch, Klaus	Wuppertal
Brausch, Roswitha	Wuppertal
Curdt, Fritz	Wuppertal
Curdt, Inge	Wuppertal
Geese, Werner	Düsseldorf
Grajetzky, Günter	Velbert
Gröning, Dr. Elke	Clausthal-Zellerfeld
Hartfeld, Hugo	Kamp-Lintfort
Hoffmann, Helmut †	
Hollstein, Michael	Düsseldorf
Kaiser, Prof. Dr. Gert	Düsseldorf
Karg, Christian	Ratingen
Lücke, Martin	Wuppertal
Meyer, Sepp †	
Michels, Heinz	Düsseldorf
Möhker, Hans	Düsseldorf
Niessen, Erna	Düsseldorf
Niessen, Kurt	Düsseldorf
Rath, Rolf	Düsseldorf
Rath, Thomas	Düsseldorf
Reichel, Ursula	Düsseldorf
Schildkamp, Helmut	Velbert
Schürmann, Manfred	Düsseldorf
Schulenberg, Gaby	Düsseldorf
Schulenberg, Peter	Düsseldorf
Steinebach, Karl †	
Steller, Ernst	Düsseldorf
Stieglitz, Ursula	Erkrath
Stieglitz, Wolf	Erkrath
Vogel, Irmgard	Neuß
Vogel, Dr. Kurt	Neuß
Weniger, Dr. Gerd-Christian	Mettmann

Inhalt

Übersichten

Oberlauf der Düssel

Mittellauf der Düssel

Unterlauf der Düssel

Übersichten

Verbandshistorisches

Redaktionelles